南无袈裟理科佛 著

金蚕往事

⑥

上海社会科学院出版社
SHANGHAI ACADEMY OF SOCIAL SCIENCES PRESS

本故事纯属虚构。

目录

第十九卷　巴东叙事　001

第二十五章　房门关，杂毛小道清门户　001
第二十六章　大鸿庐，周林惨遭棍碎蛋　005
第二十七章　幕后者，枭阳莫名救朝安　009
第二十八章　掉鬼坑，白磷万骨砂逞凶　013
第二十九章　身噬鬼，卷土重来王麻子　017
第三十章　敲闷棍，幕后主使来救场　021
第三十一章　老朋友，庐主投影逞凶蛮　025
第三十二章　三守则，蠢猪一样的队友　029
第三十三章　下尸神，众人围圈齐中招　033
第三十四章　各西东，阴阳两血筹措忙　037
第三十五章　略担忧，掌柜谈及分离后　041
第三十六章　阴阳血，浸润双手鬼影无　045
第三十七章　龙虎山，拯救小妖大作战　049

第二十卷　拯救小妖大作战　053

第一章　上清古镇　053
第二章　误入主题酒吧　057
第三章　李晴　061
第四章　睡梦魂牵　065
第五章　横空而来的刀光　069
第六章　绝命毒师　073

第七章　温泉山庄	077
第八章　水源奥秘	081
第九章　青春不老泉	085
第十章　逆北斗夺煞冲阵	089
第十一章　麒麟胎再现	093
第十二章　我来了，你在哪儿？	097
第十三章　请符会	101
第十四章　暴露底细	105
第十五章　符文木匣	109
第十六章　一个男人的成长	113
第十七章　离落孟婆汤	117
第十八章　背后捅来的刀子	121
第十九章　腰间绽放的红光	125
第二十章　同归于池	129
第二十一章　纵虎归山	133
第二十二章　深夜被掳	137
第二十三章　宫	141
第二十四章　我叫王永发	145
第二十五章　窨门传来的响动	149
第二十六章　大力金刚丸	153
第二十七章　暴起的人头	157
第二十八章　鬼道真解——鬼噬	161
第二十九章　本能战斗，猴子偷桃	165
第三十章　肥虫子的逆袭	169

第三十一章　恐怖的魔，决战	173
第三十二章　修罗彼岸花	177
第三十三章　望月真人清门墙	181
第三十四章　救援来临	185
第三十五章　伏蛟道符，冰雪宫珠	189
第三十六章　邪教秘辛	193
第二十一卷　风水咨询公司	**197**
第一章　虎皮猫大人沉眠	197
第二章　茅晋事务所的那些人	201
第三章　剑名雷罚	205
第四章　吃荤与吃素	209
第五章　妈妈与孩子	213
第六章　同行是冤家	216
第七章　集训营的坏消息	220
第八章　文攻	224
第九章　肥虫子再下一城	228
第十章　文身附灵	232
第十一章　扬名立万庆功宴	236
第十二章　背后传来的目光	240
第十三章　人的名，树的影	244
第十四章　为叔报仇的侄儿	247
第十五章　鸡血大破猿尸降	251
第十六章　祝你一路顺风	255

第二十二卷　强者之路，自强不息　　　　　　259

第一章　新伙伴，旧日仇　　　　　　259
第二章　慧明和尚的下马威　　　　　　263
第三章　遭遇杯葛　　　　　　267
第四章　喂，我来了　　　　　　271
第五章　再跑二十里　　　　　　275
第六章　传功法螺　　　　　　279
第七章　友谊对抗赛，开始　　　　　　282
第八章　倔强的插班生　　　　　　286
第九章　疯狂插班生　　　　　　290
第十章　胜者不胜，败者不败　　　　　　294
第十一章　集训队的那些日子　　　　　　298
第十二章　初步考核　　　　　　301
第十三章　走后门　　　　　　305
第十四章　临战　　　　　　309

第二十三卷　生死试练　　　　　　313

第一章　密林埋伏　　　　　　313
第二章　见血封喉，潜伏中的福妞　　　　　　317

第十九卷　巴东叙事

第二十五章　房门关，杂毛小道清门户

在听到杂毛小道带着愤恨朝我责骂时，我很难用语言来形容那一瞬间的感情，我在那一刻感觉一切都轻松了。虽然当时的情形并没有半点的好转，一道黑气正朝我喷薄而来。然而我却丝毫畏惧都没有，双手结"不动明王印"，然后前拍迎击。

在此之前，一根飞掠而来的木棍插在我面前两米处的草地上，晃晃悠悠，将这股冰寒阴森的黑气给阻挡在了前面。

木棍以投枪的形式，四十五度角插入泥土中，尾端不断地颤抖着，如龙黑气，在这抖动中消逝。

"千门万户曈曈日，总把新桃换旧符。"

桃木避邪，始起于"神荼"、"郁垒"二位大神，之后流传不绝。自古以来，道家方士大都以此捉鬼降妖，而能够应雷劫而存芯的桃树精木，自然不怯这邪气充溢的黑气。枪声不断响起，我抬头看，只见周林颇为狼狈地扭头便跑，以"之"字形的方式闪避子弹，飞快地越过草地，越过周边低矮的果树藤架，冲进了木屋之中。

一个黑色的身影从我身边"唰"地一下，擦肩而过，然后拔起地上的木棍，冲上前去——是杂毛小道。

仇人见面，分外眼红。三叔是老萧最亲近和敬重的家人，而周林则是他的大表弟，面对这样的背叛，他的心中除了怒火，还是怒火。虽然理智上我们都认为这件事情，跟周林从耶朗祭殿中私带出来的那东西有关，但是每次谈及此事，杂毛小道莫不是咬牙切齿，恨不得将周林斩于剑下，以消心头之恨。

更何况，连德高望重的萧老爷子，都对这个叛出师门的家伙下了追杀令。

中国人对这种忘恩负义、两面三刀的小人，向来都是厌恶之极的。在老一辈江湖人的心里，弑师这种行为，简直要下第十九层地狱——如果有十九层的话！所以，杂毛小道连跟我寒暄的工夫都没有，直接朝那个木屋奔去。我往后面望去，在密林边缘，出现了万三爷等万家一伙人和赵中华，而万勇和万朝新则已经冲到了近前，举枪瞄准呢。

想到周林变得如此厉害，我担心杂毛小道吃大亏，连忙爬起来，朝着前面疾奔的杂毛小道边跑边招呼，说那混蛋很厉害，你可得小心一点。

杂毛小道不管不顾，扬手表示知晓。我见他如此激动，放心不下，于是奋力追去。

朵朵和肥虫子自然跟在我的身边。

很快，我如同旋风一般又返回了木屋前面，看到刚才还如同二愣子一般的杂毛小道，正冷静地围绕着这栋不大的木屋，左右打量着，并不急于冲上前去将门破开。等我赶到的时候，杂毛小道回望着我，严肃地问小毒物，你进过这间木屋没有？

我点头，说刚刚从这里面出来的。

"屋子里有古怪，讲一讲你看到了什么？"杂毛小道走到房子的边角，然后打量后门的空地，防止周林从另外一边跑掉。我说确实有古怪，厨房有一个小过道，上面像挂腊肠一样挂了十几具无头尸体，腊制得油腻，里面全部都是古怪的香料，闻着发酸发涩；墙角还把人头堆得整整齐齐。而且，李汤成已经被这家伙给弄死了，内脏掏出，尸体用钩子挂在厨房中放血……

杂毛小道抿着嘴，说还有吗？

我说有，里面还供奉着一尊大黑天的木雕神像，跟邪灵教的基本一致。

他冷笑，说果然。我说你看出什么东西来了？他说邪灵教之所以人人喊打，除了因为宣传世界末日，非法获取信徒财物之外，更重要的原因是沿袭了很多单一神教中被摒弃的邪恶术法，以人类的生命为代价，用恐惧、害怕、痛苦、怨毒等负面情绪为引子，使用活人或者死人来提升核心成员的实力，比如湾浩广场，比如缅甸萨库朗基地的那些人彘，都是如此。这已经是入了魔，泯灭了人性，所以才会遭到所有人的共同抵制。

我说周林已经入了邪灵教，并且进入了核心层？

杂毛小道摇头，说周林并不一定入了邪灵教，他的身上，或许有着更多我们不知道的秘密。不过，这都是小事儿。今天将这个欺师灭祖的畜生给杀了，任他有天大的背景，也翻不出什么浪花来。所以，今天不是他死，便是我亡。我紧了紧湿漉漉的刀把，说这家伙今非昔比，厉害得紧，所以还是要算上我的。

杂毛小道看了我一眼，说那是，本来就是这么打算的，我们左道二人组，向来都是同进退的。

见他这么说，我心中高兴：所谓"左道"，自然是我陆左排第一，杂毛小道排第二，嘿嘿，嘿嘿……

我心中正乐，万三爷等人已经赶到近前，一声招呼，赵中华和万勇跑到后门守住，万三爷居中策应，万超新则退开一些，用枪警戒，万朝东和刚刚被营救出来的万朝安则离开得更远一些，在田垄旁边戒备。突击的依然还是我和杂毛小道，我们缓步

上前,站在门口,低声轻数:"一、二……三!"

"三"字一出口,杂毛小道将手中的桃木棍猛然往前一捅。

那木门里面紧锁住,并没有开启,不过我随后就是一大脚,重重地踹在了那木门上面。一道清脆的响声出现,木头门栓让我踢断了,大门洞开。为了防止被暗算,一脚踢出之后,我立刻朝下躲闪,然而屋子里并没有人,空荡荡的,跟我之前进去的场景,一模一样,并没有什么区别。

之前闪入其中的周林,并没有在里面埋伏我们,只是与之前相比,这个房间更加阴寒了。

这个木屋不大,总共有三个房间,我们所在的这一间是最大的,在西边有一扇小门,还有一扇门通往灶房。不在这房间,那么……杂毛小道抬了抬下巴,示意我走灶房。我想也是,灶房那里布置十分邪异,只怕另有机关,周林要躲藏埋伏,说不定就在那里。我因为来过一次,对地形熟悉,于是抢步上前,防备着把厨房的门给推开来。

依然没有看到周林的影子,我将木门一直推到墙,与倒吊着的李汤成紧紧相挨。

我回过头,万三爷站在大门口,帮我们盯着另一道小门。

我提着刀子走进去,扫量着地上有可能留下的痕迹,灶房里光线不足,有些昏暗,金蚕蛊和朵朵左右将我护住,防止突然出现的袭击。杂毛小道提着显得略长的雷击桃木棍,回望着倒吊着的李汤成,叹了一口气,说:"自私和不信任,使得他最终送了性命,可惜了……"

"你难道不认为,他的死,跟我们的不挽留,有着很大的关系吗?"

我一边说话,一边用手中的刀子挑开锅上面的木盖,里面有几个温热的红薯、一盘生肉和两只人耳朵,而这耳朵的主人,应该就是李汤成。我不由得发散联想:难道周林吃的东西,便是这些腊制的人肉?倘若是,那周林可就是一个真正的恶魔了。

杂毛小道提着木棍在房间里搜寻着,听到我的话哈哈笑,说:"小毒物,我们是成年人了,而他们也是。要为后果负责的,只有他自己,而不是别的什么人,这便是因果。倘若你存在这样的想法,只会为无关紧要的事情愧疚一辈子,而且还没完没了。人若不能够洒脱自在,做该做的事,只怕这一辈子,都难以找到存在的真谛——这一点,你应该跟万三爷,好好学一学。"

说话间,他已经走到了那一堆硝制过的人头前面,蹲下来,看着这些死去的男男女女,皱起眉头,伸出鼻子去闻了一闻。

我笑话他,说你当是香水啊?你能够闻出啥来?

我伸出刀子,去拨动最旁边的那个人头,想看看后面到底藏着什么东西。

杂毛小道的脸色陡然一变,伸手阻拦,说别碰。可是这哪儿来得及,我这手痒的一触碰,将边上的这个死人头给碰倒,骨碌一转,也不知道怎么回事,仿佛有线牵连一般,堆得整齐的人头如同多米诺骨牌一般溃散,滚得一地都是。我和杂毛小道身体僵直,看着这些滚动的人头,有一种诡异的气氛出现。

"小毒物,你这个二货,手痒了是吧……"杂毛小道忍不住抱怨。我耸耸肩,表示很无辜。

终于,这些人头停止了滚动,错落有致地停留在了灶房的各处。

也就是在这一刻,灶房的门突然"吱呀……"一声,缓缓地关上了,留下了门背后倒吊着的李汤成在生锈的铁索下面,不断晃动着,房顶的灰尘,簌簌掉落下来。我忍不住去看李汤成布满鲜血、没有耳朵,显得有些诡异的头。他本来是背对着我们的,一番摇晃之后,脸朝向了我们。

突然,他睁开了眼睛,露出一双白色的眸子来。

啊——

第二十六章　大鸿庐，周林惨遭棍碎蛋

你们能够想象一个腹中内脏被掏得空空如也的人，突然睁开眼睛，用一种平淡的目光，注视着你吗？

我也不能，但是我却亲眼目睹了。李汤成，这个和我们算不上是朋友的熟人，在死去了不知道多久，像一根腊肠一样被倒吊着的男人，突然睁开了眼睛，看着我和杂毛小道。他的脸上依然保持着临死前的那种痛苦和绝望的扭曲，然而嘴角上的肌肉却在往上翘，流露出一种怪异的不和谐。

接着，他倒垂的身体自腰这一部分折起来，双手抓住了勾住腹腔的铁钩子，一用劲儿，就摆脱了铁钩的挂扯，然后翻转了下来，稳稳站立。

他右手一拉扯，房梁上那一大串铁索链就掉落下来，摔在地上。

李汤成将浸润了自己鲜血的巨大铁钩子拿在左手中，右手开始收拢另一端的铁索链。那铁链子在地上缓慢地拖动着，发出了一声又一声奇怪的音响，哗啦、哗啦……如此这般死人复活的场面，我和杂毛小道见了也不算少，所以并没有过分惊讶，反倒是这门被关上，堂屋里传来了万三爷的问候声，与这恐怖的寂静相互辉映着，让人心底生寒。

万三爷的声音，在我们的耳朵里，显得是那么的遥远，仿佛几十米外传来一般。

空间隔离？

这灶房并不算大，李汤成距离我们，也不过六七米，隔着一个灶台。当把那铁钩上面的锁链给收好之时，李汤成突然浑身一震，有力量牵引一般，提着那铁钩子朝我们甩来，又重又沉，力量很大。杂毛小道并不惊慌，大喊一声来得正好，伸出那根雷击桃木棍，运用五郎八卦棍法中的"圈"字诀，使劲儿一绞，将那尾端带着锁链的铁钩子给缠住不动。

李汤成见铁钩被绞住，便用力往回拉扯，杂毛小道这边也猛一用力，将那铁索链绷得笔直。两者以这铁索为媒介，开始比较起气力来。

杂毛小道自不必说，打小就有血玉藏身，一牛之力，再经过这些年的融会贯通，一身蛮力远胜常人；然而这不知用何种秘法炮制的死人李汤成，此刻也不输杂毛小道半分，脸不红气不喘（呃……如果一个死人也能喘气脸红的话，想来是更加恐怖了），竟然将杂毛小道给生生扯住，动弹不得。

这个时候，便是我陆左华丽上场的时候了，我暗自得意，从怀里掏出震镜，正要跟那人妻镜灵沟通一番的时候，突然感觉到左腿上一阵疼痛，低头一看——我勒个去!

一个女人的头颅附在我的小腿上,正紧紧地咬得正欢呢。

散落各处的人头,但凡正面朝向我们的,居然都睁开了白色的眼睛,用一种奇怪的眼神看着我,似乎是仇恨,也似乎是欢畅;与此同时,它们的口中,发出了一种如泣如诉的音调,让人心寒。朵朵已经落在了这个黑发长长的头颅上,奋力地拉扯着这个咬我的人头。

小丫头脸憋得通红,快哭了,哇哇大叫:"不准你强吻陆左哥哥,不准你强吻陆左哥哥,你这个臭女人,起开啦……"

我一阵无语,搞不明白这小鬼头的脑子里,到底在想些什么东西。

来不及去顾及奋力较劲儿的杂毛小道和李汤成,我让朵朵闪开一点,然后一刀重重地砍在了这颗人头上面。然而因为悬空不受力,这力道通过人头的咬合力传递到我的小腿上,疼得我眼睛一红,忍不住流下了眼泪。我急中生智,跪在地上,将这颗头颅一阵好剁,喀喀喀,碎成了好多块,然后伸出左手,一掌拍出,寒劲一发,这头颅中集聚的怨力轰然消散,再无影踪。

当我把那小腿上的人头取下来的时候,发现地上一圈的人头都已经开始蠢蠢欲动,各自发出怪异的哭泣声。

肥虫子那暗金色的表皮发出一种萤火虫一般的光亮,将我的周围笼罩着,有一种淡淡的威胁之意。

灶房里本来就有些昏暗,而这些人头一散落,骤然散发出来的黑气,让视野更加差劲了。我顾不得小腿上血淋淋的伤口,咬着牙弓身站起来,四处张望,防备着下一个扑来的人头。正在这时,杂毛小道和李汤成用来角力的那铁索链因为铁质太脆,居然节节寸断。

杂毛小道猝不及防之下,朝我跌落而来,将我重重地撞倒在地,两个人滚成了葫芦。

突然一道凛冽的刀光在黑暗中闪现,朝着我们两个袭来。

我正好在上面,察觉到这让人惊悚的一刀之后,想也不想,回手便是一刀。这刀刀对撞,我的手如遭雷轰,顿时一阵酥软发麻,根本就握不住,刀子顺着这力道往旁边飞出去。那刀光与我碰了一记之后,往回收缩,接着再次前递过来,就要直抵我的心口。

也就在此刻,地上那些死人头发疯了一般,如箭一般朝我们呼啸而来。

这些人头有男有女,有老有少,还有两个枭阳的,格外硕大,脸似那房梁上挂着的腊肉,牙齿白森森,狰狞到了极点。

"咄!"一声厉响,却是杂毛小道舌绽春雷,将这恐怖的气氛一举扫空,回荡声不绝于耳。

杂毛小道在第一时间就稳定下来,抓起了地上滚落的雷击桃木棍,抖了一个棍花，朝着突袭而来的周林戳去。一寸长，一寸强。这本来都算不上是武器的桃木棍，在最合适的时刻，被杂毛小道以一个巧妙的角度射出，稳稳地攻中了周林的……下体。

当我的视线落到了杂毛小道棍尖的时候，不由自主地夹紧了裤裆，忍不住地发疼。

这是一种条件反射，但凡是男人都会拥有的一种发自本能的反应。

本以为是一击必杀的周林，被杂毛小道借着我身体的掩护，猛然攻出的一棍捅到下身，这个给人感觉阴森恐怖的男人在那一刻，也和最平凡的普通男人一般，发出了一声精彩绝伦的惨叫："啊……"这种剧痛让他握不住手中的尖刀，哐啷一声跌落在我面前的不远处。

这刀子，跟猴孩儿用布条包裹在手上的那种尖刀，几乎是一种款式。

脸涨得通红欲滴血的周林第一反应，不是扑上前来复仇，而是捂着裤裆，扭头便朝后门冲去。我站起来想追，那些弹起来的死人头颅已经疯狂缠上了我俩。杂毛小道长棍不好施展，用手配合着攻击，而我则将那震镜祭起，口中高呼着"无量天尊"，一道金光凝而不散，朝着这些人头连着扫了一圈，使其全部跌落在地，不得动弹。

这个时候，李汤成已然冲上前来，张牙舞爪，把杂毛小道扑倒在地。

杂毛小道这一耽搁，腿上手上就被好几个死人头颅给啃到，发出了疯狂的大叫。我忙不迭地催动手中的人妻镜灵，将这几个死人头颅中的怨力给震散，而朵朵和肥虫子也在帮我们对付这帮蝗虫一般的死人头颅。杂毛小道和李汤成互掐着脖子，一个活人跟死人对掐，傻子都知道结果如何了，我左手使镜，右手捡起周林掉落地上的那把尖刀，挽起了一个刀花，对着这李汤成的太阳穴，使劲地捅了一刀。

人的颅骨究竟有多硬？我并不知道，但是这刀尖仅仅前进了一小段，就难以再深入半分。

我看到杂毛小道的脸都被掐得变成了酱紫色，心中那个恨啊，一瞬间就点燃了全身，咬着牙齿使劲一撬，那天灵盖竟然被我生生弄开，大团的脑浆子迸射出来，好些都流进了杂毛小道张开的嘴里去。在这红白相间的液体流出的同时，一股黑色的怨气也从李汤成的脑袋中逃窜出来，往高处飞去，朵朵眼疾手快，伸手将它紧紧捉住，不让其动弹。

杂毛小道死命吐出口中的脑浆子，从乾坤袋中摸索出一张符箓，咬着舌尖，吐出一口血箭，喷在这符箓之上，然后往空中一扔。朵朵知晓厉害，将那团黑色怨气往那符箓扔去，自己却闪在了一旁。

两者相触，一阵幽蓝宁静的火焰冒出来，将那黑色怨气灼烧，我似乎听到了李汤成的哭喊声，十分地难受。几秒钟后，那黑色怨气被全部度化，空中出现了李汤成隐约的影子，他朝着我和杂毛小道深深鞠了一躬，然后朝着屋顶飘了上去。

人已超度，魂归幽府。

这时，我手中的人妻镜灵开始大发神威，配合着朵朵和肥虫子，将灶房里这些个弹跳不停的死人头颅，悉数清理干净。了结完这些，我们怕守在门后的赵中华和万勇吃亏，连忙冲出去。然而当我们推开门，却没有遇见赵中华，而万勇则趴在地上，生死不知。

我正疑惑着，四处找寻周林的身影，只听到木屋那头传来了万三爷的冷喝声："想不到堂堂邪灵教神农架大鸿庐的庐主，居然隐居在此处，还暗箭伤人，果真如传说中的一样，是个小人啊！"

第二十七章　幕后者，枭阳莫名救朝安

听到一语点出的这么一个名号，我们都不由得惊呆，我的第一直觉就是不可能！怎么会呢？周林这小子现在虽说厉害了，但是也还不至于如斯。

要知道，他之前一直跟随三叔学艺，行走江湖，哪里有可能跟邪灵教勾搭上？若是今年进入的，这邪灵教的高层也未免太好混了吧？然而随之出现了一个声音，将我所有的疑惑都给解开了："百里无鬼万老三，时至今日，你有没有觉得自己的这个名号，实在是太讽刺了？"

这个声音略有些沉闷沙哑，苍老而飘忽不定，上一句仿佛是在远方，下一句又仿佛就在耳边，让人捕捉不到他的方位。显然，这个声音便是所谓的神农架大鸿庐的扛把子，庐主先生。只是，万三爷往日行走江湖的这个称呼，似乎也有些……太虎了吧？

百里无鬼……

百里……

杂毛小道已经给万勇检查了一下身体，说是被敲晕了，并没有生命危险，我们把他扶到了木屋前面，只见万三爷正站在木屋的楼梯前，对着前面的空气说话。两个人认识，而且都一把年纪了，但是说的却都是些没有营养的废话，不知道是在施展拖延战术，还是果真没话找话说。

其余的人则像无头苍蝇一样四处乱转，不知道那个声音从何而来。

这些人里面，我没有看到赵中华。

随着两人的相互讽刺升级，杂毛小道忍不住打断一下，朗声说道："这位邪灵教的前辈，打听一个事情——周林这个小子，可是前辈收留的？"那声音沉默了一会儿，突然说道："你说的周林，可是黑蝠？是我留下来的，没错，提着棍子的小家伙，你的手倒是挺快，老头子我费尽心机布置了这么久，竟然被你小子给提前拿到了桃木芯。你倒是好眼光，却没想到我启动了这阵法，连累了所有人吧？哈哈……"

杂毛小道举着手中的桃木棍，若有所思地说原来如此，这大雾弥漫，竟然是因为此物？

此言一出，万朝安、万朝东等人看过来的目光，便有些不善了。

万三爷哈哈大笑，说："你这老鬼少在这里挑拨离间扯犊子了，我们之间的关系，远远没有你这肮脏的家伙想象得那样脆弱，你这个家伙在这里隐姓埋名几十年，也未必是为了这区区一根桃木芯。那屋里有多少冤死的鬼魂，是你的布置吧——你到底是什么目的呢?"

万三爷说完,万家那几个小辈的脸色方才好了一些,我暗道厉害,这些老狐狸果然是工于心计的老手,几句话,便能够搞得出刀光剑影来。

那庐主沉默了一下,说:"屋子里的死人,倒并不是我搞的,我这人虽然没什么礼义廉耻之心,但终究不喜欢和尸体打交道,这黑竹沟遍地的尸骨,如无必要,我也未曾动过一分。那些傀儡僵尸恶灵之术,都只是我那黑蝠小朋友的杰作。他是一个才华横溢的术者,我自然由他折腾,但是这些烂账,千万莫要算在我老人家的身上,这里面的因果,伤不起。"

杂毛小道脸色愈冷,说:"你对周林这个狗东西,倒是蛮费心的。"

那人说:"不错,黑蝠此人,以后必然是引领时代的弄潮儿,我已经给上面写信引荐了。哈哈,那日子越来越临近了,我教人才辈出,这莫非是神的启示?想来数年之后,我邪灵教一直被你们这些所谓的正教人士打压的局面,一定会得到改观的。"

听到这老疯子的一番话,我们皆有些无语:虽然这些年全球金融危机,美国次级债波及大陆,但是大体的形势依旧欣欣向荣,齐奔小康。这个家伙的脑子却走火入魔,啥子邪教、正教,能不能不要这么吃饱了撑着,搞这些事情来耍?唯恐天下不乱是怎么的?

万三爷还在问他为何在此的事情,我们本以为他不会回答,然而似乎他一个人在这里待太久了,成了一个话痨,唠叨着说他本来在这里,借着阵法和怨灵炼制一件"绝世大杀器"的,苦守寒庐四十载,原本就要成功了,结果今年年初的时候,山脉莫名震荡,居然将他那宝贝震得差点烟消云散,几十年功夫都白费了。当时只想投溪自尽,忧愤而死,后来好歹又熬了过来。

他苦口婆心地劝我们,说:"你们并不属于这黑竹沟,咱们是两个世界的人,大家井水不犯河水,何必为难呢?我给你们放出一条路来,你们且出了这里,日后再无相见,如此可好?不要逼我痛下杀手——多年以前我可是一个杀人如麻的大魔头,一旦发起怒来,很恐怖的,所以不要惹我哦……"

庐主说起话来,有点像村里面吓唬小孩儿的瞎老头子,然而他这诡异飘忽的声音,却有着一种神秘的影响力,至少万朝安、万朝东他们几个,都流露出了想走的神情。他们都不傻,能够和平解决,自然不愿意搏命相拼。

然而万三爷却不屑地一笑,说:"你要是有这么好心,天上都会掉下金子来了。此处为阵心,周转不得,所以你才会有所忌惮,不肯露面。倘若我们一出这范围,只怕这阵法一启动,我们都要被你玩死了。不过,你竟然会这么低三下四地求人,是不是有痛脚,被我们抓住了?比如……法阵启动,虽然是借力打力,但终究需要原始动力作驱动,那河边的水车,倘若被我们给毁了,是不是阵法就失灵了?"

万三爷头一偏,万朝新和万朝东立刻朝着河边的水车跑去。那神秘的声音终于发怒了,咆哮着,说:"万老三你这个狗东西,敢破爷爷的大阵,我让你们死无葬身

之地!"

话音刚落,灰蒙蒙的天空上突然就是一阵翻涌,黑云压地,天地都变成了一片黑暗。

无数的山风从四面八方吹出,贴着地面刮过来,远处的山林河滩都变得模糊了,掩映在了浓雾中,整个河滩平原上,仿佛倒扣着一个大碗,让人心里压抑得厉害。我们心中皆一惊,原以为这阵眼安全,却没想到那神秘声音一急躁,弄出了这世界末日的景象来。

这情形恐怖,然而万三爷却并不忌惮,冷笑着大吼一声"虚张声势",同时把手中的招魂幡使劲儿一抖,舞弄出许多花样来。而万朝东、万朝新两兄弟,已然冲到了最近的一架水车旁,开始琢磨着把水车给毁掉。万朝新以前当过兵,现在还是村中的民兵队长,他在进山前搞了一些开矿的炸药,以备万一,此刻正好用得到,便开始在底座下面安放。

那神秘的声音又急又气,大叫"小辈敢尔",天空中黑云翻动,似乎在朝着溪流边涌去,让我们心惊。就在这个时候,突然又传出来一声气急败坏的巨大咆哮声:"你这个死猴子……啊!"

这咆哮声伴随着凄厉的惨叫声,不绝于耳,天空的黑暗似乎也淡了几分。我们不明就里,都面面相觑,没有人知道怎么回事。站在田垄边缘的万朝安突然指着房子西南方的密林处大喊:"猴孩儿,是那该死的猴孩儿……"他的喊叫声中,有一种很复杂的情绪在里面。我们顺着万朝安手指的方向看去,只见一高一矮两个身影,从西南面的雾霾中冲了出来。

矮个儿的是猴孩儿,他的右手又拿了一把刀子,不是我之前丢弃的那一把,是新的,刀口上有着激溅的鲜血滑落;而那高个子,居然就是我们之前在救万朝安的时候,被万三爷给熏晕了的母枭阳。

我有些疑惑,这迷阵百转千回,怎么大家都像是约好了一般,全部都跑到这里来了?

不过看到这母枭阳,我估计是它之前把猴孩儿给救了,所以周林上西面,只找到了残留的登山绳。这时他们跑到这里来,所为何事呢?那一声咆哮又是为了什么呢?当我们全都抬头,看向那边的时候,突然从浓浓的雾里面,又奔出了一个黑衣服的干瘦男人来。那气势,跟一个史前怪兽差不多。

还有一点,他居然是一个"杨过"。

不对,这个干瘦男人右手还提着一只胳膊,显然他是刚刚晋升成了独臂金刚侠,之所以他没有流血而亡,大概是因为其身上有一团如这雾一般的乳白色气体围绕着。我看到了这个男人的脸,是一个满脸皱纹的老头儿,一脸的老人斑,除了眼神犀利尖锐之外,几乎没有什么特色。

看来,他便是那躲在幕后的神秘人,之所以如此恼怒,是因为被猴孩儿偷袭,砍断胳膊了吧?

从木屋灶房里看到的枭阳头颅,我不难猜测猴孩儿对他们的愤恨,只是他是如何知道这老人的藏身之处并且得手的呢?不知道,一切都是个谜,猴孩儿一得手便朝着这边飞纵,那母枭阳也是,胸前的大木瓜甩得四处晃荡。万朝安站在田垄边缘,颤抖地看着这两个家伙从自己身边风一样地掠过,嘴巴张得大大的。

我的瞳孔骤然收缩,因为我看到那个断臂老头朝着万朝安这边,甩了一道红得发热的气团来。

我能够感受到那气团里,蕴含的恐怖力量。

万朝安倘若中了,必死无疑。

也就是在这个时候,那个母枭阳忍不住地回头望了万朝安一眼,结果浑身一震。因为角度的原因,我没有看到它在那一刹那间的表情,但是我看见母枭阳瞬间回转了身子,朝着万朝安的前方跑去,一点犹豫都没有。

接着,红云与枭阳撞到了一起。

烈焰焚身,我不得不说,那是我所看到过的,最惨烈,也是最娇艳的烟花,盛开在那一瞬间……

便如永恒。

第二十八章　掉鬼坑，白磷万骨砂逞凶

　　火舌吞吐，迷蒙的天地间只见那橘黄艳丽的焰火闪耀，身上尽是火焰的母枭阳转过身来，面对着与自己近在咫尺却远在天涯的万朝安，无力地伸出了手，这手未伸多远，便迅速被火焰所吞没。它跪倒在地，如同逼真的沙雕，全部都散落在了那草地上。身死魂销，化为灰烬。

　　只有那地上被灼烧成了灰白色的骨灰，证明它来到过这个世间。

　　经历过、挣扎过、恨过、也……爱过。

　　所有的一切都是如此的突然，时间实在太短暂了，弹指间，事情就这样发生了，在这熊熊火焰中，万朝安跟那个小俊一般，发挥了十二分的潜能，哭喊着"妈妈"，眼泪鼻涕一齐流了下来，屁滚尿流地往我们这边狂奔，之前他那苍白虚弱的模样，竟然一扫而空。

　　这，便是死亡和恐惧赋予人类的力量。

　　我不知道在那一刻，母枭阳为何突然出现在了万朝安的前方，这简直是代他受死。我们根本就不能够明了它的感情世界，于是所有的猜测都显得苍白无力。但是不知道为什么，我突然对这个没有见过几次面的万朝安，有一种不太喜欢的感觉——当然，这仅仅只是我的个人好恶。

　　见到母枭阳化成了焰火，燃烧殆尽，奔跑中的猴孩儿仰天长啸，热泪顺着眼眶就迸发出来。他的声音悲怆无比，我想倘若杂毛小道挂掉，我应该也会发出这样绝望和痛入骨髓的声音。

　　然而猴孩儿却没有返身去与那邪灵教庐主拼命，他反而加快了速度，往前面奔去。

　　是逃跑吗？不对！顺着猴孩儿的前进路线，我看到了他的目的地——奔涌溪流中的水车。

　　对了、对了，万三爷的猜测果然正确，这天然的大阵固然精妙无比，然而冥冥之中仿佛自有定数，无论是自然科学还是神秘道术，都必须遵循能量守恒规则，从来没有无中生有的力量，也没有永动机，所以这阵法必然需要有一定的力量作驱使，这黑竹沟曲折弯绕，风力不强，唯有这贯通全沟的溪流水能，可以利用。水流量无论多与少，那大大小小八架水车总能够提供启动法阵的最原始的能源。

　　毁掉它，法阵的力量和赋予这个狗屁庐主的力量，也就全都消失不见了。

　　对吗？

一想到这个可能性，我们的心就热切起来，感觉一条光明大道出现在面前：只要将这水车毁了，然后再把这个老年版"杨过"给干掉，那么所有的一切就都结束了。我抬头望向那个狂躁中的庐主，惊慌失措的万朝安显然并不是他的目标，刚才的那一片红云，仅仅也只是顺手而为，想让视野更加开阔一些，他的目标，从一开始，就是将他左臂斩断的猴孩儿。

作为一个自负到极点的高人，哪里能够容忍这种无名小角色偷袭成功，并且让自己受到这般的伤害呢？唯有死，方能够解脱庐主心中的仇恨。

两人呈一条直线在相互追逐，居然把我们这些人都当作了纯粹的看客。

我们是看客吗？NO！

我紧握手中的刀，像一支利剑一样朝着那庐主的前进方向截去，而杂毛小道也将万勇放在地上，提棍便冲，后面传来了万三爷的嘱咐声："两位小心他手里的白磷万骨砂，那是用堆积在地底的尸骨磨炼祭奠而成，不但含有千年的怨气，而且一遇到生物，就能够将对方身体里那百分之一的磷给引出，灼烧殆尽……"

当万三爷将这一段话说完，我已经距离庐主只有六七米之遥了。

既然知道了这红云的奥妙，我立即让回到槐木牌中的朵朵用鬼力帮我撑起一道淡薄的气场，免得自己也变成了璀璨的火焰，与此同时，我已经屏气凝神，做好了与庐主接触之后下蛊的准备。

人有所长，亦有所短，我尝试着给老混蛋下个蛊，远比跟他正面交锋要来得简单得多——因为自小便是好孩子，所以打架什么的，我不擅长……

然而庐主却是极有眼光之辈，并没朝我甩什么"白磷万骨砂"，而是折转了方向，朝着另外一边跑去。

他的这一举动，让我不由得兴奋了。

经历了与周林的拼斗，在感叹他进展神速的同时，也让我对这大阵幕后的黑手、神农架大鸿庐庐主有着莫名的畏忌，怕这个家伙也是一个"力拔山兮气盖世"的肉搏高手，那么我就真的有些头疼了。

但是他居然不跟我正面交锋，这说明了什么？

他胆怯了！

刹那间信心满满的我立刻扬起了手中的开山刀，像是打了顺风仗的街头小混混，高喊着"你别跑，站住"这种软弱无力的废话，朝着老头儿继续追去。杂毛小道也拦阻在庐主的前端，抬棍儿就是横扫，那老头儿高高跳起，躲了过去，居然把那断臂当作暗器，朝着杂毛小道使劲儿扔过来，右手迅速掏向了怀里，拿出来的时候，一抖，又是一道红云。

那红云的目标，既不是我，也不是杂毛小道，更不是从旁策应而来的万三爷，而是已然攀上了溪流中最高大的那架木质水车的猴孩儿。

猴孩儿一路狂奔之后，直接越过了在河滩边装炸药的万朝新和万朝东两人，纵身跃过溪面，跳上了那架七米高的水车，然后顺着转动的轮子停留，猛力地砸那水车最脆弱的接合部分。猴孩儿七岁的时候就离开了人类世界，然而或许是混血的原因，他天生巨力而又敏捷无比，又不知道从哪里弄来的刀子，耍弄得一手好刀法。他人也聪明，虽然不懂这水车的构造，然而却能够一眼瞧出其中的弱点，他刚一攀附上那架转动着的巨大水车，便有一阵令人牙齿发酸的响声传了过来。

白磷万胥砂似一阵风儿，朝着那猴孩儿准确地扑洒过去。

猴孩儿纵身一跳，竟然横跨四五米，从转动的水车顶端跳到了另一架水车上面去，身手当真灵活得跟猴子一般。那由白磷万胥砂组成的红色薄云，在他跳跃的一瞬间，与水车相撞，顿时，白色耀眼的火焰燃起。然而因为并没有射中生物，这水车就是个木疙瘩，并没有磷元素可供抽取，所以那火焰显得软弱无力，轮面上的火焰入水之后，便熄灭了大半，仅仅凭着本身的白磷在燃烧。

而那被祭炼出来的怨气，则在一点儿一点儿地消散。

这边，杂毛小道则被这老头儿蛮不讲理的打法给整了，一只温热的手臂打在杂毛小道的鼻梁上，他没有防备，仰头就往后面栽去。我见好友吃亏，心中非常愤怒，见这家伙浑身白的、黑的雾气环绕，定然是一个有邪法之人，既如此，那么我的震镜对其应该是有效的，于是我掏出了兜中的法器"震一下"，兜头便是一照："无量天尊！"

金光一耀，老头子浑身一阵颤抖，快速跑动的身体竟然僵直不动了。

我心中大喜，右手提刀，准备过去将他的头颅给砍下，让那血花冲天而起，洗刷我的荣耀。

我刚刚跨出几步，只见那庐主恼羞成怒地猛挥了一下手，我竟然一脚踏空，又跌入了地下。身体骤然下落，我的脚踩在了一个圆溜溜的硬物上，结果脚下一滑，栽倒在地上，巨大的撞击力从全身各处传来，眼前一黑，疼得我猛地叫了出来。

虽然疼得我浑身散架，但是我却不敢在此停留，奋力想要站起来，结果才发现左脚扭到了，疼痛得厉害。心意一动，金蚕蛊立刻从我体内游走到了左脚脚踝处，帮我将这疼痛勉力压住。

我憋红了脸，勉力站起来，发现自己身处一个白骨累累的大坑中，与之前的那个不同的是，这里居然鬼气环绕，各种各样的尖叫和怨灵在这里积聚着。它们小心翼翼地看着我，似乎很好奇，想要接近，又似乎很凶恶，龇牙咧嘴，想要把我吃掉一般。

我环顾四周，白色的骨头遍布四野，但是这些白骨、骷髅头，却并非只是人类的，似乎有枭阳这种巨人，也有三寸丁的小矮儿。我浑身阴寒，要不是金蚕蛊在体内，只怕这些家伙已经扑将上来了。一道红绳铃铛鞭子从上面垂落，声音闪烁，将所有靠近的怨灵都给驱散开。

我知道这是万三爷在救我，忙不迭攀上红绳鞭，使劲儿一拉扯，一股巨大的力量把我往上拽，我双腿一跳，感觉四五米的距离，一跃就被拉出了坑口。我的双腿一片冰凉,这是刚刚那些怨灵留下来的,它们并没有出这坑口,显然是有什么力量让它们敬畏。

当我惊魂未定地趴在这坑旁边的草地上时,突然听到溪边一声巨大的响声,硝烟弥漫,扭头看去,只见万朝新他们刚刚站立的地方,一架巨大的水车轰然倒地,溅起水花一片。

我的耳朵里传来了一句撕心裂肺的喊叫声:"你们这些杀千刀的,你们到底干了什么?"

第二十九章　身噬鬼，卷土重来王麻子

　　爆炸声响起，碎片四处飞去，那水车轰然倒地，溅起许多水花来。
　　水车一倒，天地四周的雾气，都淡薄了几分，周围的景致也开始逐渐清晰起来。这一发现让我们欣喜若狂，看来这家伙的本事，大部分还是来源于阵法；以及我跌落的那白骨尸坑陡然出现，也需要借助于阵法之威。所谓峰回路转，脱离了这一前提，他并没有我们想象的那么厉害，孤单一人的他，面临的将是被我们群殴。
　　万家两兄弟早已跑到一块大石头后面蹲着，看着这水车倒地，天色转好，均欢呼雀跃，然而又见到那断臂老头状若疯虎一般地冲将过来，想起那被点成了蜡烛的母枭阳，吓得魂飞魄散，都怕这家伙随手又是一道红云飞来。
　　不过万朝新毕竟是受过部队大熔炉锻炼过的人，稳下心神，举枪就朝那老头儿扣动扳机。
　　三管猎枪跟李汤成一伙人配备的黑星手枪，并不是一个级别的，要弱上许多，然而崩到正常人的身上，却依然有夺人性命的可能。断臂老头并没有如我所想象的那般刀枪不入，当万朝新举起枪，朝他瞄准的时候，他便朝着旁边猛地闪去，反应力十分惊人。
　　也就是在这个时候，一根湿漉漉的棍子，将他给缠住了。
　　杂毛小道终于在这个时候，拦住了魔焰嚣张的断臂老头。他的棍法源自于"五郎八卦棍"，本为宋代杨家将之一的杨五郎始创，后由黄飞鸿从其父黄麒英那里学得，再融入南派武学功法精华，并由高徒林世荣发扬光大。此棍法长短兼施，双单并用，法门多而密，与人缠斗最合适不过，　时间棍影重重，天地皆是，将那断了一臂的邪灵教庐主逼得连连后退，慌忙应付着。
　　就在此刻，那个猴孩儿不知道使了什么法子，"咔啦"一声响，又一架水车散落在了水面上，不再转动。他再接再厉，蹲到了另一架水车之上，伸出手中那把锐利的尖刀，直接卡在了水车转动的轴轮之上，使得那水车缓缓停止了运转。
　　顷刻之间，八架水车，已去其三。
　　天空为之一震，有风习习吹来，笼罩四野的浓雾似乎就被吹散。被杂毛小道缠住的庐主疯狂地叫喊着，被斩断的手臂上鲜血洒落下来。恐惧总是来源于神秘，他想来并不是很擅长正面搏斗，而且年老体衰，怎及得上杂毛小道和我这些气血正旺的大小伙子？然而左臂被斩，愤怒让他失去了理智，暴露了自己，本想依靠那并没有几把的白磷万骨砂恐吓我们，却最终落入了下风。

所以说，人永远不要以自己的弱点，去迎击别人的长处。

争斗如此，生活也如是。

可是，一个耐得住性子在此隐居了四十年的老家伙，就这点儿城府，这点儿本事吗？

显然不是，在看到自己的心血被毁，而自己又被杂毛小道的棍子敲得头昏眼花之后，这个头衔为邪灵教神农架大鸿庐庐主的老人，终于动了真怒，他往后退开几步，看着步步围上来的我、万三爷和杂毛小道，看着提刀捉枪的万家两兄弟，看着溪流处在尝试毁掉第三架水车的猴孩儿，仰天长笑，这笑声里，多了好几分悲凉和英雄末路的情绪在。

笑毕，他环顾四周，说："我李子坤生于民国十一年，十八岁加入厄勒德，历经了军阀混战和外敌入侵，历经了民国的兴亡和新国度的建立，也曾扬名立万，也曾阶下作囚，也曾驰骋沙场上，也曾醉卧美人膝，多少年烟雨和风尘，自接任神农架鸿庐以来，局势混乱，挣扎几年后并不理事，潜藏于这黑竹沟中，妄图断彻天机，养得那鬼道长生之术，然而惜哉，天意难违，功亏一篑啊……功亏一篑啊！"

回忆完光荣历史，这位邪灵教神农架大鸿庐的庐主李子坤抬起头，面带笑容，说："别以为我的功力被破，就能够容尔等小辈任意欺辱，厄勒德十二魔星之威名，不能在我这里坠落，给我陪葬吧，你们这些凡人蝼蚁！"

他这话说完，朝我扑来，我等他说完这番装波伊的话语，冷笑着扬起了手中的刀，迎击上去。

砍杀的经过，出乎意料地顺利——我这一刀正好砍在了他的右臂上。我这把刀是小屁股她外婆磨了半个晚上的产物，经历了这么多的磨难，依然锐利如新，再加上我的力道甚大，毫不留情，竟然一刀便将李子坤的右手，齐肘切下。

然而他似乎并不在意这痛楚，居然朝着我刚才爬上来的那个白骨尸坑，纵身跳了下去。

这……是什么节奏？

我有些发愣了，顾不得地上那截还在弹跳的手臂，朝着坑旁跑过去。我跑得快，旋风一般冲到了那开口巨大、骤然出现的土坑边，只见里面黑气萦绕、翻腾，无数的手将这个老头给凭空托住，接着那些黑气承载的数十个骷髅头，啃食着他的身体。

啊——

饶是这个姓李的老人意志坚忍，却也受不了这万鬼吞噬的痛楚，发出了一声惊悸到了极点的惨叫声。这惨叫仅仅只持续了十秒钟，便被那恐怖的咀嚼声所吞没。围绕在他身边的骷髅头，实在太多了，有许多朝着我这边飞来，吓得我连连后退。然而那坑口似乎有着某种结界，使得它们遇到了很大的阻力，飞到了近前，就再难寸进。

万三爷和杂毛小道也冲到了这白骨土坑边，一瞧这情形，万三爷这个半辈子走南闯北的老江湖，都忍不住颤抖："疯了，简直是疯了……他竟然用自己的血肉神魂作

活祭，这是要强行催动这滔天大阵，布下鱼死网破的杀机吗？"

他说得语无伦次。突然，溪流边传来了一声惊恐的尖叫，我扭头看去，只见攀在水车上的猴孩儿不知道是失手，还是被什么神秘力量作用，给推掉进了河里。

神农架大山大河，猴孩儿自然是会水的，然而他发出这种惊悸的尖叫，显然不是因为落水。

猴孩儿落入水中，挣扎一番后沉入水底。溪面沉静了几秒钟，突然一团人形物体出现在河滩上，凄厉地尖叫着，朝着在不远处发愣的万朝新、万朝东两兄弟跑去。这物体正是那猴孩儿，他身上布满了棕黑色的蚂蟥，一层又一层地蠕动着，将他的全部都给覆盖了，使得他呈现出蜂巢一般形状。

因为光线的原因，我看得不是很清楚，但最外围的蚂蟥，全部都有小拇指那么大，肥嘟嘟。

万家两兄弟哪里见过这种恐怖的景象，见那怪物朝着自己扑来，万朝东将手中的刀子当作了手榴弹，朝着那猴孩儿砸去，而万朝新则朝着怪物的头颅，果断开了一枪。奔走的猴孩儿和正常人一般，在头部中枪之后，尖叫声猛然一顿，朝着后面栽倒，再无气息。

而他身上的那一层黑乎乎的蚂蟥，也散落各地，不断地扭动着扁长形的身子。

这些蚂蟥有的吸了足够的血，腹中滚圆；有的仍然叮在尸身上面，用尽全力吸食鲜血；有的似乎还感应到了我们这些人的存在，蠕动着身躯，朝我们这边爬过来。

想不到那溪流中居然有这么多蚂蟥，如斯恐怖，是天然的存在，还是李子坤和周林弄来的布置？

或者，猴孩儿的死，跟死去的李子坤有关系？

顾不得这许多，看着土坑中那翻滚的黑气和已经变成了一具骷髅的邪灵教神农架大鸿庐庐主，万三爷脸色大变，对着我们狂喊，说快跑，这老鬼以自己的性命为代价，驱动了这大阵，只怕一旦运转起来，这阵中所有的生物，都十不存一了。我们必须在半个小时、不，二十分钟之内，闯出这阵去，不然这黑竹沟的阵法虽破，只怕我们都要陪葬于此了。

见万三爷说得严重，我们都慌了手脚，万朝新、万朝东也不管地上那一大摊的蚂蟥了，纷纷朝我们聚拢而来，万朝安本来畏畏缩缩地待在那木屋旁，这下也扶着他那昏迷过去的大伯，朝我们这边艰难行来。他带着哭腔，焦急地喊，说："三爷爷，这可怎么办？谁知道怎么出这个阵吗？天要黑了！"

我抬起头，只见本来要恢复清明的四周，白雾渐浓，有的地方甚至直接转化为了黑色的雾气，在天际翻滚着，天地间出现了一种恐怖的抖动。似是整个山谷中，有轰隆隆、轰隆隆的打雷声，又或者是山体动摇的声音，一切都变得让人心惊肉跳。

我们不知道万三爷的时间是如何来的，满脑子只剩下离开这里的念头。

突然，浓雾中走出一个黑影子来，朝着我们这边疯狂地笑，说："想跑吗？万三爷,你这个满口礼义廉耻的老家伙,会扔下你的外重孙女,独自逃跑吗?"

这声音嘶哑,充满了戏谑的笑意。他的话音刚落,一个清脆的声音则响了起来:"太姥爷,救救我……"

是小屁股!她怎么跑到这里来了?

第三十章　敲闷棍，幕后主使来救场

正拿着罗盘找寻出路的我们，听到这声音，心中都不由得一震：他们怎么会出现在这里呢？

在我的视线中，走近了两个人，一个是那个养了青蛇蛊被我们给识破，废去了蛊毒的王麻子；还有一个，竟然是万三爷的外重孙女，据说有着很高修行天赋的小屁股魏梅梅。这样两个突兀的身影在这个时候出现，由不得我们不惊讶。两人越发近了，我这才发现小屁股被王麻子给紧紧绑住了双手，脖子上还有一把尖刀抵住，王麻子脸上，则浮现出了完全疯狂的笑容。

看到这一幕，我突然回想起进入黑竹沟的时候，似乎看到沟口滑板岩的坡顶上，有一个黑影子。而那个黑影子，莫不就是王麻子这厮？

这个该死的，就因为作恶被我们给抓住了马脚，不但一路跟踪至此，而且还将万三爷最宝贝的后辈给绑架了？

只是，此刻的黑竹沟云遮雾罩，斗转星移，他又是怎么出现在这里的呢？

我突然感觉到整个事件背后有一双手，把这整个局势往某个方向推动着，是命运吗？

空间依然在颤抖，我们聚拢一起，看着王麻子一步一步地走近，直到十米开外的安全距离，停下来，然后得意地打量着我们，右手持刀制住小屁股，左手揪住她的头发，说："你们这帮自命正义的家伙，会抛弃你们至亲的家人，抽身逃跑吗？这一点，我真的十分好奇。"

万朝东、万朝安几个沉不住气的年轻人气愤地朝着土麻子大骂，说："你这该死的，还不快快放了小屁股？"

万三爷的脸阴得都要滴下水来，看着被骂得越发开心的王麻子，说："你是怎么进到这里来的？"

王麻子下巴抬起，毫无掩饰地显露出小人姿态，说："万三爷，你忘记我小的时候曾经误入过黑竹沟，后来是你大哥发动全村人，最后在溪边找到的我吗？当时我确实是迷路了，但是我却没有告诉你们，我知道一条地下通道，直通谷中。虽然这一次我依旧还是迷路了，但是冥冥之中，却自有指引，将我引到这里来。哈哈，看这情况，世界末日就要来了，你们还不赶快跑？"

万朝新跟王麻子同辈，忍不住施展温情攻势，说："柱子，你还记得我们全村的人一起出动来找你啊，那就不要再走歧途了，跟我们一起逃吧，留在这里会死的。"

"死……"

王麻子眉毛一掀，发出了一阵疯狂的大笑，眼泪都快要呛了出来，比划在小屁股洁白脖子上的尖刀一阵乱颤，吓得小姑娘哇哇大叫。

笑至尾声，王麻子用左手背抹去眼角的泪水，说："我现在的情况，生和死，有什么区别呢？我从小出生在农村，家里面没钱，老爹不但没本事，而且还早早就死掉了；我文凭低，长得还不好看，在城里头的工地里搬砖，累死累活还不够养活自己的；坐个公交车，都要被人嫌弃又脏又臭；我进大商场去，连那门口的保安都用看贼一样的眼神看着我……我不服啊，同样是人，同样生活在这蓝天白云下面，我王柱子，凭什么活得就这么憋屈？后来，我回家了，开始养蛊了，满心期待着用我的心血和努力养出来的蛊去发财，赚大钱，盖房子，给我老娘换身新衣裳，娶一房漂亮的媳妇天天睡，吃最好的、穿最好的——老子要买几百块钱一件的衣服，再去坐公交，去商场，看他们还敢瞧不起我……"

说完这段自白后，沉浸在美好意淫中的王麻子突然睁开了眼睛，这瞳孔里白的多过于黑的，导致他的眼神十分奇怪，整张脸扭曲得厉害："都是你，你们这群自命不凡的家伙，多管闲事，将我王柱子发达的机会给彻底葬送了！我那糊涂的老娘还劝我，说让我到你家给各位爷爷奶奶磕头认错，免得以后在村子里混不下去……哈哈，我王麻子窝囊一辈子，何必还要看人脸色？死便死，让这个粉嫩可爱的小姑娘，陪着我一同死去，让你们这些表面跟土地公公一样慈祥、内心里龌龊得要死的家伙难受，老子也不枉来到这世上走一遭……"

王麻子疯了，从他那没有焦点的眼神中，我可以看得出来。

当梦想一朝破灭，这个在社会中处处碰壁的可怜虫，终于抛下了所有的美好，将人性里最肮脏、最丑恶的部分，全部都挖掘了出来。作为一个对他了解不深的人，我无法评价他的好与坏，有人把苦难当作是生命的财富，有人却把这些当作是压垮自己的最后一根稻草，是负担……所谓对错，没人知晓。

我只能说，王麻子实在是太脆弱了：人若想别人瞧得起，首先要自己瞧得起自己。若自身都没有一点儿能够让人值得尊敬的品质，又何必埋怨他人呢？

万三爷从王麻子一开始说话，便一直在沉默。他也不劝说，只是用他那双充满睿智光芒的眼睛看着王麻子，待他说完，挥一挥手，对着我和杂毛小道说："两位，这里的事情与你们无关了，请速速离开吧。"说完这话，他又回过头来，看着万朝安和扶着万勇的万朝新、万朝东等人，说："你们也走吧，跟着小萧、小陆两人离开，或许还有逃生的希望，这边，我来应付吧。"

我听到万三爷的语气中，有一股萧瑟清冷的倦意。

是对人性完全失望了吗？

我看到小屁股被发疯了的王麻子狠狠地拽着头发，大大的眼睛里全部都是泪水。她不敢大声哭叫，咬着牙、抿着嘴，强忍着心中的恐惧，呜呜地抽咽着。她的模样让我想起了朵朵,也就是在这一刹那,我立刻想起王麻子没了青蛇蛊,也就是一个凡人而已,何不让朵朵潜入他的身后,将他解决了呢?

有这个想法的并不仅仅只有我,万三爷在说话的同时,缓缓地松开了腰间的竹筒。

鬼灵悄无声息地潜了出来,想要朝着王麻子摸去。

然而王麻子却大声叫嚷起来,将小屁股的脖子紧紧勒住,说:"你们别耍花样,老子的眼睛上可是抹了牛眼泪的,别以为我不知道你们在想啥子,你们若敢乱来,收获的也不过就是两具尸体而已,哈哈……"

小屁股的脖子被轻轻划拉出了一道口子,血流了下来,她发出一声清脆的尖叫声,万三爷身子一僵,那鬼灵立刻缩回了体内,而我也停止了召唤朵朵的想法,连肥虫子也不敢叫,生怕这个陷入疯狂的家伙,做出什么让人遗憾的蠢事来。

天地仍在晃动,万三爷朝我们喊,说还不赶快走?这里随时都有可能崩塌,再不走,就真的来不及了!

听到万三爷严厉地喊叫,也许是积威甚重,也许是别的缘故,万家几兄弟扶着昏迷的万勇,往着他们之前过来的那个林子退去。而我和杂毛小道并没有动,身边的老萧用棍子当拄扔,望人,眯着眼睛看这异象不说话,我感到的左脚一阵一阵地疼痛,扶着他的肩膀,说你在看个啥子呢?

杂毛小道皱着眉头说他在想,救场专家肥母鸡,怎么到现在了还没有出现呢?我一听,心中的疑惑便浮出来,忙问:"你们到这里来,莫不是那肥母鸡领的路?"杂毛小道说倒不是它领的路,不过路径却是它给的……

我说你们是怎么联系的?

杂毛小道摇摇头,说:"不好说,虎皮猫那厮不愿意让人知晓,那么我也不敢私自透露给你。"听到杂毛小道谈起了虎皮猫大人,我那紧张不已的心终于开始安稳下来,抬起头,只见万三爷开始在劝王麻子,说:"柱子,你要多少钱,直接跟三大爷说个数字便是,何必做出这种极端的事情来?生活有多美好,你年纪还小,并没有太多的体会,三大爷拿钱给你,给你娶媳妇——你都没有孩子,以后老王家可不是要绝后了啊?"

"传宗接代"这个深入中国人骨髓里面的话题,让王麻子激动的情绪终于有了一些犹豫。

然而转瞬之间,他抬起头来,说:"莫骗我了,我受了太多的欺骗,受够了,我不敢相信任何人,所有的一切都是假的,你们别想骗我……咦,你们笑什么?你们觉得我很好笑吗?"

王麻子看着我、杂毛小道和万三爷脸上突然间一齐流露出了阳光灿烂的笑容,疑惑不解,他的思维已经陷入了疯狂的境地,抬起右手的尖刀,指着我们大骂:"你们笑什么?信不信我一刀捅死小屁股?"

"他们在笑你,笑你就是一个傻瓜啊……嘎嘎!"
"谁?!"
王麻子闻声,朝着头上看去,一大坨热烘烘的鸟屎"吧唧"一下,准确无误地落在了他的眼睛里面。

他"啊"的一声惨叫,用右手袖子去揩脸上那泡稀烂的鸟屎,然而当视线刚一恢复,便见到一根歪曲的树棍,迎风朝着他的脑袋猛力地撞击而来。使棍的这男子只当是打地基,一棍敲得闷响,王麻子只觉得天旋地也转,手上的刀子一松,人便栽倒在地上,不再动弹。

第三十一章 老朋友，庐主投影逞凶蛮

看到之前逃入林中的小俊手提着一根枯木棍子，将陷入疯狂的王麻子一棍击倒，万三爷第一个冲上前去，跌倒在地的小屁股挣扎着爬起来，哭喊着太姥爷，鼻涕口水一起流出来，不过这哭声仅仅是恐惧过后的情绪宣泄，比之前那压抑不住的哭泣，听着要顺耳许多。

这隔着两代辈分的祖孙俩抱在一起，心情激荡得很，而旁边的小俊还有些不好意思地挠着头，跟我道歉："陆哥，对不起，刚刚那会儿人都吓傻了，不管不顾地跑进了林子里，到现在才被鸟大人呵斥出来，抱歉、抱歉……"

头顶上的肥母鸡发出了故作威严的声音："什么鸟大人，跟你说了，要称呼我的全名——虎皮猫大人！"

"哦，虎皮鸟大人……"

肥母鸡："……"

我摇摇头，对着好不容易鼓足勇气冲回来的小俊说无妨，能战胜自己心中胆怯的人，都是真正的勇者，你做到了。小俊抱着手中还沾染着王麻子头顶鲜血的棍子，望着天空翻卷的黑云，担忧地问我，说："陆哥，我们应该怎么出去？"

王麻子已经成功地把我们拖延在此六七分钟，只见四周的景物都变成了虚线，让人捉摸不透，仿佛是镜中花、水中月一般，并不真实。只怕我们胡乱跑将出去，马上就会被那阵法中凌乱的时空切割，给弄得晕头转向，要么跌落崖间，要么掉入坑中或者溪流暗洞里去，不见生路。然而我并没有太过着急，抬头望着头顶上盘旋的肥母鸡，说："万能的虎皮猫大人，请你再一次承担起拯救我们的重任，希望你能够再接再厉，继往开来，将我们带向成功的彼岸，走起！"

"嘎、嘎……"

肥母鸡夸张地叫唤了一声，说："小毒物，你当大人我是迷阵里面的GPS啊？这远古大阵精妙复杂，威力巨大，非常人所能够驾驭，这李子坤所懂的也不过是皮毛而已。不过，若是你将那可爱的小朵朵许配给我，我倒是可以考虑一下的……"

我勒个去，它居然还懂全球定位系统GPS？

只是拿我那心肝儿宝贝朵朵作威胁，这个乘人之危的肥母鸡在我眼中，瞬间就变得不那么可爱了。人可死，节操不能掉，我扭头就走。蹲地在检查王麻子伤势的杂毛小道站起来问我，说去哪儿？我说我这个人，向来都是个狗屎运，闷着头跑出去，说不定也不会死。他一把把我拽住，说："得了吧，在这黑云翻卷的迷雾森林中，你能够跑到哪儿去?虎皮猫大人,别卖关子了,逃命要紧,其他的我们以后再说行不?"

虎皮猫大人一眼就看出我的这刚烈样儿是故意装出来,大加讽刺,说:"得了吧,就小毒物你这个鸟毛儿,屁股一撅我就知道你会拉什么屎。得了,我也不忽悠你们,朝西走吧,那里似乎是唯一的'生门'。"

我瞧向西边那片枝繁叶茂的针叶林,疑惑地说你确定?

西面可是我们刚刚过来的通道,往那里走,就能够闯出这大雾弥漫的黑竹沟吗?虎皮猫大人十分不屑地望着我,说:"你这傻瓜,爱信不信。"它说得骄傲,万三爷却对这个神秘的虎皮鹦鹉推崇备至,拱手为礼,说多谢大人指点,便拉着脸上全部都是泪痕的小屁股,往西面跑去。

见此场景,我们也不再管这地上昏迷的王麻子了,不作任何停留,跟着疾奔而去。

万家几兄弟和万勇见到我们摆脱了王麻子的纠缠,朝西面跑,也纷纷赶过来会合。万朝安望着狂风大作的山谷,哭泣地喊:"三爷爷,怎么办,我们要死了吗?我还不想死啊?"

见他这没出息的样子,杂毛小道一边跑一边喝道:"谁想死,闭上嘴,节省体力!"

我不知道杂毛小道为何突然爆发,瞧这左右的人,并没有看到掌柜的,又见万勇已经勉力醒转,便拉住他,问老赵在哪里?万勇迷迷糊糊的,说不知道,问旁人,也都说不知晓,这一连串的事情发生,让人呼吸都喘不过来,哪里顾得了这些?唯有万三爷答我,说:"中华去追你们口中的那个周林,隐没在了山林里,后来庐主出现,便不曾见到他的踪影了。"

时间紧迫,每一分钟都仿佛世界末日一般,我们已经来不及再去找寻掌柜的了,惟有狂奔而已。

匆匆跑到那针叶林的边缘,再有十几米就要到达黑雾萦绕的密林里,只听到身后那白骨尸坑中,发出一声威震天地的巨吼:"想跑?没那么容易,留下命来吧……"我们面前的林子居然像走马灯一样,倏然一变,化成了一道高高的悬崖。万朝东逃跑起来颇快,第一个跑到那边缘,伸头一看,那悬崖深不见底,竟然如同直通地狱一般,吓得他连忙回转几米,惊魂未定地直叫唤。

我跑到悬崖旁边,看着那黑黢黢的无底深渊,心中胆寒,见小俊跑到我旁边,便扯下他手中那根还沾着王麻子鲜血的木棒子,往前一扔,这竟然并不是幻象,那木棒子回旋着往下跌落而去。

那狂躁的巨吼之后,是惊天动地的一声响,像有什么东西破碎了一般,白骨尸坑中突然黑气狂涌,稍一停留,就朝着这边席卷而来。

这气势惊人,先行的风如刀刮来,吹得我的脸颊生疼。

我心中胆寒,定是那王麻子拖延了宝贵的时间,使得庐主的生魂得以融合凝聚白

骨尸坑中的怨灵鬼物，最终拥有了掌控这法阵的力量。

无尽的狂吼声如天边的滚雷，连绵不绝，我们被这迎面而来的黑气威逼着，心中生寒。背后是绝路，前方是路绝，我们只有咬着牙强忍着，做最后的挣扎。

万三爷捉了一辈子鬼，到底是个阅鬼无数的江湖老手，他瞄了一眼远处蔓延而来的黑气，一边摇动着招魂幡，一边大声跟我们鼓劲儿："你们别害怕，水车已倒，这法阵已经激发到了极致，挺过这段时间，自然消散。这黑气，它只是凭着最后的怨力和执着凝成的一口意志存在，倘若这法阵崩溃，它自然就消失于天地之间，不足为惧……"

我们都很着急，说老爷子，敌势汹汹，怎么办？

"硬挺……朝安你们几个，趴在地下！"万三爷闭上眼睛，抬胯向前，将手中那面短幡摇动，正面撞上了那一股黑色气浪。

呼——

那黑气如同十级台风，从我们身边席卷而过，一种如坠冰窟的寒冷立刻蔓延到了我们的全身，在那一刻，脑浆子都仿佛僵停了一般。我被吹得往后跟跄几步，差一点儿掉落山崖，不过我挥动双手，好歹稳住了身形，刚一站定，旁边的小俊竟往悬崖边跌去。我快步上前，一把拽住已然跌下了山崖的小俊，"嗤"的一声，他的衣服承受不住这下坠的巨力，立刻损坏。我又伸出另一只手，将小俊的手给抓住。

这时的我，半个身子都悬空到了悬崖边缘。

周围有无数拖着黑烟的怨灵盘旋萦绕，它们不比阴兵，不能像在白骨尸坑中一样吞噬血肉，也作用不了实物，固然伤害不了我分毫，但是它们在我耳朵边、鼻子前猖狂地咆哮着，变幻出各种各样古怪的形象，试图让我神志丧失，跌落山崖。

我猛一咬牙，舌抵上颚，猛然吼出九字真言中的一声"解"，将这一切困扰都摒弃在心神之外，然后猛地一拉，将小俊给拖上了地面。回头一看，只见万三爷摇动旗幡，正在与那鬼哭狼嚎的怨灵战作一团，而杂毛小道则把手中那桃木棍当作剑，口中念着茅山宗《登隐真诀》密而不传的下半阕，浑身竟然有红光附体，暗香浮动。两人燃尽了全身所有的精力，口中吐血，与这股魔风僵持着。

万朝安、万朝东、万朝新、万勇虽然出身于荆巫世家，巴东大族，自小耳闻目染，然而却都是普通人的体质，并不能与这魔风鬼影相抗衡，唯有伏在地上，在万三爷和杂毛小道的庇护下，不让风把自己吹落到山崖下去；反倒是小屁股，一边趴着，一边露出了好奇的目光，看着这恐怖的一切。

此魔风鬼影并非庐主一人之力，而是聚集了那坑中不知死去了多久的无数亡灵的力量。

情况危急万分，风力逐渐加强，似乎有将所有人都卷于山崖之下的企图。

我召唤着体内的金蚕蛊，准备让它来帮我避开这些烦人的冰凉怨灵，而盘旋于空中的虎皮猫大人突然一声长啸，如同鹰啼，清越激昂，划破长空，我们身边围绕的浓稠如墨的黑气居然一震，清澈了许多。大人那肥硕的躯体之中，有一股股无形的气息逼出，将这清澈的空间，给扩散了四五米。

它威风凛凛地站在我的头顶，朝着那虚空猛喝道："李子坤，故人来访，你还不赶紧收去这一套鬼把戏？"

那些黑雾旋绕，不断地游动，最后停留在我们面前七八米处的地方，变幻浓缩成一个游离的黑色人形，死死地盯着虎皮猫大人这副痴肥如母鸡的身躯，喃喃说道："老朋友？我李子坤隐居四十年，哪里还有什么老朋友……嗯，不对，不对！你是那个挨千刀的大叛徒？你是……"

这话还没有说完，一个同样的黑色影子，朝着它扑将过去。

第三十二章　三守则，蠢猪一样的队友

庐主李子坤血祭出的那团黑雾挣扎，与之拼搏的黑影子，正是万三爷腰间那翠绿色竹筒中藏着的鬼灵。

我一直不知道这鬼灵到底是怎样的存在，它跟我所知道的鬼在形态上完全不同，而且它似乎在某些时候，十分暴戾，就像一个冷血邪恶的刀客，并不是很听万三爷的话，若不是老爷子时刻制约，只怕会伤了很多人性命。然而即使有种种不是，但它确实是十分厉害，与这让所有人都为之头疼的黑雾拼斗，三下两下，竟然不落下风，将庐主投影给稳稳地缠住了。

两股黑灵相斗，双臂如刀，游龙惊凤，路转峰回，其中凶险，不足为外人道。

趁着鬼灵给我们争取来的宝贵时间，虎皮猫大人也并不上前掺和，而是双翅一展，开辟了一个可供呼吸的空间，然后急切地冲着我们说："二货们，你们倘若想要活着出去，大人我现在说的每一句话，都必须要记牢了！接下来，我将用大人我'威震八荒、笼罩四野'的无上神力，在这阵中开辟出一条并不稳定的通道来，我将带着你们这帮家伙走出黑竹沟，但是有几点，你们必须要注意了：第一，任何人，无论看到任何东西，都不要惊慌，不要乱跑，不要说话；第二，任何人，都不得聚集精神，用你们的气感、'炁'之场域这些乱七八糟的东西，去看周围的一切，记住，只能用你们的肉眼和那一双稳健有力的腿；第三，跟着我，紧紧地，不要丢了！"

它说罢，又不放心地说："再次提点一下，我将把你们的气息给掩藏起来，欺骗这个法阵的探知，所以没有我的命令，所有人，都乖乖给我闭嘴了，谁要是说一句话，大人我就把你打得你妈都认不出来，都听清楚了吗？不能做到的，滚出来！"

它说得迅速，然而字字皆清晰无比，显示出了往日锻炼出来的良好口才。危急关头，谁也不敢拿自己的生命开玩笑，我们不说话，只是狂点头，差一点儿就把自家的脖子给整折了。然而小屁股却举起手，在征得同意后发言，说肥鸟儿叔叔，我们要跑多久才能够走出这片山窝窝啊？

虎皮猫大人简洁有力地回答：不知道！

显然，虎皮猫大人之前的话说得虽然圆满，但是对于这个陌生而神秘的远古大阵来说，它也只是一个新手，并不知晓太多的具体布置，只是凭借着自己在这方面的造诣，给予我们方向和希望。负担着这么多人的期望和身家性命，自命"及时雨"的虎皮猫大人，身上的压力，比这里面的每一个人，都要沉重。

然而大人有一个特点，耿直，从来不说谎，所以它说不知道。

虎皮猫大人在等待我们都点头表示知晓后，并没有再与那个所谓的旧日老友扯淡，而是开始用左翅拔右翅、右翅拔左翅的方法，从它那一身油光水亮的羽毛中，拔下了九根带血羽翅来，然后陆续地射在了我们脚下的土地上，摆出了一个九宫八卦的格局，接着抬头长啸了一声，眼睛变得金光闪闪，开始四处张望。

而就在此刻，一直站立在旁念念有词的万三爷，口中突然吐出了两口血来，我的余光一直在注视着前面的方向，看到那与庐主投影纠缠的鬼灵，胸口正好也被重重地击中了两次。

击中和吐血的时间，几乎一致。

万三爷跟这鬼灵，难道是如同金蚕蛊与我一般的联系吗？

我难以猜测，而那庐主投影似乎又重新占了上风，身形逐渐臃肿，开始恢复之前的趋势，我心急，掏出震镜，想要横插一杠子。然而万三爷立刻明白了我的想法，伸手拦住了我，很坚定地摇了摇头。我发愣，不知道万三爷为何如此？只见他将自家用惯的招魂幡往泥地上一插，双手结印，左右手的食指和中指并拢为剑，将咒文的最后一段，连珠炮一般念了出来："……按行五岳，八海知闻，魔王束首，侍卫我轩，凶秽消散，道气长存……急急如律令！"

一语结束，双手立刻回翻，从怀里掏出了一张银白色的金属小网，光华闪耀。

这金属小网我以前从来没有见过，就其表面所蕴含的力量，比之地上那杆破烂的招魂幡，简直是兰博基尼与国产奥拓之间的差距——这么比或许有些俗气，但是我已经无法找到更合适的语言来形容了。这是真正的法器，比我的震镜还要高上好几个档次。我看向前方混战成一团的两股黑气，只见当万三爷将这银色金属小网祭出的时候，那鬼灵不顾庐主投影的全力攻击，竟然将其紧紧抱住，不让其做大范围移动。

"咄！"

万三爷一语出口，人即往后吐血倒下。

那金属小网像一片轻薄的云彩，朝着两团紧拥的黑雾笼罩而去。明明看着十分细小，然而偏偏就落在了它们头上，一覆盖，立刻紧紧束扎起，那庐主投影即刻溃散，化作了漫天的黑雾鬼影；而那鬼灵，则骤然消失无踪迹；连那皎洁如月的金属小网，也都变得黯然失色了……

这金属小网到底做了什么，所有的一切怎么会变成这个样子？

天地之间突然传来了一阵怨恨入骨的尖叫声："天啊，你们这帮人到底是什么来头啊？范蠡网？你怎么会有兜尽神念的范蠡网？以你这区区道行，怎么可能凭空斩出下尸神？不公平啊，这太不公平了，你们这帮家伙简直就不是人啊……同归于尽吧！"

这声音连绵着天边的雷鸣，此起彼伏，当最后一句落下的时候，白骨尸坑中突然爆发出了如同太阳般的明耀光华来，刹那间就有吞吐天地的趋势。也就在那白色光芒爆发的同时，肥母鸡也是浑身一抖，大叫一声"走"，双翅一展，往前飞去。

而在它经过的地方，居然出现了一条隐约的石道，从悬崖间，往着悬空的前方延

续而去。

因为事先早已有了招呼,所有人都选择了毫无保留地信任虎皮猫大人,急急忙忙朝前涌去,我和杂毛小道一左一右,扶着万三爷走。我看着远处那张被重重鬼影所笼罩的银色金属小网,边走边回头,十分不舍。

当我走上石道,感觉到一股具有毁灭性能量的巨浪一直飙到了后背心,然后被那些翻卷的浓雾所减缓,直至隔离,消失不见。我心中感叹:范蠡网啊范蠡网,这东西一旦跟那古代名人沾上半毛钱关系,甭管是真是假,肯定都是宝贝一件,然而就丢在了这个鸟不拉屎的地方,实在可惜。

身背后那火辣辣的疼痛,提醒我刚刚与死亡擦肩而过。一想到即使把那所谓的"范蠡网"找回,也不属于我,才没有那么肉疼。

呵呵,我果然是一个并不高尚的普通人啊。

一路行,即使走过了虎皮猫大人开辟出来的石道,左右依旧摇晃不止,剧烈的动荡让我们行路困难,有要跌倒在地的感觉。然而现在谁也不敢放松,事关性命,大家都是咬着牙在坚持,按照之前与虎皮猫大人的约法三章,不说话,也不敢做任何出奇的举动,只是盯着虎皮猫大人那肥硕的身子,埋着头赶路。

两侧皆是浓雾,我们眼前只有三四米的可视距离,一旦跑动起来,便只有紧盯着前面的几个人走。我们先是走过了一片幽绿秀野,然后是无尽的山林,四面都是树,各种各样的温带植株:汉白杨、红坪杏、光叶珙桐……但几乎没有见到什么动物,连地上的蚂蚁都难找寻。走了大概十多分钟,天地之间的摇晃才开始减缓下来。

然而我们的脚步却并不敢放松,因为虎皮猫大人依然在前面领航着,罕有的沉默。

我和杂毛小道扶着万三爷,走在队伍的最后面,虽然扶着一个人,但是在这所有人里面,却是最轻松惬意的,体力完全没有问题;其他人也还好,小屁股甚至开始在前面领跑了,倒是万朝安这个唇红齿白的家伙,走在了我们前面,气喘吁吁,仿佛精力不济的样子。

听到他那沉重的喘气声,我有些担心,倘若分贝再大上一些,是不是就要违反大人的约定了?

我们马不停蹄,时而跑,时而走,足足行了两个多小时的山路,上坡下坡,一路沉默。在出来的半个小时后万三爷就醒来了,没有说话,但是很坚决地拒绝了我们的搀扶,抿着嘴独自前行。

行走在这雾蒙蒙的世界里,我感觉在自己的皮肤上面,有一种被电流轻微击中的感觉,刺痛,而且让我的身体疲惫麻木。终于,在行完了两个小时的山路之后,雾气散去,我们的面前出现了一片坡地,上面尽是些青黄的野草和小花骨朵儿。这美丽的景象让我们所有人都放松了心情,脚步轻快,然而就在这个时候,我前面的万朝安突然踩到一块石头,身子斜斜地跌落在地上,忍不住发出了一声"哎哟"的呼痛声。

这声音仿佛魔咒，前面奋力飞行的肥母鸡立刻摇摇欲坠地斜飞几米，最终跌落在地。

　　与此同时，周围的景色突然一阵扭动，四下都变得黯淡无光，我身边的所有人都发出了一声声惨叫，滚落在地，捂着肚子哀号着。唯独剩下我一个人，发愣地看着这陡然发生的一切，手足无措。

第三十三章　下尸神，众人围圈齐中招

骤然发生如此的变故，我自然是惊讶万分，像呆头鹅一样四处看。

我身边的所有人都捂着肚子翻滚，只有杂毛小道、万三爷和万勇还记得住虎皮猫大人的嘱咐，咬着牙，额头上青筋暴起，闷头忍受这剧痛；而万朝安、万朝东等人却熬不住这如同分娩一样疼痛，大声哭叫着，鬼哭狼嚎，此起彼伏，不绝于耳。

我浑身僵直，不敢动弹，看着周围的环境不断地变幻颤动，仿佛在放映着一场制作精美的 4D 电影一样，光影流动，森林、峡谷、草地、溪流……无数的场景变换，黑暗与白昼在眨眼之间交替变换，呈现出一种十分不稳定的状态来；而脚下的地皮在抖动，我身上那种过电的刺痛感，也在一波又一波地强烈袭来。

顾不得这周围发生的一切，我单膝跪在地上，扶起杂毛小道的身体，看到他口中的血沫子一股一股地冒出，他腹中似有千百条蛔虫蠕动，咕噜咕噜直响，如同雷鸣，心中不由得焦急上火，问怎么回事儿？

既然已经喧闹成了这般模样，也就无所谓禁口令了，杂毛小道强忍着肚中的轰鸣，说那庐主有后招——它化身雾霾鬼影的黑色雾团里，应该是沾染着剧毒的，只是这毒素隐而不发，或者被虎皮猫大人给压制住了，可惜万朝安这个胆小鬼发出声音，导致大人坠落，所有人全部都剧毒发作了，你没事儿，只怕是肥肥的原因——别管这些，先看看大人有没有事……

我急忙跨过翻滚的人群，跑到了最前面，将肥硕的虎皮猫大人给抱起来。

它浑身僵直，手摸在它肚皮上，仍然能感觉到一丝心跳，我抱着它，手上和胳膊上染了好多血。这些都是肥母鸡刚才在作法的时候，自拔羽毛所留下的伤口。虽然它有法门紧闭血脉，但因为昏迷过去，现在血流了出来。不管它本事如何了得，然而承载着这伟大灵魂的，仅仅只是一只虎皮鹦鹉而已——尽管肥硕，然而却也没有多少血好流。

于是，我赶紧唤出了它的好朋友肥虫子和朵朵来。

小朵朵一出现，立刻从我手中接过肥母鸡，紧紧抱着，说陆左哥哥，臭尼猫大人怎么了？我没有回答，而肥虫子则直接钻进了肥母鸡的身子里。

我又俯下身子，察看旁边万三爷的伤势，这才发现他除了大家所中的剧毒之外，生命也游走到耗尽的边缘，不知道是之前拼斗时受了伤，还是因为那只鬼灵消逝的结果——我想多半是鬼灵。庐主在最后自爆时所说的"下尸神"，不知道是不是道教中所言的三尸神之一。如若是，那万三爷可真是端的厉害了——《历代神仙通鉴》卷八曾曰："欲作地上真人，必先服药，除去三尸，杀灭谷虫。"

"斩三尸"在《抱朴子》、《重修纬书集成》、《云笈七义》、《宣室志》等历代道家典藏中均有记载，我闲暇时曾读过一些，略有所闻，然而此事太过玄妙，虚无缥缈，只当作是逸闻传言而已，却没承想如今竟然有蛛丝马迹可寻。

看着这个脸若金箔一般的老人，再回忆起刚刚开始见到他时那鹤发童颜、精力充沛的模样，我心中感叹，即便不是传说中的三尸神，万三爷的修为只怕也止步于此了。他此次为了自家后辈和我们所做出的牺牲，实在太大了。很多有真本事的人，并不愿娶妻生子，除了因为修身养性的缘故外，大多还是怕沾惹太多的因果，耽误自身的修行。

肥母鸡外伤并不严重，只是它的神魂受到了损伤，肥虫子帮它处理完伤口，我立刻让其飞进奄奄一息的万三爷体内，让它尝试着给三爷解毒。然而肥虫子没一会儿，给我传来了一个信息：这剧毒蕴含着极强的怨力，竟然是如同毒瘾一般的精神剧毒，它虽然可解，然而却很缓慢，时效要长达一两个星期，而且照顾不来这么多人。

我望着地上这翻滚的八个人，眉头皱成了"川"字。

空间终于稳定了，天色黑暗，我们身处于丛林之中，不时有猫头鹰的叫声从远处传来，我把背包放在地上，去找寻里面的手电筒。我这背包曾被猴孩儿斩出一道口子，用绳子勉强捆住，掏东西的时候，先前放在里面的龙蕨草和果肉甜美的黄色果子，都散落了出来。跪倒在我旁边的杂毛小道看到泥地上的果子，金黄色的表皮上散发出水果的芬芳，忍得住腹中的疼痛，却忍不住果子的诱惑，抓了一个，擦也不擦就往嘴里面塞去。

"好吃！"

杂毛小道连果肉带皮，像猪八戒吃人参果一般地狼吞虎咽着。

而在吃的过程中，他脸上那如同犯了痔疮一样的痛苦终于舒展开来，露出了笑容，仿佛食物带来的快乐，已经冲淡了所有的一切。然而当他想伸手再拿一个的时候，突然肚中轰鸣，咕嘟嘟作响，杂毛小道脸色立刻变得很奇怪，接着"噗……"的一声，整个空间里的空气质量，立刻下降了两三个等级。

我想说，这是我闻过的最臭的屁，没有之一。

看着甚至来不及走远一些的杂毛小道，用连绵不绝的炮火轰击地上那些可怜而又无辜的小草，旁边那几个陷入无边疼痛的人都忍耐不住心中的恶心，尽量翻滚得远一些。这一番排泄足足持续了一分钟，因为太过恶心，在此不作具体描述。我用身子挡住了这里面唯一的女性小屁股的视线，不让她瞧见这一丑恶现象。

事实上，几乎没有多少人关注杂毛小道的情况，在腹部一阵又一阵犹如潮水的剧痛之中，很少有人能够分得出神来。也就在这个时候，杂毛小道突然欣喜地喊道："小毒物，你包里的这果子是解药，赶快给他们吃下……"

与这声音同时响起的，还有一声沉闷的"呱……"

听到杂毛小道的这话，本来手足无措的我顿时有了方向，连忙俯下身来，捡起那些黄色果子，递到了万三爷他们手上。听到是能够治这病症的解药，也不管真假，万三爷毫不犹豫地吃下，而旁边的几个人也挣扎着爬过来，纷纷从我手里抢过去，我手上的三个很快就没有了，又在包里翻了一下，终于又找出三个来，递给了爬过来的万勇、小俊和小屁股。

发完这些，又有一只手伸到我面前来，万朝安的脸色白得像扑满香粉的日本艺妓，颤抖着嘴唇说道："小陆，不，陆哥，给我一个……"

我打量了一下地面，然后又把破烂的背包腾空，却再也没有发现，唯有无奈地摊开了双手，说没了，我当时就摘了这几个。看到我认真而又沮丧的表情，又看着吃了果子之后围成圈拉稀的同伴，深陷痛苦中的万朝安立刻抓狂了："怎么会没有了？为什么他们都有，就我没有？你对我有意见是吗？你怎么不多摘几个？多摘几个会死啊？"

万朝安这一连串的怒吼让我有些错愕，我完全没有想到这个文弱的男子会爆发出这么强大的怒火，与他对敌时的那种没断奶孩子般的怯弱，形成了鲜明的对比。

我心中虽然不喜，但是毕竟是万三爷的侄孙，不看僧面看佛面，而且一个陷入死亡恐惧的人，所做的事情也是情有可原的，于是跟他耐心解释，说放心，我可以帮你治好的，只是可能会慢一点儿……

万朝安咕哝一声，扭头看向了也在撅着屁股拉稀的万三爷，悲戚戚地喊了一声："三爷爷……"

"等等，这里还有一个……"

杂毛小道用右手大拇指和中指，捻着一个金黄色果子的枝梗，递上前来，有些不好意思地说："刚才果子滚在地上，结果我又忙着解决，所以，所以……"他没有把话说得很明白，但是我看到这果子金黄色的表皮上面，似乎有一层湿漉漉的……热屎！

看到这散发着新鲜温热气息的果子，万朝安的眉头，纠结成了倒八字。

万朝安终于抵不过腹中的疼痛，将那表皮揩干净后，剥皮吃掉，然而果肉并没有什么效果，这个可怜的孩子又把丢在泥地上面的果皮捡起来，闭着眼睛吃掉。

我实在没有想到在林中随手采摘来充饥的果子，竟然还有解毒的功效，而且更加让人惊讶的是我居然刚刚好就摘了八个，仿佛冥冥之中自有一双无形的大手，在掌控着一切似的。一行八人除了小屁股外，围拢在一起拉稀的场面也十分壮观，路边的青草都被揪得秃溜了不少。虎皮猫大人并没有醒过来，这让我的心情有些不好，等待众人处理完毕，我们继续前行，虎皮猫大人被放到了我的背包之中。

一路上杂毛小道和我都没有说话，心中仍然在为万朝安的冒失气恼。

万三爷是个厉害的奇人，但是他的家人却未必如他一般值得尊敬。

翻山越岭，我们在黑暗中打着手电，相互搀扶，跌跌撞撞又走了一个多小时，终于看到了远处有一个村子的寥寥灯光。兴奋的我们加快了速度,终于在二十分钟之后来到了村口的第一户人家,敲门一问,主人家居然告诉我们,这里叫做牛角冲,竟然是在保康县境内。

天啊,这怎么可能?

第三十四章　各西东，阴阳两血筹措忙

在山林中忙碌奔波两三日，又经历了数次生死历险，我们这些人衣服裤子上面全部都是泥垢血渍，鞋子尽是泥巴，模样简直惨不忍睹，要不是我们这里有老有小，而且在进村子之前，把身上的猎枪刀具都给藏了起来，看着并不像是某类团伙组织，这家农户的男主人早就把我们轰出去了。

没有农村或者野外经历的朋友，可能不是很了解用青草解决擦屁股的问题。因为揩得不是很干净，所以都散发出一股难闻的臭味，如同乞丐一般，使得我们敲开的第一户人家，对我们十分嫌弃。

在与村民的交流中，我们得知这里是保康的边界。

我们竟然在不知不觉间，不但走出了黑竹沟，而且还横穿了四镇四乡和一个国家森林公园，无数的高山险壑，来到了神农架北部的边缘。我的第一反应当然是不可能，神农架林区涵盖深广，森林密布，崇山连绵数百里，别说走，就是开车，在这山路蜿蜒的林区也不可能这么快。

面对着我们的质疑，村民很快就将他们大队的队长（自然村，属于大队）叫了过来。

在经过好几个人的确认之后，我们终于了解到自己经历了多么神奇的事情，但是却不便与这里的村民多言。我们这里几乎人人带伤，恳求村民们找车送我们去附近的乡卫生所或者镇医院去。因为都是陌生人，已然不淳朴了的村民显然有些不情愿，不过好在我和杂毛小道的背包并没丢，凑出了一些钱来，终于让他们点了头，开着农用小货车，将我们一行九人拉到了乡镇里。

我们在乡镇医院待了一晚，万三爷打电话通知远在巴东的家人报平安。第二天一早我们就转到了襄阳（2008年末还叫做襄樊）市里的医院，进行治疗。万三爷的家人也连夜赶了过来，安排相关事宜。

我和杂毛小道受的都是些外伤，休养几天便没有什么事了，而万朝东、万朝新、万勇等人虽然身中阴毒，但是有了那金黄色果子解毒，仅仅只是身体虚弱，体力透支，还伴有着些发烧感冒的症状——这算是好的；小屁股人虽小，却是精力旺盛，比我们恢复还快。

最严重的是万三爷，其次是万朝安和小俊。

杂毛小道告诉我，万三爷的那个鬼灵确实是他的"下尸神"。

此下尸神又名曰彭侨，在人足中，令下关搔挠，五清勇动，淫邪不能自禁。古籍曾言，能斩三尸中的任何一尸，即是这世间难得的有道之人，旷世奇才。按照万三爷的道行，自然是不可能达到的，或许万三爷有什么奇遇，将这不完全体的下尸神给剥离下来了。也正因如此，鬼灵的消失让他的神魂受到了巨创。

小俊则是因为被倒吊在房梁上，肌肉拉伤，身体里还有些暗伤，再加上一路疲累，心力交瘁，结果发了高烧；万朝安则因为肾脏阴虚，咳嗽咯血，惊吓过度，所以进了医院之后，就一病不起。

我和杂毛小道在医院待了两天便出院了，在市里面找了家酒店落脚。

虎皮猫大人早在当晚就醒了过来，它并没有什么大事儿，只是因为万朝安的骤然出声，导致空间紊乱，一时间让它的神魂受到冲击，心神不稳，坠落在地。谈及此事，大人满腔的怨气，"傻瓜"的口头禅从早上骂到了晚上，未曾停歇，显然对那个二愣子一般的万朝安，十分不满。

骂完这些，大人便飞了出去，说要去寻找安稳神魂的办法。

万三爷的小儿子在第二天下午赶到了医院，寒暄过后，我们才知道他是萧家大伯手下的骨干，四十六岁。他帮忙找到了有关部门，去做后面调查评估的事情，这无疑让我们轻松了很多。

小俊在我们出院的第二天也走了，悄无声息，没有跟我们这里的任何一个人打招呼。

医院的护士告诉我，是三个脸色凶恶的人来接他的，根本不办理任何手续，直接带着小俊就离开了。我猜想那些人，也许就是李汤成口中那"豫北堂十七罗汉"中剩下的几位吧。

做他们这一行的风险真大，当年意气风发的十七条汉子，如今黄土几抔，不知葬身何处，就剩下寥寥五人，何等凄凉？当时的我，并没有想到还会与这"豫北堂十七罗汉"再打什么交道，只是心中感叹，并没有太多了解的心思。

虽然出了院，但是我们依旧每天都要去看万三爷。

老爷子经受了鬼灵的消失，精神十分萎靡，然而让他更加难过的，是爱徒赵中华的失踪。两人虽然相隔有近十年未见，然而师徒之情却并没有减轻半分。赵中华自追逐周林而去之后，就再没有出现，生死不知，这让万三爷十分挂念——老赵可是为了帮他找寻那二货侄孙子失踪的，这让万三爷内疚不已。

他不断要求自己的小儿子出面，通过关系去找寻爱徒。赵中华的身份是公家的，自然有人着急，他小儿子也不含糊，不断打电话，多方联络，帮忙组织人手，进山找寻。

可是整整一个星期，都没有掌柜的消息。这件事情，让我们有些绝望了。

说实话，作为朋友，掌柜的确实是一个很不错的家伙。

因为还要治病，我们并没有离开此地，这一次虽然历经生死，受了伤，还死了人，但总算还是得了一些好处，朵朵和肥虫子得到的只能算是添头，最重要的便是杂毛小道的雷击桃木，这可是制炼桃木剑绝佳的材料。老萧宝贝得不得了，连在医院病房里，都抱着不肯撒手，生怕有人跟他抢去一般。

制作桃木剑，并非是随随便便削出一把木剑模样来，而必须根据树芯的纹路走向、年份和特性来计算，如何最好地发挥出其中的效能，而且制剑的工艺也十分复杂，大体分为"除水、浸润、成型、篆刻、抛光、请灵"六大步骤，这里面的每一步，都十分讲究，缺一道工序或者做得不够极致，都有可能浪费这稀有的材料。

后面三步杂毛小道自己可以胜任，但前三项就有些勉强，倘若想出精品，必须要请专门的制剑老师傅出手，根据材料的属性，定下工艺流程，将前面的部分完成，而后由杂毛小道来养剑。

对，这桃木剑跟玉一样，要想有灵性，得由人来养。

他跟我说二十年前给他三叔制作雷击枣木剑的那个老师傅，至今仍然健在，等我这边的事情一了结，他便去找老师傅，帮他做一把拉风的桃木剑，然后取一个威震四方的名字，以后好拿着闯荡江湖。

我说好，有机会也一起去见识一下。

我们在市里面待了近十天，万朝新、万朝东、万勇和万朝安陆续出了院，返回巴东。

万三爷精神稍好一些，也想出院回家，然而他小儿子却不同意。他虽然因为事务繁忙，来几天后就返回了边疆，但是却把自己老婆接了过来，专门守着老爷子，不准其离开，气得万三爷发了几次火，最后还是无奈听从。

万三爷还记得我的事情，专门找我到了他的病房，将那方子上所需的药材给我讲明，让我这几天去找寻一二。除了龙蕨草和蒿荻雪胆之外，他说的大部分中药房里面能够找到，并不困难，只是有两物，虽然并不珍稀，但是对于我和杂毛小道两个大男人来说，却实在有些难以找寻。

是什么呢？第一件是要找那平日打鸣报晓的芦花大公鸡一只，而且还必须三年以上的；第二件更让人头疼，是需要找到那少女天癸初来的下宫血。

前者因为日日对着升起的朝阳，血气中吸足了太阳精气，本性属阳；而后者则是孕育生命的子宫第一次受到雌性激素的刺激，开始一系列的发育，这第一次的下宫血，寓意着纯阴地母的精气，本性属阴。这两样东西会在最后的治疗过程中，浸润我的双手，调和阴阳之用。

两者一为公鸡，一为女性下宫血，皆是世间最寻常可见的东西，然而公鸡这东西，虽然寿命可达六七年，甚至十几年，但是半年几个月即可长成，之后便化作香喷喷的食物进入我们的腹中，想要找到那活了三年的大公鸡，实在难得；而那所谓天癸初来的下宫血，我和杂毛小道两个大男人，可怎么去寻找呢？

万三爷之前也没有提及这些，大概也是因为没想到我会很快就找到那龙蕨草和蒿荻雪胆的缘故吧。

出院的这些天，我们大部分时间都在找寻那两物。

在一开始没有头绪的四处碰壁之后，作为身处信息社会的我立刻想到了论坛求助的法子。我们登录这个城市影响力最大的一个论坛，然后发布了这两样东西的悬赏帖子。一开始跟帖的都是些无聊人士，嬉笑怒骂皆有之，但是后来有人提供了一个信息，说是在谷城县的紫关镇，有一个养鸡专业户，就有这么一只镇场大公鸡。

我和杂毛小道立刻乘车前往，以一千元的价格，将这只精力十足的大公鸡给买下；至于后者，被当作几次流氓给谩骂后，再无消息。

在住院的第十天中午，万三爷打电话给我，说他这里刚刚得到赵中华的消息，让我们赶紧准备一下，当天赶回巴东去。

第三十五章　略担忧，掌柜谈及分离后

听了万三爷的招呼，我们自然快速收拾行装，赶到医院，正好碰到在办理出院手续的万三爷。

万三爷的气色比起最初要好上一些，他是神魂受伤，医院也瞧不出什么毛病来，还不如回家仔细调养。

他看到我手里那只芦花大公鸡，有些惊讶我的办事效率，疑惑地问这鸡有多大，我说三年零两个月，万三爷摸了摸它火红色的鸡冠子，说不错，看着应该就是这年份，哪里弄的？我说谷城一家养殖户的手里，花了点钱。万三爷点头，说第二件东西他找万勇他爹来办，他们那一带有些土家族姑娘有留这个的习俗，应该不成问题，那么我们现在就回巴东吧？

万三爷的小儿媳帮着安排了汽车，我们等她办完出院手续，然后搀扶着万三爷进了车子，杂毛小道坐在副驾驶座位，而小屁股、我和万三爷则坐在后面。司机是一个精明的汉子，开车很稳，后面还跟着一辆，是万三爷的小儿媳、大儿媳，以及他大儿子，都是陆续赶过来的。

车子启动，我便连忙问万三爷，掌柜的是个什么情况？

万三爷告诉我们，中华是在昨天傍晚的时候，被虎洞坑附近的村民，在一个山洼子里面发现的，整个人完全都垮了，昏迷不醒，现在还在县医院的病床上躺着，万勇和万朝新已经赶了过去，据说没有什么问题，就是饿晕了。听他这么说，我们担忧的心终于放了下来，问怎么十多天过去了，才发现他呢？

万三爷摇摇头，说："不知道，现在回想起来，那阵法真是凶险万分，若没有你们这个……呃……虎皮猫大人，说不定我们就真的回不来了，中华这次能够捡回一条命，也算是福大命大。"

懒洋洋躺在杂毛小道怀里睡觉的虎皮猫大人，不由得意地叫了一声，完全没有高人模样。

确实，若没有大人在最后的布置，我们此行真的是凶险呢。

说完赵中华，万三爷又给我们通报了关于黑竹沟的事情。在我们到达保康的第二日，那沟里黑云密布，电闪雷鸣，如此折腾了几天，没人敢进。在第四天的时候，那里的天空突然晴了，县里面组织了一次搜救工作，结果发现里面大片地方变成了白地，遍地都是动物的尸体，除了普通的山羊野兔，还有很多珍稀动物，比如白林麝、白鬣羚、金丝猴等，都死于这次灾难。但是搜救队没有找到溪流上有水车的地方，还去神农架林区申请了森林直升机,巡航了两圈,也没找到。

当地喉舌部门驻扎进村子,进行了消息封锁,外界应该并不知道里面的情况。

不过据他小儿子透露的一个消息,说有人看过了那个地方,沟里面的阴气和法阵,已然消失不见了。

这也就是说,那个邪灵教神农架大鸿庐庐主李子坤和他的远古大阵,都已经毁灭了。

我不知道李子坤为何蛰伏在这黑竹沟中四十年,也不知道他所说的被今年二月间的一场山脉震动所损毁的祭炼物,到底是什么。听到了这么一个家伙死去,我在高兴的同时,心里面又有一些淡淡的惆怅。

这惆怅不知为何而来。其实那个李子坤也算是一个人物,凭着一己之力,将黑竹沟弄得鬼影憧憧,无人敢进。

虽然是借助了远古大阵的威力,但是若他所说的那个东西没有被毁,只怕我们是很难跟他抗衡的。

厄勒德十二魔星,这样的人物,邪灵教或许还有十一个!

似乎,我已经走上了与邪灵教对抗的道路。

这对于生性平淡的我,可不是一件好事。

我们到了巴东县城,直接前往县人民医院,去看望掌柜的。

在病房门口我看到了万勇和万朝新,毕竟是刚刚经历过生死,此刻也没有了刚开始的生疏,彼此寒暄一阵,才知晓掌柜的已经醒过来了。我和杂毛小道簇拥着万三爷来到了病房,病床上的赵中华想下来迎接,结果让万三爷给按住了,聊了几句身体状况,他说没有什么问题,只是营养不良,吊了一天的盐水,已经好多了。

谈及这几天所经历的遭遇的时候,赵中华显得有些疲惫。

他说他在后门蹲守,结果发现周林破门而出,捂着下身往林子那边奔走,而我们却并没有跟出来。万勇想要开枪,却突然栽倒在地,他顾不了这许多,挥着藤鞭便朝周林冲去。那个小子滑溜无比,明明受到了重创,但是疾奔起来却如同猎豹一般矫捷,越过屋子边的果树、越过有翠绿冬白菜和大葱的田垄,朝着山林跑去。

不过周林终究是受了伤,而且还是在男人最柔弱的地方,难免会影响到行动,所以在最后关头,跟跄了几步,使得掌柜的追上了他。

两个人在林子间展开了一场追逐战,单纯就力量而言,周林远胜赵中华,然而此獠一是受了"重伤",二是心急逃逸,所以无心恋战。而掌柜的出生于武林世家,就搏斗技巧方面来讲,绝对完爆周林,而且他养精蓄锐,气劲悠长,所以不但没有落下风,还将周林追得满地乱窜,有一次还差一点儿把周林给活擒了。

只可惜周林胸前总有一股黑雾缠绕,每次到最紧要关头,就跳出来捣乱,帮忙挽回场面。

掌柜的纯金符文铃铛对那个东西根本就起不到什么作用，怎么摇动，都阻止不了。

最后周林还是隐藏在黑雾中，发出了一声仇恨的尖啸。

说到这里掌柜的笑了，他说周林讲就是因为赵中华，使得他耽误了最佳的治疗时间，这辈子废了，所以此仇不报非男人，周林说一定会回来报仇，将他给千刀万剐了——"你们这些家伙，我看周林一直捂着裤裆，不会是你们把他的命根子给废了吧？"

我点点头，指着旁边老神在在的杂毛小道，说："跟我没关系，下手的是这位仁兄。说真的，爆蛋不如爆头，我个人觉得某人有些恶趣味了。"

杂毛小道抱着膀子叫屈，说："老子当时可是为了救你唉！而且当时出棍的角度，要么是小腿，要么是蛋蛋。按照常理来说，碎蛋的招式能够将人一击必杀，为了清理门户，我才这样出手的好不好？"

万三爷已经从我们口中得知了周林的前尘往事，也知道了我们在保康西面耶朗祭殿中的事情。他之前提出过一个推测，那就是在黑竹沟和耶朗祭殿外的那道峡子，似乎有着断层近路，这也解释了我们为什么会莫名其妙地横越神农架林区，出现在保康境内，而猴孩儿和枭阳又为何会出现在黑竹沟内。这次他又提到，说周林为何能够在短短的一年时间里，就变得如此厉害？

这个答案其实很明显，都是因为他戴在脖子上的那件黑蝠雕老玉佩。

他之所以变得如此厉害，大概还和木屋灶房里的那些死人有关系。说不定，入魔了的周林已经知晓了如何从活人的身体里，借得力量和其他的什么东西，使自己变得力量惊人。

掌柜的继续说，他跟丢周林之后，发现自己迷路了，感觉四处都是黑雾翻涌，天地在震动，到处摇晃得不行。他感觉到有灾难将要降临，所以当他无意间跌落到了一个暗坑之中的时候，并没有急于爬起来，而是在里面待了几天，以坑中的老鼠、树根和树叶上的露珠为食。过了几天，感觉到了震动停止，才敢爬出土坑，走了一下午时间，突然天旋地转，晕倒在地。

掌柜的说得很简单，但是我却能够想象得到，一个孤独的男人，在那个骇人的地方，在一个深坑中待了几天时的恐惧和害怕，以及徘徊不去的孤独感。

看望了赵中华后，我们遵循医生的建议，让他多多休息，于是离开了。

万三爷让万勇通知掌柜的老婆和两岁大的女儿，让她们过来陪着自家徒弟。在这种劫后重生的时刻，最美好不过的，就是家人的陪伴了——虽然简单，但是温暖，沁人心怀。

万三爷的病情，在来的路上我们已经知晓了。他坦诚地告诉我们，在沟中死去的那个鬼灵，确实是他的下尸神，不过并不是他自己依靠大智慧、大意念斩出来的，而是被那张范蠡网给逼出来的。范蠡网的出处十分蹊跷，来自洞庭湖畔一农户家中。他往日行走江湖，曾经到过洞庭湖畔，给一个村子捉拿过河中水鬼，然后在村中发现了这网，以其当作了报酬，于是带在身上。

一日，万三爷带着范蠡网住宿在一家荒村野店，结果碰到了黑店——有时候，人比鬼恐怖，梦中的万三爷差一点儿就着了道。结果出人意料，三爷醒过来的时候，发现野店中的人已经全部死了，尸块散乱，鲜血四溅，他却发现了身体里空了一部分意识……

下尸神时常有恶念，几十年来，万三爷一直勉力控制，现如今他一手将其毁灭，自己大半生的修为，也基本报销了。

他本无病，回家调养一番，参透道力便是。于是便不再住院，返回林中小屋，自己调养。

我和杂毛小道也一同前往，开始准备治疗这被诅咒的双手——恶魔巫手。

第三十六章　阴阳血，浸润双手鬼影无

万三爷曾言我的手他自有解决之法，然而这法子并不是将其完全治愈，变成正常的双手，而是阴阳调和，让它平常时和正常手没有什么区别，但是当遇到邪物鬼魅之时，又能够发挥其中的作用，灼烧对手。如此的治疗方案，我自然是十万分的同意，事实上，抛开这个月来手上出现的痛苦，我还是蛮喜欢矮骡子赐予我的这诅咒之手的。

毕竟，它已经成了我傍身的一件法宝了。

十二月，寒风渐起，小屁股外婆家的农家乐开始没有什么生意了，我和杂毛小道便借住在此处。

小屁股告诉我们，说这农家乐的地址是她太姥爷选的，自开业以来生意就一直很好。

我虽然对风水堪舆之术并不是十分精通，但是一开始见到这"两龙环抱、一江过前"的格局，就知道是个不错的地方。我们难得享受这样安宁清静的日子，杂毛小道每日搬了一个木头板凳，在枯干的葡萄藤下坐着，对他的那柄血虎红翡进行最后的打磨抛光，偶尔也在小屁股的带领下，去见识村里面出了名的水灵妹子；而我则除了等待第二件必需品外，每日勤奋练习《镇压山峦十二法门》的固体一节，并且跟杂毛小道学习了许多传统的搏斗套路以及一些实战技巧。

掌柜的只是营养不良，在医院住了几天便出了院。他是来自北河沧州的武术世家，我自然也一并请教。

提到沧州，有人会想到三国时夏侯惇手下那威震北河的青州兵；有人会想到卅封府八十万禁军教头林冲蒙冤发配沧州；也有人会想到王子平、佟忠义、王金声、吴秀峰、马凤图这些响当当的武术名家；所有这些，莫不是武术之乡的名头。纵论武术流派和拳种，不下五十多种，而赵中华的家传武艺，便有太祖长拳、通臂、劈挂、疯魔棍种种。

唯有鞭艺，却是来自万三爷这里的传承。

生死之交，对于只是旁枝末节的武艺，掌柜的不会吝啬，对我多有指点。我自然是海绵吸水，不求立竿见影，但求融会贯通。我给自己的定位，一直都是一个蛊师、养蛊人，但是蛊毒通常都是慢性子的手段，远不如拳脚来得快速，所以我不得不加强自己在这一方面的训练。

可惜，掌柜的老婆孩子都在，又要给师父跑腿，并不能够时时给我喂招、指点。

在他出院后第三天，掌柜的跟我们告辞，说他师父撑他回去，不要他在这里待着碍眼了，于是他唯有辞别我们，带着老婆孩子返回东官，并且邀我没事回局里面去点个卯，好歹也要做一下工资签收记录。我点头答应，说手治好便去，妥妥的。

其间，好久不联系的顾老板打电话给我，寒暄一阵，我直接问他找我什么事情，是不是秦立那小子找他麻烦？

顾老板说不是，秦立那小子失踪好久了，没有再露面，而且听阿根他爸说也没有回村子，说不定死在缅甸的哪个山窝子里了。他找我，是想跟我合伙办一个风水咨询公司，由他来帮我投资、拉生意、宣传品牌，而我和杂毛小道则负责接单子、解决问题。我说我对于风水一事，只是略懂，并不精通，不搞不搞，免得给内行人看了笑话。

他说别啊，萧道长不是很厉害吗？再说除了看风水，还可以帮人解决问题嘛，如果做好了，上能结交权贵，下能普度众生。既能来钞票，又能积功德，何乐而不为呢？

我说这事情先搁着吧，我现在手头有事，考虑考虑再说。

顾老板说：“那这事情就先说定了，我先帮你把前期的一些手续和项目规划一下，到时候你来香岛或者鹏市，我们详谈。"我挂了电话，问杂毛小道的意见，他倒没有什么想法，只是他这个人闲不住，喜欢走南闯北、四处漂泊，若是安定下来，不得身上长毛了？我笑他就是个属猴子的。

想一想，对于未来，我并没有很好的规划，此事便先搁下不谈。

我们在农家乐住了几天，四处游荡，也去万朝新、万朝东家里做客，同生共死的战友，自然比之前要热情许多。万朝新婆娘厨艺不错，做的土家族苞谷饭，十分香甜，我们去了好几回；万朝东的女人却是个懒婆娘，虽然酒是野三关的好酒，但招待我们的居然是镇上买来的凉菜，寒冬腊月的时节，果真伤不起；万三爷的大哥万老爷子也叫我们叫得勤，因为找寻第二种物件的事情还得落在他的身上，所以几乎晚饭都在他们家吃。

万朝安回到家中，精神萎靡了好几天，后来他在武市的女朋友找了过来，两人便天天腻歪在一起，并且商量着离开巴东，准备去大城市发展。万朝安是工大毕业的，学的是机械工程，是村子里少有的大学生，而且读的又是名校，蝎子巴巴独一份，所以为人比较自傲一点儿，这些我们倒是能够理解。

万三爷返回自己在林间的小屋后，大部分时间都在调养身体。

因为没有这样的经历，我不太清楚那个下尸神的毁灭对于老爷子来说，到底是怎么样的伤害？只是每一回去，都能够闻到一股浓重的中药味，而且他经常把自己关在一个黑黑的小屋子里，闭关不出。老爷子的木屋旁边是一片竹林子，虽然时值冬天，但是看着倒是蛮有趣的，我们也不腻味。

十二月中旬末，天天来找我们玩耍的小屁股身体不舒服，回家了；之后，万老爷

子找到我,给了我一袋黑红色的血液,说这便是我所要的东西。

龙蕨草和蒿荻雪胆我已经采摘到手,这些天已经将其烘焙成药材,而靛蓝僵蚕此物万三爷本来就有,于是我找到了万三爷,请求开始治疗。万三爷并没有半点推托,让我把兜铃、麻黄、麻仁、落葵、栗壳、硫磺、雄黄之类的各色药材备齐,然后开始帮我熬制"纯阳一气汤"。

此汤的炮制颇为复杂,万三爷亲自守在厨房灶前查看,顺序、数量、火候、时机以及汤药的调和度,都需要严格按照古籍《镇压巫山七字诀》上面的要求来做,哪一样都马虎不得,十分考究。

我和杂毛小道则在旁边帮忙打下手,万三爷虽然以捉鬼闻名,然而药理研究这一块也是颇有造诣。对于这一块,杂毛小道还好,我的十二法门里虽有巫医一节,但是大多数都是些让人琢磨不透的东西,比如拿山蚂蟥吸血、用黑蚂蚁当药引子等,很难实践,故而至今也没有什么心得,于是抱着学习的态度在旁边看。

这纯阳一气汤虽是《镇压巫山七字诀》中的记载,却可上溯至纯阳真人吕洞宾,是道家内丹派的传承,能够将人体内混乱的气息调解匀称,不得孤阳孤阴而存,对疏通经脉有绝佳的好处。

万三爷熬煮了两日,那熬药的锅都已经来回换了五个,最后在第三日的中午十二点,阴沉的天际有一点隐约的阳光,他吩咐我们把那大公鸡杀了,接出一大碗血,然后从药罐子里面倒出一小碗黑红色的液体,如同琥珀一般,波光荡漾,药香逼人,闻之全身毛孔扩散开来。

他指着小木桌上面的这碗药汤,说趁热喝,药汤进口,深呼吸,将这味道贯通至整个身体,按照你本有的法门行气,感受"炁"之场域在你周围的流转。

说完这些,他拉着旁边的杂毛小道和看热闹的小屁股退到了门口来。

我毫不犹豫,将这碗药汤一口喝下,感觉并不是很苦,倒是有一股腥辣味,一入胃中,立刻像着了火一样,我的皮肤瞬间变得火烫,连呼吸都是灼热的。我把碗放在木桌上,一屁股坐在地上,感觉自己快要爆炸了,无数的气流在体内乱窜,然后彼此纠缠着。我努力集中精神,按照万三爷所说,让这热力在自己体内缓慢推动运转着。

见我的脸色变得正常,万三爷端来两个碗,左边为阳气十足的三年公鸡血,右边为阴气凛然的天葵初潮,让我左手放阳、右手采阴,浸润进去。

我闭上眼睛,双手一放,感觉在那一刻,血液都要凝结住了。

"好……"

十分钟后,万三爷大喝一声,让我举起双手。我一看,果然,那恶魔巫手上面的鬼影,居然暗淡无比,连那几个符文都变得若有若无。三爷开心地笑了,说:"陆左,经过这一番治疗,你的手基本能够隐藏无恙了,我再给你一个调养的方子,以后但凡使用巫手,过后便熬煎一碗服下,即可抵消。"

我一躬长鞠到地,对这个神色憔悴的老人表示了无比的谢意。

我们在农家乐又待了几天，见效果不错，准备返回南方。一日，万三爷的弟子、万朝安的父亲归家，向师父表达了谢意，我们陪着吃了一顿饭。这个四五十岁的男人倒是个不错的人，也颇能攀谈聊天，席间闲聊，说起一件事情：他刚从道都影潭回来，有个道友抓获了一个草木成形的精怪、花妖，小孩子一般模样，可炼药丹。本来想去观瞻的，结果听闻家里出事，便赶回来了。

这是奇闻轶事，大家听了一乐，然而在我的心里，却不知道怎么着，咯噔地响了一下。

第三十七章　龙虎山，拯救小妖大作战

听了万朝安他爹的话，我忍不住放下筷子，问起那草木成精的小妖怪，到底长什么样？

万朝安的父亲叫做万忠，在赣西省工作，负责的是赣北一带宗教联络的相关事宜，前一段时间因为进山后信号不通，所以没有来得及赶回来，等联络上了，才知道家中发生了大事，自己儿子虽然安然无恙，但师父的修为却是丧失大半，几近废人。他匆忙赶回家，将那正与女友卿卿我我过着二人世界的万朝安吊在房梁上，暴打了一顿。

可怜的万朝安几天都下不来床，在女友面前丢尽面子的他嚷嚷着要离家出走，万忠却并不顾这些，跑来跟万三爷请安问好。

说起来，我们也算是他儿子的救命恩人，而且万三爷对我们也赞不绝口，所以对于我的问题，他是知无不言，跟我们细细道来。说他在赣北工作，认识了一个居家的道人，名曰青虚。这青虚的来头颇大，师父是龙虎山天师道的望月真人，是当世道家里顶尖的几个制符大师之一（符箓宗花开三支，分别为龙虎、阁皂、茅山，分传天师、灵宝、上清三宗经箓，称"三山符箓"），他可是与那茅山过世的符王李道子比肩的人物，弟子自然不差。

他虽与青虚识得，但是知道此事却是通过另外的渠道，据说那小妖精有半人高，浑身浓郁的青木乙罡之气，是个漂漂亮亮的小美人儿。青虚捕获此精，准备于明年开年起炼丹一事，本应是十分隐秘的事情，只是这个家伙好吹嘘，酒桌上说了出来，结果就传到了万忠的耳中。

这小道消息，孰真孰假，本不可辨，至于翔实的情况，他倒也未知。

万三爷眉头皱起，说："这草木成精之物十分难得，也珍稀，只是一般这些精怪并没有什么作恶之处，就这般炼丹，只怕有伤天和。阿忠，你怎么不劝一劝那个什么青虚？"

万忠谈起，说："这个青虚虽为道门中人，但为人却是重利轻义之辈，十分贪图钱财，而且还是一个不听劝的执拗性子，说好听一点儿是性格鲜明，敢爱敢恨，说不好听一点儿就是条疯狗；我跟他交情泛泛，只不过因为在一个地界，彼此熟悉罢了，犯不着为了一个传言和一个不搭界的精怪，去与他争执，并且得罪他后面的龙虎山。"

万忠也是一个独当一面的成年人了，万三爷虽然不喜，也只是点了点头，不再说话。

然而这话听到我耳朵里,心底里拔凉拔凉的:听万忠这描述,不就跟离开的小妖朵朵,一个模样吗?

我本以为她离开了我会过得逍遥自在,快活得很,没想到这个小笨蛋妮子转眼就让一个叫做青虚的家伙给抓住了,还要炼成什么药丹。一想到泼辣直率的小妖朵朵有可能会变成一颗供人吞服的丹丸,我的心脏就像被一头强壮有力的枭阳给猛地揪住,一阵又一阵的疼痛感,蔓延到了我的全身。

杂毛小道也想到了这个可能,脸色变得有些白。

不过我们也看得出来,万忠显然并不太想管此事,而且刚刚才见面,不知道人家底细,也不好追问,只是默默地吃饭。饭毕,在返回农家乐的路上,杂毛小道盯着忧心忡忡的我,说:"你怎么了,现在担心了?"我很坦诚地说是,我好担心万忠所说的那个草木成精的小姑娘,就是小妖朵朵。

他笑了,说:"现在才知道担心,早干吗去了?当初你干吗又放那小狐媚子离开呢?"

我说:"此一时彼一时,当时小妖朵朵执意离去,我自然不能强拉着她不让走,现在她有难了,我能够不相帮吗?只是听那个万忠说青虚的后台很硬,实力也十分强,师父是比肩你师叔公李道子的高人,而且他这人行踪不定,这一点十分难办啊——要不要去找那万忠,好好问询一下?"

杂毛小道一翻眼皮,说:"那你刚才为什么没有问呢?"

我说不知道为什么,我不太信任万忠,生怕打草惊蛇。杂毛小道点了点头,说:"你这个人,眼光倒是蛮厉害的,而且也沉得住气——那个万忠跟万三爷没法比,不靠谱,应该是凡事都以利益为先的人,瞧他把儿子吊起来打的那架势,跟摔阿斗的刘备有什么区别?说不得转身就能够把我们给卖了。不过话说回来,这种'可以和李道子并肩'的废话,还是不要再说了,望月那个家伙,坐飞机都赶不上我师叔公的造诣,怕个毛。"

我们两个商量了一阵,感觉掌柜的应该还是蛮可靠的,而且南方省与赣西省靠近,双方部门之间的联系也是蛮紧密的,让他帮忙查探一番,似乎更加靠谱一点儿。

拨通了赵中华的电话,很快就回复了,我把从他师兄这里得到的消息告知了他,作为曾经和小妖朵朵并肩作战的他表示知道了,并且立刻通过关系,帮我们查询到那个青虚的落脚点。最后他安慰我们,说不要急,更不要轻举妄动,他看看能不能够通过行政手段,从那个青虚手中把小妖要回来。

我有些担忧,让他小心行事,不要打草惊蛇才好,他表示知晓。

在等待掌柜的回电的时候,我们开始收拾行李,准备着离开的事情。不管结果如何,我们都是要前往龙虎山一趟的。杂毛小道本来打算在我的病情好转之后,便前往句容去寻帮他三叔制剑的老师傅,将这桃木剑弄出来。然而出了这档子事情,古道热肠的他自然不能不管,连虎皮猫大人都心灵感应一般飞了回来。

大人的皮毛有些暗淡，显然是前伤未好，但是却仍然嚣张地喊叫，说："居然敢动我的大姨子，简直就是不想活了，杀过去，将那二货给弄得死去活来，欲死欲仙，大人我才肯罢休。"

即时此刻的心情十分郁积，然而听到虎皮猫大人的叫骂声，我也不由得笑了起来。

越是焦急，越要有大人这种睥睨天下的霸气和精神。

他算个毛啊？我左道组合再加上虎皮猫大人，还怕这个家伙？

等待是漫长的，当得知小妖姐姐有可能被坏人给抓了起来，朵朵急得直哭鼻子；这些天在农村里吃得肚圆肠肥的金蚕蛊浮在空中，想起往日经常欺负它的小妖朵朵，想起自己老是赖在人家饱满胸前的惬意，一双黑豆子眼睛，不由得露出了悲愤的情绪来。

它的朋友并不多，我一个，朵朵一个，虎皮猫大人一个，杂毛小道也算一个，还有就是小妖朵朵了。

我的世界里，有各种各样的朋友和敌人，然而对于它来说，上面数到的，几乎就是它的全世界了。这样的小冤家，见到了会烦，离开了，却是贴心贴肺地想念。

过了有半个小时，掌柜的就又打了电话过来，把青虚的相关资料和具体住址告知我们。掌柜的告诉我们，经过侧面了解，和平协商的希望十分渺茫。因为这个家伙有一个同门好友很厉害，在总局里混得很开。我们问是谁，他迟疑了一下，说："你应该认识的，是小萧大师兄陈老大的老对头，袖手双城赵承风，他是龙虎山天师道的开山大弟子，来头比茅山宗还要厉害，在过去的老朝代里，掌教算是国师一样的人物。"

陈志程和赵承风，因为名字里有一个相同的发音，又表现出色，故而一直在总局里有"双璧"之名，就如同武侠小说里面的"北乔峰、南慕容"一般，在业内也是威名赫赫。然而或许都是顶尖儿的绝代人物，或许上面搞平衡纵容所致，故而性情并不相合，赵承风向来都有些龌龊，现如今我们要从青虚这个家伙手里面讨东西，真的要费上一番功夫了。

况且，作为望月真人的弟子，青虚也是一个天才型人物，并不是软柿子，任我们拿捏。

在结束的时候，掌柜的突然问我，还记不记得一个叫做曹彦君的家伙？

骤然提起这个名字，我自然是有些糊涂，回想了一下，似乎是南方省有关部门的某一个职员。那次湾浩广场事件后有一个漏网之鱼，是个养广南壮族癫蛊的蛊师，引我至垃圾场里搏命，收尾的工作似乎就是他做的，算是个知趣的妙人，便问怎么了？

赵中华说曹彦君是他的好友，也是龙虎山贵溪古镇的俗家弟子，对青虚了解颇深，算是个知根知底的人，可以信赖。他找到了曹彦君，已经得到了小曹的同意，到时候返乡，配合我们的行动。

赵中华说这件事情，最好让老萧告诉他大师兄，这样子我们好获得最大的支持。

挂完电话，我们的心情终于没有了一开始的焦急，于是收拾了行李，前往林中小屋，与万三爷告辞，又到村子里挨家跟相处了大半个月的万家诸位告别。在离开村子的时候，看到有好多人朝着王麻子家里跑去，抓住旁边认识的小屁孩高昂问怎么回事？他告诉我们，王麻子的老娘在得知自家儿子葬身于黑竹沟之后，绝食而死了。

在那一刻，我和杂毛小道的心中，五味杂陈，一时间竟然说不出话来。

第二十卷　拯救小妖大作战

第一章　上清古镇

　　龙虎山乃是道教正一道天师派的"祖庭"，原名云锦山，群峰绵延数十里，龙盘虎踞，山丹水绿，灵性十足。自张道陵于龙虎山修道炼丹大成后，从汉末第四代天师张盛开始，历代天师举居此地，定龙虎山寻仙采术，坐上清宫演教布化，居天师府修身养性，世袭道统六十三代，享受历朝崇奉和册封，官至一品，位极人臣，时至今日，仍无断绝。

　　茅山与天师，一个小隐隐于市，一个大隐隐于朝，故而论正统和权势，茅山宗拍马也赶之不及。

　　值得说道的一点是，与茅山宗开支散叶一样，天师道又分南北两宗，十多个门第，比如李家湖的女儿雪瑞、黔阳特勤局胡文飞都分属于不同的山头，这里所讲的天师，单指天师道本宗，龙虎山一脉。

　　然而经过了新时代烈火的历练，特别是破四旧和文革，所谓"南张北孔"的府邸，都已经遵循市场经济的规律，开放成了旅游景点；朝堂之上，也多以实力和关系来论高低了，所以无论是茅山派，还是龙虎山一脉，门内的弟子都有在全国各地的有关部门中任职，势力犬牙交错，不分伯仲，共同为了和谐稳定的大好局面而努力。

　　2008年12月24日，我和一个猥琐的板寸头道人，带着一只羽色暗淡、母鸡一般肥硕的鸟儿，来到了贵溪上清古镇。

　　踏上了古镇那用泸溪河里的鹅卵石铺就的古街，看着如织的游人和偶尔错肩而过的道人，看着地面那些排成太极或八卦状、光滑溜圆、扁长不一的鹅卵石，看着琳琅满目的道家器物和香火，看着重檐、丹楹、彤壁、朱扉等典型道教风格的建筑，所有的一切，都将此处的道家文化，渲染得淋漓尽致。

　　我们漫步走过这条始建于南北朝的古街，路过道家祖庭、天师府，沿着鳞次栉比的沿河吊脚楼，来到船埠头。清冷的泸溪河面上渔舟孤单，倘若不是眼前这些身穿着现代服饰的游客和镇民，我说不得有一种穿越到了古代的错觉。

事关重大，我在来这里之前，已经通过杂毛小道，联络到了大师兄陈志程。

作为我进入有关部门（虽然只是合同工，编外人员）的介绍人，大师兄自然算得上是我的头号靠山，而又有杂毛小道这一层亲密的关系，就立场而言，大师兄自然地站在我们这一边。然而大师兄事务繁忙，最近正在黎巴嫩那里出外勤，不能够回来亲自处理，而且又因为有人盯着的缘故，他在国内的主要关系也不能动，所以一切都还是要靠我们自己，还好有赵中华的斡旋帮助。

不过他发话了，说不过是龙虎山里的一名弟子，尽管搞，出了事情，他替我们兜着便是了。

不过也难怪大师兄心中不爽，这个道号"青虚"的家伙，跟他们的师祖"虚清道人"名号，居然差不离，不知道是故意的还是不知晓。但是这亵渎先人的罪名，必然是扣在他的脑门子上了。

我们本来准备偷偷摸摸搞一搞的，这回有了大师兄的强硬态度做后盾，赵中华和曹彦君等人就能抛下所有的顾忌，甩开膀子过来帮忙了。

在泸溪河边古色古香的吊脚楼旁等了好一会儿，一个围着酱红色围巾、戴墨镜的风衣男子迎上前来，朝我们打招呼。我看着这宽大墨镜遮盖着的半张脸，果真是曹彦君那小子，便笑了，说怎么搞得像是做地下工作的一样？曹彦君说："可不就是地下工作，先跟我走，我们找地方说话。"

于是我们便跟着走，曹彦君是本地人，熟知地形，七拐八拐，来到了一间茶楼，直奔包厢。

等服务员把茶水、瓜果摆放好，转身离去后，曹彦君才告诉我们，这个小镇是天师道的大本营，处处都有暗线，我们的谈话万一被人听了去，只怕不但什么事情都办不了，而且还要倒大霉。我看了一下这古色古香的茶室四周，疑惑，说既然如此，那怎么还把我们领到了这里来呢？

曹彦君摆摆手，说无妨，这茶室是他三舅开的，安全问题有保障。

说罢，他请我们先饮茶，说这是龙虎山上清林场所种植的煞吓人香，虽然茶叶都是碎末，并不出名，但是却有一股浓郁的香气，十分醒神。我们哪里有品茶的雅兴，匆匆喝了两口烫得人嘴巴破皮的茶汤，问他青虚那家伙的住处。曹彦君摇了摇头，说他昨日从南方赶回来的时候，就已经悄悄地从侧面打听了一下，青虚在镇南有一栋老宅，家中十多口人，周围邻居都说他没有在家中住着。

我们来的时候赵中华已经跟我说过，曹彦君之所以会不遗余力地帮助我们，除了因为看黑手双城的面子，他本人跟青虚有一些仇怨。

青虚时年四十有一，早先是上清古镇的大户子弟，俗家名号李明班，自幼便进入龙虎山修行。天师道龙虎山一脉分内外两门，所有的子弟皆从外门开始，若资质不错，便进入内门由师父带着，若学无成就，便过几年出了道门，重返俗世。曹彦君今年满二十八岁，早年在外门中也算是一个优秀的苗子，有望进入内门，继承衣钵，成为真传弟子的。然而因在山中，与已为内门弟子的青虚有些冲突，便被设计陷害，具体是怎么样已无人知晓，但是却再无寸进，后面勉强进了特勤局混事，至今依然遗憾。

挡人进步的事情，如夺妻杀父之仇，怎能不牢记？

曹彦君心胸还没有开阔到道祖佛陀那种地步，所以一直耿耿于怀。一听得赵中华提及，便立刻请了年假，返回家中来，名为探亲，实则是帮我们给青虚找麻烦。青虚这家伙为人轻薄浮躁，得罪了不少人，使得曹彦君能够很快就打探了不少有用的消息。

赵中华已经从他师兄万忠那里得到了确信，说青虚的确是返回了贵溪，只不过知道自己暴露了消息后，行踪就变得飘忽了，少有人知晓。但是曹彦君却直接给我们指出了青虚有可能藏身的三个地方来，可见是做足了功课。

在茶馆里，曹彦君给我们讲解了许多关于青虚的情况。

比如这个家伙极其好色，总是到处"拈花惹草"，经常沉溺于烟花之地，流连忘返。

但是这个家伙制符深得望月真人的真传，颇有效验，他经常将这些符拿到黑市里面去卖，以维持他奢侈荒淫的生活。他性子极为暴躁，经常一言不合就与人动手，而且喜欢来阴的，睚眦必报、欺负弱小，连万忠这个态度中立的人谈及他，都形容他是一条乱咬人的疯狗。然而与此相反的是，他在符箓之道上的造诣却令人惊叹，与神灵沟通的效率也高，使得门中求他的人有许多，而且上面的长辈也睁一只眼闭一只眼地容忍了他。

比如这个家伙不想在道观里修行，他师父便让他返回家中，做一个在家的居士。

比如青虚的一些独特的个人爱好……

谈完这些，抛开性情而论，我突然发觉，杂毛小道与那青虚竟然有许多惊人的相似之处：同样师出名门，同样天赋绝伦，同样洒脱不羁，同样擅长符箓……相像的地方实在太多，搞得杂毛小道自己也察觉出来，一脸的不屑。不过，杂毛小道是个疲懒的性子，心胸豁达，并不会因为某些意气之事，与普通人争斗。

倘若心情好，你揪着他耳朵骂一上午，他也不会生气。

我向来都叫他"杂毛小道"，也没有见他认真地绷过几次脸。这一点，说明萧克明所谓的红尘炼心，已然达到了一定的境界，因为放下，所以解脱。与此同时，他还是一个古道热肠的人，讲义气，重感情——这些是他怎么都放不下的东西，也是他这辈子都难以摆脱的障碍。

我们谈到了下午四点，曹彦君带着我们前往附近的酒店落脚，一同吃过晚饭之后，他要回家准备些东西，晚上七点钟再带我们去第一个地方找青虚。若能够有蛛丝马迹，直接敲闷棍，果断解决。

曹彦君离开之后，我和杂毛小道开始收拾行李。

我们这次来得急，并没有做什么准备，也就是去巴东的那些东西，杂毛小道的雷击桃木棍，已经通过物流公司寄往家里，由小叔帮他去联络那个制剑的老师傅；而周林的事情，我们早在养病期间，就已经跟萧家通报了。得知周林入魔，并有可能已经加入邪灵教，本来心中还念及些师徒之情的三叔表示，如果再遇到，格杀勿论。

萧家大伯也通过组织内部的关系，开始正式悬赏周林。

我们在酒店的房间里等到七点钟，曹彦君打电话过来，说让我们下楼。我们来到楼下，发现他开着一辆黑色的SUV在等我们，上车后曹彦君告诉我们，现在就去影潭市区一家很著名的酒吧。在那里，说不定就能够找到青虚。

第二章　误入主题酒吧

　　贵溪是影潭下面的一个县级市,到影潭市区并没多远。当我们到达月湖区的酒吧一条街时,正好是夜场刚刚开始热闹的时候。曹彦君把我们放在街边,然后去找停车位。一路走来行人稀少,然而在这冬意渐寒的街头却是熙熙攘攘,看来再冷的天气,也阻挡不住年轻人好动而燥热的心。

　　哦……我看到了几个肠满肚肥的中年人挎着漂亮妹子走过,在此收回"年轻人"这三个字。

　　每一个城市都有着自己的城市名片,也都有着自己的特色,只不过我们心急如焚,行色匆匆,并没有把太多的心思花在流连盛景之中。漫步街头,看着霓虹闪耀的招牌和人群流动,我唯一的想法就是找出那个留着三撇飘逸胡须的男人来——青虚的照片,我已经从曹彦君手中得到,是一个长相俊朗飘逸、形容威严的美男子,倘若形容,跟2009年末风靡全国的电视剧《蜗居》里面的宋秘书真的很像。

　　额外说一句,我个人很喜欢张嘉译这个演员,演戏十分出彩。

　　然而我却并不喜欢青虚这个家伙,我手里的照片是一张生活照,青虚侧着脸,斜瞟过来的眼神中,有一种桀骜不驯的骄傲和不顾一切的疯狂。这种人很可怕,他从来不尊重规则和权威,不尊重别人的看法和建议,在他的心中,永远只有随性的自我妄为和追求自己的极道执念,像一把没有鞘的锋寒尖刀。

　　按常理说,这样的人虽然可怕,但是因为不知收敛,很容易遭受挫折而陨落,然而他却横行无忌到如今,除了本身的实力过硬之外,恐怕头脑也是十分精明。

　　一个人,可以猖狂,但是一定得知道什么人可以得罪,什么人不可以得罪,这样子才能够活得长久。

　　根据资料上显示,青虚跟自己的师父望月以及很多同门长辈的关系都十分要好,而且跟袖手双城的交情也是极好,每年都给赵承风输送许多的符箓——这样的人物,我们通常也能够在偶像剧里面,看到某些富二代饰演这种反派角色,一边在父母长辈面前装纯洁;一边翻过脸来,对着通常是主角的那个人耍尽各种毒辣。

　　正因为如此,赵中华才一再地跟我交代,说过这边来,行事一定要小心。

　　说实话,我们确实不想惹这样辣手的角色,可是奈何他手上有一个疑似小妖朵朵的小妖精,而且还准备把它给炼成丹丸,吞服入口中,增强道力。这事情我就不能忍了,小妖朵朵在别人眼中是一个异类,然而在我们心中却如同亲人一般,我怎么能够忍心她如此结局?

在街头聊了会儿天，曹彦君停好车走过来，然后带着我们前行，四处张望夜店的招牌。

说句真心话，我在珠三角南方市、东官、鹏市、江城和洪山都混过，早年间没什么机会接触这些。后来自己做点小生意，总是要和工商税务打交道，所以也出入过这种场合。与那些繁华之地相比，影潭只算是个三线城市，夜店并不算好，从外面看，跟一线城市1990年代末的差不多。

曹彦君也不是很熟，走了一段路，终于来到了一家酒吧前停下。

我们站在霓虹灯光闪烁的招牌下，看着门口出入的尽是男人，有些摸不着头脑，说就是这里吗？

曹彦君点头，说是的，我们进去吧。

说到逛夜场，曹彦君这个有关部门的家伙竟然有些放不下架子，倒是杂毛小道驾轻就熟，直接推门而入。里面的气氛很热闹，放着劲爆的DJ舞曲《耶耶耶》，让人一进去就觉得浑身不自在，非得要摇上一摇，才觉得骨子里畅快。

我们找了一个台桌，点了一些啤酒应景，听到我们普通话的口音，那个侍者不断地跟我们推荐他们这里的芝华士，还有招牌鸡尾酒。杂毛小道接过瓶子来，瞄了一眼，然后递给曹彦君，使个眼色。曹彦君是个相当精明的人物，一瞧，知道是假酒，便递回给侍者，用当地话跟他说拿真酒过来的话，就来一瓶。

被识穿之后，那个侍者也不害怕，嘻嘻笑着点头，说好，问还有其他特殊需要吗？我怕杂毛小道这个家伙泡妞误事，提前伸手拦住他，说我们自己可以了。

侍者离开后，我们窝在沙发前喝酒，然后在迷离绚烂的舞台射灯中打量这里的人群。

酒吧开了暖气，里面温度不低，妹子们穿着都比较显露身材。然而我瞧了一下，就觉出有些奇怪：这里的人虽多，然而常见的那种浓妆艳抹的职业酒吧女，却不多见，而且奇怪的是，作为寻求艳遇、消遣作乐的场合，这里的人除了少数一些外，居然大部分是男的跟男的、女的跟女的在一起，有一种井水不犯河水的奇怪现象。

抿了口三十块钱一瓶的科罗娜啤酒，我把这个疑问提交给领我们过来的曹彦君。

曹彦君的脸色有些奇怪，他左右打量了一下，然后低声说道："这里是影潭比较有名的主题酒吧……"

老曹的低声述说，让我们有些吃惊：原来这里居然是一家隐而不宣的同性恋酒吧，这家老板就是一对百合，整个影潭地区的同性恋都慕名而来，十分火爆。这个消息让我们十分无语，难怪刚刚进来的时候，吧台上几个纯爷们看着我们，眼神怪怪的。这种主题酒吧我也听过，我在东官的住处附近就有一个蓝宇酒吧，虎窗那边有个宝贝湾，不过要么是Gay，要么是拉拉百合，少有混合一起的，彼此都别扭。

面对我的疑问，曹彦君也很无奈，说："小地方，也就这样子吧。又不是北上广这些一线城市，将就点儿，要求不要太高……"

我和杂毛小道一头的冷汗:"我们有个毛线的要求啊——只是,老曹你说青虚有可能会在这里,莫非那个家伙……"曹彦君点头,说是的,青虚就是一个玻璃男!这个消息让我们彻底震惊了,之前老曹说这个家伙拈花惹草,流连于夜店,我总是把他当成和杂毛小道一般的好色。

没承想,这家伙居然好的是男色!我有点不相信,说:"那今天下午你怎么不跟我们说起?"

曹彦君有些迟疑,但还是咬着牙说:"你们知道我为何与青虚那个家伙交恶吗?"

我和杂毛小道一同盯着长得跟网络巨子马云一般模样的曹彦君兄弟,十分无语——这是要讲述一段因爱生恨故事的前奏吗?掌柜的跟我说这个曹彦君是个可靠的人,然而我却总感觉有些被忽悠了,我并不想对这件事情深究下去,与杂毛小道抿着酒,四处找寻青虚那个家伙的踪迹。

这不看还好,一看就出了事情。

两个打扮得很娘气的男人扭着虎背熊腰就走了过来,手中端着杯子,朝我们"嗨"了一声,打完招呼之后就坐下来,跟我们攀谈起来。坐在我旁边的,是一个油光水滑的长发年轻男子,他盯着我左脸的疤,说哥们儿,不常见啊,第一次来吗?

和我印象中的断背山不一样,这个男人虽然身上有淡淡的古龙水味道,但是他的言谈并没有如他打扮的那种娘气,而是很直爽。我点了点头,结果发现这是一个老手,三言两语,没一会儿就开始主动进攻,让我的后脖子上面,冒起一层又一层的鸡皮疙瘩。正当我想要发飙的时候,杂毛小道突然揽着我和曹彦君的肩膀,对着这两个端酒而来的男人说道:"我们今晚是一起来的,你们还是到别处去吧……"

长发男子有些犹豫地看着嚣张霸道的杂毛小道,眼色迷离,含情脉脉地说:"哥,我不介意的……"

杂毛小道很霸气地回绝他,说:"我介意!"

"哼!恶心……"

两个人横了我们一个白眼,扭着屁股离开了,而我赶紧把杂毛小道放在我肩膀上面的手拿下来,一阵毛骨悚然。我和杂毛小道都盯着曹彦君,十分不满,说:"老曹,你在玩我们是吗?"

曹彦君很无奈,说青虚有个相好的,叫做李晴,也叫做晴妹儿,具体住址不知道,但是经常在这个酒吧出没,他们两人感情十分好,时常黏糊在一起,前几天还在此处出没过。所以我第一就想到来这里,无论是找李晴,还是找青虚,都能够摸到他们的住址。

我说:"这么重要的事情你干吗不早说,老给我们弄突然袭击,不带这么玩儿的!"

曹彦君也无奈,说:"我怕你们对这里膈应,不肯来……"我和杂毛小道都不厚道地笑了,说我们不歧视同性恋。我看到曹彦君的眼睛突然一顿,锋利起来。我们回过头去，看到有一个穿着黑色紧身皮衣的男人，从酒吧里面的过道中走了出来。

这个男人长得十分漂亮，秀眉樱桃嘴，跟文莱的一个男演员一样，都有着一种莫名的妖媚。

我们低声问他是李晴吗？曹彦君点了点头，说对。

我朝着晴妹儿后面看去，却发现是孤身一人。

第三章　李晴

李晴出现在酒吧后，直接来到了吧台的位置，点了一杯红色荡漾的鸡尾酒，然后开始随着音乐晃荡身子，不断地跟工作人员和酒吧里面的熟客打招呼。他在这里的人气十分旺，不管男女，都跟他十分熟络。我们待在卡座前默默地喝酒，也不说话，只是用余光很隐匿地打量着这个"倾国倾城"的男人。

音乐声一直很劲爆，闹哄哄的，灯光暗淡，之前缠着我们的那两个男人，现在已经在吧台上和李晴聊起天来，相谈甚欢。长发男人说了一会儿，然后朝我们这边指指点点，似乎在说着什么，李晴喝了一杯酒，长长地打了一个饱嗝，然后妩媚地伸了个懒腰，看向我们这边。

曹彦君本身就是秘密战线的工作人员，杂毛小道游走江湖十多年，而我也是自小离家，见惯了人情世故，三个人都是胆上长毛的角色，自然不会因为这一瞥而怯场，淡定地喝着酒，然后看着小舞台上的歌手嘶嚎。

杂毛小道的手，又不动声色地摸到了我和曹彦君的腰间来。

我的脸色如常，身子还在随着音乐的节拍而扭动，心中却把那个未曾露面的青虚道人，给恨得要死，牙齿咬在酒瓶上面咯吱直响。然而一想到某个刀子嘴豆腐心的小狐媚子，想到她那绚烂骄傲的笑容，比春天杜鹃花还要美丽的模样，心中便强忍着种种不适，把所有的怨恨都放在了心里面。

过了几分钟，李晴也提着酒瓶径直走了过来，他先是看了一下脸上有刀疤的我，接着又把注意力集中在杂毛小道脸上，笑吟吟地说："嗨，你们是第一次来的吧，哪儿过来的？"

杂毛小道露出了狂放不羁的笑容，眯着眼睛看这个可口甜心般的男子，说是过来旅游，听朋友介绍的，刚刚下了火车呢。李晴笑了，大剌剌地把我往旁边挤去，坐在杂毛小道旁边，抽出一根柔和七星，然后用粉红色的打火机点燃，手一挥，立刻有一个穿着制服的工作人员过来，问晴少，什么事？

李晴手一挥，说这桌打五折。

那个工作人员点头，说知道了，然后恭敬地施礼，回转身去。李晴深吸了一口烟，然后将这袅袅的烟雾吐在了我们的面前，开始作自我介绍，他本来就是我们的目标，也不好赶走，于是都报上了"大名"。杂毛小道"哎哟"一笑，说："还可以哟，你在这里混得蛮开的嘛，这么大的面子，轻轻松松就五折，要不然我请你喝一杯吧？"

"那自然……"

李晴横了杂毛小道一眼，然后举起酒杯，跟我们轮流碰了一下，轻轻抿了一口。我坐在李晴的旁边，闻到他身上有淡淡的香水味儿，凑巧我曾经在第二个女友与我分手的时候闻过，是香奈儿邂逅香水，十分迷人。然而此时此刻的我，却感觉到晚饭的那些食物，不停地在胃中翻腾，似乎要造起反来。

李晴跟我们（主要是杂毛小道）开始介绍起来，说这酒吧的老板是他的铁姐们儿，所以打折这种事情，一句话的事儿。然后他开始盘问起我们的来历和职业来，我自然说是在南方做点小生意，都不好意思说是小生意了，就是个小个体户；曹彦君表情有些木讷，说在某个地方做中学老师，教物理的，唯有杂毛小道不说话。

李晴娇嗔地看着大刺刺坐着的杂毛小道，说："你呢，茅哥？"

遇到陌生人通常自称"茅克明"的杂毛小道揉了揉鼻子，说："你觉得呢？"李晴哈哈笑，口中那股薄荷味的青烟萦绕在我们的鼻子里，痒痒的。千娇百媚的李晴点了点杂毛小道的肩膀，说："茅哥你这气质百里无一，倒是和我的一个好朋友极为类似，呵呵……"

"是吗？"杂毛小道摸了摸自家粗糙的胡须，说："我这个人向来长得就很奇葩，被人歧视惯了，倒是不知道还有人跟我一样，有这种悲催的长相。"

李晴捂着嘴笑，说："你们长得倒是完全不像，主要是气质，他说过，身体就是一副臭皮囊，人修一世，仅仅就是五克的重量。"

"哦……"

杂毛小道眉毛一耸，显得十分动容，说："这五克的重量，莫非就是人的灵魂？我曾在以前的科技杂志上看到说：人死的那一瞬间，整体重量会轻上五克，这就是所谓的三魂七魄。能讲出这番话的人，确实是一个不世出的高人啊？难得难得，小晴，你能够帮忙介绍一下这位仁兄吗？听你这三言两语，倒把我的好奇心给勾出来了。"

李晴妙目一转，说这当然是可以的，不过……他拖长了语调，说人家有什么好处呢？

杂毛小道"虎躯一震"，说好处？你倒是想要什么好处呢？

两个人大眼对小眼地对着放了一会儿电，心照不宣地笑了，这表情用现在的话来说，就是"你懂的……"。两个人含情脉脉地说了一会儿，又互留了电话，李晴带过来的芝华士喝空了大半，他突然说："啊，忘记一件事情了，我要走了，明天晚上我们圈子里约好一起玩'三国杀'，你要不要一起来？"

杂毛小道又摸了摸自己额下的胡须，说："啥子叫做'三国杀'，恕我孤陋寡闻，倒是没有听过这玩意儿。"

李晴一拍杂毛小道的大腿，说："呀，三国杀你都不知道，真的是'奥特曼'了，它是北京大学（实为中国传媒大学）的一名大学生设计的纸牌，集历史、文学、美术、悬疑、战略于一身的桌上游戏，比杀人游戏还要好玩一百倍、一千倍呢……"

杂毛小道："请问杀人游戏又是什么？"

李晴："……"

略微的尴尬之后，李晴拍了一拍杂毛小道结实紧绷的胸肌，说："放心，不会的话，人家可以教你嘛，这些都是小事情，到时候我给你电话，一定要记得来哦？"杂毛小道坦然地接受了李晴这明是拍、暗是揪的一下，指着我和曹彦君，说："那我这两个朋友，到时候能不能够一起带过去啊？"

李晴从头到尾都没怎么看过我和曹彦君，这会儿似乎发现新大陆一样，打量了一下我和老曹，然后为难地摇了摇头，说："我们这个圈子很保守的，一般普通成员都只能介绍一个进来，你如果要来的话，先来参加几次，到时候再把你的朋友介绍过来嘛……"

对于他这种隐藏颇深的歧视，我却表示很快乐，高兴地点头，说："老茅，我们明天要去办事处找老王，就留下你一个人没事，你不用管我们的，跟晴少一起去玩吧。好玩的话，再介绍我们去也成。"

李晴捂着嘴巴呵呵笑，说："刀疤哥哥你真的好体贴啊，让人家都忍不住拉你一起来了。"

说完这话，李晴起身，跟我们告辞，然后朝着酒吧侧边的过道走去。

看到他手里拿着粉红色的手机，边走边打，杂毛小道地看着我，说："小毒物，你觉得哥哥的演技怎么样？是不是秒杀金马男主角，可以直接角逐奥斯卡啊？"我望着李晴那灰色铅笔裤勾勒出来的翘臀，说我去下洗手间，说完站起来，朝着李晴的那个方向跟过去。

洗手间在过道的尽头，而在左边第二间，则是一个虚掩的小办公室，我过去的时候，听到李晴在跟人打电话。我不由得放慢了脚步，听到他似乎在跟人争吵着，声嘶力竭。

左右都是过往的人，我自然不敢停留太久，露了痕迹，于是进了男性洗手间，走进蹲坑位，关门，一拍胸前，低声说道："有请金蚕蛊大人现身……"肥虫子立刻闪亮出现，他明了我的意思，立刻顺着缝隙钻出洗手间，朝着刚刚那个房间奔过去。

我坐在马桶上面，闭目凝神，开始冥想，将意识与肥虫子做着勾联。

做这件事情我已经是十分熟练了，闲着没事儿的时候经常……呃，偏题了，反正我很快就进入了肥虫子的视线。世界一坠一坠，晃晃悠悠地来到了刚才的那个房间门口，一看，刚才虚掩的门居然已经关闭了。当然，这难不倒已为半灵体的肥虫子，它低下身子，准备往锁眼里面钻去。

然而就在这个时候，一道肉眼不可见的光芒朝着肥虫子肉乎乎的身子射去。

金蚕蛊这小东西何等机灵，一待发现，立刻横移一米，往上一瞧，只见那门的正中，正好贴着一张三指宽、两寸长的黄色纸片，上面笔走龙蛇地绘着乱七八糟的线条，散发着一股凌厉的气息。莫看肥虫子傻乎乎的萌货一个，本来却是个暴躁的性子，正想挺身冲上去与这劳什子符箓肉搏一番，争个高低，却被我给唤了回来。

与杂毛小道相处日久，我知道高明的制符师能够留一丝神念在自己的符箓之上，现在事态未明，我还是不要打草惊蛇的好。

　　肥虫子罕有地不乐意，愤愤不平地瞪着那黄色符箓好久，这才退了回来。

　　待它回归我的体内，我双目一睁，走出了洗手间，只见杂毛小道两人朝我招手，说要回去了。我不舍地回望了一眼那个房间，却是空空如也。

第四章　睡梦魂牵

　　见我回望,杂毛小道走到我身边,低声说道:"他走了,好像很生气的样子……"
　　我点头,曹彦君已经结好了账,过来招呼我们离开,路过吧台的时候,那个长发男子朝我们挥手告别,说:"哥,你们要常来啊。"杂毛小道并不言语,淡定地挥挥手,像足了《上海滩》的发哥风范。出了温暖如春的酒吧,寒风扑面,顿时就是一阵冷战,把我浑身的鸡皮疙瘩都给好好清了一遍。
　　这是我二十多年里出过最多的鸡皮疙瘩,感觉比和那僵尸恶鬼搏斗,还要疲累,鼻翼上面还有汗,冰凉。
　　在酒吧不远的地方,有一辆红色的奔驰小跑,正在缓缓地倒车,那是李晴的车子。
　　曹彦君没有跟我们废话,直接跑到停车的地方去启动SUV,而我和杂毛小道则遁入人流中,不让李晴看到我们。很快,我们坐上车,曹彦君远远地追着不远处的那辆奔驰小跑行驶。毕竟是特殊战线上的人才,他开车的技术绝对一流,稳当而灵活,像蚊子一样死死地盯着目标,让我这个仅仅拿着C照本的家伙汗颜不已,也让杂毛小道这个新手好生羡慕。
　　谈及今天的成果,杂毛小道说:"那个青虚虽然不知道我们的存在,但是他显然已经觉察到重宝在身,而自己又太过招摇,所以隐匿了行踪。我们毕竟不是地头蛇,也不能够借助官方的力量来大范围搜寻,所以这个李晴,还真的是一个绝佳的突破对象。"
　　曹彦君望着坐在副驾驶座上的杂毛小道,说那萧兄你可得要牺牲一下色相了。
　　杂毛小道苦着脸,说:"牺牲色相这事情,我向来都是乐意为之的,然而这对象如果是一个男人,我就真的有些受不了。小毒物,你怎么看?"我摸了摸我左颊上面的刀疤,说:"不对啊?明明我比你帅好多,为什么李晴那死娘们没有看上我,反而对你像苍蝇叮屎一样黏糊呢,难道是因为我的这刀疤影响了我的战斗力?"
　　杂毛小道呸我一口,说:"你这好不要脸的家伙,老子浑身洋溢着男儿的阳刚之气,哪里是你这个优柔寡断的家伙,所能够比拟的?"
　　我们几个哈哈笑闹了一阵,我严肃起来,问曹彦君,说:"老曹,我想到一个问题,你说你以前跟青虚那家伙是旧识,那么有没有可能李晴也认识你?我就是觉得有些奇怪,你发现没有,偌大的一个酒吧,李晴一出现,就直奔我们这边,跟我们攀交情,是不是有些太凑巧了?我当然可以认为是我们几个人气质卓尔不凡,但是也有可能是那个家伙主动过来，探我们的底啊？"

曹彦君摇了摇头，说不可能的，他们不会认出我来的，这一点你们放心。

听到了我的担忧，杂毛小道眉头一皱，说："有可能啊，此事非同小可，老曹你为什么这么肯定呢？"曹彦君叹了一口气，从车台上的盒子里取出一张照片来，递到了杂毛小道面前，坐在后座和朵朵一起玩的我探头过去瞧，只见照片上是一个穿着青色道士装的粉嫩可爱小正太，这照片有些发黄，显然是有一定年头了，杂毛小道拿着照片和曹彦君作对比，疑惑地说："老曹，你不会说你以前有这么英俊潇洒吧？"

曹彦君稳稳地把着方向盘，盯着前方的奔驰小跑，说："你们不相信？"

看着这个阳光灿烂的小正太，又看看脸型古怪如骷髅的曹彦君，我摸了摸下巴，说老曹，按理说我是应该无条件地相信你的，只可惜这差别也太大了，若我相信，简直就对不起自己的智商了。曹彦君哈哈一笑，转过脸来看了杂毛小道，说："萧兄，你也是符箓派的高人，可知《太上无极大道自然真一五称符上经》一文里面，有关于'洞罡乾罗符'的记载？"

杂毛小道捻须，表示知晓，见我一脸茫然，给我解释，说这"洞罡乾罗符"其实是融合了楚巫诅咒的一种符箓，配合着人的毛发、指甲和生辰八字燃烧诅咒，能够改变人的气机。如果抵御不住，重者心性大变，走火入魔至疯癫；轻者容貌改变，沧海桑田。可那手段秘而不宣，是皂阁山灵宝道的不传之秘，怎么会用到你的头上？

曹彦君耸耸肩，说鬼知道？我对曹彦君表示慰问，他笑了笑，说："没事，好女嫁挫男，你们要是看到我老婆的照片，就不会这么说了，哈哈。"听到他这么肯定的答案，我也放下心来，不再说话。

朵朵睁着一双迷蒙的大眼睛，水汪汪的像月亮下满溢的井水，呢喃地问我："小妖姐姐什么时候回来啊？"我捏着她肥嘟嘟的可爱小脸儿，说放心，我们一定会找到小妖的。

我心里也在给自己说道："一定要找到这个胸大无脑的小妮子！"

车行了二十多分钟，来到了一个居民小区，红色的奔驰小跑驶进了满是大槐树的停车坪里。这种居民小区跟大城市有保安的小区不一样，老建筑，可以自由通行，而我们则在外面停留，曹彦君准备了望远镜，看着李晴走进了一栋七层小楼里。

自从有了金蚕蛊，我的视力十分好，没有用望远镜，而是默默地观察那一间的灯光亮起。

然而就在我们凝神静气观察的时候，突然车窗的玻璃被人敲动，咯咯咯地直响。

我转过头，见到一个白发苍苍的老太太倏然出现在驾驶室旁的车窗外，正瞪着眼睛往里边瞧呢。

这神出鬼没的老太太，把我们都吓了一大跳，曹彦君连忙收起望远镜，我也不动声色地将朵朵藏起来。老曹摇下窗子，问这个满脸皱纹但是极为警惕地盯着我们的老太太，说："您有什么事情？"老太太用苍鹰一般的眼神，仔细地打量了一下车子里面

的空间,然后有些犹豫地问:"你们把车停在这里干吗?"

两个人说的都是影潭本地话,不过我们好歹都能够听懂,但是不敢吱声。

曹彦君也犹豫了一下,斟酌着词语,说:"大妈,我们是过来这里找朋友的,打电话通知他了,在这里等一下,他一会儿就过来,有问题吗?"老太太用一种疑惑的眼神瞄了黑暗中的我们几眼,然后自豪地把左手上面的红袖章展示给我们看,淡淡地说:"最近小区老是有陌生车辆出入,都是些年轻男女在车子里面,做些个不要脸的事情,前两天刚刚开完会,不能再有这种破坏精神文明建设的事情发生了,所以我们社区查得严。不过你们都是些小伙子,我就不说了,这里不能停车,你们赶紧走吧。"

不要脸的事……说的是车震吗?

古人常言,行走江湖,有四种人不要惹:老人、小孩、和尚、道士。因为你不知道他们里面,会有着怎样奇葩的高手存在。高手在民间,我们自然不敢跟这个较真的老太太说道理,曹彦君连忙一口答应,说:"我们这就跟那朋友打电话,让他在小区外面等着,就走、就走。"说完发动车子离开。

车子缓缓地驶离,曹彦君脸色复杂,说:"你们有谁看清楚李晴住的地方了?"

我和杂毛小道都摇头,苦着脸说都被那个神奇的老太太吓得魂飞魄散了,哪里还有心思观察亮起的灯光?一想到三个本事满满的家伙,妖魔鬼怪都不怕,却被一个居委会老太太吓得心跳一百二十脉,顿时觉得丢脸无比。曹彦君看了一下手表,现在是晚上十一点多,他安慰我们,说无妨,他有个发小在这附近的派出所当户籍警,很容易就能够查到的,明天再来吧。

我们点头,也只有如此了,急也急不了一时,打草惊蛇了可不好。

当晚我们没有返回贵溪,就近找了一家酒店住下。

我们三个在酒店房间里商量接下来的行动计划。曹彦君告诉我们,那三个地方,同志酒吧是一处,还有东郊的温泉山庄又是一处,再有就是城西的老王记烧鹅。青虚行踪不定,但是这三处地方,是怎么都戒不了的,实在不行,他找三五好友过来,帮忙盯着就是了。

我们问是否可靠,这种事情虽说人多力量大,但是知道的人还是越少越好,可别真的打草惊蛇了?曹彦君说无妨,都是知根知底的老伙伴,跟青虚也有芥蒂,算得上是天然的盟友。

我考虑了一下,点头同意。

当晚我睡下的时候,脑子里满满都是小妖朵朵的影子,怎么都挥散不去。在将睡未睡的迷蒙时刻,我突然有一种明悟,感觉那个爱惹祸的小妮子就在我的身边,附近不远。我猛然惊醒,坐起身来,看着窗边独自修炼的朵朵,感觉浑身一阵冒汗,再想起去体验那种玄妙的感觉,却怎么也捉摸不到。

我想到了我当初给小妖朵朵分身麒麟胎的时候,似乎已经建立了一种天然的联系。

这种联系很奇妙，就跟朵朵、跟金蚕蛊的一般模样。

小妖朵朵就在这影潭，这让我心中不由得沉重了几分，之前所有侥幸的期盼顿时消失无踪。我翻来覆去，到了凌晨三四点才勉强睡着。第二天中午的时候被敲门声惊醒，杂毛小道告知我，李晴打电话过来了。

第五章　横空而来的刀光

我匆匆忙忙洗漱完毕,来到曹彦君的房间,只见除了老曹和杂毛小道外,还有四个不同年纪的男人。

老曹给我们作介绍,老丁、易文、小戚、老五,都是他往日的铁哥们,其中易文还是以前的同门,现在做祭品店生意。我和杂毛小道跟这几个人寒暄一番,相互握手。老曹对这些老友还是有一些隐瞒,并没有把我们的目的说出来,只是说让帮忙盯着,找一找青虚。

他这些朋友也都是些爽快人,不问缘由,只是过来相帮而已。老丁年纪最大,快四十岁了,拍着胸脯说放心,老子早就看姓李的那小子不爽了,不管你们做什么,我老丁都支持你。

客套话说完,曹彦君开始给我们分配任务。他这次要去温泉山庄盯着,就不陪杂毛小道和我去赴李晴的约会了,由小戚跟着我们,其他人各有安排。影潭并不算大,盯几天,一定能够找到他的。老丁叹气,说:"你又不肯让道上的兄弟出马,不然找青虚那老小子,分分钟的事情。"

曹彦君摇了摇头,说不行,双方都是地头蛇,道上的人太容易走漏风声了,到时候那老小子往穷乡僻壤里面一钻,谁也找不到,就麻烦了。老五是个梳大背头的鱼贩子,说就姓李的那个屌毛,最爱享受生活了,哪里能够受得了钻山窝子的苦处?

杂毛小道摇头,说人不到绝境,是不知道自己的潜力有多么巨大的。

我们讨论完毕,下楼去,曹彦君载着老丁乘黑色SUV离开;易文、老五则去盯着老王记烧鹅店;杂毛小道自己打出租车前往约定地点,我则跟着小戚,还有虎皮猫大人,开着一辆半旧的夏利在后面紧紧跟随。

出发之前,我们每一个人都跟只身入虎穴的杂毛小道握手,向他表达了崇高的敬意。

这凝重的气氛,让见惯了大场面的杂毛小道两个腿肚儿直打摆子。

李晴跟杂毛小道约好的地方是城市广场的南边,我坐在副驾驶座上跟小戚聊天。小戚二十六岁,在这一伙人里面算是年纪最小的,不过人很稳重。小戚是龙虎山风景区的导游,专门负责给游客介绍历史遗迹,口才很好,说起话来滔滔不绝,而且绝对不会给人话痨、自说自话的感觉,很懂得尊重别人的感受。

我问他是如何跟曹彦君认识的,小戚告诉我,他们几个都是古镇上的邻居或者同学。老丁那个家伙是曹彦君的远房表哥,就住在李明班这个狗东西的隔壁,后来两家争宅基地,结果被那狗东西下了手脚,还是曹哥帮忙找人看好的。然而这姓李的后台极硬,没有办法,只有拖家带口地跑到了市里头。老丁这个人做事踏实细致,从零开始,做茶叶生意,现在也是身家几百万的人了,只是心里有一口气未消。

我说那你呢?你跟青虚又有什么仇怨?

小戚手把着方向盘,眼睛看着前方,说也谈不上什么仇怨,我老娘六年前在街上摆摊,给李明班这狗东西开车冲撞了,他不但不赔礼道歉,反而下车就朝着我老娘一通臭骂,还说把他车子刮坏了,要我们赔他一万块钱的修理费。我老娘不懂这些,我又在外地打工,后来不知道怎么的就赔了,半年后,我老娘就郁郁而终了。人不是他直接害死的,不过这仇倒是要记上一笔的……

看着表情淡然的小戚,我默然不语,人只有经过了苦难,才能够学会成长。他能够把这件事情藏在心里六年,到如今曹彦君一声招呼又断然过来,我似乎看到了一种沉默的力量,在他的心中滋长。

快意恩仇这种事情,固然让人热血沸腾,然而倘若没有效果,反而会让自己身陷囹圄,或者遭受更大的苦难,还不如默默地等待时机,让一切变得自然而然。

只是青虚这家伙,得做了多少生儿子没屁眼的混账事,才会惹得天怒人怨,民愤聚积啊?

一个修道之人,怎么会有这般歹毒的心思?

车子来到城市广场,我看到杂毛小道下了出租车,然后在建筑雕像下面等待着。过了一会儿,李晴出现了,过来跟他寒暄了一番,两个人一前一后进了附近的超市。小半个小时后,提着大包小包的东西重新出现在了广场上面,看样子好像都是些吃食。他们乘着那辆红色的奔驰小跑,离开这里,朝东而去。

相比于曹彦君的驾驶技术,小戚就差劲许多,显然他并不经常开车,而我因为反应力良好,车技自然比他好许多。开了一会,便换了座位,由我来开。

车辆一直东行,来到一片商业区的偏僻路段,车停住了,两人进了一栋四层小楼里。

我找个地方把车停下,看到李晴进去前,跟好几个凑巧赶到的年轻男女打招呼,一同走上楼梯。杂毛小道是个小强一般强悍的人物,不用我去担心,而做秘密工作的曹彦君早就为我们准备好了窃听器,可以在车里听到屋子里面的动静,随时支援。

当人影一消失在楼里,我们立刻启动了信号接收器,由我戴上耳机监听。

这大概是一个参与者很多的聚会,房间里放着悠扬的英文歌曲,但是闹哄哄的,各种各样的招呼声不绝于耳。我听了几分钟,听不出一个头绪,那个青虚好像并没有在场。觉得有些口渴,便问小戚要不要喝水。他点头,我把耳机递给他,说我去观察一下地形,顺便买两瓶来,要喝什么?

"绿茶吧。"小戚朝我笑笑,把耳机接过去。我又看向在后座打盹的虎皮猫大人,问它要瓜子吗?

它默然不语，睡得跟头猪一样。

我推门下车，走向附近一家便利店。在便利店买了两瓶饮料和一袋子零食后，我站在门口朝着四周张望。这是一处偏离主干道的街市，临街的都是四五层的小高楼，也有两三层的低矮楼房，差不多都是建了十几年、几十年的老房子，墙面发旧，各种线路错综复杂，街巷也多，显得有些杂乱。不过说是偏僻，其实人流并不算少，许是租金便宜的关系，有许多小店子都沿街开放，总能吸引一些顾客前来。

我开始四处观察，并且走动，来到了杂毛小道走入的那栋楼旁边，然后走过后面的巷子，看了一下逃逸的方向，万一有什么动静，也好去追逐。

当这一片区域的地形都了然于胸的时候，我往回走，准备返回车子里。走着走着感觉不对劲，回头一瞧，一个三十多岁的妇女正拿着镊子，夹我裤兜里的手机。见我回头一瞪，她吓了一跳，头也不回地往小巷子里钻去。

我也不去追，只是感觉有些好笑：自从能够感知到了"炁"之场域后，我的灵觉逐渐地强大起来，更何况有着朵朵和肥虫子在，基本是没有人能够近得了身，想要偷我的东西，简直是不可能……

呃，猴三那一次不算，那种登堂入室的职业惯偷，简直是神乎其技，蝎子巴巴独一份。

说到猴三，对于把他的手废掉一事，我并不后悔。人心存善念，但是要给对人，佛祖坐下还有金刚罗汉、天龙八部负责征伐呢。倘若如东郭先生与毒蛇一般，却实在是不值当的，若不那样，这世间不知道有多少人要被偷。麒麟胎丢失的那段时间里，我心中的那种痛苦，自然不想让别人也同样承受。

我回到车子里，然后跟小戚一起监听杂毛小道在里间的动静。

他在房子里待了很久。值得庆幸的是，虽然李晴不断地对杂毛小道言语挑逗，但是碍于人多，双方好像并没有太多身体方面的接触。有杂毛小道负责盘问推敲，我自然就不用派出金蚕蛊去探视。杂毛小道是一个极为能侃的人，街头摆摊算命练就的嘴皮子，利落无比，而且思路一直很清晰，不动声色地旁敲侧击，查探青虚的行踪。

然而，虽然青虚是他们这个圈子里的人，但是这些人口风紧得很，并没有太多有用的信息透露出来。

在车里坐了两个小时，许是喝多了水，小戚有点儿憋得慌，跟我说去附近上个厕所便下了车。我一边监听，一边无聊地盯着小戚的背影发呆。突然，我的瞳孔收缩，背脊梁挺了起来。

巷口出现了两个膀大腰圆的汉子，把走过去的小戚给一把挟持住，然后捂住嘴巴。小戚双手奋力挣扎，想要喊叫，结果后颈给狠狠地砍了一记，立刻晕了过去，给人往里面飞快地拖走。看到这样的事情，我哪里能够忍，立刻将耳机往旁边的椅子上一甩，推门出去，快步跑到对面的小巷子口。

因为有一段距离，当我跑进巷子里面时，已经没有了人影。

我眉头皱起,心想这两个人到底是什么来头,难道是我们的行动被李晴发现了,然后告诉了青虚,那些家伙在给我们设套?若是如此,只怕那杂毛小道也危险了。
　　我正想着,突然左边飞出来一道刀光。
　　遍体生寒。

第六章　绝命毒师

　　凌厉的刀风入体，神经绷得紧紧的我背上汗毛一炸，立刻觉出异常来。

　　躬身急退，翻臂横拍，经过金蚕蛊调整过的身体立刻应激而为，我紧握的左手立刻拍在了这把斜劈而来的尖刀侧面。指骨和刀面一接触，那人便是"啊"的一声惨叫，刀子立刻甩脱在地。我凝神一看，这人正是刚刚袭击小戚的一个大汉，我这口气还没有喘匀，立刻又有一道劲风扑面而来，我一回头，竟然是一根碗口粗的木棍子。

　　我一个铁板桥，生生避开这狠戾的一棍，然后往地下一翻滚，爬起来的时候，发现有七个人围堵住了小巷子的前后。这个巷子开口狭窄，三两个人往口子一堵，不特意看，是瞧不出来的——即使有人看到，也少有人会管。

　　我打量着这七个人，高高低低，胖瘦各异，除了一个拿着手臂长的砍刀，一个拿着不知道哪儿捡来的破木棍儿之外，其他人手上都是锋利的匕首。而这里面居然还有一个女人，正是刚才偷我手机的那个中年妇女。

　　我摊开双手，有点好笑，对着那个妇女笑着说："没必要吧？偷不到，还要耗这么大的精力来抢？过了啊！我刚才也没有怎么着你啊。"

　　那妇女盯着一脸轻松的我，冷笑，说："你当真以为我是为了偷不成你的手机，才叫人过来围堵你的？"

　　我呵呵笑，说："不是为了手机，难道是因为你看上了我，想抢回去做你男人啊？"

　　那个姿色平平的妇女咬着牙，用一种十分阴沉的语气说道："你大概忘记了，你今年九月份的时候，在金陵做下的事情吧？侯德胜到底跟你有什么血海深仇，你居然硬生生地把他吃饭的手艺给全部废了？十根手指啊，全部都给敲碎了！"说到这里，她的眼睛里充满了熊熊怒火。

　　在这妇女的话说完的三秒钟内，我的脑子还是处于茫然状态，空空的。然后才慢慢想起来，她所说的那个侯德胜，莫不是八手神偷的徒弟猴三儿？我心中顿时有了一种人生何处不相逢的怪异感觉：难道天下小偷是一家了？相隔千里，我居然能够在这赣北小城遇到这等因果，怎么不是缘分？

　　见周围这七人都一副气急败坏的模样，我摸了摸鼻子，说："不至于吧，我下手自有分寸的，他的那手治好之后，平日的生活起居、吃饭拉屎都是没有问题的，只是做不了重活，也玩不了花样而已。"

　　一个国字脸、一脸正气凛然得跟电视里的正面角色般的男子冷声说："猴三手上的功夫，纵横京九线这么多年，从来没有失手过，神乎其技，比师父也不遑多让，基本上都是他老人家的衣钵弟子了。那一双手，比黄金还要贵许多倍，现如今，却轻易地被你给废了，你让他这下半辈子怎么活？你让对他期望甚高的师父怎么活？——一身绝学就这样失传了，老人家都咳了两次血了！"

我有些诧异，说："难道不偷东西，就不能活了吗？真是笑话，为什么一定要把自己的利益建立在别人的痛苦之上，你们竟然以为偷窃是一种正当的职业吗？你们这么理直气壮，到底是哪里来的底气？在我们家老一些时代里，偷东西的人都是要被斩手的，我这么做，算起来还算是轻的了。"

"底气？"那个妇女挽着自己手中的匕首，看着我就像看一个死人，怨毒中似乎又带着一些怜悯，说："你不能够懂得我们的执着和荣耀，你想见到我们的底气，那我告诉你，你所谓的公平和正义，下地狱去找阎王老子要吧，看他会不会给你……"

此话一说完，围着我的这七个人，除了这个妇女之外，其他人立刻冲上前来，杀气腾腾。

我早有防备，立刻与持刀的那个大汉错身而过，手出如鞭，猛地打在了他的面门上。我的手背传来了一阵柔软中又有些坚硬的触感，接着血花四溅，那人惨叫一声，仰天倒去。因为身处围攻之中，我出手有些重，用的都是从掌柜的那儿学来的杀招，又狠又急，除了不死人之外，没有留一丝情面，争取以最快的速度，将敌人的战斗力减除至零值。

一个"翻车辘轳捶"、一个"摇步入手、缠封双掌、迎面通捶"，我在两招之内，将攻得最急的那两个壮汉给撂翻在地，口中吐着血沫子，不得动弹。

我这凶猛的爆发，让其余几人都吃惊不小，没想到我竟能够在这种围攻的逆势之下，短暂时间里击倒两人。那个国字脸大喝一声"你们让开"，那四个人往旁边散去，只见他拧腰坐胯，双手五指并拢，搓如鸟爪，形似刁勾，举在胸前，上半身前倾，如同柳枝一般在摇晃。

梅花螳螂拳——骑马登山吞托式，御敌跨虎姿。

杂毛小道学的都是些家传的功夫，偏向于道家捉鬼拿妖的把式。而掌柜的出生于武术之乡沧州，向来都是龙争虎斗之地，最重实战，所以在万三爷家里跟掌柜的学的、听的这些个武林把式，多少也有些了解。就我个人认为，武术分为两种，一种是强身健体、修身养性的功夫，一种是杀人的技巧，这两者并没有冲突，只是偏向性和侧重点不同而已。

螳螂拳为"形意拳"，但是重意不重形，讲究眼快、手快、身快，舞弄起来一招三变，刚柔相济、长短互用、勇猛泼辣，是一门很厉害的功夫，早年间成龙的电影里的反派 Boss，就是用的这个拳种，可见其犀利。国字脸稍一停顿，立马翻身疾入，抢将上来，我与他过了两手，感觉他的功夫练得不错，若以国术中的"明劲"、"暗劲"而论，此人的明劲已经练至了上层境界。

国字脸手指骨节很硬，身法也灵活，我们打了十几招，竟然打中了我腰腹间三两拳，劲气吞吐，疼得我眉头直皱，龇牙咧嘴。然而在最后，国字脸往后一跳，摸着胸口疑惑地看着我，眉头紧紧皱起，说："你刚才对我做了什么？"

我揉着腹部的肌肉，暗自感叹我到底是学得时间太短，竟然被这家伙揍得不轻。见他一副恐惧的样子，不由得开心起来，展颜一笑，说："你是不是觉得刚才阴寒入体，感觉浑身冰冷，提不起劲儿来？"

国字脸往后面退，那中年妇女扶住他，说："天哥，你没事吧？"

国字脸一把推开她，直勾勾地瞧着我，一字一句地咬牙说道："你到底对我做了什么？"我耸了耸肩膀，呵呵地笑，说："不知道你看不看美剧啊？最近很火的一部《绝命毒师》，用来形容我，是再恰当不过的事情了，我这个人打架一般般，下毒倒是敢称一流，你身上所中的这种毒，不出三日，便会口舌生疮、胸腹绞痛、肿胀，最后七窍流血而死，死之后的心肺处会涌现出百十条红线蛊虫，将你的尸身噬咬。"

看着我恶魔一般的微笑，国字脸的面部肌肉一阵扭曲，结结巴巴地说："你、你是蛊师？"

我有些意外，说："哎哟，你居然还知道蛊师这个词啊，到底是走过南闯过北的人，知道得不少。"国字脸深吸了一口气，说："你想怎么样？"我说："我能想怎么样，好像是你们绑走了我的朋友，把他交出来便是了。"国字脸点头，往斜道里喊了一句二蛋，立刻有个黑黑瘦瘦的半大小子出现，拖着昏迷着的小戚走过来。

这个黑小子手持着一把自制的尖刀，十分锋利，来到我的面前，比着小戚的脖子，说："给我们老大解药，不然我杀了他。"

我有些发愣，这个彪悍的小子倒是个人才，他老大都怂了，他倒是还知道要交换啊？

果然是初生牛犊不怕虎。

我不动声色地放出了金蚕蛊，然后盯着国字脸，说："这事情你怎么看？自己的手下都管不住吗？"国字脸回过头来，看着黑小子，说："二蛋，把他给放了。"黑小子不肯，咬着牙说："不，让他给你解了毒再说！"他很倔强，态度也十分强硬，旁边的几个人纷纷附和，说："要死一起死！"

我笑了，一拍手，那个黑小子立刻身子一软，栽倒在地，而我则抢身上前，将围着小戚的那两个男人给踢飞。做完这一切，我扶着小戚站起来，指着国字脸，说："今天晚上九点钟，你到月湖区的××宾馆来找我吧，我有事要找你做，做好了，我们一笔勾销，做不好，你就等着三日之后自动报销吧。"

说完，我不管这些家伙，扶着小戚返回了破旧的夏利车里。

小戚醒来，摸着脖子直喊疼，我安慰了他两句。只见那栋楼突然三三两两地走出了人来，过一会儿，杂毛小道和李晴也走了下来，站在门口说了几句话，两个人脸上都挂着暧昧的笑容，接着李晴朝杂毛小道挥手，驱车离开，而杂毛小道则若无其事地跑到了我们刚才买水的便利店里。

我们等了十几分钟,车门被拉开,杂毛小道钻了进来。

第七章　温泉山庄

看到杂毛小道推门进来，我们都对他上下一阵打量，他被我们看得有些发毛，不乐意地挥挥手，想要打我们，说："你们这两个屌毛看啥呢？"我嘻嘻笑，说："老萧，我们在看你身上到底哪里会有口红印呢。"

杂毛小道翻着白眼，说："今天真是太恶心了，你们刚刚听到消息没有？"

我说啥消息？杂毛小道指着驾驶台上放着的耳机，说："你们没听到？"我把刚才碰到猴三儿同门好友的事情，讲给他听，小戚这才知道自己被敲闷棍一事，原来是跟我们有着莫大的关系。

杂毛小道听我说完，笑了，说："那你就这样把他们给放了？"

我耸了耸肩膀，说我又不是警察，难道还要把他们扭送到派出所去不成，到时候一堆麻烦事，肯定脱不开身。而且，我心里面已经有主意了，说不定我们这一次，还用得着这几个人呢。杂毛小道奇怪，说："你要这几个偷儿干啥，难不成让他们去把我们要的东西给偷回来？还是让他们去蹲守，给我们做眼线？你这小子，就不怕被那些偷儿给卖了啊？"

我看现在的时辰，差不多是下午四点半的样子，那个国字脸被我一吓唬，事后肯定后悔，不一定会来找我，但是当过了今夜子时，第二天我起床的时候，中了子午断肠蛊的他定然会在宾馆前面守候。偷儿不是血性的盗贼，不怕死的也有，不过基本上快绝种了。

狠戾的汉子早就去抢劫了，有几个能够沉得下心来钻研技术？

杂毛小道也跟我们谈起他今天收到的信息，说这几天李晴正在跟那个"五克灵魂论"的仁兄吵架，处于冷战状态，所以想要通过李晴这条线找到青虚那家伙，貌似有些勉强。不过也不能丢，今天看到李晴接了几次电话，虽然依旧是在吵，但是好像有了复合的想法。

他低声告诉我们，说："你知道李晴的那车子、房子和平日里花的钱，是哪里来的吗？"

我笑了，说："你既然这么问了，那么应该就是青虚那个家伙给的吧？怎么了？"

说完我更想笑了，听说过包二奶、养小白脸的，但是男人养小白脸，这传统需得上溯到古代去了。

一句话：青虚颇有皇帝和古士大夫的风范。

杂毛小道有点儿严肃，说天师道上承汉末的五斗米教，其中的阴阳和合之术更是直接传承下来：天师五道中的第一道，便为"养精之道"，有治气、致沫、智时、畜气、和沫、积气、寺赢、定烦八种益处，是上层的功夫；天师道创始人张道陵便将房中术，列为道教徒修炼方法之一，道门谈来并不以为羞耻。《老子想尔注》中"积精成神，神成仙寿"，讲的也是节欲，而非禁欲。

"青虚这家伙虽然另辟蹊径，但也不是什么羞人的事情。不过我在今天得到一个消息，他挣钱快，花钱也快，估计最近要出售一批符箓，有纸符、有玉符，以供他开炉炼丹和生活花销之用。"

我心中大喜，我们现在的样子，说不好听点，根本就只能守株待兔，而且还找不到这兔子的三个洞窟。既然要卖符，我们自然就能够混入其中，浑水摸鱼了，只是不知道怎么混进去？杂毛小道笑了笑，说他曾说过自己想请一个安宅宁神的符纸，要有效的，价钱好商量，已经跟李晴说好了，到时候他会通知我们的。

我哈哈大笑，说："老萧你这牺牲倒是物有所值，也只有如此了。"

小戚开着车往回走，我打电话给曹彦君，问他们那边怎么样？曹彦君告诉我们没有情况，青虚这个人最爱泡澡，这个温泉山庄他一个星期要来一次，从开业起，近十年来不管遇到什么事情，只要还在影潭，雷打不动，只是今天没有瞧见，也许是那小子这几天没在吧？

杂毛小道突然一激灵，吩咐小戚拐弯，我们去东郊的温泉山庄。

我有些奇怪，问他怎么回事？杂毛小道声音凝重，说他刚才本来跟李晴约好一起去吃晚餐的，结果来了一个电话，李晴告诉我很抱歉，可能要改天再约了。我问他怎么回事，他说他可能要去一趟东郊，不知道多晚才能够回来，所以约会要推迟。

我眼睛一亮，李晴也要去东郊，那么不就是说，他跟青虚有可能在温泉山庄会合？

我没挂手机，马上通知电话那头的曹彦君，说："你们要藏起来，然后注意一下李晴的那辆奔驰小跑，老萧这边得到消息，李晴和青虚有可能会在温泉山庄会合。"曹彦君心情激动，说："好嘞，我赶紧把这车子挪开去，免得让李晴给看在眼里，惦记上。"

不用跟踪车辆，小戚显得格外轻松，油门一踩，驶出了街道，往东面行去。我看到在某个店铺的旁边，那个国字脸和中年妇女等人正站在寒风之中，神情复杂地看着我们。

温泉山庄其实只是一个叫法而已，并非真的是山上的一个庄子，而是东郊的一处消费场所。所谓的温泉，那咕嘟咕嘟直冒的热水，也都是经过锅炉烧出来的，再添加一些硫磺或者碱性碳酸氢钠，让其流过用岩石构建的石坑河沟里，就变成了温泉，而实际就是一个规模大一些的澡池子。

这个温泉山庄位于郊区，当我们到这里的时候，并没有看到曹彦君的黑色SUV，

倒是看到李晴的那辆红色奔驰小跑，华丽地出现在小坡上的山庄停车场。

正观察着，我的手机响了，曹彦君打来电话，说你们一直往前开，到了前面的路口往左拐。

小戚照着做，当我们绕过前面的路口，看到曹彦君的车子停在路边，左右也没有什么人。车窗滑下，曹彦君朝我们打招呼，小戚将车头并过去，曹彦君让我们上了他的车子，然后回过头来，跟我们说在十分钟前，看到李晴进温泉山庄里面去了，但是没有瞧见青虚——他开的是一辆很普通的奥迪A6，黑色的，并没有出现在这山庄里面。

我们琢磨了一下，杂毛小道提议说让我们一起进去瞧一瞧吧，万一遇到了，就说是过来泡澡的。

曹彦君点头同意，说那温泉山庄说小也不小，足足有二十多个温泉池，分布得又散，我们注意一点，不一定会遇到，而且说不定就能够在那里瞧见他们呢？当下让老丁上了小戚的夏利，拜托他们照顾好熟睡中的虎皮猫大人，然后我和杂毛小道转移到了黑色SUV上，驱车来到了山庄前面的停车场。

这个地方曹彦君来过几次，领着我们买了门票，一路穿行，走进了更衣间。

更衣间是一个木格栏的大空间，屋子里面雾霭朦胧，全是温热的水汽，三步之内难以瞧见面目。我们换下衣服，披上白色的浴袍，顺着木楼梯往前面走去。外面假山堆砌，水池连环，到处都是雾蒙蒙的蒸汽；地下是拼凑有致的鹅卵石，有好看的菊花、八卦和动物图案；温泉池旁边的是暖黄色的宫灯，散发则温暖而安宁的光芒来。

我们三个找了一个偏僻的池子，见左右没人，便小心地探入脚，慢慢地让身体接受这滚烫的高温。

加了料的温泉是一种自然疗法，除了可以清除身体的污垢之外，还可以刺激自律神经、内分泌及免疫系统，缓解疲劳，甚至可以治疗皮肤病、缓解心脏病等等，长期的浸泡，确实可以让人的身体变得健康。难怪青虚这个家伙能够一直坚持过来浸泡，或许在这里，他更能够进入感受天地的状态吧？

等我们先后浸入这池子中的时候，感受到这里面热力奔涌，觉得无比惬意和自在。我感觉到身子里多了几股热气，四处流窜，像小老鼠一样，那是金蚕蛊在作怪，这个家伙以前老是在阴寒冰冷的陶罐子里待着，虽然阴阳两性都有，但是比较讨厌这种热气蒸腾的环境，有一种天生的厌恶。

高温消毒，也能够杀虫，脱胎于虫子的金蚕蛊，也不能够避免。

我正好想让它作为我的耳目，帮我去找寻李晴和青虚两人，于是将它放了出来，让它朝着高处飞去，自由活动。而我，则安心享受这片刻的安宁。有时候，不太刻意地去争取、去想念，或许还能够得到出其不意的效果。这些天来我心力交瘁，是应该好好地让自己休息一会儿了。

金蚕蛊有消息就会通知我，所以哪怕是一会儿，也是极好的。

正眯着眼睛养神，突然杂毛小道偷偷地拍了拍我肩膀，这几天对这个动作防备颇深的我立刻往旁边挪动，问怎么了？杂毛小道看到我的反应，先是递给我一个中指，然后指着前方行路的几个男人，说："你看，他怎么会在这里？"我闻言，抬起头，顺着他的手指看过去，心中一惊，说怎么可能是他？

第八章　水源奥秘

这个人，正是前段时间与我们并肩战斗在黑竹沟，而后又偷偷出了院的小俊。

披着白色浴袍的他身形消瘦，表情淡漠，敞开的胸膛上还有几道吓人的疤痕显露，在他身边，还有四个属"螃蟹"的壮汉，全部都是身材魁梧、肌肉发达之辈，为首的那个男人颔下有一缕飘逸的黑须。小俊赤脚从我们旁边走过，并没有注意到旁边这云雾缭绕的池子里，还有两个旧相识，正用一种惊诧的目光，若有似无地打量着他。

此时的小俊，跟黑竹沟里那个惊慌失措的小年轻，已经截然不同。

他消瘦了，两颊深凹，唇上有了一层细密的绒毛，虽然没有瞧向我们，但是给人一种犀利的印象，就像《杀破狼》里面的冷血杀手昊京。在他旁边一个只有一米六身高的汉子，形如坦克一般，目光扫量时看向了光着膀子躺在氤氲白雾中的我们，眼神凶悍，显露出仇恨的怒火。

对于他来说，我们都只能算是路人，所以匆匆走过。曹彦君看着我和杂毛小道奇怪的脸色，问："认识？这伙人的杀气不小啊，今天这里莫非要出大事？"

我们与小俊他们并无冤仇，甚至还有救命的情谊，所以他们自然不是冲着我们来的。

那是谁呢？我突然想起了小俊他们脖子上那块刻有"净心神咒"的玉符，似乎跟这里有着什么联系，回过头来问杂毛小道。他回忆了一会儿，恍然大悟，说李汤成曾经说过，那玉符是从龙虎山的青虚道长那里请来的，这个青虚道长，可不就是我们要找的那狗东西吗？这世界还真的是太巧了！

果然是很巧，只是小俊他们杀气腾腾地出现在这里，到底是为了什么呢？

我把这几个人的身份告诉了在旁边一脸茫然的曹彦君，他笑了笑，说："原来是伙武装士夫子。我说嘛，要是杀手的话，哪里会有这么明显的杀气，跟我们这些路人甲一样，才好办事嘛。术业有专攻，可以理解，可以理解。"

小俊的突然出现，把我们的计划给打乱了，很明显，他们似乎也是过来找寻青虚的，若是能够通过他们，将那家伙给引出来，那实在是太妙了。

这温泉池子里虽然有着十足的惬意，但是总抵不过我们的好奇心。我和杂毛小道留下老曹，跟着这几个人的脚步，远远地跟着，转了一个弯，看见这五个人没有继续前行，而是找了一个池子泡了进去。这池子旁边还套着一个小池子，用石块堆砌的屏风隔断，我俩便绕到了另一边，缓缓地进了池子，然后支棱起耳朵，开始偷听。

一个阴沉的声音响起："……小俊，你和豆子爷、汤叔他们上次也是在这里，跟那个青虚道长碰的头？"

小俊回答说："是的阳哥，那个家伙很喜欢在这澡池子里，赤裸裸、面对面地谈事情，上次买玉符和付定金的事情，都是在这里谈妥的。"

"哼！"一个粗豪的声音响起来，说："小俊，你们上次实在是太大意了，倒斗之前，怎么也不问一问那附近的村民？那么凶险的地方，六个兄弟只回来了你一个，连豆子爷、阿汤叔两个老大都死了，你啊你……"

"罗厉，不是跟你说过吗，豆子爷他们的死，跟小俊无关！要不是碰到小俊口中的那伙高人，他肯定也回不来了。所有的一切，都是青虚那个老杂毛给我们下的套，明明知道那里是要命的地儿，还给出巨额的定金和狗屁不通的资料，将他们给哄骗过去，盗什么汉王赤足双耳鼎，弄得现在尸骨无存。我们'豫北堂十七罗汉'只要还剩下一个带把儿的，这仇就一定要报。一会儿你们都不要说话，听我命令行事……"

"是，阳哥！"

三四声参差不齐的声音响起，而我们心中也总算知道了这事情的来龙去脉。

李汤成他们之所以出现在黑竹沟中，竟然是出于青虚的指使。

这一切，未免也太巧了吧？

不过所谓冤有头、债有主，他们这种执着的报仇精神，我还是蛮欣赏的，只是不要耽误我们营救小妖朵朵的正事才好。小俊和阳哥等五人没有再说话，而我则和杂毛小道耐心等待着。过了一会儿，看到从西边缓步走来一个留着浓密络腮胡子的男人，打我们面前经过，接着听到那边的水池晃荡，他们似乎都起了身来，接着那阳哥凝重的声音传来："你是谁？"

那个络腮胡坐了下来，自己介绍，说他是青虚道长派过来跟他们接洽的。

阳哥问："为啥青虚道长不亲自过来呢？"

络腮胡答："最近道长他有一些急事要处理，脱不开身，你们那汉王赤足双耳鼎带来没有？若有，我验验货，然后再跟你谈换玉符和付足全款的事情。"阳哥回答没有，这么重要的东西，自然不会带在身上的；再说了，他们只相信青虚道长，其他人，说句不好听的话：他们不敢冒险，毕竟那都是拿性命换来的。

络腮胡声音低沉了些，说："我听说了，对于豆子爷和老李的事情，道长表示很抱歉，我们会在总价格上提高百分之二十，当作是你们兄弟的抚恤金。你们的心情我可以理解，不过死者已矣，活人总是要继续过活的。三天后这温泉山庄停业，在居酒屋会场那里有一场小型的交易会，到时候道长会出现，跟你们直接交易。我这里给你们几块竹筹，你们直接过来便是。告辞！"

那络腮胡说完，起身离开，从我们面前的池子经过的时候，用眼睛斜瞟了一眼池子里眯眼享受的我和杂毛小道，缓步走开。我看着这个家伙消失在白色雾霭的木屋转角，尽量把身子靠近到那石砌屏风的遮角，防着被小俊认出。

果然，在得到了确定答复后，小俊等人起身出了池子，然后离开了这片温泉区。

我背靠着那石砌屏风，不让小俊看到，荡漾的温泉水在我的胸前波动，突然，我看到这透明的水里面，有一丝红色的鲜血在飘荡，很小的一团，随着水流的涌动，消失无踪。杂毛小道显然也看到了，耸了耸鼻子，问："你有没有闻到一股尸体的腐臭和血腥味儿？"

我使劲儿吸鼻子，充斥在鼻翼间的都是这温泉水里面掺杂的硫磺味，哪有杂毛小道说的这些？

见我不相信，杂毛小道憋红了脸。咕嘟一下，我们两人之间冒出几个白色的水泡泡。这泡泡一浮出水面便破裂，我立刻往后退去，捂住鼻子想骂娘，只见他严肃地伸出左手，凌空一虚抓，竟然像是要握住那一股臭气。惊人的变化出现了，那无形的气体变成了青色，似乎还有白色的气流翻滚。

杂毛小道把这气体往前一拍，竟然在这水汽蒸腾的池子里，勾勒出一个风吹的箭头来。

我十分惊奇，说："你这是什么东西，天下间竟然有如此神奇的招数？"

杂毛小道尴尬地笑，说："这是李道子他老人家传授过的凌空画符之术，借用五谷轮回之气，来指示出那死气的轨迹，找寻鬼物。这凌空画符之术十分玄妙神奇，我也不能把握，只是偶尔神光一现而已。走，此处定有蹊跷，我们去看看。"

杂毛小道起身出池，我则咕哝着，这家伙所谓的灵感，莫不是在放屁的时候才有？

这可真的要滑天下之大稽了。

温泉水从上流下，途经二十余坑，是一个长长的流动来回，明线暗线无数。杂毛小道按照刚才那凌空画符之屁的指示，带着我一直走，越过了小桥和流水，越过度假村式的木屋，天色昏暗，迷雾中各处暖黄色的灯光亮起，我们来到了一处钢筋混凝土结构的建筑前。

这里是温泉的控制室，虽然这外面宣传的口号是天然纯正的温泉水，但其实就是用锅炉烧出来的。

这控制室房门紧闭，开启不了。里面有人，我们自然也不好破门而入。我眼珠子一转，呼叫去时久矣的肥虫子。那小家伙虽然一直没有传回音信给我，但是一经召唤，立刻在一分钟之内赶了回来。

我手一指，小家伙立刻从门锁直接透进去，我和杂毛小道则退回一边，靠着过道的墙壁等待，我进入了冥想状态，沟通金吞蛊的视野。

入目处都是一些机房里惯有的机器，开关、闸门和各种粗大的管道，还有一些温度监控的电子仪器和电脑，这里并不是锅炉房，而是整个温泉的控制中心，很普通。两个穿着藏青色工作服的男人正在盯着显示器上面的数据，有一个还在开小差玩手机。很平常，并没有什么怪异。

然而画面一转，对于血腥味十分敏感的肥虫子立刻找到了不正常的地方。穿过侧面的一个小门，只见在中控室后边的巨大添加池中，竟然悬浮着一个浑身通红的死婴，蜷缩着身子，脖子上系着一个黑色的麻绳，像只小老鼠一般，随波荡漾。

第九章　青春不老泉

那死婴并不算很大，好像是刚生下来不久的那种。

因为浸泡得太久，皮肤皱巴巴的，脑袋大得出奇，小眼睛紧紧闭着，像个小老头。捆在他脖子上面的那根黑色麻绳有些古怪，还缠着花编金线，似乎是特制的，不断随着波纹荡漾；周围有管子不断地往这池子中倾倒一些液体和原料进来，想来应该是混合温泉水的硫磺等物。

而在角落的阴暗处，有一个全身黑衣的道人闭目盘坐着。

这种诡异的场景，让我头皮发麻，那个道人自然不是青虚，但是浑身却有一种邪异的气息，跟这房间的气氛十分贴合，我怕肥虫子暴露，打草惊蛇，赶紧把它给唤出来。

飞回来的过程并不用我操心，正当我刚想收回心神，跟杂毛小道通报这个消息的时候，我的肩膀突然被人猛地一拍，有人在我旁边说道："咦，你们怎么会在这里？"我睁开眼睛，一看，吓了一大跳，只见唇红齿白的李晴正站在我的旁侧，热情地跟我和杂毛小道打招呼。

饶是我久经风雨，在那一刻，竟然瞠目结舌，什么也说不出来。

杂毛小道倒是镇定自若。他哈哈一笑，右手肘顶着我的肚子，说："这个小子，嚷嚷着来泡温泉，结果泡了不到二十分钟，就头昏眼花，胸闷气胀，差一点儿就晕倒在那池子里，我把他扶到这边来，离那水汽远一些，呼吸才好一点儿。"李晴说："是这样啊，难怪远远地看着刀疤哥闭着眼睛，像见到鬼一样呢，你是不是有高血压或者心脏病，还是你们没有吃晚饭？空腹泡温泉，很容易昏厥的……"

杂毛小道不想跟他纠缠这些，便问："你不是说今天晚上有重要的事情吗？怎么又出现在这里？"

李晴显然也不太想说自己的事情，嗯嗯啊啊说了两句。我有点儿心虚，便问这里的洗手间在哪里，我内急……李晴帮我们指了东边的方向，然后交代了我们一番，善意提醒说这里是工作人员区域，前面有警告的，机房这里有电，湿漉漉的最好别靠近。

我点头称是，不动声色地把飞过来的肥虫子塞进泳裤里，朝洗手间走去。

等我在洗手间里放完水，将自己狂跳的心脏给调节回来时，看到杂毛小道走了进来。

洗手间里面没有人。我问杂毛小道说：人走了？

他摇头，李晴说这里的老板是他朋友，他进那房间里去拿个东西。见我脸色不对，问我看到了什么？我将肥虫子视野中的东西说给他听，这个面容消瘦的男子牙齿咬得咯咯响，眼神顿时就阴沉下来。做我们这一行的，见惯了生死，本来对死亡、尸体看得都极淡，但倘若这是一个小小的、还没有真正感受这个世界美好的无辜生命的话，就容不得人不气愤了。

我问他这种把死婴放在水池源头的行为，在道巫两派里面，有没有类似的法术或讲究？

他摇头说："不知。这里人来人往，并不是一个说话的地方，我们还是回去再谈。这个地方，我们一定会回来，把它给端掉的。"我点头，跟着出去，返回最开始的那个池子，去找曹彦君。然而我们却扑了一个空，并没有见到他，也不知道这短短的四十多分钟里，老曹跑到哪里去了。

既然已经被李晴发现了，我们就当作是来玩的，于是开始一个往东、一个往西，顺着两条鹅卵石道开始找寻。

因为都光溜溜身子，找了二十多分钟都没有瞧见一个鬼影子，我和杂毛小道心中都有些担忧。曹彦君虽然有些本事，但是要说有多厉害，自然是扯淡。我俩心意志忐地返回更衣室，掏出手机来拨打，结果储物柜里面响起了铃声来——他没有回来。

我们默默地坐了五分钟，终于看到曹彦君光着膀子，失魂落魄地走了进来。

我和杂毛小道站起来，问："你去哪儿了？"

他愣了一下神，然后很抱歉地回答说不好意思，拉肚子了，刚刚在厕所里挣扎了半个小时。我有些疑惑，但是却没有再继续追问。我们三个人换好衣服，裹得厚厚实实地走出山庄，还没有出那石牌坊门口，就看到李晴的那辆奔驰小跑从前方驶过。透过窗户间隙，能够看到前座里有两个人。

开车的那个人被李晴给遮挡住，然而那隐约的轮廓，却让我们的心情突然一下子激动起来。

似乎就是青虚那个家伙啊！

擦肩而过了吗？头顶上有监视器盯着，我们不敢脚步太焦急，正常地走向停车场。曹彦君则拿起电话，拨通给老丁，想让他盯住李晴的奔驰小跑。结果他拨了几遍，挂掉后，骂了一句本地脏话。上了车之后，我问他怎么了，曹彦君一边发动车子，一边说这里好像开了信号干扰，打不通电话。

启动车子后，那奔驰小跑已经在很远的地方了，只看到一个点。曹彦君把电话丢在驾驶台上，奋起直追。大概出了一百多米，电话才打通，我联络到在路口蹲守的老丁和小戚，让他们跟上来。

行了一段路程，来到一个岔路口，却发现那奔驰小跑已经消失在我们的视线之外了。

"见鬼！"

把车停在红灯前面的时候,曹彦君忍不住骂了一声,拍了一下方向盘,气愤至极。

见到曹彦君有些失态的样子,我忍不住安慰他,说:"开车的那个男人,说不定不是青虚呢?不要着急,我们都没有急,你这样上火能有什么用呢?"曹彦君苍白的脸这才好转一些,冷冷地说便宜这混蛋了。小戚很快就开着他的那辆破夏利赶了上来,说怎么办,要不要兵分两路再去瞧一瞧?

我和杂毛小道都摇头,说算了,反正三天后有一个交易会,到时候也能够碰到他,不急在一时。

曹彦君这时候缓过情绪来,点头,说:"你们的跟踪技术不行,若给发现了,反倒会被动,我们回酒店吧。"

于是我们往回赶,曹彦君打电话,便由我来开车。这时候华灯初上,一路昏影朦胧。

到了宾馆,曹彦君直接奔服务台,问有没有传真机。

我们返回房间,大家集中在一起,没聊两句,就见曹彦君拿着几张资料推开门进来。他递了一张纸给我,说他在派出所的朋友已经查到了李晴的住址,不过他这个"晴"不是晴天的"晴",而是勤奋的"勤"。我默念了一遍资料上的地址,看到介绍,说哇,一百坪的大三居,这个家伙可真够有钱的啊。曹彦君笑,说青虚在李晴身上投了很多钱,这个并不算什么。

我扬着手中的纸片,说那我们今天是不是可以跑到李晴家去蹲守了?

曹彦君摇头,说他找盯老王记烧鹅的易文和老五去了那个小区,若有消息,他们会第一时间通知我们的。接着他又告诉我们,他还找人查了那温泉山庄的建筑资料和背后的老板,估计明后天就会出结果。说到这里,我便将在那主控中心发现的死婴说出来,问他们谁知道这是什么邪门玩意儿?

众人纷纷摇头,这时候一直像个死母鸡一样的虎皮猫大人突然插话了,它说:"婴灵泉流啊,好多年没有见过了。"

听到这肥母鸡突然开口,小戚、老丁顿时吓了一大跳,眼睛都瞪圆了,虎皮猫大人不屑地看着这两个像乡巴佬一样的男子,撇着嘴说了一声"傻瓜",然后跟我们解释说,这婴灵泉流,是将那刚刚生下来的早产儿溺死,用符文将其亡灵封镇,放在山泉水源头,让下游的人喝水洗澡,渐渐地就开始损耗阳寿,将人生的气运集中,然后由施术者将这集中在死婴身上的生气灌输到人体里。用处很多,最明显的就是美容养颜,青春不老。所以,这婴灵泉流也叫做"青春不老泉",早先是邪灵教从藏密一个覆灭的邪教分支手上学过来的,后来因为太过恶毒,性价比又不高,会的人就不多了。

又是邪灵教?

我回想起躺在那温泉池中,确实有一种催人睡眠、飘飘然的感觉,心中有些戚戚然。

　　曹彦君更是觉得浑身痒痒，顾不得我们，直接跑到了洗手间去冲刷。

　　青虚这个家伙，几乎每个星期都要到温泉山庄去泡温泉，他若不知道此事，才是真的见鬼了。看来，那个大澡堂子还真的有些不简单呢。虎皮猫大人又接着讲，说："那山庄地形陡然突出，大人我就看了一眼，感觉里面似乎有布置，十分蹊跷，可惜本大人春困秋乏冬懒觉，懒得动，就没有去仔细看看，不然好好让你们长长见识。"

　　我们的脸顿时黑了，这个扁毛畜生，还真的不是一般的懒。

　　正说着，床头的电话响了，在旁边听得津津入神的小戚说，又是那种有偿服务电话？没完没了了还？抬起来就挂了。杂毛小道说："别挂啊，你不需要我还留着有用呢，哈哈。"我们这一伙人顿时黑脸，而虎皮猫大人直接头一扭，骂了一句："哼，死流氓！"

　　杂毛小道耸了耸肩膀，说："得，连我的鸟都嫌弃我了。"

　　虎皮猫大人大骂，说："你这个没皮脸的家伙，玩自个儿鸟去，少惹我！"

　　这时候电话又执着地响了起来，小戚猜不准杂毛小道是不是开玩笑，于是接了，过了一会儿，他脸色奇怪，举起来朝我说："陆左，是找你的……"

第十章　逆北斗夺煞冲阵

我摸了摸鼻子，说找我的？我可不认识什么流莺小姐。

小戚扬着电话笑，说是酒店前台。

我"哦"了一声，接过来，问什么事？前台小姐那甜美清亮的声音从听筒那边传过来，说："陆先生，大堂这里有三个人要找您，您看方不方便通一下话？"我说："是谁，让他说话吧。"电话沉默了一下，然后听到一个故作沉稳的声音传过来："陆先生，我是郭天宁，您叫我过来找您的……"

郭天宁？听到这声音，一张国字脸、一身正气的男子形象，浮现在我眼前。

我想起来了，就是下午找我麻烦，反而被我下蛊毒的国字脸，八手神偷的弟子，猴三儿的师兄。我本以为他会一开始惊讶，后来便只当我是骗他的，想让他今天晚上子时吃一点苦头，明天再处理这件事情。没承想他竟然如此识时务，并没有作半点犹豫，直接就找上门来了。

我本来还没有想好如何处置这一伙人，但是既然是我找过来的，那么我自然是要负责处理。于是跟左右的人打了一声招呼，然后乘电梯下楼。

来到大堂，才发现来的就只有三个，除了叫做郭天宁的国字脸外，还有那个中年妇女和满脸倔强的半大小子二蛋。这酒店并不是什么豪华酒店，大堂里也没有咖啡厅之类的，狭小得很，我只有领着三人，乘电梯返回了我的房间。

进了屋，落座之后，我笑着问国字脸，说："你倒是真的来了，怎么不熬一天再过来呢？"

他苦着脸，说："你别当我是傻子，我师父以前就在湘西遇见过你们这种养蛊人，差一点把命都送了，从此返回东三省，再也没有来过南方。他后来时常教导我们，跟人拼斗，讲究的是一个快、狠、准。但是碰到蛊师的话，要么扭头便跑、头也不要回；要么束手就擒，手也不许还。不然就只有像他以前的一个伙伴一般，浑身都是烂虫子，死相难看得很。"

我说："八手神偷他老人家倒是见多识广，不知道他遇到的是哪一个人？"

国字脸疑惑地说："你们蛊师的圈子很小吗？我听我师父说给他下蛊的人是个老苗子，叫吴临一，用的是一种淡黄色粉末，下到他身上时，也是阴冷嗖嗖的，结果回去之后，不到半天，上吐下泻、面红耳热，肚子里仿佛有好几条蛇窜来窜去，像是要把肠子给打结了一样。后来同伴硬挨着，而师父他老人家，男子汉大丈夫，能屈能伸，于是返回去求他，最后允诺说再也不来长江以南，才解了蛊回家，而同伴却死掉了。后来教徒弟，总是拿这个来教育我们。"

我心中有些震惊，那个吴临一，不就是我们在青山界剿灭矮骡子时，黔阳特勤局从同仁请过来的生物专家吗？后来我们从水中遁出，一直到后面的追悼会，因为他一直在青山界镇守，所以就再无相见的机会。想起那个表情淡漠的老蛊师，我笑了，说："原来是他，凑巧得很，我倒是认识的……"

"他……是你师傅吗？"

我摇头，说："仅仅认识而已，一个很厉害的蛊师，也是一个学识渊博的人，他心胸开阔，所以你们师父才会活着回去；而八手神偷他老人家毫不隐瞒自己的这段经历，显然也是一个豁达之辈，所以你们才知道敬畏。这么说吧，你身上的蛊毒，比你师父所中的，要厉害十倍——我不吹牛，具体的你可以自己亲身体验，若是想解毒，最近的这一段时间里，需要帮我办一件事情。若办好了，我们之间的恩怨一笔勾销；若不好，也别怪我不给你机会。"

国字脸表情凝重，而旁边的那个黑小子二蛋则忍不住出言埋怨，说："你这个人也太不大度了，为什么不能学那个老苗子，把我老大的毒给解了？大不了我们离开这里就是。"

我看着他，有些好笑。

这少年大概十五六岁，实在有些太自我，浑身戾气。这样子的人，长大之后，必然又是一个祸害。见我面露不快，怕我下蛊，那个中年妇女连忙拉着他，向我道歉，说小孩子不懂事情，请不要责怪。

我摇摇头，盯着这二蛋，说："小朋友，在这个世界上，你做的任何一件事情，都要想想后果，做好负责任的心理准备。我们头上有法律这根准绳，心中还有道德，除此之外，还有你们惹不起的人，所以——一切事情，三思而后行。"

国字脸和中年妇女连声道歉，我摇摇头说："不用，这小子聪明，但是你们要让他懂得敬畏，人只有如此，才能勇敢，才能成事。"我对国字脸说："我先帮你缓几天的毒性，免得你空受痛苦。事情办完之后，再给你解开。"说完，我把手放在他的头顶，让金蚕蛊把他身体中的蛊毒镇压，完结之后，挥手让他们离开，两天后再来。

人应有善心，但那是对于弱者而言，倘若毫无原则地行善，有的时候更像是助纣为虐，而且还被人瞧不起，被笑话为滥好人、傻瓜。我以前做过管理，虽然最高也就是一个小厂里的副主管，但是这里面的学问，多少也能够把握。

这些人，包括这个螳螂拳不错的国字脸，说到底就是群软蛋。

不是说我瞧不起贼，只是不劳而获的事情做得太多了，心理必定扭曲。送走几人，我来到曹彦君房间，发现人已经散去。老曹告诉我："易文和老五今天不回来了，在那小区对面的宾馆开了一间房，通宵监视。不过，李晴现在都没有回来，估计晚上也说不准了，你早点休息，我们明天还有一些事情做。"

我点头，又跑去看杂毛小道，他在用黄大仙裘毛制作的毛皮给血虎红翡玉刀抛光，十分仔细，这是制作法器的关键所在，用心一点一点跟这里面的精元作沟通，达成和谐默契。

虎皮猫大人依旧在睡觉，自从翅羽损失了许多后，它的瞌睡一天多过一天。

聊了几句，我返回自己的房间，把朵朵放出来，玩笑两句后，让她自己修炼，而我则躺在床上，双手枕着头，想着既然青虚在这个城市，我又隐约感应到了小妖的存在，只怕这个小闯祸精真的落到青虚手中了。这也难怪，青虚是龙虎山天师道的弟子，一个极端厉害的角色，而小妖朵朵麒麟胎身初成，为人又不知道收敛，大大咧咧的，自然很容易着道。

真不省心啊！我轻叹道。

次日早上，我起床打了一套固体瑜伽的拳式，然后出来吃早餐，曹彦君他们正拿着几张规划图在参详。我问是什么，曹彦君说是那温泉山庄在建设局里面留下的存档资料，他找体制内的朋友弄了出来，供我们参考一下。我凑过去，因为懂的不是很多，看着这些工程图纸，难免会有些眼晕，不明所以。

杂毛小道带着虎皮猫大人也出来了，桌上早已准备好了龙井茶叶和洽洽瓜子，肥母鸡飞过来开吃。它看到这桌子上的图，说:"呀，这整体效果图怎么这么凶戾？"

我们连忙问此话怎讲？

肥母鸡卖了一个关子，指着图纸上的七栋大小不一的主体建筑和环环相扣的二十余个温泉水池，然后又指向了山庄之后的山势水体，说:"你们看这像什么？"杂毛小道学过它的半本《金篆玉函》，懂得多一些，皱着眉头看了一会儿，说:"这是很明显的北斗七星阵位，而且位置测算精确，外围山脉走势如双龙环抱，一江走腰，至于这大大小小几十个水池子，倒是看不出来……"

肥母鸡毫不犹豫地说:"这是逆北斗夺煞冲阵，是个蕴含鬼力、魂锁阴阳的法子，最容易滋阴养邪，而且一定有很古怪的东西。在这道都之地，居然会出现这种布置，当真是丢他们龙虎山的脸面——要是在茅山句容，这建筑早就给拆得只剩下地皮了。难怪龙虎山式微，跟他们这种纵容和不察，有很大的关系呢。"

听虎皮猫大人说得霸道，又联想起我在温泉山庄中看到的以死婴为泉引的青春不老泉，我们心中担忧。如此明显而没有人来追究，只怕青虚的后台很黑啊。

当下也不说什么，我们各自分头行动。曹彦君依旧通过关系，找寻青虚的踪迹；杂毛小道在宾馆等待李晴的电话；而我则按着老曹给的地址，跟小戚一起前往李晴所在的小区，试图找到其中的一些线索来。我们与彻夜监控的易文和老五交接，然后蹲守了良久，终于看到那辆红色的奔驰小跑，返回了住处。

又等了差不多一个多小时，杂毛小道打电话告诉我，说李晴约他一起去吃午饭，然后商量买镇宅符纸的事情。我点头，大概中午十二点左右，李晴出现在我们的视野中，然后开车离去。

我跟小戚说好他在这儿守着。然后整理衣冠，插着兜，准备前往李晴家中，一探究竟。

　　这是我第一次偷摸入室，跟国字脸、二蛋这些惯偷比起来，说实话，守惯了规矩的我，真有些紧张。

第十一章　麒麟胎再现

因为门禁并不严，很快我就出现在了李晴家的门前。

自从有了金蚕蛊，一口气上五楼，也不费劲儿了。我站在沉重厚实的防盗门前，凝视着正上方那张静静贴着的黄色符纸。就如书法，每一个制符师都有着自己独特的符箓画技，我的是照葫芦画瓢，中规中矩，杂毛小道则是天马行空，洒脱不羁，然而在我面前的这符纸，分布错综复杂，疏密得宜，虚实相生，全章贯通，凌厉处竟然有刀光剑影，有如实质，确实是让人心中生畏。

制符手艺能够得到门中长老的看重，这个青虚果然是个不简单的角色。

不过符有千般，殊途同归，大抵都是通过画技意念之道，将信仰的神灵或者别的什么意志，篆刻在这纸上，让其沟通天地规则，具有一定功效。这黄色符纸虽然能防鬼物宵小，但对于我而言，却只是形如摆设。双手一翻，我将那符纸抵住，然后催动金蚕蛊出现，钻进锁眼。没几秒钟，听到里面"咔嗒"一声响，这扇价值几千元的防盗门便自动开启了。

我缓步走进去，关上门，小心不留下任何痕迹，然后仔细地打量着这个房子。

房子装修得十分考究，通体呈现出一种雅致温馨的氛围。灯很多，光客厅里的大吊灯、壁灯、落地灯、台灯和内嵌饰灯，琳琅满目地就有十几盏，此刻窗帘拉上，仅有一盏呼吸灯在左角处时亮时暗，配合着窗帘间的一丝缝隙，给这昏暗的室内，多了一丝明亮的光彩。

我的视线环绕一周，然后集中在了沙发侧面的照片墙上。

这照片墙上最明显的，是两个男人的合影：金子一般、波光粼粼的湖面上，两个气质不凡的男人背对而坐，眺望远方。一个挽着发髻的中年男人，剑眉轩宇，嘴角含笑。而另外一个帅气得让人嫉妒的年轻男人则戴着红色的棒球帽，嘴角浮现出来的妩媚，让女人都自愧不如。夕阳从头顶洒落暖黄色的光辉，将他们的侧脸镀成琉璃金光的颜色。

好完美的一张照片，简直可以上摄影展了。

在我心中顿时凭空涌现了八个大字：断背山下，百合花开。

我的瞳孔剧烈收缩，这个中年帅哥，就是我们一直想要找寻的青虚。从种种迹象来看，我们有理由怀疑小妖朵朵这个小惹祸精，就是落在了他的手上。就在我盯着这照片的时候，突然左边的卧房处传来了动静，这可吓了我一跳，身体僵直——此刻的我可是在做贼，哪里能够不惊慌？

我缓缓回过头来的时候，只见一只强壮的灰褐色阿比西尼亚猫出现在卧室门口。

这猫头型精巧，耳大而直立，体形中等，体态轻盈，肌肉发达，眼呈杏仁形，略吊眼梢，喵呜一声叫唤，让人觉得毛骨悚然。我并不知道李晴家里还养猫，被吓了一大跳。正想着应该怎么处理呢？那猫一跃，腾空朝我扑来。这猫大，小豹子一般，凶猛得很。我自然不会怕它，只是我实在不想留下什么痕迹，往旁边退一步，避开这猫挠。

就在此刻，一道暗金光芒闪烁，那猫重重地砸在了沙发上面。

肥虫子出现在了这猫砖红色的鼻梁处，眨了眨黑豆豆眼睛，扬扬得意。

我朝它竖起了大拇指，表示由衷的赞叹——小肥肥从来没有让我失望过。

我走到了这只阿比西尼亚猫出现的卧室，发现里面全是粉红色咔哇伊的颜色，墙面、大床还有天花板，各种各样的家具，以及宽阔的大床上面，都摆满了粉红色的毛绒玩偶。在这和谐可爱的房间布置中，唯有一件东西，跟周围的东西区别开来。

这是一个银色金属保险柜，跟家用小冰箱一般大小，看着十分沉重，放在很隐秘的角落，还用粉红色的布帘将其遮挡起来，若不是我目力极高，心又细，说不定就会漏过去。

我并没有马上过去，而是在这大三居里转了一圈。发现除了门窗和下水道处都贴有灵符外，并没有什么与众不同的东西。我重返李晴粉红色的"闺房"，然后蹲下身来，仔细打量这个保险箱。

它采用的是钥匙加转动密码的保险方式，一般情况下，开锁高手也需要好久的时间，然而我却不用。探出手，我把制服猫咪的肥虫子叫过来，让它钻进去，帮我解锁。

当我换好了特意买来的塑胶手套时，那保险柜的柜门喀嚓一声响，开了。

我伸手，将这沉重的门缓缓拉开。

入目处，除了两沓红色钞票、一些文件合同和珠宝首饰外，在最下层的格子里，有一个让我浑身狂震的东西。

这是一块白金细链串着的翡翠项链，色泽艳绿，如玻璃般明净通透。这块晶亮翡翠很大，但是在最中央，却是一团形如眼球的雾色絮状物，里面除了这些冰冷丝寒的气体外，并无其他东西，空空如也。若以价值论，这翡翠项链的价值足足是我身家的几倍、几十倍之多，但价钱并不是让我激动的原因。

真正的原由，是因为这东西曾经属于我所有，后来转赠给了某个小狐媚子。然后，它却又堂而皇之地出现在了赣北小城某个男人家中的保险柜里。

它便是麒麟胎，我曾经送给小妖朵朵留作纪念的麒麟胎。

我遍体生寒，之前所有的猜测都证实了，小妖朵朵确实是落在了青虚手里，导致我们之间的信物，都被青虚拿到，又送给了他的男朋友李晴。

一种莫名的难过情绪从我胸腔之中冒出来，将我的眼泪给逼了出来。

这个惹祸精，不是说好要照顾自己的吗？

怎么这样简单，就给人家抓住了？真是个笨蛋啊！

人永远要比妖厉害，因为他们狡诈，因为他们残忍。

外面太阳炽热，朵朵待在槐木牌出不来，然而呜呜的哭泣声却已经传到了我的脑海，"小妖姐姐"的喊声，让我一分钟都待不住，恨不得立刻就跑去跟青虚那个家伙拼命。叮是，他在哪里呢？冲动是魔鬼，冲动永远也解决不了问题。我不断地告诫自己，要冷静、要冷静。

然而心中的火焰，却在熊熊燃烧。

就在这个时候，我兜里的手机突然响起，我一愣，拿出来接通，小戚的声音从电话那头传过来："喂，陆左，你快离开，李晴的车子突然回来了，是不是他发现了什么？"我眼皮一跳，拿出手机把这保险柜里的麒麟胎拍了一张照片，然后关闭柜门，恢复，并招呼着肥虫子起身离开。

然而走到房门口的时候，我身体一僵，脑子迅速回忆一番后，断然返回了那保险柜的前面，蹲下身子看。只见在那暖黄色地毯上面，安静地躺着一根青黑色的长发。

这根头发，应该是来自于青虚的头上，刚才开门的时候从门缝中飘落，我开始没注意，走到了门口，不安感就强烈地涌上心头。时间紧急，当下也不犹豫，我立刻把这保险柜再次打开，关闭的时候，将头发丝重新夹入其中。

站起身来的时候，大门的门锁已经开始有了响动。

我身子一弓，左右察看一番后，看到了卧室那没有防盗窗的窗台，一咬牙，纵身过去，打开窗，手按着阳台，翻身出来，合拢，双手抓着窗边，身子整个都挂在了外边的墙上。

就在此刻，卧室的门被推开了。

在窸窸窣窣地一阵摸索和检查后，那保险柜的门被打开了，然后传来了李晴的说话声："就你这个家伙，整天疑神疑鬼的，你头发根本就没有掉，符纸也没有被撕掉，那翡翠分毫无损——你要是不放心它，直接拿回你老窝算了，我才不跟你要。你这心血来潮，让我走半路就回来了，到底是要闹哪样？"

我双手紧紧扣住窗棂，那李晴似乎在跟人打电话。他坐在了床上，然后开始说起来："是，万事需小心。但是现在事实证明，你所有的猜测，都是假的。嗯，后天晚上的事情，我会和你一起张罗的，正事我有分寸……信号屏蔽的事情，老牛昨天在我们走的时候测试过了，可以，到明天直接开启就好了……那个小妖精还活着吗？好好玩，下次我还能过去看一下吗？太有趣了……哦，你准备卖完符就有钱买材料炼丹了啊？那个汉王赤足双耳鼎没有找到，你拿什么炼？哦，你师父望月那老东西出山了啊，那就好办了……"

两人说完正事，然后卿卿我我地说了一些体己的情话儿，十分肉麻，在此就不加转述。

李晴挂了电话，然后开始招呼他的小猫，"金宝，金宝……"这声音渐远，然后在门口处传来了一声轻笑声，他呵呵笑，说这懒猫怎么跑沙发上睡了？接着电话铃声响起，李晴接通电话，然后说："哎哟，小明哥，我知道了啦，你别催，我马上过来……"

　　接着房间大门传来了一阵轻轻的关闭声，那李晴挽着包出去。

　　我怕他再次折回，索性多等了一会儿，反正我体力还算不错，双手抓着这窗棂也不是很吃力。等了好几分钟，我看到他上了那辆奔驰小跑，驱车离开了，正准备翻身回屋，突然下方传来了一个老太太的怒吼声："那个爬窗户的！你下来……说你呢！"

　　我一听，浑身一震——这老太太若闹将起来，李晴肯定会知道啊？

　　完了，完了……

第十二章 我来了，你在哪儿？

我这人天不怕地不怕，就怕不讲道理而且脾气死硬的居委会老太太。

这种人就是一根筋，打也打不得，骂也骂不得，特别有原则，想到自己暴露之后的结果……我回头看到那辆红色奔驰小跑已经消失在了路的尽头，害怕这老太太招来更多的人，只有硬着头皮，往下爬去。这栋楼是1990年代建的，我在五层，下面有好多外置的空调和遮阳棚，还有一些排水管道。我这一年以来进步非常大，身手跟猴儿一样，几跳几蹦，哧溜一下就爬了下来。

我这矫健的身手，倒是把这戴着红袖章的老太太吓得不轻，看到这电影上才有的效果，她忍不住连着后退了几步，然后准备大声呼叫。

就在这千钧一发之际，我的手往怀里面一摸，掏出一本带着国徽的证件。

这是我在领到这本工作证之后，第一次用到它。我沉声说道："老太太，先别张扬，我在执行任务，不要胡乱声张，免得打草惊蛇！"我这个人虽然脸有刀疤，但是严肃起来一身正气，跟郭天宁这个国字脸有得一拼。不知道是我的身手，还是这耀眼的国徽，老太太果然被我唬住了。她疑惑地接过我手中的证件，逐字逐句地费力念道："南方省东官市特勤局二处科员……陆左？"

她对着这照片和我瞄了又瞄，突然伸手抓住我，满是皱纹和老人斑的脸上露出了气愤的表情，说："小伙子你敢骗我！你一个南方省什么特勤局的人员，跑到我们影潭来爬窗户，鬼才信你咧，走，跟我去派出所走一趟！"

老太太抓得十分紧，揪着我大衣的领子就是不肯放松，她个儿矮，搞得我这个大小伙子不得不躬下身来。

这时间大楼附近并没有多少人，但是也不乏打酱油的，虽然没有看到我火速降落的场面，但是这会儿却准备围上来，我头皮发麻。正纠结间，小戚跑了过来，他过来拉住了这个小老太太，说："大娘，您先等一下，派出所的谢警官马上到了，三分钟，我们出去说，这里人多眼杂。"

我愣了神，不知道小戚在这短暂时间里，去请了哪路的神灵来。

老太太将信将疑，把围将上来的人群驱散，然后跟着我们走到了门卫室那边。过了一会儿，一辆警车匆匆而来，下来一个大肚腩的中年警察，径直走过来跟这老太太说了几句话。到底是穿制服的，说话很有信服力，老太太疑惑地看了我们一眼，然后过来跟我道歉，说："不好意思啊，真的是大水冲了龙王庙，一家人不认识一家人，抱歉，抱歉，我一会儿去跟他们解释。"

这责任心超强的老太太搓着手离开，那个谢警官跟我握手，说："谢宇轩，老曹的朋友。"

我这才想起来，原来他就是老曹那个在派出所管户籍的警察朋友，连忙跟他握手。谢宇轩跟我说，他已经跟那个孙承茹孙老太太说了，不会让李晴知道你曾经到过他家的。"你们走吧，我走不开，能够帮助的也只有这些了。"

我跟他再次握手，连声感谢之后，与小戚返回车子内。

小戚一脸崇拜地看着我，说："陆左，没想到你的身手这么厉害，五楼那么高的地方，你就像电视上的特种兵一样，唰唰两下就攀了下来，简直帅呆了。"我苦笑，说："谁承想那老太太神出鬼没，居然还着了道，要不是你请来了救兵，估计我们就暴露了。一旦暴露，那个青虚肯定就躲着不出来，所有的努力都白费了。"

小戚打转方向盘，朝着我们住的那家酒店行去。

我坐在副驾驶座上，掏出自己的手机来。2008年末我用的是刚买的诺基亚N95，像素为五百万，将保险柜中那麒麟胎项链给清晰照出，看得我心中一阵又一阵地难过，回忆起跟小妖朵朵相处的点点滴滴，她那娇蛮霸道、偶尔小温柔的性子，刀子嘴豆腐心的可爱模样，回想起好多好多事情，而如今，她身陷囹圄，正等待着我去解救她……

我从来没有这么强烈的紧迫感，恨不得立马找到青虚，然后将我的小妖朵朵给解救出来。

这小惹祸精，以后再也不放她离开我了，要不然，都不知道又能闯下什么祸事。

回到宾馆，易文和老五在房间里补觉，老丁和曹彦君还没有回来，而一直昏昏沉沉睡觉的虎皮猫大人却没有见到踪影。过了大半个小时，曹彦君返回来了，拿着一个牛皮纸公文袋，放在桌子上，跟我讲起那温泉山庄的背景：这官面上的背景自然深究不到，单说具体的经营者，本来是一个早年间做香火生意的个体户，后来得到投资，就建起了这么个地方来，老板叫何君栋，是个大胖子，但是他还有一个朋友，叫做……

他故意卖了一下关子，环顾着我们。我并不给他卖弄的机会，说是青虚吧？

他点头，说是，是青虚，他们两个从小就是玩伴。可以说，这温泉山庄，除了上面抽成的干股，其他的，至少有一半以上都是青虚的股份，而且这温泉的建筑格局，也是这个家伙给监造出来的。我深吸了一口冷气，说这么大一个场子，倒是要投资很多钱啊！不是说他最近很穷，所以才会变卖手中的珍贵符箓吗？

曹彦君摇摇头，说这就不知道了，反正他是幕后老板，这温泉山庄倘若真如你那猫大人所言，那么其中必有蹊跷。难怪这家伙道法越来越厉害，竟然是吸收了这么多顾客的气运。

他停了一下，问我，说："你想知道十年前青虚长什么样吗？"

我一愣神，说咋了？他从文件袋中找出一张老照片，上面是一个尖嘴猴腮，獐头鼠目的道人。曹彦君冷笑，说他现在一副老帅哥的模样，风度翩翩，你却想象不出他当年有多猥琐。

我们在房间里商量了很久关于明天晚上所谓的符箓交易会，因为都没有参加过，所以觉得有些棘手，不知道以什么为突破口。即使遇见青虚，众目睽睽之下也不好下手，即使将他擒住，也未必能够逼问出小妖朵朵的下落，最关键的一点在于：青虚的老窝在哪里？

大概下午三点多的时候，杂毛小道返回了宾馆，拿出两块雕工精美的碧绿色竹筹，说："获得入场券了，我们明天下午六点，准时参加。这是我和他的，曹彦君与青虚彼此认识，自然不好加入，还是在幕后策应好一些。"

我看着手上这竹筹，抛了抛，说这狗东西雕工倒是不错，不混道士了，去做一个工艺品雕刻师，也能有活路。

旁边刚刚醒转过来的老五出言讥讽，说这厮好大的排场，不就是卖几张符吗？还搞什么交易会？贱人就是矫情！易文摇头，说："老五你错了，青虚的符文十分管用，莫说整个赣北，周边好几个省的好多富豪都慕名而来，连香岛、宝岛都知道有这么一个人。这个家伙也机灵，交易的两成份额，雷打不动地上缴，这才让龙虎山睁一只眼、闭一只眼的。"

万物皆遵守能量守恒定律，玄学也不例外。我之前还在好奇青虚批量性制符的奥妙，但是看到这温泉山庄的布置，似乎能够猜到一些。

我将今天在李晴家中的见闻说与杂毛小道知晓，他咬得牙齿痒痒，说果然，小妖真的被抓了。

虽然他在小妖眼里是个怪叔叔，但是这并不能够阻挡大叔对萝莉的热爱。

我们要反击了，管他什么龙虎山，管他什么黑后台，我们誓要将小妖朵朵救出。当天下午我们开始筹谋着第二天晚上的计划，逐步推敲，调集人手。我在傍晚的时候找来了被我晾到一边的国字脸，给他分配了任务：在明天晚上的时候，潜入温泉山庄，搜查类似于符文木盒、布袋或者其他的东西，如果没有，听我们的暗号，伺机引发混乱。

虽然对我的这个指示十分不解，但是国字脸依然选择了坚决执行。

我告诉他，这件事情，在明天晚上行动之前，千万不要透露给他队伍里面其他人知道，要是万一提前走漏了消息，我敢保证，他身上的蛊毒，天下间都没有人会解，我发誓，"不得好死"这个词，真的不是造出来吓唬人的。国字脸连连点头，说："你一定要信守承诺，不然我们就白忙活了。"

我点头说你放心，这事情我不骗你。谈完这些，我让他离去。

当天晚上我有些失眠，但强制自己闭上眼睛睡觉，养足精神。而朵朵知道明天就是要去解救小妖姐姐的日子了，更加勤奋地盘坐练功。寒冬夜里，月半弯。

次日，我们返回了上清古镇，将落在那边宾馆的行李收拾一番，挑了些有用的东西。筹措一番之后,到了下午,我开着曹彦君的黑色SUV,载着杂毛小道从贵溪赶往温泉山庄。远远看到牌坊处有灯笼亮起,虽大门紧闭,但偶尔有豪华车辆停在坪子上,有工作人员引导着,从侧门进入。

我深吸一口气,将车沿着坡路驶上去。

小妖朵朵,我来了,你在哪?

第十三章　请符会

　　居酒屋是一个舶来词，原意是指具有日本特色的饮食店，通常会提供一些比较有质量的饭菜，并作为小酒馆存在。被誉为"温泉王国"的日本，温泉文化十分成熟。温泉山庄在当初建设的时候，为了吸引跟风的消费者，便直接借鉴过来，大量装饰皆以日式为主，连提供衍生消费的餐厅，都被附庸风雅地命名为居酒屋。

　　相较而言，这木结构的小楼要比寻常居酒屋，显得更加高档精致一些。

　　说是交易会，其实参与的人并不多。

　　当我们出示了与会资格的青色竹筹，跟着衣冠楚楚的侍者，绕过那烟雾缭绕的温泉区，走进那特意布置过的居酒屋时，才发现到场的不过三十几人，而且大多数人都还带着花枝招展的漂亮情人。这近一百五十坪面积的居酒屋，显得十分宽松。为了怕乱喊价，导致交易失败，所以我们昨天就已经提前给李晴指定的账户里汇去了二十万的保证金，这些钱，将在交易会结束之后，要么抵扣货款，要么原数奉还。

　　同样出于安全的考虑，我们进来之前被进行了严格的搜身，所有武器都严禁入内。

　　所幸之前受到李晴的提示，所以我们除了用得上的符纸器具之外，并没有犯任何忌讳。

　　我们进场之前已经试过了，手机信号已经被屏蔽或者干扰了，跟曹彦君以及国字脸等人已经失去了联系。想到我们那天还能够在更衣间打通老曹的电话，应该是对方启用了某种设备，时停时开。

　　因为是饭点，组织方准备得十分妥帖，在雪白的长桌上提供了自助餐式的酒品糕点以及一些看上去很高档的吃食，比如鱼子酱和红通通的大龙虾，供人随意取食。客户们三三两两地坐在沙发圈中，举着酒杯，相互交谈，而在正中心有一个小舞台，前面摆放着一个小展台，上面没有任何东西。

　　跟所有的大人物一样，青虚依旧没有出面。负责接待的都是温泉山庄的工作人员，没见到老板何胖子，有一个满面和气的青袍道士在门口迎宾。李晴在我们落座十分钟之后，走了进来。

　　他显然并没有把我们当作真正的肥羊，只当是两个因为好奇而过来玩耍的朋友，微微点头，并没有过来招呼。我们也乐得清闲，端了一杯酒，坐着打量这些来到会场的客户。我也算是一个见多识广的人，阅人无数，大致能够从穿着举止中，看出人的身份。

这些人里面，最多的就是精明的富商，还有一些专业掮客、跑腿的马仔和据说有一定级别的领导，各色各样，身边的情人衣着华贵，争奇斗艳，万紫千红。

这是一次财富与势力的盛宴，我和杂毛小道这样两手空空的人，算是罕见。

说实话，青虚算得上一个十分厉害的人才，竟能够把这制符产业化，实在是了不得。要知道，聚气镇宅的这些符箓不说，但凡要一些攻击性的符纸，都是需要有些道力才能够驱使的。他能够让这么多衣着光鲜的人趋之若鹜，祁福、聚运、消灾、镇宅之类的符箓，定然是很有口碑。就比如李汤成他们购买的那种挂于脖间，祛鬼避邪的玉符。

然而，这一切都是依托于这逆北斗夺煞冲阵的力量。

正当我们无聊地打量着这间居酒屋里的买家时，敞开的木门处绳帘翻动，走进来五个脸色淡漠，身形彪悍的男子，其中一个身上还背负着一个巨大的木箱子，像古装剧里赶考的书生。这五人为首的，是个颔下留着一缕飘逸黑须的汉子，而他旁边，正是我们那天在温泉所碰到的朱俊。

朱俊一进来就扫量全场，很快看到了窝在角落喝红酒、吃龙虾的我和杂毛小道。他目光中流露出了极度震惊的神色，但是很快就收敛起来，朝我微微点了一下头，跟着伙伴一起找了一个靠前的桌子坐下，然后指着我们这边，跟那个黑须汉子说了几句话，那汉子转头过来，朝我们抱拳致意。

我和杂毛小道点头回礼。

从他们脸上的态度来看，显然对我们并没有敌意，如此的话，更加合乎我们的计划。

我盯着他们背着的巨大木箱，能够通过安检带进来的东西，自然是跟交易有关的，或许就是青虚最需要的汉王赤足双耳鼎。然而别人不知，我们却是知道的，小俊他们在黑竹沟里差一点儿全军覆没，逃命出来的，哪里来的啥子鼎哦？只怕这木箱里面的东西，根本就是个假冒的货色。

我估计以他们常年跟文物贩子打交道的那种制假水平，说不定能够惟妙惟肖，以假乱真。

也就是在这时候，从内里的侧门鱼贯而入走进来好几个人，为首身穿藏青色宽大道袍的那一个，双唇薄如小剑，正是我们一直在寻找的青虚道长。

他的出场立刻赢得了场内所有人的注意，不知道是谁带头，全体人都站了起来鼓掌，掌声响亮。

面对着这些人的招呼，青虚显得十分有风度。从门口一路挥着手走上了小展台，清了清喉咙，然后双手平摊，等大家停止了喧闹，他才讲起话来。这话冗长，大意便是感谢各位，然后说他因道力有限，每年所制灵符，十分稀少，然而想跟他请符的人实在是太多，又都是朋友，所以才举办了这次小型聚会，将大家伙儿请到一块儿来，做一次公正的请符，免得不公，伤却了大家情面。

说完这些，青虚做了一个道揖，然后到旁边坐下，与身边的李晴及其他人，轻声交谈。

交易会开始了，主持场面的就是先前迎宾的那个青袍道人。

他这袍子又破又旧，上面还有些许污渍。然而却浑不在意，上台来做了一个道揖，给这里的所有人讲解起了制符的起源和其中的神效来。我很久以前曾经听过"安利"的培训课，见他这滔滔不绝的状态，忍不住联想到了以前的那个安利讲师，似乎是一模一样的状态，如同精神催眠。

说实话，道家符箓，安宁镇宅、防止宵小之类的，确实是有一些功效的。然而像他所吹嘘的转运、事事顺行这些事关气运而又极其灵验的东西，实在是有些扯淡。

为何？万物皆有因，种善因得善果，种恶因得恶果，我们都是命运河流中游动的鱼儿，偶尔有些能够跳出水面，看一看岸上的风景，看到前路的方向，却终究出不得这河流，终将要顺流而下，一直到下游，直至死亡。没有人能够改变——或许有人可以，但是基本都超出了我们平凡的视线。

我之所以这么觉得，是因为我本身就能够制符，是行内之人，明晓原理和规律。然而别人却不知晓，听到这自称青洞的道人吹得天花乱坠，各种升官发财的事例一个一个地抛出来，让人听了呼吸沉重，恨不得立刻买上一个。

不过这世上终究是理智的人占了大多数，台下的老狐狸们，都安静地等待着青洞开始讲解请符的规则。

请符不是卖符，所以不能做得太市侩，而是采用暗标的形式。也就是说，当你看到中意和需要的符箓，便将桌子上面的单子填上价格，然后投进暗箱里，完毕之后，由人验证，价高者得。

厅中有冉冉的檀香，在一声"无量天尊"的道号之后，请符会正式开始了。

纸符、竹符、桃符、玉符，功效各异，用途不同，在黄色绸布衬底的檀木托盘盛放下，有一种十分神秘的色彩。青洞道人是个口才不错的拍卖师，每当有一个眉清目秀的道童端一枚符箓上来时，他都会将此物的用途、适合人群、制作材料以及制作难度，一一作说明，让人从心里面涌出购买的欲望来。

安土地神符、荐拔往生神符、罗真君神符、金光神符、斗母玄灵秘符……

这一个又一个我们所熟悉的符名被人念将出来，然后又被人用暗拍的方式，给请走。每一个获得暗标的人都喜气洋洋，有的人甚至压抑不住心中的激动而高声欢呼，仿佛身处于股市之中。因为不宣价，所以我们并不知道这里面的交易额有多少，为了不引人怀疑，当那枚桃木精制的安土地神符出来的时候，杂毛小道填了十万投入暗箱之中，然而水泡都没有翻起一个，我就知道这场游戏，我们着实玩不起。

那二十万保证金，说实话，差不多把我手头小半的积蓄给掏空了。

请符交易会仍然在火热进行中，而坐在前方侧面的青虚则面带微笑，一副宠辱不惊的高人风范。

小俊他们也没有买中一个,全部都阴沉着脸,看着那些琳琅满目的符箓,不说话。

在交易会即将进入尾声的时候,青洞指着一块晶莹透亮的羊脂软玉,口沫飞溅地说着什么,突然在我们的东北方向,传来了一声不像是人所发出的愤怒狂吼声,风鸣鸣地呼啸起来。我心一跳,转头朝外面看去,只见黑雾翻卷,那本来恒亮着的路灯,居然也一闪一闪,仿佛要被那妖风吹灭一般。

东北的方向……不就是中枢机房吗?

第十四章　暴露底细

　　我顺着那个方向瞧去，正是我上次发现死婴浸池的机房位置。
　　我之前吩咐国字脸那一伙人，重点查探的目标就是那里。现如今这如同鬼哭般的咆哮声一响起，我心中立刻一阵狂跳，想着莫非国字脸他们偷摸进去的时候，被发现了？一想到青虚一伙人中，似乎还有一个黑衣道人一直没有露面，我心中就焦急得很。
　　中国人的天性就是爱热闹，这一点下辈子都改不了，所以周围好多人纷纷站起身来，聚集在窗边观看。
　　我和杂毛小道也随着人流，往这木屋的窗栅栏旁凑去，只见本来已经排空了大部分水的池子下方，突然出现了几个矫健的黑影子，一边跑动，一边大声喊："闹鬼了，闹鬼了……"离得虽远，但是我却一眼就瞧出了这失心疯一般喊叫的男子，正是国字脸一伙人中，拿烂木棍子袭击我的那个大汉。
　　此刻的他哪里还有在胡同巷弄里敲闷棍的彪悍，不断地挥舞着双手，又哭又嚎，如同精神病院里逃出来的病人。
　　在他旁边，还有两个人，都是他们一伙儿的，不过并没看到过来跟我接头的国字脸和中年妇女吴金萍以及那个黑小子二蛋。三人一阵逃窜，顺着机房那条小道一路狂奔而来。正在主持拍卖的道人青洞则向外面大喊，说保安，保安。立刻，从角落里冲出五六个身穿蓝色保安服的黑壮汉子，朝着国字脸的手下跑去。
　　叫完人，青洞劝站在窗边看热闹的我们，说："各位，跳梁小丑而已，我们的保安很专业，会处理好的。请回到自己位置，等会继续。下面我们给出的是一件金光神符，这玉符乃是采用了昆仑山脉下面玉河中发现的羊脂玉篆刻而成，经过我师兄青虚道长……"
　　他话没说完，一直安坐着的青虚突然站了起来，也没有见他怎么动，人便平移好几米，出现在了那木门卷绳帘前，朝着那几个保安喝道："回来！"
　　他话音刚落，只见从无尽的黑暗中，游出了一条浑身黑气缭绕的巨蛇来。
　　这黑蛇身长两丈半，身子水桶粗，游动的速度十分快。甫一出现，哧溜一下就到了落在最后的那大汉后方五六米处，三角蛇口一张，立刻出现了一道信子般的黑气，将那大汉的后心给紧紧黏住。
　　我眯着眼睛，仔细一瞧，这哪里是什么巨蛇啊，分明就是由无数怨灵聚集在一起，撑起的一副巨蟒皮囊。那皮囊也并非一条，而是好多张蛇皮拼凑而成，内中充气,紧绷如鼓,力道大得吓人,那落尾的大汉一被黏上,再难行进寸步,浑身动弹不得。

他的两个同伴哪里还管得了这些,分头往两边散去。然而一心立功冲上去的那五个保安此刻却有两个刹不住脚,外加上心慌意乱,一下子冲到了那怨灵巨蟒的跟前儿。

这还得了?

那鬼气森森的畜生将国字脸的手下甩开,巨口一张,把最靠近自己的那个保安一口吞进了肚中,囫囵个儿,全部都给吞了进去。

我浑身发冷,这怨气缭绕的黑雾,一般阳气稍弱的人沾上一点儿,什么都不干,也会发烧感冒半个月。倘若被这一口吞噬,必然如同被真蛇吞吃一般被腐蚀消化,而且连三魂七魄也逃脱不得,乖乖充实到这怨气中去。我无数疑问浮出,国字脸他们到底是动了哪样玩意儿,竟然将这货给惹出来了?

我都浑身发冷,旁边这伙暴发户、普通人自然是吓得屁滚尿流,"妈呀"一声叫唤,顿时有的吓晕过去,有的屎尿齐出,将这空气给瞬间污染;更多的人,全部都慌不择路地往那前后门奔去,连场内本来在维持秩序的工作人员都吓得直发抖,回过头来看着脸色铁青的青虚。

场内全部都是女人的尖叫声。

青虚看到热火朝天的拍卖会变成了这般模样,而自己在这里的种种布置也都全部泄露,薄唇紧抿,不由得气恼地大吼一声:"牛志强,你怎么搞的?"

那道号青洞的道人立刻跑出来,也黑着脸,说可能是谁跑到阵中,看到了什么,惹得青玄压制不住阵灵。青虚气恼地望着仍然留在场中的我们,面色阴冷,说这些人,一会儿灌碗"离落孟婆汤",别把消息透露出去了!青洞点头说好,拿起腰间的对讲机,似乎在吩咐手下,不要放人出去。

我两边都瞧着,也就在青虚、青洞师兄弟对话的时候,那边凭空出现了一个黑衣道人,正是那天在机房角落里盘坐着的那个。只见他手持着硕大的招魂铃,一摇又一摇,口中咒语高喝,将那头黑气萦绕的怨灵巨蟒给定住,然后又将跌落在地的保安给拉了起来。

场面混乱,杂毛小道轻轻拉了我一下,示意我跟着人流朝门口跑去。

待我冲到门口,才发现青虚的人并没有追出来。

青虚并没有管我们,而且直接走到了小俊他们面前,对着那个颔下留黑须的男人说将木箱打开,我要验货。那男人眼睛一瞪,说先把钱给付了,青虚哈哈一笑,仿佛听到了一个很好笑的笑话般,眼中满是蔑视。小俊却将那木箱子的暗扣给解开来,提出了一个青绿色的铜鼎,脸盆一般大,高高举起,说给钱,不然我就把这老古董给砸了。

青虚面容不改,而旁边的李晴则出言制止,说你们别冲动。

青虚旁边一个黑胖汉子冲出来，膀臂宽壮，指着小俊，说你要敢砸鼎，小心没有命活着出去。他说得狠戾，一看就是个刀口喋血的家伙。然而"豫北十七罗汉"带着血仇，哪里会惧怕他的威胁？一个矮壮汉子跨前一步，从小俊高举的铜鼎里掏出一把黑色的手枪，狞笑着说："活着出去？想得美！"

"砰！"

著名的大黑星贯通力极强，在所有人都没有防备的情况下，青虚这个嚣张的保镖被矮壮汉子一枪崩死，白生生的脑浆子从后脑壳中喷涌而出，仰天倒下。就在此刻，一直冷笑着的青虚居然在刹那间移动了，他浑身犹如白光笼罩，一瞬间就出现在了持枪的矮壮汉子左侧。

青虚左腿单立，右腿犹如炮弹出膛，标准的侧身上踢，轰的一下，重重射在了矮壮汉子下巴处。

那本来一脸横肉的头颅，居然砰地炸开来，一地的脑浆飞溅。

青虚的这一脚，居然有如此杀伤力，竟将矮壮汉子最坚硬的颅骨给踢碎了好几块儿，毫不犹豫，干净利落。他的这一下，将旁边的几个武装土夫子给吓愣了，小俊哭喊了一声"罗哥哥……"，急速往后退去，而那个颔下留颔的男人眼睛瞬间红了起来，浑身肌肉一涨，竟然跟青虚对拼了一拳。

青虚惊艳的表现，让我以为那个土夫子头领阳哥会吃亏，然而两者一拼，居然双方都往后面连退几步，不分伯仲。

躲在门口埋伏的我和杂毛小道皆吃了一惊，没想到这个阳哥居然还是个横练的高手！

什么是横练？武术中有文练、武练和横练三种说法。前两者不讲，后者是以人体极限强度的方式直接锻炼筋骨，从而达到快速成才的法门，必须身体健壮且恢复力强悍的人才能够练成，我们常说的"金钟罩"、"铁布衫"即是如此。一旦练成，浑身筋骨强健，肌肉贲起，如同人形坦克一般。

阳哥便是凭着这一身皮糙肉厚的本领，与青虚对抗着。

青虚旁边的青洞和两个童奴朝抱着青铜古鼎的小俊扑来。小俊转身急退，他旁边的两个汉子则迎了上去，双方打成一团。我正琢磨着上去敲那青虚的闷棍，突然听到左边有人朝我大喊。我扭过头去，只见从坡下冒出了国字脸和他的小弟二蛋的身影，手中高举着一个小抽屉一样的木匣子，上面布满了黄色纸符，在黑暗中，流光四溢。

我心中狂喜，那里面，莫非装的就是被封印的小妖朵朵？

我让杂毛小道在这屋外盯着青虚，自己则扭身朝坡下跑去。三步并作两步，很快就来到了国字脸的身前，伸出手，高兴地说你们在哪里找到的？国字脸紧紧抱着这东西，并没有交给我的意思，他旁边的二蛋快速地说道："快给我老大解蛊，这个木匣子就归你了……"

我让他把这木匣子给打开，我要看看里面到底是不是小妖，不然我肯定不会应承这事的。

二蛋见我这样，顿时眼圈就红了，说狗东西，为这破东西，我们死了一个兄弟，你怎么说话不算数呢？我摇摇头，盯着国字脸，说把匣子打开，他摇摇头，说不行，他刚才逃出来的时候试过了，这匣子里面好像有很大的吸力，锁得紧紧的，弄不开；赶紧走吧，要不然我们把这东西拿出去，到时候一手交木匣子，一手给我解蛊，成不成？

我急于确定里面到底是不是小妖朵朵，哪里会听他说这麻烦事，伸手说给我，我来解开。

国字脸往后一退，十分着急，说这里实在太古怪了，鬼气森森的，别在这里闹了，快跑。他话音刚落，只听到那居酒屋里传来了一声巨吼，那青虚气急败坏地大喊道："青玄，把大阵启动，别让任何人给我跑了……"

远远传来了一声应承，说得嘞，没几秒钟，四周突然浓雾翻滚，景色移动，不知方向。

一个满脸络腮胡的男人在我们附近不远处狞笑，说："想走？你们谁也跑不了，乖乖等死吧！"

第十五章　符文木匣

　　说话的这络腮胡子个子并不算高，佝偻着身子，身穿普通工作人员的制服，脖子前还打着猩红色的领结；他脸上的胡须浓密，黑黑的略卷曲，将丑恶凶厉的脸给全数遮盖，形成了如大猩猩一般的模样来。然而当我一眼望过去的时候，所有的特征都掩盖不住他那一双琥珀色渗血丝的眼眸。

　　那里面，蕴含着无尽的疯狂和冷血，以及其他我难以捕捉到的东西。

　　我似乎在某个地方看到过，是在哪儿呢？镇宁，还是东官？

　　他刚说完这话，双手朝天一伸，比划出耶稣殉道的姿势来，口中大念咒文。

　　随着咒文催动，从他身后的山石里涌出一股子浓黑如墨的气息，将他整个人给掩盖吞噬住，里面有无数形如蚯蚓蛇蟒一般的气流在蠕动。在我的感应里，这是无数怨灵结合纠缠而成的凝雾，给他的身体里注入了许多邪恶而恐怖的力量。

　　鬼魂邪灵之属，因为阴阳有别，除了能够作用于人的意志精神之外，罕有能够直接致人死亡的。

　　然而它们却大都可以附身于活物，或蛇或鼠或猫或狐狸，以及有了年头、阴气旺盛的活物，乃至身虚体弱的人类。

　　此为灵，与鬼相似，却又有不同。

　　这络腮胡子身体强壮得跟一头小牛犊子一般，阳气旺盛，并不属于阴虚之属，然而他却自有一套请灵上身的诀窍。这法门跟我们请神的原理是一样儿一样儿的，然而却更加快速简单，究其原因，可能是那黑雾鬼灵与他的身体和心灵，十分默契吧？

　　鬼灵一上身，那家伙的眼眸立刻就变成了两个小黑洞，不断地旋转着，仿佛要将一切黑暗，都吸收到他体内；而他身上的肌肉也开始变得僵直紧绷，甚至某些地方呈现出了一层细密的灰色鳞甲，猛地抬起头来，凶煞得很。

　　我有些冷，感觉周遭的空气都开始凝滞黏稠起来，行动顿涩，如在泥淖之中。

　　我知道虎皮猫大人口中的"逆北斗夺煞冲阵"已经被人启动了，天空黯淡无光，天时地利皆不在我方，此行必将凶险至极。见络腮胡子请鬼灵入体，浑身一阵颤动，然后冲将过来，如同蛮牛，所有人顿时大吃一惊。那国字脸一见这情形，一把雪亮的匕首翻转出现在他右手，一边朝着黑小子二蛋大喊快跑，一边抱着木匣子，纵身朝着旁边的池子跑去。

　　浑身鬼气缭绕的络腮胡子冲到了我的面前，挥手就是一拳。

　　他主要的目标，是国字脸手中抱着的木匣子，所以并不是很在意我这个普通的看客,只是因为被鬼上了身,多少也受了些迷惑,性子暴戾得很,见我挡路,便想将我顺便除去。我弓着身子,见这硕大的拳头呼啸而来,往后一翻,堪堪避过去,身子收缩如团,然后像路边朝电线杆子小解的土狗儿,右脚瞬间高高踢出,又狠又准,重重地踹在了这个络腮胡子的腰眼处。

此招名曰"黄狗撒尿",名字虽然俗气,但却是一等一的杀招,传承自萧家改编于茅山降鬼术的散手。

腰眼连接肾脏,乃藏污纳垢之处,最为鬼魂阴灵所喜,便是金蚕蛊,也大多寄居于这附近,与上、中、下三丹田一般,猛力撞击,很容易将寻常的附体鬼物,给震荡出体。然而我这一脚虽然踢实,却感觉踹到了一堵厚重的石墙之上,巨大的反弹力震得我血气翻涌,右脚一阵发麻。

打人者如此难受,被揍者也好受不了多少。气势汹汹的络腮胡子往后面连退了好几步,每一步,身上的黑雾便淡薄几分。

他失算了,断然没有想到平凡得如路人甲的我竟然如此厉害,而且一出手,直指他最软弱的地方。

"黄狗撒尿"、"猴子偷桃"、"野马分鬃"、"提步顶肛"……这些个招式,平心而论,又难听又难看,却是千百年来,无数茅山道士在与无数厉鬼、僵尸和妖物的斗争中,一点一点锤炼而成,针对性十分强。被鬼上身者最大的特征,就是有两个意识主导,结果虽然力量大增,但是反应却迟钝很多。

我虽然并不惧怕这家伙,但是纠缠下去,也只是徒劳。于是一击得手,便立刻纵身后退,追着前面奔跑的国字脸和二蛋而去。

"混蛋!"

见到我们不战而逃,这个凶恶模样的络腮胡子气急败坏地大吼,雷声滚滚,健步追来。我心急国字脸手中的那木匣子,大声叫喊,让他把匣子交给我。不过后面这恐怖的络腮胡子如此凶厉,国字脸哪敢停留,只是埋头奔跑。因为阵法的缘故,我们的速度大大被减缓,十分费力。

转过前面一个弯,建筑旁突然跑出一个手戴江诗丹顿名表的中年男子。这家伙肥头阔耳,大腹便便,一身的名牌装束,旁边还挎着一个身材窈窕、眉目风骚的小蜜,拦住了我,说:"嗨,哥们,你知道这地方的大门在哪里吗?我迷路了……"

或许曾经在我旁边的缘故,他似乎认识我,激动地跑出来跟我打招呼。

然而忙于逃命的我,哪里还有心情跟他攀这交情?疾奔中的我身子一顿,折转到一旁去,还不忘朝他狂喊:"你这傻瓜,快点儿跑开去……"

我话音刚落,跑出十几米后便听到一声堪比维塔斯海豚音的女性尖叫声响起。

"啊……"

这是气流从胸腹之中高速喷出,然后经过食道、喉咙以及鼻腔,所有的一起共鸣而成的声音。

我的眉毛一跳,感觉耳朵瞬间炸响,忍不住回头看去。只见刚才似乎是公职在身的领导干部同志,被那个形如恶鬼的络腮胡子猛然撞上。也不见什么动作,刚才还活生生的一个人,现在被手掏进了那心肺胸腔之间,双手一撕,竟然将这肥人给生扯成了两大块,漫天的血肉飞溅。

连接着那满面油光头颅的脊椎给咔嚓一下扯断,然后这篮球大的头颅被当作了暗器,朝我抛来。

这一切和我刚刚回过身去同步发生。

微微一闪,那头颅与我错身而过,"嗖"的一声响,接着从我身后传来一下沉闷的骨头碎裂之声。

国字脸扑通栽倒在地,浑身一阵颤抖。

他的手还紧紧地抱着从中枢控制室里摸出来的木匣子,那布满符纸的木匣子陡然间沾满了他口中好多鲜血,回过头来,国字脸苍白的脸上满是绝望。他用尽了最后的气力,使劲推了一把在他旁边跪地哭泣的黑小子二蛋,喉咙里迸发出一声岔气的嘶吼声。

"走啊……回家!"

这句话一说出来,国字脸的身子便软了下去,那木匣子也跌落在了一旁。

见到自家老大断了呼吸,二蛋猛然抬起头来,朝我深深一瞥,似乎想把我的模样永远记在心中。然后根本不顾地上这具尸体和旁边滚动的木匣子,毫不犹豫地转身就跑,转瞬之间,就消失在了那浓密的黑暗中。

我这时才发觉整个温泉山庄除了零星的应急灯亮着之外,已然全部停电。我们笼罩在黑暗里。

我已经冲到了国字脸尸身的旁边。

单膝跪倒在地,我捡起这表皮轻薄的木匣子,看到上面反复缠着好几道黄色符篆以及一些红色的丝带麻绳。我轻轻摇晃了一下,发现里面确实有一件柔软的东西,不大,但似乎还在里面缓慢活动着。我尝试了一下,这溅满鲜血的木匣子并不能够打开,里面有着巨大的吸引力,将其牢牢锁扣住。

是暗锁、是法阵,还是里面的什么东西,将它给紧紧吸住了呢?

我感受到了一股冰凉的寒意,陌生而暴戾,这并不是小妖朵朵所带给我的那种熟悉感。

在我身后十米处,络腮胡子已经狂性大发。那小巧可人、美艳娇柔的小美人儿在发出一声凄厉叫喊之后,便被制服,然后被络腮胡子一口咬在了她那秀美滑腻的脖子上。这一口,便将整个脖颈上面粉嫩的肌腱给咬下来一半来,那唇型柔美的樱桃小嘴,再也发不出任何声音。

我毫不停留,口念大日如来心咒,一边抱着符文木匣子,一边双手勉强结了一个日轮印。在转弯路过一个深水池子的时候,口中咒言已然念完,我低喝一声"齐",

立刻就有一股与周遭万物和谐平齐的气息,从心底里面狂涌上来,遍布全身。来不及做任何事情,我屏住气,往那水中放光的深池跳下。

池高两米,但水仅漫过我的脚踝。我蹲身背靠池壁,收敛了所有的气息。

我不跟那个络腮胡子硬拼,但是不代表我胆怯了。只是这大阵恐怖,我将自己潜伏起来,慢慢地收敛气息,自然有机会逃脱。屏气凝神了好一会儿,我并没有听到脚步声从我附近走过。我心中有些害怕,又有些担忧留在居酒屋外监视青虚的杂毛小道,好想返回去找他。

突然,我抱在怀里的符文木匣子,开始轻微地摇动,仿佛顶破泥土的嫩芽。

第十六章 一个男人的成长

这抖动一开始很轻微，几乎不可察觉，然而过了一分钟之后，里面传来了一次又一次撞击的声音。陡然发生的剧烈震动，让我几乎握不住这木匣子。我用胸口稳着这十多斤重的符文木匣子，让它消停一些，又幻想着是不是小妖朵朵正在里面挣扎呢？

长久的思念让我忘却了恐惧，见这里面沉重的吸力似乎有减轻的迹象，于是一咬牙，掏出钥匙链上面的小刀，将这符纸和红线给割裂开来。

一抖，一抖，一抖……

当最后一根紧紧缠绕的红线被我一刀割断的时候，那木匣子突然一下子安静下来。

恢复了平静，四下悄然无声，唯有风，还有远处传来嘈杂和惊慌失措的脚步声，时远时近。一声沉闷的吼叫从远处响起，然而却仿佛跟我是两个世界的一般。我的目光，死死地盯着这个木匣子，期待那个骄傲的小狐媚子，从里面蹦出来。我甚至连嘲弄的话语，都已经准备好了。

然而没有，这木匣子陷入了死一样的平静。

仿佛过了一个世纪，木匣子终于"吱"的一声，开启了一条缝隙。我感到有些冷，背脊骨如同被冰冻一般，忍不住将那木匣子往前高举起来，离自己远一些。然而我刚刚一伸展胳膊，那木匣子陡然一翻开，上面的盖子与后面的箱背"轰"地并在一起。

一道小小的人形黑影从里面跳出来，扑到了我的头顶上。

巨大的力量，把我的头往后面掼去，后脑勺与马赛克瓷砖铺就的池壁狠狠撞上。顿时我眼冒金星，一阵剧痛从颅骨后面迅速传递过来，而我脑袋前面，已经被一张冰冷腐臭的嘴巴给紧紧咬住了，这巨大的咬合力正在挑战着我额头皮肤的韧性。

我感觉到皮肤被利齿割破，额头鲜血淋漓，然后顺着我的眼帘流下来，几乎糊住我的眼睛。

我的耳朵被一双小手给揪住，肩下的锁骨给狠狠踩着，诡异而尖厉的啼哭声在我耳边萦绕着。

呜呜……呜呜……

这东西熏臭欲呕，是积尸多日的味道。

一阵头晕目眩，我终于明白了这木匣子里面装着的到底是什么东西——这是一具不知在水中浸泡了多久的婴尸，在经过了无数怨念和阵法的累积之后，终于化身为了水僵。此物与许多邪灵鬼物一样,只是命名各有不同,其实也算是水鬼的一种,行动灵活,而且阴魂不散,缠人得紧。我到底是经历过许多坎坷的养蛊人,此刻虽然头痛得要命,却也不慌,伸出双手去抓它,试图能够把它扯将下来。

察觉到我有危险,朵朵已然浮出我胸前的槐木牌。

她是鬼妖之体,对付这类鬼物有着天然的优势,小手儿断然插入我的额头前,一巴掌,从这婴尸的头颅当中拍下。

那婴尸停止了继续咬合,因为它的嘴里已经出现了一条咬不烂嚼不动的肥虫子,暗金色,温润如玉。就在这个时候,我的双手已经催动起了冷热双重劲力,这种让邪灵鬼物最仇恨,也是最讨厌的力量一旦加之于它的身上,就如同普通人被一瓢一百度的热水和零度的冰水兜头泼下,痛苦万分。

"啊……"

这婴尸一声惨叫,将我的耳膜都震得渗出血来。它松开了我,往后面跳去,牙齿间还撕扯出些许皮肉来。我也忍受不住这剧痛,叫了一声,方才平息了额头上的痛意。金蚕蛊并不与这婴尸作纠缠,而是返回了我的额头处,一是解毒,二是愈合。

我背靠着池壁,轮流用手臂抹了又抹糊满血水的眼睛,看到那婴尸半熟的脸上,突然露出了一丝诡异的笑意。

朵朵恨透了这个将我弄成这般惨状的婴尸,啊啊叫着扑了上去,而我则莫名恐惧地朝上一望。

天空上没有月亮,只有一张面容残忍的络腮胡子脸庞。

本来被我隐匿身形躲过的络腮胡子居然又找到了我,而且还蹲在温泉坑边,看了我良久时间。见我抬起头,他的眼中顿时凝成了死鱼肚白色,一张嘴,黄色的津水滴落在我额头的伤口处,顿时一阵灼伤,直冒黑烟。我吓了一大跳,往旁边闪开,这家伙从头顶猛扑下来,风声呼啸。

池水四溅,络腮胡子蹲在我的面前,喘着粗气,有一种阴寒的鬼气,从他的身体里缓缓浮出。

远处,朵朵与那婴尸斗成了一团。朵朵虽然修为远远高于这恐怖半熟的婴尸,但是因为本身并不擅长打架,所以还在僵持着。络腮胡子伸出毒蛇一般灵活而肥厚的舌头,舔了舔嘴唇,沙哑地说:"你们到底是哪路神仙,居然跑到我们这座小庙来化缘?"

络腮胡子的声音好像是腹语,嗡嗡的回音,震得人耳朵生痒。看见他口中还挂着的鲜血和人肉,我立刻就有一种不适应的诧异。要知道,常人被鬼灵附身,很少有能够保持神志清醒的,大都随着鬼物的性子行事,所以一般被鬼附身的人,十分凶残,没有人性,而事后却又什么也不知晓。

我原先看到他大口地撕咬吞食人肉,以为他被迷惑了心智,却没想到他居然说出了这一番话来。

有意识，而又敢生吃人肉，这人该有多么变态啊！

我心中发冷，眯起眼睛看着他，说你们这是怎么回事？我只是想逃离这个鬼气森森的地方，其他的一切，我都不知晓。

络腮胡子哈哈大笑，说："我刚刚杀了几个偷东西的蟊贼，想必跟你是一伙儿的。今天的请符会，本来是个很好的事情，不过被你们弄得暴露了山庄的秘密，我们不但要浪费珍贵的离落孟婆汤，而且还要负担这些死者所带来的麻烦，又要花一大笔钱。而这一切，都是你所引起的。你说，我会信你吗？"

我的右手一直在兜里掏摸，里面除了几张驱鬼凝神的符箓和我看家的法宝震镜之外，还有一些好玩意儿，比如……桃木钉。

杂毛小道霸占了那根雷击桃木棍做剑，但是多少也给我留了一口汤喝。这三根凌破桃木钉是他在巴东农家乐里用边角料给我做的，一直都在我的袋子中。昨天筹谋时，我心血来潮，便带了过来。

络腮胡子说完话，眼睛突然亮起来，幽绿如鬼火，纵身朝我扑来，气势如下山猛虎。

一年前的我，估计不是他一招之敌，然而现在，我却并不害怕。

一声"无量天尊"，人妻镜灵疯狂催动着震镜之中的世界，将一道金光，兜头罩在了络腮胡子的脑门之上。他的身子停顿在我前方一米处，我躬身前冲，一拳"黑虎掏心"，当胸捶在了他鬼灵积聚的胸膛处；第二击是右手肘，撞在了络腮胡子的左侧腰；然后我的左手一反转，一根桃木钉想要打入络腮胡子的枕骨穴中，却被反应过来的络腮胡子一把给挡住。

好厉害的力道。就在电光火石之间，我催动肥虫子，给他下了一份蛊毒。

就在这一刻，络腮胡子手臂上凭空涌现出巨大的力量，只一挥，竟然将我给推飞，朝着上面的平地上抛去。在翻滚间，我似乎在林间看到了一个熟悉的身影，然后还未曾来得及思考，后背就重重地砸在了温泉旁边照明用的石柱灯上。

"噗……"

我背部受到重创，喉咙一甜，喷出了一大口血来。

一道身影从温泉池中爆射而出，一点地，大脚朝我身上踏来。如若被这凶猛的重力势能踩中，估计我就算不死，以后坐公交车也不要给钱了。千钧一发之际，我无数次历经生死所凝结而成的胆气，终于冒了出来，颤抖的右手再次扣住震镜，疯狂催动里面的人妻镜灵，硬生生地又打出了一道金光。

络腮胡子失去平衡，就像一颗炮弹，没有任何美感地砸在了石柱之上，将这坚硬的石柱砸得稀烂。

他的后脑勺已经暴露在了我的面前。

没有一丝犹豫，我右手手心紧握着的桃木钉，就像回家的孩子，果断地打入了这头骨中最柔软的空隙。

浸泡了桐油的桃木钉齐根而没。

蓝色的电光萦绕，这是附着在桃木钉上残留的微薄电力在作用，一大股黑色浓雾突然翻滚而出，比之入体的盛况，惨淡了许多。不过它们逃逸不出这桃木钉的范围，全部又被吸纳了回去，空中只有微微的震动，如泣如诉，悲声不绝于耳。

我一屁股坐在地上，简直不敢相信自己居然将这个凶猛得如同金刚的附体恶鬼，给单挑弄死了。

不知不觉间，我已经成长得比我想象的更加强大了。

络腮胡子已然断了气，背对着我趴在一堆碎石之中。

我点燃了两张超度亡灵的"解冤结咒符"，然后将那一根食指般粗细的凌破桃木钉，给费力拔了出来。盯着这个死去的络腮胡子，我坐了一分钟，突然感觉到有一丝不对劲，霍然起身，转头四处张望，心脏像被人攥住了一般——刚才还在跟那只尸变的婴尸僵持的朵朵呢？

一滴汗从我的鼻翼间滑落，滴在了血泊之中。

第十七章　离落孟婆汤

"朵朵，朵朵……"

我心急如焚，伸长脖子四处张望，大声地嘶吼着："朵朵，你在哪儿……"即使刚刚在与那被恶灵附身的络腮胡子激斗之时，我也没有这般紧张。看着四处建筑和温泉暗淡的轮廓，天空笼罩着迷雾，凉风吹卷，我浑身冷得直打寒战。我就像火车站里面丢失了孩子，望着川流不息人群的父母，在那一刻，绝望从心中生出。

"陆左哥哥，我在这儿……"

我四处找寻，当鲜血和眼泪将我的眼睛给糊住的时候，留着黑色西瓜头、有着天使一般精致脸孔的小女孩出现在了左边小竹林的前方。她离地半米飘飞着，左手倒提着那个凶虎的婴尸，朝着我飘过来："陆左哥哥，这个小鬼头好厉害啊，它一定是受了很多苦、很多苦，才这么凶的……"

在朵朵出现的那一瞬间，我忽然感受到了耶和华天国之光。

我突然明白了我为何会这么焦急：我已经失去了小妖朵朵，绝对无法再承受失去朵朵的痛苦了——不知不觉间，这两个小东西，已经融入到了我的生命里。

我一把将朵朵的另一只手给紧紧攥住，给她检查了一番，问有没有事？

朵朵睁着一双水汪汪的大眼睛，像月光下的泉水，晶莹清澈，她摇头说："没事，这个小弟弟太厉害了，不过它已经变成了恶鬼，给污染了，朵朵就将它给送走，不让它留在这个世界上受苦……"

她看着我，欲言又止，小心翼翼地问："陆左哥哥，你怎么哭了？"

我用袖子抹了一把眼泪，说风沙太大了。说完这句话，我又笑了。这才感觉到额头上火辣辣的，却是被朵朵手上的那个婴尸给咬的。它的牙齿上面已经生成了尸毒，所谓尸毒我以前也有提及，对于金蚕蛊来说非常简单，只是它身有怨力，故而要将尸体焚化，以免传播。

当然，这是后面要做的事情。我从上面一路跑到这边的温泉区，不知道青虚那边的情况如何。现在既然证实了符文木匣子里并不是小妖朵朵，心中对居酒屋外的杂毛小道，自然也是牵肠挂肚，担心得很。于是也顾不得身上的伤势，让肥虫子帮我暂时顶着，顺着刚才过来的路，一路小跑，折身回去。

我一定要从青虚的口中，逼问出小妖朵朵的下落。

此前一番打斗奔跑，我已经跑出了好远的距离。此刻浓雾萦绕，目力不及十米，我在这虎皮猫大人口中所说的"逆北斗夺煞冲阵"中，沿着小路缓缓前行，目光左右移动，小心防备着突然出现的危险。不知道为什么，我总是忍不住抬头望天，想象着上面是否有一只肥母鸡，以神的视角，在俯瞰着我们呢？

在行动之前，我们曾经找过虎皮猫大人。可惜这肥母鸡越发神秘了，神出鬼没的，让人难以知晓它的想法，后来便没有把它纳入计划当中。或许我们对肥母鸡实在太过依赖了，这样子会导致我们难以成长。

走了二十几米，我看到前面的平台上面，伏卧着好几具尸体。

朦朦胧胧，看得并不真切。从路边拔出一根绑在树旁的棍子（为了抵御台风，通常新种的大树旁边都会竖立三根棍子，架着主树），提在手上，小心走过去。拙笔很难传递出这样的恐怖：漆黑的夜里，星星点点的光芒，三四具尸体在前方躺卧着，安静得可怕，而这个时候，我却需要过去查探。

虽然我近年来经常和死尸打交道，但不代表我喜欢这么做。

靠近了，我才发现这些人并没有死多久，温热的血流了一地。将这四具散落的尸体翻转过来，我发现有一个温泉山庄的保安，两个前来参加请符会的男女，还有一个，竟然是国字脸队伍中的那个中年妇女。

只见她十指被齐根斩断，脸上的肌肉恐惧地扭曲，披头散发，一双眼珠子几乎要凸了出来。

在她旁边散落了许多财物，不知道是从哪里找出来的。

我心中深深地叹息了一下，十分郁结。

我能够读懂她的恐惧。这并不是她所熟悉的世界，不是繁华的街头、拥挤的列车或者老家那散发着青草和油菜花香味的田地，她在临死时所见到的一切，对于整日里盯梢、下手、拎包、掩护和销赃的她来说，实在是另一个世界。国字脸、中年妇女，从某种意义上来说，是我害死了她们。

我把他们给拉进了这个恐怖之地，让他们充当了炮灰一样的角色。

这种沉重的心理负担，让我郁结得要发疯。

谁也没有想到一家普通的温泉山庄，一次普通的交易会，会发生这种事情——即使我看到了死婴，即使大人说这里有阵法。我不知道国字脸他们为何提前发动，并且引出那条恐怖蛇灵，我只是心中发冷。没想到在这个城市的边缘地区，青虚他们居然如此肆无忌惮。

这些，可都是一条条活生生的人命啊！就连我都要发疯，而青虚他们这些杀人凶手居然能够无动于衷！

无论哪里，都有潜规则，而青虚他们，越过底线了。

我站起来，又是痛苦，又是愤怒，试图从四周的黑暗里，找出那个杀人凶手来。

然而这只是徒劳，四周啥都没有，只有那浓郁的血腥味，在我的鼻尖萦绕着。我抬起头，看向头顶不远处的居酒屋，不知道杂毛小道还在不在那里——青虚呢？

前面是一条登高的台阶，一级又一级，我提棍拾级而上，旁边有依山势而建出来

的小温泉，不过水已抽干。

当我走过几株桂花树旁的时候，突然树枝一阵摇动，浮现出三个黑色的虚影，当头就朝我挥刀斩来。我精神紧绷，一出现异状立即反应过来，侧步往旁边跳开去。

"唰、唰、唰——"

三道刀锋闪动，破空声响了起来。我凝神望去，发现这虚影已然消逝，不见踪影，然而我背后的汁水却瞬间流了下来。通过"炁"之场域，我能够感觉到被三道意识给紧紧盯住，它们在耐心地等待着我出现差错，然后好一刀将我的喉管给割破。

到底是"逆北斗夺煞冲阵"，竟然能够将这怨灵一般的东西，凝结出有如此攻击力的鬼物来。

说实话，我真的没有见过这般模样的东西，想必下面平台处的几个人，都是它们杀的吧？

我站定，缓慢地移动脑袋，通过由内心中散发出来的那缕灵觉，仔细地感受着周遭的一切变化。然而一切仿佛又回到了最初一样。我僵立了半分钟，在这样紧张的环境下，突然心头浮出了几句话："五色令人目盲，五音令人耳聋，五味令人口爽……是以圣人为腹不为目！"

我头心狂震，闭上了眼睛，在黑暗的世界里，体会千年之前的那位圣人书写的境界。

眼睛合拢，世界黑暗，然而触感却越发地明了了。

我"看"到了在左边的草丛中，潜伏着三根细如蚕丝的金属线，上面蕴含着浓如实质的怨力，却被那草丛中的植株所掩盖——草木根扎泥土，灵接地母，乾坤如法，是故草木皆兵也。心念及此，我从兜里再次祭出了震镜，在启动的那一刹那，立刻扑过来三道劲风，朝着我头、颈和腿部斩去。

我心中有所明悟，猛然睁开眼，大叫一声来得好，那驱邪开光的震镜金光一闪，兜头朝这三道劲风照去。

金光之下，怨灵犹如融雪，在即将临体的时候，顿时消减至最轻微。

我左手准确地捻住了这三根黑色的金属丝线，感受到上面蕴含着流动不停的力量，就像电路板回路一样，来回交流，似乎还在与某个地方作联络，不断地颤动着，不知道是什么材质。我心中暗叹，青虚这一伙人，实在厉害，这附加了怨灵的金属丝，竟然能够达到隔空杀人的本事。

想到这一层，我不由得对杂毛小道更加担忧起来。

国字脸这个家伙，倘若不是他拿了个被收起来的婴尸当宝，鬼鬼祟祟又言之凿凿地将我诓骗开去，说不定我在法阵刚刚开启之初，就已经配合着杂毛小道擒住了青虚那厮，逼问出来小妖朵朵的下落。

我心中不由得一阵苦笑，人都死了，我还再埋怨什么？

道心不明啊……我心中仿佛被山压着一样，难受得紧，恨不得狂吼几声。

我深呼吸,将这难受压下来,口中默念着萧家"缚妖咒",最后口中大喝一声"咄",解决掉这三根附了怨灵的奇怪丝线,将其揉成一团,收了起来,然后朝上走去。一路上再也没有遇到什么奇怪的东西。重新折回居酒屋,只见里面伏尸好几人,却没有一个我认识的,包括小俊和横练阳哥。

望着空空如也的房间,我的心也空荡荡的。举目望去,发现在远处机房位置,似乎有呼叫和打斗声。

当下我毫不犹豫,快速跑了过去。很快,我就来到了离机房最近的一栋建筑的转角,那边灯火微暗,却是杂毛小道和那该死的青虚在单挑。双方都是道士出身,然而出手却狠辣至极,各种龌龊手段,轮番上演。我正想快步走近,准备抽冷子敲闷棍呢,杂毛小道一闪身看到了我,指着我旁边的那栋建筑,说:小毒物,进咖啡厅,救人!

此刻的杂毛小道似乎处于下风,然而他却叫我救人?我摸着墙角折回,伸头往窗子里一看,只见里面有十几二十人,全部都抱头蹲在地上,好几个壮汉看守着,那个青洞道人正轮流着往这些人嘴里,灌一种刺鼻的液体。

第十八章　背后捅来的刀子

　　这长排木屋原本是供客人泡温泉乏累时，饮用咖啡、提神醒脑解乏的去处，长条原木拼凑的木桌，桐油浸润的椅子，简便粗犷的装修风格，让这木屋变得十分的通透，因为杂毛小道的呐喊，里面骤然而起的哭闹声和喝斥声，也一字不漏地全部传到了我的耳朵里来。

　　我看到了房子里面的人，里面的人自然也看到了我。

　　匆匆一瞥，我发现我的对手总共有六个人，两个膘肥体壮的保安，三个来历不明的黑衣人，还有那个舌灿莲花、不知底细的青洞道人。在看到那两个保安时，我突然回忆起来，他们正是我上次在机房的时候，所见的那两位。

　　可见这里的工作人员，有的被青虚拉下了水，同流合污，有的却是毫不知情。

　　毫不知情的，如同我在下方平台所遇到的那个保安一样，伏尸在地。

　　我的心有些冷，说实话，在荒郊野地，死几个人，猴年马月也发现不了，但是在这人流密集、关系复杂的城市，不知道青虚哪里来这么大的胆子，居然能够如此肆无忌惮？一路行来，光我看到的无辜死者，差不多就有两个手掌了！这都是活生生的人命啊，青虚竟然猖狂到这地步？

　　我手中木棒捏紧。从门侧出现一个穿制服的保安，手持着黑色高压电棍，气势汹汹地朝我冲来。

　　他的这种电棍，能够释放出十万伏的瞬间电压，让人在三五分钟之内没有行动能力。想来房间里的那些人，不少都是被这样掳来的。然而这东西有一个缺点，就是需要接触电击，而我手中，正好有一根木棍子。

　　我回头看杂毛小道虽然处于下风，然而却还能够坚持，既然他叫我先救人，那么我就先把这群宵小给处理了再说。

　　主意一定，我举棍朝着这保安腰间击去。他也是个有些本事的人，当下往后一跳，回身招呼，说这个家伙手上有武器，来两个人帮忙。

　　这话还没有说完，我已经抢身上前，一棍子扫在了他的脚踝处，将其绊倒。那根黑色高压电棍立刻就甩脱出来，被我伸手接住。这玩意儿，我以前开饰品店的时候，买过两个用来看店子，自然会用，于是俯下身去，将棍尖对准保安的脖子，开关启动，他浑身一阵颤动，眼皮一翻，昏了过去。

　　这边刚一结束，头顶立刻传来一道风声，却是赶过来帮忙的保安。

　　人多眼杂，朵朵早已隐匿了身形，见到有人伤我，立刻俯身过去，贴在那人的背上。一阵阴寒传递，他顿时心中惊慌，脚下不稳，本来是腾空跳下，现在却失去平衡，重重砸落在我的跟前。出来的对手有两个：一个是跌落在我跟前的胖保安，另一个则是一身劲装、表情麻木的黑衣男子。

这保安自然又挨了我电棒补刀，昏死过去，而那个黑衣男子则手提着日本人自杀用的小太刀，斩出一片雪亮，朝我挥来。

这家伙力道凶猛，脚步矫健，张弛有度，显然是一个非常不好惹的角色。

尤其是他身上应该佩有驱邪避祸的符箓，散发着震慑的微微光芒。这东西导致朵朵不能够与他近身，肥虫子也很难对其下蛊。虽然我看得出来，这东西仅仅只是暂时的，但是却大大限制我惯用的杀手锏。在我连退几步之后，瞧见我瞬间连着击倒两人，知道我必定是个难缠的角色，那个在给人强灌离落孟婆汤的青洞道人，走到了木屋门前来，双手一搓，往我这边扔出一物。

那东西是两枚墨玉符箓，纽扣一般。一落在地上，顿时四面八方的黑雾就朝着它们聚集，恍然间，竟然凝成了两具身穿古代盔甲的士兵，一人手持陌刀，一人手持长矛，一出现，立刻就朝着我扑来。

符兵！

青虚他们这一伙人，竟然能够炼制出符兵来？我面临着黑衣人和两具高大的古代战士的围攻，一边后退，一边暗自心惊。

何谓符兵？这是古代道家的一种厉害手段，通常是利用本身附灵的器具，凝结祭炼而成，是一等一的护卫和争斗的手段，所谓"撒豆成兵"，即是如此。虽说万物皆有灵，时至大工业时代，这类的灵物便逐渐减少，乃至法门也成了不传之秘。

为了避免误伤，黑衣人砍了两刀，即往后退，我用木棍抵挡，然而那黑雾凝练的陌刀、长矛却极为锋利，没一会儿，这木棍便成了木棒，又变成了又粗又短的擀面杖。

不过也就是在这个时候，我的心情突然变得很好。

因为我看出来了，这两个所谓"符兵"，其实名不副实。它们并不是像杂毛小道那块血虎红翡一般，天然生成，而是被青虚等人用阵法手段，将阵中收集的怨灵注入其内，依古法炮制而成。究其本质，其实也是鬼物的一种——既是鬼物，那我震镜的生意，便又能够开张了。

想清楚这些，我将这得来不易的震镜祭起，一连两声"无量天尊"，把它们给定在了当场。

然而这无往而不利的镜灵金光，虽然将这凶神恶煞的气焰给镇压，但是并没有将其消融瓦解。群敌环伺，我也不敢再耽搁，当下便冲将上前，咬牙驱动恶魔巫手上面的力量，将这两个高我一头的符兵脖子掐住，如同实质，冷热双力，源源不断地灌涌进去。

被我的双手一接触，那两具符兵浑身一颤，不断地挣扎，然后将手中的武器朝我

戳来。

当那狭长的陌刀和粗壮的矛杆即将砸在我背上的时候,骤然停住了。

朵朵憋红了脸,伸出一双手,将对我的这些攻击给阻止了。

站在门前的青洞道人口中突然吐出了一大口鲜血,朝那个黑衣人大喊:"快杀了他……"那个家伙闻言,持着小太刀再次冲上前来,透过两个符兵的间隙,朝我猛地一捅。我后退一步,使尽全身的气力,大喊一声"镖!"

声波在空间中震荡,我手中的那两个宛如凶神的符兵,被我一手捏爆,烟消云散。

完成这些之后,我的左手冰冷如铁,右手灼热似炭,在避无可避的情况下,挥一巴掌拍在刀身,准确地将其荡开,又一掌,击在了黑衣人的胸口。

"砰!"

他倒飞出去,刚一落地,大叫一声,正想爬起来,我捡起地上的高压电棍,抵住他的脖子,拧动开关。

嗞、嗞……这个家伙是个练家子,一身的本事,我生怕他身体素质太好,忍不住多电了两下。

黑衣人冷酷的脸上肌肉扭曲,不断地吐出了白沫来。

我抬起头,发现那个青洞道人已然不见了踪影。心急杂毛小道,我快步冲进了咖啡厅木屋。里面还剩下两个人,拿着电棍和刀具,看守蹲在地上瑟瑟发抖的一排男女。他们也一直在关注着外面的斗争,见我冲进来,知道打不过我,立刻有一个人拽起一个白面肥肚的中年男人,刀子比在了他的脖子上,威胁我,说:"再上前一步,我就把他给杀了!"

而另外一个人,则挥舞着刀子,威胁地下或蹲或躺的人们,不要轻举妄动,谁出头,砍死谁。

见他们并没有装备枪,我心中大定,想来青虚等人自恃道法奥妙,便没有装备这种容易犯事的玩意儿。哪曾料到我和杂毛小道皆是此道中人,而且我怀中这来历不明的震镜,正好是这一应邪物的克星。没事震一下,有事也震一下,居然将他们引以为傲的东西,给全数破除了。

面对威胁,我一边悄悄将肥虫子和朵朵放出,一边若无其事地笑着,说我又不是警察,你拿这不相干的人质威胁我,有屁用啊?

我微笑着,缓步前行,表现出漫不经心的样子。

那两个黑衣人失去了首领的指挥,有些心慌,前面那个嚷嚷着:"别过来,再过来找就捕死他了!"他手颤抖,尖刀将他挟持的那胖子脖颈刮出了一层肥油来。那胖子吓得哇哇大叫,然后呵斥我,说:"你别乱来啊,你知道我是谁吗?我上个星期才和你们局长一起吃过饭呢,你信不信我投诉你,把你这一身皮都剥下来?"

我停住脚步,侧耳倾听,从远处似乎传来了警车鸣笛的声音,还有枪声响起。

我知道一直在外面守候的曹彦君终于请来了警察支援,心中更是宁静,微笑着对前面的人说:"抱歉,我真的不是警察……"

话音刚落,我打了一个响指,就位的朵朵和肥虫子一齐发动,两个黑衣人立刻瘫软在地,动弹不得。

尖刀跌落在地板上,插入其中,嗡嗡地响。里面的人恢复了自由,都不由得起身欢呼,而那个被挟持的胖子裤裆中一阵骚臭之气传来,狼狈不堪。他对我不依不饶,走上来要揪我的脖子,嚷嚷着:"你是哪个分局的,你知道我是谁吗?你信不信我一句话……"

我含笑不理他,正想跑出去帮忙,突然心中警兆一起,身子稍微偏移,左大腿处便传来了一阵剧痛。我低下头,只见那个叫做二蛋的半大小子从人群中窜出,握着锋利的小刀,扎进了我的大腿处。

这么迅速的动作,显然他做这事儿并不陌生。他仰头笑,这笑容残忍而快意。

第十九章　腰间绽放的红光

在大腿被刺中的那一刹那，我心中不由得涌起了一阵狂怒，这怒气既是悲愤，又是痛苦。

我可是刚刚将他们给救了出来啊！

看到二蛋脸上这快意恩仇的笑容，我却不由得想到了国字脸和中年妇女死去的惨状，心中顿时一软：这世界上没有无缘无故的爱，也没有无缘无故的恨，终归到底，他所有的愤怒，都是因为我将他们给卷入到了这场祸事中来。他执着地认为他的老大，是我给害死的，所以才会如此凶戾。

我的心中本来就充满了自责，盯着他那黝黑的眸子，便决定放他一马。

一击得手，二蛋跳起来，那锋利的小刀便顺着第三肋骨方向，想要捅进我的心脏去。很难想象这个十六七岁的少年，怎么会具有这么成熟的杀人技巧，但是我依旧阻止了朵朵和肥虫子，伸手紧紧握住了他的手腕，一捏，这尖刀掉落在地，而后肥虫子将他给迷晕在地。

那刀一离开了我的大腿，一道血花立刻溅起。在二蛋倒地之后，我一屁股坐在了木地板上，手紧紧地捂住了被刺伤的大腿，感觉火辣辣的，肌肉纤维被撕裂，疼痛便涌了上来。

刚才还准备跟我理论的胖子哪里料到会出现这场面，先是往后面连退了好几步，然后居然跑上前来，关切地问我怎么样？伤得严重不？他这温和的态度差点让我跌掉了眼镜，不过一想，熬到他所说的位置，毕竟还算是一个聪明人，知道在这个情况下，我的情况对于人家的生死，是最重要的。

旁边那些没有喝下汤药的人纷纷围上来，嘘寒问暖，有人还试图逃出去，我连忙制止。

因为流血的缘故，我脸色有些苍白，叫那胖子帮我按着伤口，然后咬牙把内衣撕出几个布条，将冒着鲜血的伤口给捆扎结实。忍痛对着众人说外面很危险，你们把门关上，不要给人闯进来，一会儿警察就到了。不要到处乱跑，免得反倒丢了性命。

胖子自觉地位很高，帮忙维持秩序。我心忧杂毛小道，让他们看着地下的这几个人，捡起地上那把磨得锋利的小刀，强忍着疼痛站起来，跑出去支援老友。

因为有着肥虫子帮我麻醉止血，我还能勉强走动。走出咖啡厅，只见远处的杂毛小道和青虚斗得正酣。

伤口暗痛，犹如针扎，然而阻挡不住我对青虚强烈的怒意：这愤怒不光为了小妖朵朵，而且为了在这场祸事里死去的所有人，包括买符者、国字脸一伙，甚至是山庄的工作人员。我万万没想到青虚居然敢狂性大发，大开杀戒，这哪里是名门正派的弟子，简直比那邪教还要邪门。

一想到邪教，我不由得想起我对那络腮胡子的回忆——那个家伙的气质，不就是跟邪灵教一般吗？

莫非青虚竟然跟臭名昭著的邪灵教，还有所勾结？

我跟跄着跑到机房附近，见到黑暗中也冲出一个黑衣道人来，口中高呼："师兄，李晴安排好了，警察来了，我们先撤吧？"他手上倒提着一个血肉模糊的头颅，看这眉目，居然是小俊那伙土夫子的老大阳哥。我离开之前阳哥还是虎虎生威，跟青虚拼斗，现如今却已经身首异处。

"哪里跑？"

杂毛小道跳到青虚的前面，双手一挥，好几张黄色符箓凭空燃起，将周遭的黑气驱散。看到拼死缠着他的杂毛小道和跟跄赶来的我，青虚一直紧抿着的那两片如刀薄唇突然张开，哈哈大笑，说："青玄，你先带晴妹儿离开。这地盘上的心血算是废了，老子要收一些利息，至少也要让这两个小子给这庄子陪葬！"

黑衣道人毫不担心青虚的安危，扬了扬手中的头颅，高声笑道："得嘞，我走了——这个家伙的神魂很强，回去按照咱们刚学的法子，练成傀儡，再把这场子找回来……"

他疯狂地笑着，消失在了黑暗的尽头。

我已经冲进了战团，手握着尖锐的小刀，朝着狂傲的青虚刺去。这个家伙从小在龙虎山修行，身法自然是一等一的厉害，我也不指望扎到他，只想着能够触摸到他的肌肤，下一个蛊，或者利用肥虫子时灵时不灵的瞬时昏迷，将其制服。

手持拂尘的青虚反应十分灵敏，他似乎能够感觉到我身上蕴含的危险，朝我"唰"地打一鞭。

青虚手中这拂尘把柄为黄色檀木，前端的发丝与那凝聚怨力的无名金属丝一般材质，千百条，扫在身上如钢刷一般，我的右手顿时就出现了许多血痕，火辣辣的，像被泼了一瓢开水。杂毛小道手中是从别人手上夺过来的一把日本刀，陡然插入我们中间，将这作恶的拂尘给荡开去。

他们两个交手时，均气喘吁吁，额头冒汗。见我和杂毛小道汇合，青虚狞笑一番，从兜里掏出那个招魂铃，奋力一摇动，空气顿时凝重了几分，漫天的咒文响起——并非源于青虚口中，而是来自于四面八方，从无尽中涌了出来。

青虚本来单薄的嘴唇抿得更加紧了，杂毛小道则勃然变色。

那扇一直紧闭着的机房正门突然被从里面轰地推开，涌出了一道浓重的黑气来。这黑气翻滚，终于凝结如实质，被一具千百条蛇皮缝合而成的皮囊所承载——我们之前从居酒屋中看到的那条巨大黑蛇，重新出现在我们的面前，巨大的嘴巴呈近乎

一百八十度张开，腥气扑鼻，鬼气森森。

　　我的心在跳动，猛烈地跳动，因为这巨蛇已经离我不到五米。

　　青虚一直隐而不发的杀手锏，居然是这条巨蛇。

　　这条不知吸收了多少邪气的怨咒巨蛇。

　　"无量天尊！"

　　一道金光闪现，功勋卓著的震镜被我再次祭起来，击在了这汹涌而来的巨蛇嘴中。

　　"轰——"

　　没有声音出现，然而空气中却是一阵剧烈抖动，地上的无数灰尘被吹起来，那被金光照耀的巨蛇并没有受到影响，黑线缠绕的信子一卷，直接就缠住了我的左手，奋力往回拉去。

　　我那篆刻有耶朗古文"毁灭"二字的冰寒左手立刻如遭雷轰电击，一阵狂躁的酥麻感蔓延上来，将我的脑袋冰冻得难以思考。而就在这一刻，杂毛小道稳稳地抓住了我，他右手上的日本刀快得就像天上的闪电，积聚着他本身的道力，一刀将这凝如实质的信子给斩断。

　　钢铁毕竟不如桃木契合，杂毛小道强行催动道力，立即血气翻涌，脸上一片潮红。

　　何谓道力，即由心脉产生的那股热流，既是意念，也是体能，说法万千，信仰而已。我们两个往后狂退，我浑身发抖，金蚕蛊要抗衡两处，大腿上本已凝结的伤口都不由得进开来，鲜血渗出；杂毛小道面色苍白，如同新鲜的白纸，上面布满了豆大的汗珠，显然在之前就已经受了暗伤。

　　不过，杂毛小道能够与青虚纠缠这么久，说明青虚虽强，但是并没有超出我们太多。

　　他不是天才。

　　但温泉山庄的一番布置，却让他以另一种方式，将自己的修为和力量都人为地大大拔高，在他的这一亩三分地，他可以狂妄地俯视一切，自以为世间的主宰。如同我这养蛊人的身份一样，金蚕蛊是我的实力、朵朵也是我的实力；这温泉山庄的一切，包括这条神秘的怨灵黑蛇，也是青虚的实力。

　　以一种近于魔的道路，强大自身。

　　他在狞笑，看着我和杂毛小道这两个不知道从哪里冒出来的麻烦，肆意地笑着。

　　警报声越来越近，然而青虚却全然不在乎，仿佛那些警察并不是来抓他的一般，冷峻的笑意从他的唇间蔓延开来，他淡淡地说道："打了这么久，我还没有问二位的来意呢——以你们的修为，似乎用不着过来跟我请符吧？"

　　见他似乎很享受我们的恐惧，我趁机求证："一至两个星期前，你是否去过南方省江城，捉拿了一个草木成人的妖精？"

"哟嗬？真是好事不出门，坏事传千里啊！我以为你们两个是我对头派过来的，原来是为了这事儿？"青虚显然是吃了一惊。这才知道我们是两个苦主，他冷笑，说我们当道士、奉三清的，降妖除魔是本分之事，你们是什么来路，是想为那个可怜的小家伙出头，还是想半路夺宝？

"她还活着吗？在哪里？把她交出来，饶你不死！"

青虚哈哈大笑，说："你们命都快没有了，却还说这大话，拿出本事来吧！"话音刚落，青虚燃起了两张符箓，狞笑道："下黄泉去问吧！"这火焰朝我们飘飞而来，那巨蛇身子骤然挺直，然后以碾压一切的气势，朝着我们横空扑来。

"嗷呜……"

那副无数蛇皮缝制的臭皮囊居然发出了声传十里的怒吼，然后朝着浑身皆是伤的我和杂毛小道扑来。

泰山压顶，退无可退。

我咬着牙准备硬扛，而杂毛小道则摸入了腰间，一缕红光绽放。

第二十章　同归于池

腥风临体，鬼气森森，我手结"外狮子印"，感受着那宇宙之间游离的能量，口中高喝一声："统！"

陡然间，我的身体由内而外地迸放出金色的光芒来。这光芒我肉眼不可察，然而却感觉自己好像充满气的气球，浑身膨胀，将衣服撑得紧紧。然而这架势并不能够抵挡那凶猛冲来的怨灵巨蛇，我旁边的杂毛小道却不慌不忙，从腰间摸出一把造型古朴的玉刀，巴掌大，通体红润油亮，冉冉发光。

杂毛小道念咒的速度永远是我所仰望的，舌头上面好像可以开花一般。

他念的是《开经玄蕴咒》，"沉疴能自痊，尘劳溺可扶；幽冥将有赖，由是升仙都……"如此这般，十二法门中有所记载，我曾见授于杂毛小道，对于法器开光，是一等一的法门。大道三千，达者无数，杂毛小道以此经作为对磨玉、篆刻、打磨，足足花了四个多月的血虎红翡玉刀开光之用，所实话，应该是绸缪已久。

最后一个字的咒文念完，红光大放，此时那条黑雾缭绕的巨蛇已经冲到了我们的面前。

那獠牙已经快碰到我的鼻尖了。

"破……"

血虎红翡玉刀开始发出光亮。杂毛小道体内受了些伤，郁积着血气，浑身震荡，热血沸腾，一口灼热的血就喷在了托着血虎红翡玉刀的双手之间。血液浸透了那玉石的表面，它天天被杂毛小道的肌肤所温润，光洁圆滑，血沾上去，按理说会顺着表面流下来，然而没有。

这血虎红翡玉刀变成了干燥的海绵，将体表上所有的鲜血给尽数吸收。

怨灵巨蛇已然与我手结外狮子印的双手接触了，一股庞大到无可推卸的巨力从我的双手处狂涌而来，我仿佛《庄子》中挡车的螳螂，脆弱得不行，感觉迎面而来的不是巨蛇，而是一辆重型集卡。

仅仅一停顿，我就往后面重重跌飞出去。

在空中的时候，我有些绝望了，如此强悍的巨蛇，我落下之后，会被吞噬，然后变成一坨屎吗？

我的意识，会被无尽的阴风洗涤，然后变成里面纠结的怨灵吗？

然后我听到了一声苍凉的、洪荒的、肆无忌惮的、狂放的虎啸声，这声音绵长而悠远，骤然爆发，让人耳膜嗡嗡直响，心生恐惧，血液都沸腾起来。重重跌落在地上的我强忍着全身的剧痛,赶忙爬起来。抬头一看,只见一头红光四溢的远古巨虎,蛮牛一般庞大,从杂毛小道的手中喷涌而出,与那怨灵巨蛇重重撞在了一起。

这头从血虎红翡玉刀冲出的刀灵浑身火焰滚滚,毛发炸立,那健壮的肌肉纹理中,布满了爆炸性的力量。但它与那水桶粗、七八米长的怨灵巨蛇相比,依旧显得弱小。

然而力量的对比,并不仅仅是依靠体形来做评判的。

那条聚集了青虚多年心血的蛇皮怨灵与这来自洪荒远古的血虎猛然相撞,它身上那浓黑得散化不开的颜色在一瞬间,居然变得十分黯淡,拼命嘶嚎一声,才将那被震出体外的黑气给收敛了一些回来,猛地与这血虎缠斗起来。口中吐着鲜血的杂毛小道狂喝一声,将手中这血虎红翡玉刀往前一递,竟然插入了怨灵巨蛇的额头。

青虚站在门口,本来一副看好戏的表情,然而此刻却扭曲成了一团。

他的眼睛瞪得滚圆。

他对眼前这颠覆性的变化吃惊不已,简直就不敢相信自己的眼睛。然而他的眼睛瞪得越大,对这悲催的现实就认识得越加深刻。那怨灵巨蛇败了,仿佛鼓胀的气球被一根铁针给捅破,剩下的事情,只有尽情地宣泄这难以受控的内壁压力。

砰……

那精心缝制的蛇皮骤然间碎裂成了千百块,四处飞散,如同天女散花,蔚为壮观。身处爆炸中心的杂毛小道和青虚都被这爆炸的怨力所波及,双双往后跌退。那将怨灵巨蛇逼得无路可走的血虎十分机灵,在关键时刻,帮杂毛小道挡了不少冲击波,而且自己还将迸射的血虎红翡玉刀给捉住。

这时候的我,开始了人生中好久没有的冲刺。

尽管我头昏脑涨,全身像个漏了的筛子,然而在恐惧和仇恨面前,我却迸发出了巨大的力量。被爆炸的气浪推翻之后勉力站起来的青虚迎来我的一个大虎扑,他和我直接就滚进了机房里面,囫囵转,我们两个重重地撞在了几根粗大水管构成的墙壁上。背部撞上铁管的,是倒霉的青虚,他还没有弄清楚什么状况,便被我撞得差点要把隔夜饭都吐出来,睁开眼睛,双手合拢成拳,就要砸在我的头上。

一双粉嫩的手将他这凶狠的拳头给托住了。

一个剪着齐刘海西瓜头的小娃娃紧紧抓着他的手,眼里面充满了怒火。一托成功之后,小萝莉眼中满是眼泪,挥手就是一巴掌:"叫你欺负陆左哥哥……",打完这一记,她更加伤心了,又甩了一巴掌:"叫你欺负杂毛叔叔……",完了她越来越伤心:"叫你欺负小妖姐姐……"、"叫你欺负……"

啪、啪、啪……

被我紧紧抱住的青虚道人在几秒钟之内,被朵朵甩了六七个大嘴巴子,别瞧这小丫头一副柔弱样,下手却没轻没重的,黑得很,当我抬起头来的时候,被血迷住的眼睛里,看到了一个肿胀通红的猪头,吓了我一大跳——这、这……这是成熟俊朗的青

虚吗？这个是气质七分神似张嘉译的那个老帅哥吗？

从震惊中恢复清醒的青虚终于火了，他大喊一声"咄"，从胸口的挂坠里腾起一团金光来。

这金光如电，将我给震到一边，然后朝着朵朵射去。

朵朵不擅长战斗，但是不代表她实力弱，对于危险的预知，她远远比我厉害，一闪身，躲得远远的。

青虚挣扎着站了起来，然后奋力穿过身边的巨大机器，朝着侧面的小门奔去。

被震得远远的杂毛小道终于冲进机房来。他喘息着，胸口仿佛安装了一个破烂的拉风箱，见到青虚想要逃走，跟跟跄跄地冲了过去，直奔小门。门的那头，是我曾经见过的巨大添加池。在那里，我曾经见到过被朵朵超度的那具婴尸，在水中轻轻飘荡，然后将尸水提供给来山庄泡温泉的每一个人。

虎皮猫大人说这是婴灵泉流，也叫做青春不老泉。

被二蛋捅到的大腿又在撕裂一般地疼痛了，而我咬着牙站了起来，跟跟跄跄地跟着杂毛小道追了进去。越过门，只见青虚站在了那巨大添加池旁边，浑身不断地发抖，眼睛却出奇的明亮，嘴唇微抿，似乎在笑。被朵朵一顿胖揍之后，他这模样显得并不好看，反而有一种滑稽的感觉。

青虚修为十分高，我刚才抱住他的时候，尝试着给他下蛊，然而却被他皮肤表面的一层保护力给屏蔽了。

当我准备把肥虫子放出来，给他咬上一口的时候，人却跑了。

我知道金蚕蛊对于道巫高手来说，很难下蛊毒，因为他们体内的新陈代谢和周天运转与常人不同，但是我仍旧想再试一下，见他进来之后，并没有逃走，而是站立在池边不动，紧张的心情终于有了一些放松，扶着墙壁，浑身都在发抖。这一番拼斗，我浑身的力量都在潮水一般消退，感觉吃不消。

青虚凝望着站都站不稳的杂毛小道，说你刚才那东西，到底是什么玩意儿？

他的表情有些扭曲，充满了恨意和不甘。

杂毛小道右手拿着血虎红翡玉刀，刮了刮嘴边的血迹，笑了，说："一个朋友送的，貌似很好用吧？"青虚咬着牙，说："你这玉刀上面的篆刻手法，是不是茅山的？"杂毛小道哈哈一笑，拱手为礼，说："上清派茅山宗第七十八代掌门的亲传弟子，茅克明，这厢有礼了。"

青虚撇了撇嘴，说："原来是茅山那个被逐出门墙的天才弃徒啊，我倒是久仰了，没想到居然是这么厉害的角色。"

杂毛小道严肃地盯着他，说："这玉刀，你若要，给你便是，换你上次抓获的小妖精，你说如此可好？"

听到杂毛小道的话，青虚有些惊讶。不过他很快就笑了，说："你们把我这十年来的心血给毁了，现在何必来诓骗我？我这个人，自己得不到的，毁了它便是，哪里啰嗦这么多？你们别妄想从我口中得到你们想要的任何东西。哈哈哈……"

青虚疯狂地笑着，杂毛小道浑身一震，敛容，移着沉重的步子往前逼近。

我咬着牙，也往前走。一步又一步，感觉每走一步，右腿就像被人挖了一道口子，筋骨抽痛。青虚笑着摇了摇头，说："没用的，我并没有输，你们也没有赢，哈哈，一切都没有结束……"他双手突然结出了一个奇怪的手势，准备驱动最后的杀招。也就在这个时候，杂毛小道开始动了，我也是。

我们两个，用尽所有的气力，飞身扑向了青虚。

三个人，一齐跌入了添加池内。

我和杂毛小道紧紧抓着青虚的手，不让他有任何动作，落地并不坚硬，我转过头来一看，顿时毛骨悚然。

这添加池的池底处，居然堆积了许多婴儿的尸体。

第二十一章　纵虎归山

　　添加池高三米，前后皆有巨大的管道相连，我们从不高的防护栏上跌入，正好砸在了左侧的一处小坑里。

　　这池子里灯光昏暗，然而我却能够看到身下密密麻麻的婴尸，足足有十来个，被高温烫得几近熟透。

　　这里往日应该还有一个罩子，因为抽水排干的缘故，便取开了去。

　　我心里面有说不出的感觉——恶心、痛恨、恐惧以及十足的愤怒，这些情绪，让我的体内又涌出了一股力量来，对着青虚肿胀的脸又是重重的一拳，擂得他口中流出了血来。我和杂毛小道紧紧制住他，我忍不住破口大骂，说："狗东西，这么多小生命，你还是不是人啊？"

　　青虚没有反抗，十分配合，笑了笑，说："这些都是从医院买来的死婴，别把我想得那么邪恶。"

　　"呸！"

　　杂毛小道一口痰吐到青虚的脸上，说："你这个人渣，道门出了你这么一个家伙，我都感到羞耻。"

　　青虚不语，仰首望天，似乎在等待着什么。

　　这时候，水池旁边突然出现了几个黑色的人影，模模糊糊也看不清。为首的那个人倒是说话了："陆左，萧道长，是你们吗？"是曹彦君的声音。杂毛小道有气无力地说："是，我们把青虚给逮住了。"

　　曹彦君惊喜地应承了一声。过了一会儿，房间的灯大亮，有几个穿着警察制服的男人顺着池边的铁管竖梯下到池中来。当看到我们身下的这些婴尸，看着那些尸体的分泌物和油脂被重重砸下的我们挤压出来，染在了我们三个人的衣服上，他们不由得肚中翻腾，脸色难看。

　　其中一个面相青嫩的警察更是把头扭到一边，狂吐起来。

　　池内的空气里有硫磺和碳酸化合物的气味，将我们身下的这些尸体发出的肉香所掩盖，然而空间闭塞，十分难闻，现在更是催人欲呕。

　　青虚很快就被人反铐起来。曹彦君站在我们旁边，问："要不要找人扶你们出去？"

　　我摇头，缓缓爬起来，走到添加池的中间。

　　这个池子不大，十几个平方，除了我们刚才跌落的南角有一个小坑外，其余都是平地，上面用细小的马赛克瓷砖，拼凑出一幅画作来。这画作似乎是一个阵法，然而又好像蕴含着一个人像，因为太大了，又"身在此山中"的缘故，我看得不是很清楚。

警察押着青虚爬上去，杂毛小道也上去了，站在池边若有所思地看着，面容奇怪。

我摸着胸前的槐木牌，一瘸一拐地走到竖梯前，手上油油的，是刚才摸到的尸油。那些警察虽然看着我行动不便，但终究忍受不住心中的嫌恶和恐惧，并没有伸出手来拉我一把，我只有勉力爬上来。只见那充满泥垢的池中，是一幅巨大的八卦阵图，而最中心，竟然是一幅大黑天的三头六臂像。

邪灵教！青虚居然跟邪灵教有关系？

我转头张望这房间，只见黑暗中的角落由红线圈起，天皇号令牌、道经师宝印、"青、红、黄、白、黑五色令旗"、三清铃、牛角吹、引磬、法鼓、铛、钹、铜盘、坛布、步罡毯、金钱剑……一应俱全，分布各置，显得十分有章法。我走过去，见到在左边一处，已被人胡乱地踩踏过。

想来便是国字脸一伙冲进此处，将这阵法破坏，导致被镇压的怨灵四起吧？

我轻叹了一声，问杂毛小道怎么处理？

口鼻中皆是鲜血的杂毛小道惨然一笑，说这个地方蕴含的怨灵，大多都集中在了那具蟒皮之中，已被他破去，将这些布阵的法器小心收敛即可。阵中阴灵已去，后事都好办理，比如池中的这些婴尸、比如外面被怨灵浸染的尸体，这些都要焚烧成灰后，找个阳气足的山头或者松柏间埋下。

不过这些事情，曹彦君他们自然会做，不用我们操心。

看我脸上露出了内疚，杂毛小道拍了拍我，简单地说："有些事情，已经超出了我们的控制范围，我们也管不了。消息很快就会传到上面去，这么大的事情，相信即使龙虎山想要压着，也无力，毕竟大师兄他们都盯着呢——青虚此次的作为，超出底线了。"

青虚被押到我们面前，我揪着这个家伙的衣领，问小妖朵朵到底在哪里？

他笑了，说："那个小妖精叫做小妖朵朵啊？这么长的名字……呵呵，原来你们两个真的是债主啊？想知道的话，把我放出去再说吧，不然，即使我死了，你们也永远不要想找到它！"

"你！"听到青虚的话语，我心中怒火万丈，然而看着被押下去的他，却毫无办法——我可以给他下蛊，可以弄死他，但是依他的疯狂，却绝对不会屈服的。

见过了大恶的人，要么恐惧，要么超脱。他可以没有底线，而我们却不得不遵守这个行业的规则。

曹彦君拍了拍我的肩膀，说："放心，这回证据确凿，谁都救不了他，老赵已经动用关系，联系了省公安厅的专家，到时候对这件案子进行突击审讯，一切都会明了

的，你的那个朋友，我们也会帮你找回来的，放心，要相信政府！"

抓到了青虚，我本来还是蛮开心的，然而听到他的一撂狠话，而曹彦君又这么说，心里顿时不安起来。

我以前很相信别人，但是信得多了，也就不信了。

杂毛小道搭着我的肩膀，嘴角有一丝笑容，说："没事，到时候我们申请一起审问。术业有专攻，迷魂术这东西，你小子肯定比我擅长，这个家伙虽然厉害，到时候朵朵、肥肥轮番上，容不得他不说。嘿嘿……"

我一想是这个道理，也笑了，说也是。看着他脸色苍白，我问你没事吧？

杂毛小道摇头，说："这个屌毛忒厉害了，先前就被他踹了几脚，后来被那个怨灵巨蛇爆炸的怨气击伤，估计回去要好好休养一段时间。而且我这血虎红翡玉刀刚刚成型不久，还未成熟，估计这一趟用完，不知道多久才能够再用……"

我笑了笑，说："不错，已经很牛了，你这制符的本事，快赶上你师叔公李道子了吧？"

杂毛小道眼睛发亮，摇了摇头，轻轻叹了一声："李道子，那是一座我们永远都需要仰望的丰碑……"

因为身上都是脏兮兮的，我们两个也忌讳不得，相互搀扶着到了附近的冲凉房里，将身上这污垢冲洗了一番，我大腿上面的伤口崩开了几次，这会儿好歹给虫虫止住了血，痒痒麻麻的，有些难受。小威和老五找来了两套衣裳，给我们换上，然后在他们的搀扶下，缓步走出温泉山庄。

山庄门口牌坊处一片热闹，警车、救护车一大串，人员忙上忙下。曹彦君在机房那里主持破阵，整个山庄重启了光芒，不再黑暗。我看到好多涉案人员被抓进了警车，但是却没有看到青洞和那个叫做青玄的黑衣道人。

那两个家伙可是青虚最重要的协同要犯，这一次逃脱了，可是放虎归山。

看到被小威扶着走出来的我，之前跟我争吵的那个胖子迎了上来，握着我的手说他听警察说了，知道我这高人当时是在转移罪犯的注意力，感谢我救了他的命。他叫江山，以后在城南有什么事，都可以找他。

我扫视了一圈，看到了二蛋，他被人拷着，拖进了警车。他也发现了我，嘴角往上翘，手往脖子上轻轻划了一下，十分嚣张。

这动作很帅气，叫做斩首。

江胖子见我看那二蛋，得意地跟我说："是我跟警察举报的，那个臭小子，你把大伙儿救了，他居然恩将仇报，突然捅你一刀，实在是太可恶了。唉，你的伤好了一点儿没有？"我点头，说好了一点儿，有劳挂念。江胖子朝着远处的救护车招呼，说这里有伤者，两个医生听到，立刻拖着担架车过来，把我扶上去。

我看到杂毛小道也躺在担架上，想着既然青虚被抓，也不急于一时，还是先治伤的好。

朋友之间，不能够太自私。

而且曹彦君那边也未必事先沟通好，人家警察根本就不认识我们这根葱。

可能是关掉了信号干扰器，我上车时接到了曹彦君的电话，说他刚刚已经汇报了黑手双城陈志程，上面会派人下来接手，不过他暂时会留在这里处理这些尸体和残局，不要变成瘟疫才好。他让我放宽心，如果有必要，等我伤好，一定让我参与审讯过程，把我的那个朋友找出来的。

我对他再次表示了感谢，虽然感觉隐忧，但是我感觉几番争斗下来，身体已熬不住了，只有由着救护车把我送往医院去。

到医院治疗缝合的这些事情自然不提。我被打了麻药，昏昏沉沉睡去，做梦都是如何审讯青虚，各种灌辣椒水、坐老虎凳的招数，纷呈迭出，然后青虚就招了，而小妖朵朵则回到了我们的身边来。

梦中的美事让我心情愉悦，早上都是含着笑醒过来的。

虽然有金蚕蛊，但是二蛋捅的那一刀，仍然让我受伤不轻。第二天早上起来后，我发现小戚守了我一夜，问杂毛小道怎么样？他告诉我没事了，道长睡得香甜得很，是体力透支，本身没有多大事。我给他开了一个单子，是万三爷给我的，每次用过恶魔巫手，都要熬药煎服一番。

然而在中午十一点的时候，我突然接到了一个电话，电话那头的曹彦君声音沉重地告诉我：青虚跑了。

第二十二章　深夜被掳

听到这个消息，我不由得要吐出一口老血来。

我对着曹彦君一通臭骂，撕破脸皮地呵斥，他一言不发，直到最后，我问他到底是怎么回事？

曹彦君告诉我，昨夜他在温泉山庄指挥处理完这些尸体后，将山庄给查封了，回来又参与了对青虚的审讯工作，忙到了凌晨。但是青虚那老小子的嘴巴十分硬，怎么撬都撬不开，还将他好一阵羞辱。他并不是本地的工作人员，只是协同，负责此案的是刑警队副队长于冠涛，老于没有办法了，就先送青虚回看守所，明天再查。

结果，不知道青虚勾结了谁，反正那个家伙在路上跑掉了，他是今天早晨得到的消息，立即通知了我。

我愤怒不已……

我牙包谷咬得死硬，我和杂毛小道费尽千辛万苦把青虚那个家伙给抓住，结果一夜的工夫，那该死的家伙就跑得没踪没影了。不过这又能怪谁呢？曹彦君他并不是本地的办案人员，若不是大师兄打了招呼，说不定他连参与的资格都没有，而本地的这些警察，哪里会是青虚的对手？

顿时，无数的懊悔就浮上了我的心头。我想起了青虚在添加池旁的狂笑，他说一切都没有结束，说得那么笃定，我当时怎么就没想明白呢？这里可是青虚的主场，我怎么会如此大意呢？

更重要的是，青虚已然知道了我们的目的，就是奔着小妖朵朵来的，这个家伙会不会不顾一切，提前把小妖朵朵给炼化了呢？

要真如此，我们这一趟，可真的把那小狐媚子给害了。

这个时候小戚走进病房来，手上端着一碗煎好的汤药，正是平和我双手的药，见我脸色铁青，便把汤药放在了一旁，问我怎么回事儿？我黑着脸，说青虚那混蛋逃走了。小戚吓了一大跳，过了好一会儿，终于接受了这个事实，不由得担忧地说道："这个家伙向来都是个睚眦必报的性子，现在说不定已经开始着手报复了……"

曹彦君的电话并没有挂，他在电话那头宽慰我，说陈老大已经联系了龙虎山，让他们把勾结邪教的青虚交出来，不然不要怪他不客气了，到时候他肯定亲自插手。相信那边的话会传到，你朋友应该没有什么危险的。

曹彦君并不知道我那所谓的朋友，并不是人，而是一个小妖精，所以才会如此说。

我闭上了眼睛,心乱如麻,不知道该如何是好。

中午的时候,杂毛小道也知道了此事。他穿着病号服来到了我的房间,见我脸色铁青生硬,无尽的愤怒在胸中堆积,便叫小戚和老五出了病房。他十分严肃地跟我说:"小毒物,你这个样子,不但对营救小妖没有用处,而且会对你的伤势,造成很大的影响,甚至对修为,都有着很深刻的干扰。不以物喜,不以己悲。只有做到了真正放下,你才能够运筹帷幄,真正地决定自己的人生,而不是盲目等待。你知道吗?"

我长舒了几口气,说:"'辛辛苦苦几十年,一夜回到解放前'。你叫我如何释怀?而且现在小妖的处境,只怕比之前要危险百倍,我怎么能够淡定?"

杂毛小道不语,从怀中摸索出两枚带着绿色锈迹的铜钱,一枚放在我手,一枚自己握着,然后让我们同时抛下。

两枚铜钱在地上转悠一会,一正一反,杂毛小道观察了一番,抬头看我,摸着自己的胸口,说:"小毒物,我老萧以人格保证,小妖她现在还没有事,至少这几天并无问题,你现在要做的,就是赶快养伤,完了我们还有事情要做,知道没?"

看着杂毛小道从未有过的严肃表情,我点了点头,说知道了。

这个时候,门被敲响了。曹彦君和一个高眉深目、满脸沧桑的中年男人走进来。打完招呼,他跟我介绍,说这是案子的负责人于冠涛,老于,有些案情要谈。我点头,然后大家坐了下来。对于青虚的逃走,老曹之前已经给了我解释,我并没有再继续追究的意思,这次来,老于问我认不认识郭天宁?

我想了半天,记起来郭天宁就是那帮小偷的头目国字脸,说知道,是这次温泉山庄案的死者,怎么了?

他笑了,说:"郭天宁没死,就是被钝物击中了后心,受了重伤岔过气了,医院已经抢救过来了;不过医生说他身上有一种从来没有见过的病毒,他们治不好。后来经过了解,郭天宁说你曾经对他下过蛊毒,只有你能解,所以让小曹带着过来跟你确认。如果是,请你帮忙解一下——虽然是犯罪嫌疑人,但还是要用法律手段来解决的。"

听到老于的话,我不由得松了一口气。

之前看到国字脸躺倒在地上,口冒鲜血,而那个二蛋二话不说就跑了,我只当他是死了。络腮胡子追得急,生死关头,哪里还来得及确认?后来回想起来,总觉得心有自责,认为他的死多少也与我有些关系,于是内疚得不行,现在证实了没事,心中也放下了一丝负担。我露出了一丝笑容,说:"没事的,我去或者他来,都可以,然后还要用黑木耳和银耳煎服,三日即可解除。"

老于说:"这个急不急?若是急,还是劳烦你去一趟吧,他是'6·13'大案的重要嫌疑人,看管严密,一时半会不好转移。"

我愣了,问什么"6·13"大案?

见我不知情,老于跟我解释,说:"郭天宁一伙人曾经在金陵犯过案子,一起很严重的入室强奸杀人案,一家四口人全部都被残忍地杀害,这个事情六月份上过报纸头条。我们本来也不知道,后来收敛尸身的时候,有个干警认出死去的吴金萍,跟六年前的一起拐卖妇女卖淫案有关,于是连番审问,由案犯成员相互攀咬,才知晓的。"

曹彦君接着说:"这可是案中有案,目前已经抓获了四人,确定两名已经死亡,还有两名在逃。"

我心中发冷,没想到这伙人居然如此凶残。我原本以为他们仅仅就是一个盗窃团伙,却没想到如此无恶不作。不过这也解释了他们为何一见到我就敢杀我,而且二蛋暴起袭击我的时候,杀气和手段是如此的纯熟老练。

一般的盗贼团伙,哪里会有这般凶悍?

老于告诉我:"郭天宁是东北贼王周志佳的高徒,而且是最凶残的一个,在东北三省很出名。后来带队南下,在金陵、上海一带活动,因为一向都小心谨慎,聪明狡诈,所以很难有人知道其真实面貌。大概是因为'6·13'大案的风声太紧,所以才到了我们这个小地方来,倒是让我们得了这天大功劳。"

我并没有心思关心那个跟我没有多大关系的家伙,只问青虚现在在哪里?

老于说已经开始全面通缉了,整个赣北的公安系统都在彻查,大规模撒网。而且上由也在派遣精兵强将前来,那个家伙蹦跶不了多久的。他说得笃定,而我却心忧得很。交谈了一番,因为同处于一个医院,便由人推着轮椅,把我送到国字脸待着的重症病房,给他解了蛊。

国字脸已然清醒,显然被审讯过了,看着我的眼神一片阴鸷。

我问他怎么触动的那阵法,搞成了这副模样?

他冷笑,说:"温荣死了,金萍也死了,你就等着陪葬吧……"我眉头一竖,说:"你这是什么意思?你都被关押在这里了,还能够对我怎么的?"他冷笑,闭口不言。见他死鸭子嘴硬,我也不想多作纠缠,给他解了蛊,返回病房。到了晚上,我才知道国字脸说的是什么意思——我接到了电话,说曹彦君的同门师兄易文去我宾馆的房间取东西的时候,遭到袭击,差一点就死了。

原来那国字脸一伙人里那两个在逃的成员,居然潜伏到了我宾馆的房间里,准备了一瓶浓硫酸,等着我返回之后,将我给解决。还好易文是个练家子,反应迅速,然而手臂却也沾染到了一些。虽然及时处理,还是留下了不可恢复的伤痕。

对于这件事情,我真的是十分内疚。易文本来好好地开着自家的香烛店,这次仅仅是过来帮忙的,结果还被硫酸烧伤,住进了医院。好在易文虽然没有什么修道天赋,但是十多年的基本功还在,那两个家伙并没有逃脱,被他下了重手,现在也住进了医院,陪着国字脸一起。

我和杂毛小道并非常人,在医院住了两天,便出了院,其间上面派了好多人来参与此案,我们也被无数次问询,还来了两个龙虎山的道士,都是青虚的师叔辈,拍着胸脯跟我们说一定会清理门户,将那个勾结邪教的不肖逆徒给抓获。然而两天过去了，依然是没有消息。

事到如今，曹彦君的朋友们都散了。我和杂毛小道虽然心急如焚，但是却也没有办法，唯有等待。

出院后，我们仍然住进原来的宾馆。那夜我和杂毛小道谈了很久，相互愁绪满怀，各自回房睡去。到了深夜，我突然感觉到心头一阵悸动，刚一张开眼睛，就被猛然一击，感到天旋地转，昏死过去。

第二十三章　宫

　　我的世界一片灰暗，死亡的味道一直在整个脑海盘旋。
　　然后有金光出现，一粒种子开始萌芽。
　　意识在逐渐复苏，天地摇晃，然后向着前行。我在晃晃悠悠的空间感中醒了过来，闻到一股浓重的汽油味，嘴巴发苦，好像吃到了什么苦涩的东西，从喉咙到菊花，都呈现出一种极为紧张的状态。我本来十分想呻吟，想将这痛苦以声音的形式发泄出来，然而我却骤然停止住了。
　　因为我发现，我正处于一种极度危险的状态。
　　这是一个黑暗的空间。我的双手双脚被浸油的绳子用最专业的手法给捆住，每动一下，都疼痛欲死。而我的嘴巴，则被宽大的透明胶给封住，在这透明胶里面，是一团袜子——这臭袜子，显然不是我的。
　　这是一个狭小的空间。在我的旁边还有一具人体，跟我紧紧地贴在一块，一动也不动，如死了一般。
　　这个空间里塞着我和他两人，使得我连想翻一个身都变成了奢望。
　　几秒钟之后，我终于明白我现在所处的状况——我被人暗算了，然后被抓了，而在我旁边这个默不作声的，应该是杂毛小道——说不清缘由，我并不用肉眼观察，都明了他的存在。大概这就是感应吧？
　　我们此刻，应该是在一辆汽车的后车厢里，正在被运往一个不知名的角落。
　　一想到这里，我的大脑开始迅速运转起来。
　　我首先想到的不是自己，而是朵朵的安危——我被掳的时候正是夜里，朵朵并没有在槐木牌中，而是在窗边修炼，来人能够神不知鬼不觉地侵入我的房间，并且将我掳获至此，必然是与朵朵照过面了，而且还是一个极厉害的角色；如果我推断正确的话，那么朵朵……
　　我根本就不敢想，只是扭动脖子，然而并没有感觉到槐木牌的红绳，也没有感应到朵朵的存在。
　　这个发现让我有些发疯，差一点陷入了崩溃。
　　耳朵里面一直都是发动机"嗡嗡嗡"的声音。我激荡痛苦的心情持续了好长一段时间，终于被一段模模糊糊的对话转移了注意力，这段对话的两个人中，一个是我很熟悉的李晴，另一个声音则是让我恨之入骨的那位青虚道人，曾经被我们抓获然后越狱而走的家伙，一切事件的罪魁祸首。

李晴:"……李哥,说了这么多,我们以后到底该怎么办啊?"

青虚:"晴妹儿,不是跟你说好了嘛?先忍忍,忍过这段时间,等我将那黄芽甘露金丹吞服下肚,功力大涨,成就了道力成津的通灵境界。到时候,我师门虽然明面上仍旧会追杀我,但是在暗里,也会多有照拂的。即便是我师父那里的路走不通,孙姨也不会见死不救的,她跟我说过,厄勒德的大门随时为我敞开,只要我努力,实力也够,到时候她的厄勒德十二魔星之位,说不得也可由我来继承呢!"

李晴:"李哥,你那孙姨到底是什么来头?老听你提起,又不肯讲,还有这厄勒德到底什么意思?人家现在都跟你亡命天涯了,你还瞒着我,真是让我……哼,快说,快说!"

青虚:"孙姨其实你也认识,不过她的具体身份我就不跟你讲了,这是原则。你关心的这个厄勒德,其实你应该有听过报道,这是个舶来名,翻译的,有说叫做中国真理教,有说叫做全能教,也有人叫做邪灵教——不过这都不重要,我们单说这厄勒德的后台,你听说过三合会吗?听说过山口组吗?听说过宝岛兄弟会吗?听说过金融沙皇罗斯柴尔德家族吗?听说过世界人口净化论吗?这些你可能都不知道,但是我想跟你说,厄勒德的后台是这个星球上最强大的组织,没有之一!而厄勒德则是世界人口净化计划泛中国区的执行者,他们将有权成为以盎格鲁—撒克逊人为主体的世界国中,少数民族的挑选者……"

青虚的情绪似乎变得有些狂热,他说道:"虽然我不知道这个计划的真正实行,是什么时候,但是如果加入了,我们将成为那五亿幸运儿中的一个,精英中的精英,享受这蓝天白云,幸福而富有的生活,以及那没有受到重工业污染的清新空气……"

青虚类似于传道的语气,让李晴变得有些恐惧,这恐惧是对未来的不自信,也是担忧。两人聊了一会儿没有营养的话语,然后又转到了我们的身上来。李晴说道:"想不到后车厢这两个家伙,居然是有目的接近我的,真该死,亏我还当朋友一样待他们!"

他说得咬牙切齿,然而青虚则似乎揉捏了一下,两人调笑一番之后,青虚正色说道:"我早就跟你说过,我们这种人,交朋友要仔细仔细再仔细!后面这两个人,一个是我们主要的竞争对手,茅山派高徒;我听说过这个小子,是个极为厉害的角色,天才修道者,八年前震惊道门的黄山龙蟒飞升事件,他就有过参与。后来好像出了事,一身修为尽废,而且还害死了他师妹、陶晋鸿的孙女——哦,陶晋鸿就是现任茅山宗掌教,传说修为已至地仙——哼,狗屁地仙,在茅山后院养了八年伤,都没有恢复过来!"

李晴听得入神,问那个疤脸小子呢?

青虚愣了一下,说这个疤脸小子倒不知道来历。好像有一股子蛮力,实力一般般,他有一个道行未成的小鬼,看着好像是巴蜀旁门鬼王宗的弟子,或者是湘西苗疆白莲教的,小人物,不知道两个人怎么挂上钩的。不过他那个小鬼倒是挺有意思,跟一般炼尸融魂的鬼物不同,孙姨跟我说是个百年难见的鬼妖,而且好像自己有修行,不依托外物。只可惜当时飞来一只肥硕如母鸡的鸟儿,将它带走,不然将其炼化成招魂幡的幡灵,又多了一样傍身的法宝。

听到这话,我一直紧绷的心,终于在这一刻松了下来,满脑子都是喜悦。

朵朵没事了,朵朵没事了!几天不见的虎皮猫大人居然在关键时刻出现,把它的小媳妇儿给带走了。

不知道怎么地,我突然就流下了热泪来。

谈话还在继续,李晴撒娇地问:"李哥,你要怎么处理这两个可恶的家伙?是将他们抛尸荒野,还是皮鞭、滴蜡、捆绳子?嗯……"他鼻音绵长,媚意十足,而青虚则哈哈大笑。

青虚说这个可以有,就这么把他们杀了,实在是太便宜他们了,难消我心头之恨——要不是他们指示的那伙贼胡乱偷窃,说不定我们还在舒舒服服地享受着呢,哪里会像现在一样东躲西藏?他们两人,都是上好的鼎炉,神魂强大,把他俩炼化之后的怨灵,是一等一的厉害,等我炼完丹,回来就把他们炼成五罗招魂幡!

李晴:"那材料不是还要等几天吗?"

青虚:"说起来就来气,黑市那帮家伙都是些见风使舵的狗东西,见风声不对了,就落井下石,纷纷加价。老子扫荡了身家,才把材料凑齐。明天我便与青洞、青玄三人同行,进山炼丹,你且在藏身之处,等我回来,到时候我们先去南方省,再到香岛。孙姨帮我联系了一个姓秦的教友,到时候我们在那里潇洒快活,带你去好好享受一把……"

李晴:"好啊,好啊,我好想见一见TVB的林峰啊。还有,你以前答应带我去悼念国荣哥哥的,总是失言——这回我们一定要去!"

青虚:"好的——嗯,不对,有情况……"

车子突然一个急刹车,正在倾耳听着的我重重地撞在了车厢上,头顿时就起了一个大包。

我咬着牙强忍,不发出一声呻吟来。然而过了几秒钟,车厢后盖被打开,我的头发被狠狠地拽了起来,两只温热的手指停留在了我的脉搏上。突然,我的脸被猛甩了一巴掌,头重重地磕到了车子的边框上,疼痛欲裂,接着衣领又被揪起,我的鼻子被一股带着烟草味的男人气息喷着。青虚恶狠狠地说:"被孙姨下了九尸神虫丸,居然这么快就醒过来了,你小子确实不简单啊……晴妹儿,把针管拿过来,给他打一针肌肉松弛剂!"

我还没有做任何反抗,只感到脖子被轻轻一扎,眼前又是一黑,再次沉睡过去。

黑暗,漫长的黑暗就像无尽的夜,似乎永远也等不到黎明的到来。

我再次清醒,是被一瓢冰冷的水浇醒的。

十二月末的赣北,天气冷得哈气成雾,我的肌肉冻得忍不住抽搐。迷迷糊糊醒过来的时候，发现自己四肢被捆绑在一个铁架子上面，而一张冷酷的脸正死死地盯着我，见我醒过来，他露出了残忍的笑容，一把锋利的剪子，已然滑到了我的下身处。

是青玄，那个黑衣道人青玄，而让我真正恐惧的事情是，他似乎想要将我的命根子，给剪掉……

第二十四章　我叫王永发

青玄口中嚼着烟熏槟榔，喷出来的气息里有一股食腐生物所特有的臭味，让人呼吸不过来。

他的脸干瘦如腊肉，像放了许久的僵尸，只是那眼中的寒光和疯狂，却浓郁得如同实质一般。见到我醒过来，他用他尖锐的鹰钩鼻顶着我的鼻子，笑容如恶魔，说："你醒过来了？正好，意识不清醒下的净身，就像火锅里少了花椒和辣子，一点儿味道都没有。现在……刚刚好！"

我发现我上身只穿着一件破秋衣，而下身则套着一条残破的底裤，青玄手中的剪刀是道家法器青龙剪，这东西并非只是用来装饰的，剪刃磨得锋利，正在把我的内裤像纸一样剪开来。

我一是被冻得厉害，二是恐惧得不行，浑身直哆嗦。咬着牙，用仇恨的目光盯着这个家伙，说："你这个混蛋，你要敢，老子让你全家都变成太监！"

说完这话，我才发现自己的嗓音变得异常沙哑，仿佛失声了一般，喉咙干涩难受。

正在我下身游动的青龙剪突然一顿，青玄一扭头，将口中的槟榔渣给吐出来，朝着旁边骂，说："青洞你这个家伙，让你帮我买'口味王'，你他娘的给我买的什么玩意儿，难吃死了——你听到没有，这个小子给我撂狠话了，要让我全家都太监。哈哈，你告诉他，上一次对我不敬的人，我是怎么处理的？"

不远处正围着火炉子烤火的青洞笑了，回头过来看我，一脸肉条抽动："上次啊？你说的是跟你抢女人的那个傻小子吧？敲核桃的锤子，只两下，就将他的蛋蛋给敲得稀碎。哭得那个惨哦，我都忍不住尿急了，声声都催人泪下。老子那两天都是夹着裤裆在回味的，怎么着，青玄你这个变态玩意儿，你准备再来这一招？要是的话，我回避一下……"

那把青龙剪突然顶住了我的脖子。青玄狂笑，口中喷出许多腥臭的唾沫来："你小子知道害怕了？你知道害怕了吧？不要跟老子充什么铁汉，落在我手里面的人，只有两种——死人和疯子，没有第三种！趁大爷心情好，赶紧跟我解释一下，你小子被灌了的九尸神虫丸，怎么这么快就醒过来了？"

也许是身上被打了药液的关系，我浑身无力，感觉天旋地转，头晕得不行。勉力说道："我也不知道……"

话还没有说完，我的左脸就被猛扇一巴掌，扇得整个头都是晕晕的，嗡嗡响，金星四冒。

接着我全身被噼里啪啦地一阵乱打,用力之猛和角度之刁钻,是我平生所没有遇见的。

一切都仿佛地狱一般,然而更让我绝望的是,暴打一顿之后的青玄又比划着剪刀,准备真的给我来一个"一剪梅"。我的神志已然不清楚了,但是我知道这小兄弟要是离我而去了的话,我就是有天大的本事,也长不出第二个来。就在我即将要绝望和崩溃的时候,有一个人拦住了他。

是李晴,原本眉清目秀、唇红齿白的李晴变得有些憔悴。他身上也没有了那淡雅的名香水味道,因为走得匆忙,甚至还是请符会那天的衣着,眉角的皱纹也浮现出来了。

他拦着暴躁的青玄,说:"先别,李哥只是让你们逼问出他为什么这么快清醒的原因,又没有叫你废了他,一切还是等李哥回来再作商量吧?"

青玄有些不乐意,毫不留情地说道:"你心疼了?这疤脸小子长得是有点儿味道,但是你要记住,他是我们的敌人,是害得我们东逃西窜的罪魁祸首,少把你那无谓的怜悯之心,用到这上面来。你留着他这东西有什么用?你还想等我们走了之后享受吗?你做梦吧……"

"够了,青玄!"

一直面带微笑的青洞猛然喝断了青玄的嘲讽。霍然站起来,揪着这个冷酷男人的脖子,说:"你记住了,晴妹儿是师兄的朋友,你不管怎么想,都要对他保持必要的尊重,不然信不信我跟你翻脸?一点长幼尊卑都没有!"

说完这话,青洞又拉着潸然泪下的李晴,说:"好了,青玄就是这么个急脾气,本身倒没什么恶意,不要哭了。先别审了,老鲁帮我们准备的火锅都快好了,先吃饭,然后再说。"

青洞的这一打一拉,将整个场面的气氛给缓和下来。青玄朝我狠狠地啐了一口,然后往回坐下。

这个时候我才有机会打量起自己身处的环境来:这是一个地下室,或者说是个地窖,地是泥地,墙是土墙,昏黄的白炽灯在我头顶摇晃,有呼呼的风声从隐秘的通风口传来,带来了许多寒意。房间并不大,二十来个平方。我被铁链和锁扣给紧紧地绑在了铁架子上,靠着墙,在我旁边,是头垂到一边的杂毛小道。

我感受了一下,金蚕蛊在我的身体里蛰伏着。正是因为它,所以服下了什么"九尸神虫丸"的我才能够提前醒过来,而杂毛小道则处于昏迷状态,至今未醒。

一阵浓郁的香气飘了过来,他们正围着一个大火炉子吃火锅。除了李晴、青玄、青洞三人外,还有一个长相普通木讷,跟个老实巴交的农民一般的男人。他正在拿勺子在炉子上面的铁锅里搅动。在他旁边,则是一头四肢被绑着的小毛驴。

待众人坐定,这被叫做老鲁的木讷农民抽出一把雪亮的尖刀,问食客要吃哪里

的肉？

青玄说背脊，青洞说后腿，而李晴则说要吃屁股肉。老鲁点了点头，手起刀落，竟然从那头小毛驴身上直接剐下最新鲜的驴肉来，然后下到那翻滚的火锅里面去。他们吃得开心舒爽，而那头被绑得死死、动弹不得的小毛驴则"嗷呜、嗷呜"地惨叫。这叫声不绝于耳，让人心中不忍。

这可是活生生的生命，就这样被一边剐肉，一边被滚烫的汤汁烫熟果腹。

看着这些人愉悦的笑容，闻着那满屋子的香气，还有那声声泣血的驴叫声，我心中终于有了一些深入骨髓的恐惧。面对着这样一群对世界都没有畏惧之心的疯子，我害怕了。

是的，我害怕了，我是人不是神，也会害怕，也会恐惧。

这一顿饭吃了足足有一个多小时，小毛驴的叫声也持续了一个小时。青洞端着一大碗油汁四溢的驴肉走到我面前，问我：你想好了没有，要不要吃一点再说？

我摇头，说我什么都说，别折磨我了！

青洞笑了，这笑容里面充满了胜利和戏谑。他头一偏，说那你先讲一讲你的来历吧。我深吸了一口气，说，"我叫王永发，化名陆左。来自湘西凤凰阿拉营镇的一个小山村，我祖辈都是赶尸匠，后来在一座湘西古墓中挖掘出一本白莲教的丝帛，开始学习养鬼，我的那个鬼妖便是因缘际会而成。至于为什么我会这么早醒过来，我真不知道，这个要问我的父亲王三天……"

"原来是苗疆那一块的蛮巴子啊，难怪了……"

青洞的语气中显露出名门正派所特有的优越感，居高临下地看我，说："你和这萧克明，还有曹彦君那个垃圾货色，是怎么遇到的？"

我说我曾经在南方省打工，在街头算命的时候认识的。

青洞问了我一连串，我对答如流，往日做保险销售练就的嘴皮子和心理素质终于起了作用，基本上就把这个谎言给越编越圆了。似乎得意于自己威逼利诱的成果，青洞开恩一般地给我吃了几口肉，宽慰我，说："都是同道中人，自然不会为难你们的，你先忍受几天，说不得我们还有合作的机会。"

我心中寒冷，青虚明明是要把我和杂毛小道炼就成怨灵，给融入到了什么五罗招魂幡中去。

青洞问完之后，和李晴通过一个木楼梯，离开了这个地下室。而青玄则狞笑着走了过来，对杂毛小道又是一阵折磨。这屋内布置得有辟邪的法阵，将我体内的金蚕蛊压制得出不了体内，而青玄身上也有着让它讨厌的玉符。我听着杂毛小道的哀号声，心中无比疼痛。

整整一下午，青玄这个变态变着法子折磨我和杂毛小道，那旺盛的火炉子里烤着铁钳，他用通红的铁钳在我背上画了一幅小鸡啄米图，然后得意地狂笑。他想烫杂毛小道，我故意激怒他，他识破了，却没对老萧下手，又给我烫了一个小蝌蚪找妈妈。

那个叫做老鲁的汉子,隐藏在黑暗中,一言不发。

看得出来,他跟青虚一伙人,不是一路的。

到了傍晚,青虚也来了,对着我和杂毛小道又是一阵折磨和羞辱,其中之惨状,便不详述。最后青虚给我和杂毛小道身上的七大要穴扎了银针,将我们的气力封住,不得积蓄。

第二天清晨,青虚师兄弟三人离开,只留下李晴和老鲁两人看守我们。

临走之时,青玄拿着一把小刀,扎在了我手上、腿上,不让李晴他们包扎,说让我尝一尝流血而亡的恐惧,三日之后,他们自当返回。

第二十五章　窖门传来的响动

　　我知道炼制怨灵的诀窍——死者临死前越绝望、越仇恨、越怨毒，所获得的怨灵级别越高。
　　无论科学、玄学还是神秘学，其实全都在遵守着广义能量守恒定律，只是相较于科学中的宇宙四大力来说，神秘学的范畴还囊括了精神力。宇宙是物质的，还是精神的，这是亘古不变的哲学辩论话题。据我所知，怨念的确可以称为力量，这一标准一直被宗教人士所知晓并利用。
　　远在缅甸受害的古丽丽，她便是这种理论的受害者。
　　只可惜她太善良，所以不被萨库朗所利用，而我和杂毛小道则不同。因为我们两个，已经跨越了那个寻常人所看不到的门槛。
　　青玄、青虚对我们百般虐待、拷打、精神恐吓，所有的一切，都是为了让我们心生怨念，在情绪最浓烈、最繁盛的时候，步入死亡殿堂，刹那间，升华为恐怖的怨灵。
　　青玄捅向我的那把尖刀上面不知道抹了什么，居然让伤口中的凝血因子聚拢不到一起；细小的血顺着我颤抖的大腿淌下来，一点一滴地汇聚在地下的一小摊血泊里，滴滴答答的声音，让我听得格外真切。
　　因为失血，我感觉到格外的寒冷，一阵又一阵的疲倦向我袭来。
　　等地窖的盖子被再次合拢，杂毛小道声音沙哑地问我："怎么样，你这家伙可别死了啊？"
　　我摇摇头，苦笑，试图驱动金蚕蛊去将血给止住，然而当我看到角落黑暗中那个老鲁默默注视我的眼神，我却犹豫了：金蚕蛊终究是旁门左道，天生受制于道家阵法。因为压制，所以它离不开我的身体，我只有通过肉体触碰才能下蛊。之前我曾经有机会给青玄下蛊——我甚至在背上被那混蛋烫下"小鸡啄米图"的时候，就已经准备好了——然而我终究没有做。
　　经历了这么多事情，我已经能够充分地计算好得失，权衡利弊了。图一时之快而下蛊，并不能够威胁他们，只能够让自己早死。
　　我要忍耐，我要潜藏着自己的杀手锏，用在最准确的时机。
　　恰如猛虎卧平川，潜伏爪牙忍受。
　　高手总是有一定的气质的，我能够感受得出来。这个木讷老实三棍子打不出一个屁的老鲁，他绝对是一个杀人不眨眼的家伙。青虚之所以放心李晴留在此处，也正是因为此人。如果我这里一旦出现什么异常，他昨日用来割驴子的那把尖刀，定然会第一时间抹断我的脖颈，毫不犹豫。

出于对死亡的敬畏，我忍住了对伤口的处理，让它自然愈合。

几分钟之后，血依然在流，在一旁捧着一本小说看的李晴坐立不安，来回折腾了好几次，终于忍耐不住这煞人的寂静，从角落的箱子里找出了包扎绷带和止血喷剂，走到了我面前来。

一直在打盹的老鲁这时候突然出言阻止，让李晴最好不要管。

李晴转过头去，盯着老鲁，说："总不能够让他死在我们的面前吧？"

老鲁嘴巴往旁边一撇，说他死不了。

李晴咬着牙，眼睛晶晶亮，说："我做的事情，我负责。李哥回来了，我跟他解释，好吗？"见到李晴如此坚持，老鲁显然并不愿意为这种小事跟他产生冲突，于是点了点头，说随你，然后又恢复了沉默。李晴的手摸到了我大腿处，他的指尖很柔，也很温暖。他先找了干净的毛巾将我的腿擦干净，在伤口周围涂上了紫药水，将止血喷剂小心地喷在伤口上，然后给我包扎完毕。

做完了这一些，他仰起头，问我感觉好了一点儿没有？

我点了点头，说了声谢谢，然后赶紧调遣金蚕蛊移到我的伤口处，在绷带的掩护下疗伤。李晴温暖地笑了一笑，然后绕过我，来到了杂毛小道的面前，轻轻地说道："原来你姓萧，叫做萧克明，是茅山宗的高足，难怪我觉得你跟李哥是同一类的人呢……"

杂毛小道苦笑，这笑容扯动了伤势，疼得直咧嘴。

两人说起话来，杂毛小道开始用他那能把死人说活的嘴巴和独特的男人魅力，跟李晴半真半假地交流起来。我知道他试图通过言语来策反李晴，然而我却一直在盯着角落里的老鲁。我们能够逃离此处最关键的所在，其实还是在这个不怎么说话的家伙身上。

我要自救，就必须想办法，制服这个家伙。

随着聊天的热络，杂毛小道给我和他争取到了不错的待遇——一天一夜水米不进的我俩，终于得到了食物和水。李晴拿着一瓶矿泉水喂我，我咕嘟咕嘟地一口气喝完，感觉干竭的体力开始如春天一般萌发了生机。因为我和杂毛小道的百汇、神庭、风池、膻中等七处穴位上都被刺了银针，蓄不得力量，也碰不得，所以李晴给我们喂食的时候，都是小心翼翼的。

然而青虚他们并没有想到的是，我除了会养鬼之外，还养有蛊。

这来自苗家绝学的金蚕蛊，并不是他这七支银针所能够锁住的。

到了中午的时候，我感觉自己的身体终于好了一些，看着开始做饭的老鲁，绸缪已久的我突然出声问道："老鲁，如果我没有猜错的话，你是我们厄勒德的人吧？"我这一句话，让专心致志地熬煮锅底的老鲁停下了动作，眼神变得骤然狠戾，盯着我，

一字一句地说:"你知道你在说什么吗?"

见到他的这反应,我心中倒是长舒了一口气。接着说道:"我父亲王三天,是东官大鸿庐的人。具体的我不知道,只认识一个叫做许永生的人,还听说他的老大叫做老王,你不信可以查一查。我们是大水冲了龙王庙,自家人不认识自家人,你能不能够联络到我的父亲?我不想死,看在教友的面子上,你就帮帮我吧?"

说着说着,我的眼圈红了,眼泪也下来了。一半是痛的,另外一半是因为肥虫子在伤口处拱来拱去,痒麻得厉害。

老鲁犹豫了,将手中的勺子往锅子里一放,然后站起来,他盯着我,说:"你们两个,是庐主帮着青虚抓过来的。她老人家目光如炬,自然不会抓错;而且我厄勒德根本就没有什么东官大鸿庐,你小子莫不是在骗我?"

我急得直哭,说:"我只是听我老爹在家闲聊的时候说起,哪里知道这些,他未必能够透露教里面的信息给我。你不信,直接打电话问他便是了。"

老鲁一步一步地走近我,左手掐住了我的喉结,一字一句地说道:"小子,你的谎言让我生气了。你知道许永生跟我什么关系吗?他是我的表弟,早在五个月前,就死在了东官的一个商业广场里。特勤局的人出马,东官的厄勒德成员全军覆火,没有一个能够活着出来。你所说的一切,我知道都是谎言,而你却一步一步地在挑战我的忍耐力。你真的以为我会在乎青虚他们的计划吗?你真的以为我不会现在就杀了你吗?你信不信我把你跟那驴子一般,凌迟而死?"

他的手坚硬如铁,让我根本就透不过气来。我翻着白眼,感觉黑暗就在眼皮子底下,只要眼睛一闭,便是刹那永恒。

终于,我拼着老命从喉咙里面挤出了一句话来:"我信……你老母!"

突然,老鲁手上的力道松了,眼皮往上翻,然后后仰,重重地摔在了地上,不再动弹。他太大意了,肥虫子骤然迷昏人的这一招,时灵时不灵,而且面对着他这种气血旺盛的人来说,但凡有一点儿防备,就一点儿法子都没有。然而面对着奄奄一息、全身都是伤痕、七针锁力的我,他彻底放松了警惕。

所以他被肥虫子一击即倒。

正在担忧地看着这一切的李晴被这超越他想象的状况吓呆了。冲上来,推了推老鲁,发现他已经昏死过去,并没有动弹,也不像是在开玩笑。寒意顿生,慌忙拾起掉落地上的尖刀,对着我们,一脸惊恐地问我对他做了什么?

我急速地呼气,一脸无辜地说:"李晴,你看到了,明明是老鲁想要杀我,不知道怎么就走火入魔,跟我没有半点关系。你看我这个样子,能够做什么?"这时,杂毛小道突然出声,严肃地说:"李晴,你放了我们吧,青虚的做法已经天怒人怨,他逃不了了,你可不要跟着他陪葬啊!"

我也出言恳求道:"李晴,放了我们吧?"

李晴脸色阴晴不定,突然疯狂地大声叫喊:"不要再说了,再说我把你们全部都杀了……"

　　他双手胡乱挥舞,情绪激动,似乎被我们的话语逼迫得没了主意。我和杂毛小道对视一眼,双双都闭上了嘴巴。突然,那地窖盖子的上方,传来了一阵窸窸窣窣的声音,似乎有人过来了。

第二十六章　大力金刚丸

这骤然响起的声音，让完全没有安全感的李晴崩溃了，一屁股坐在地上，双手紧紧捂住了嘴巴。

看得出来，李晴并不是一个有着果断决策力的人，也不是整个事件的主导者。他仅仅只是因为和青虚有一些关系，然后就被卷进整个事件中的可怜虫。

这一刻，他的表情显得那么柔弱无助，像一个可怜的孩子。他推了推地上昏迷的老鲁，然后又看了看我们，终于下定决心，走到杂毛小道身边来。

他提着老鲁掉落在地的那把雪亮尖刀，抵着杂毛小道的胸口，对着他的心脏位置，然后小心翼翼地跟杂毛小道和我商量，说："来的要是警察，我们一起死好吗？我这个人怕孤单，一个人走，黄泉路上肯定会不习惯……"

我勒个去！我顿时就有一口老血想要吐出来——若是黄菲大小姐这么跟我说，我多少也会考虑一下。这么个娘娘腔跟我约着共赴黄泉，这算是什么事！杂毛小道自然也是好言相劝，说："李晴，你放了我们，自首的话，罪名其实并不重，你只是一个胁从，到时候我们会帮你求情的。"

李晴的眼泪鼻涕顿时狂涌下来。他揪住杂毛小道的衣领，歇斯底里地狂吼，说："你以为我怕警察啊？我是怕青虚。我跟了他五年，我太知道他是什么样子的人了，得不到就毁灭。他要是知道我没有坚持到底，背叛了他，一定会杀了我，把我练成什么意识都没有的亡灵。与其那样，我还不如就死在这里呢……"

他的吼叫声，使得上面的来者终于确定下面有人。喀嚓一下，地窖门被弄开了，一个身影从上面爬了下来。

来的仅仅只有一个人。

还有一只鸟儿。

好久没见的虎皮猫大人看着仅仅穿着一条烂得完全遮不了体的内裤的我和杂毛小道，嘎嘎一声叫唤，说："小杂毛、小毒物，你们两个在玩什么？介不介意多一只鸟儿来参与？"

我苦笑，这才发现来的并不是警察，而是温泉山庄一役后消失不见的小俊。

真个知道他是怎么和虎皮猫大人搅到一起了。记得上次在黑竹沟，小俊也是被虎皮猫大人给叫来的。看来在我的视线之外，虎皮猫大人似乎跟小俊也有了一些交情。

见到进来的仅仅只是一个人，李晴紧张的心终于放松了许多，厉声呵斥说："别过来，你再过来，我就杀了他！"

虎皮猫大人双翅一振，飞到了东北角那块挂着的黄色坛布和七星剑上一阵乱拍，将其彻底拍落，屁股一撅，一泡新鲜出炉的热鸟屎就洒落在上面，热气滚滚，蒸腾而起。

小俊手上提着一把黝黑的匕首，借着头顶昏暗的灯光，仔细地打量着地窖里面的一切。然后回过头来，看着我，说："陆哥、萧道长，你们没事吧？"我点头说暂时没事。小俊把双手一摊，那把匕首轻轻地放在了地上。对李晴好言宽慰，说："你放心，只有我一个人过来，你放心，不要轻举妄动……"

见到小俊如此配合，李晴心中那根快要绷断了的弦终于松弛了一些，哆哆嗦嗦地问道："你是怎么找过来的，你……"他话还没有说完，突然天旋地转，栽倒在地。

一具轻柔的身躯带着哭声，扑进了我的怀里："陆左哥哥……哇哇，你受苦了，陆左哥哥……朵朵好没用啊……"

我的四肢被紧紧绑住，动弹不得，只有好言宽慰她，说朵朵乖，我没事的，别哭、别哭。

小俊从地上躺着的老鲁身上摸索出了锁扣的钥匙，将杂毛小道小心地放下来，扶到椅子上坐好，又过来给我解开。将我们两个安放妥当，又把七处穴道的银针按照虎皮猫大人的指挥取下之后，他从屋子里翻出了一些伤药来。

小俊帮杂毛小道抹，朵朵帮我抹，而肥母鸡则耷着翅膀，查看地上昏迷的两个人。

我因为有肥虫子在，所以看似惨不忍睹，但实际上却比杂毛小道要好得多。背上那些被烙铁烫出来的伤口也开始结痂了，痒痒麻麻的，估计不出十天半个月，脱了一层皮之后，便会完好如初。

这也是我为何主动激怒青玄，让他烫我的原因——我并不如杂毛小道在制符和剑法上有那么高明的天赋和造诣，但却是一个皮糙肉厚、恢复力强悍的家伙。

尽管如此，那疼痛却是一分都没有减轻，时刻鞭挞着我脆弱的神经。

朵朵上药十分用心，轻而柔，不断地给我那些伤口吹气，还忍不住地哭泣出声来。小俊粗手粗脚，倒是惹得杂毛小道不断地咧嘴。我看着在地上来回踱步的虎皮猫大人，说你们是怎么找过来的？

虎皮猫大人告诉我，它那天本来在天空游弋，突然心有所感，回到了宾馆。正好看到一个戴着人皮面具的女人隐匿身形，冲进了我的房间，先用迷幻药制住了我，然后想要对朵朵下黑手。那妇人十分厉害，朵朵不是对手，拼将下去只会身死魂销。于是它用翅膀拢住了朵朵，将其带出，正想通知杂毛小道，却又被那妇人抢了先，带着地下躺着的这个男人把我和老萧掳走，然后交给了青虚。

大人他一路追踪至此，然而它仅仅只是一鸟躯，并不能够做什么。观察一番之后，想回去找寻帮手，正好在附近碰到了小俊，于是就找寻而来，所幸我们两个没有被废掉……

我苦笑，说差一点儿，老子就变成了中国最新诞生的太监了——那个叫做青玄的黑衣道士，简直就是个变态。说完这些，我问小俊怎么跟过来的？正在给杂毛小道抹药的小俊眼眶一红，突然就哭起来。他告诉我，阳哥死了、老洛死了、老二也死了，他们豫北十七罗汉就只剩下他这一个独苗苗了。他不是追过来的，是逃到了附近。要不是虎皮猫大人叫住他，他都不知道自己要往哪儿去……

说完这些，他拾起地上的匕首，走到李晴旁边，说这个家伙跟青虚是一伙儿的，我先杀一个报仇！

我和杂毛小道连忙出声制止。说别杀，他是无辜的，要杀，就去杀青虚那个家伙，那个样子才畅快呢。小俊又忍不住流眼泪，说他恐怕是报仇无望了，青虚实在太厉害。

我们几个劝他，说没事的，青虚那个家伙恶事做得太多了，遭报应只是迟早的事情。

我们说着话，朵朵已从角落将她寄身的槐木牌给翻了出来，戴回我的脖子上。杂毛小道让朵朵帮忙找一找他的那血虎红翡和本命血玉，然而朵朵来回找了几次，都没有找到，跑过来摇摇头。

我的震镜也不见了踪影。

杂毛小道叹气。他的这些东西太扎眼了，上次青虚已然看到了威力，不知道是被那厄勒德的神秘妇人拿了，还是被青虚给收入囊中。我看着他一副愁容，便问那东西别人能用吗？他摇头，说玉中血虎已然跟他的生命磁场挂了钩，本命玉更是不用说，都是只有他能够用的。

我两眼无意识打量，突然眼睛一亮，只见李晴脖子上挂着的，可不就是一块暗红色的岫岩玉吗？

杂毛小道连忙拿过来戴上，只是忍不住可惜那块初露狰狞的血虎红翡。

此时尽快通知曹彦君等人才是正理。我问小俊有没有带手机，他摇头，说没有。我又去搜老鲁和李晴的身。老鲁没有手机，李晴倒是有一台，但是并没有插卡，根本就打不通电话。我问小俊外面是什么情况？小俊说是前不着村后不着店，孤零零地靠在山边。

我和杂毛小道商量，让小俊去附近的人家打电话，通知警方，而我则和杂毛小道在此看守老鲁和李晴两人。就在这时，我心中突然一跳，想到了进山的青虚三人。

我心中一寒，若此时我们再不跟着去，只怕真的就要错过小妖朵朵了。

虎皮猫大人终于显得严肃了。它用爪子从羽毛里面抓，掏出了两粒黄豆大的药丸来，说："这大力金刚丸，是小杂毛你家传的丹药，能够保持身体无论伤痛，全负荷运转二十四小时，完了之后就一阵虚脱。你们要进山，现在便去，我给你们领路。这地窖钉死，然后让小俊去附近人家找电话通知警方，过来接收他们两个即可。"

一想到小妖朵朵此时的危险处境，我接过一颗，口服吞咽，顿时感觉到一股甜津津的口水下腹，热力升腾起来，感觉疲倦至极的身体又源源不断地恢复了生命力。当下毫不犹豫，我找了衣服穿好，把想要说什么的朵朵给收起来，然后照着大人的吩咐行事，离开了这栋荒郊野岭的小屋子。

青虚他们没有开车走，而是顺着院子后面的一条路，往山里面走去了。

我、杂毛小道和小俊兵分两路，各自朝着自己的目的地进发。

山路难行，然而却抵挡不住我和杂毛小道的熊熊怒火。这是一场复仇的对决，不是你死，就是我活。

我们能够在二十四小时内，将青虚师兄弟等人找到，并将小妖朵朵救出来吗？

我看着阴霾的天空，心情沉重。

第二十七章 暴起的人头

龙虎山道士的炼丹过程，神秘而自有法度，十分讲究。

首先要慎选炼丹场所，宜选名山幽僻、灵气浓郁之处。通常需结伴三人同行，入山前要斋戒沐浴，以免邪气袭入，妨害炼丹。入山时又须择黄道吉日动身，并且要佩带进山符、驱鹿镜。进至山中，先踏勘地形，依风水堪舆而选择良址，筑造丹房。

造了丹房之后还仅仅只是第一步，还需开辟祭坛，埋下符箓，建灶纳釜，其大小尺寸以及置放的方位、安放的时间等也必须与天地日月星辰、五行八卦一致，各种忌讳讲究，差之毫厘，谬以千里。根本马虎不得。跟我之前炼就的那"九转还魂丹"，不可同日而语，麻烦得很，所以青虚等人才会说要等三日。

此法为《儿鼎丹经》，乃龙虎山一脉的炼丹之法，之前曹彦君跟我们提及过，故而知晓一二。

这三人进山炼丹，身上都背得有重物，行走的时候皆留下脚印。但他们三个都有天师道的轻身之法，使得这脚印若有似无，十分难寻。虎皮猫大人之前只是远远地看到他们进山的方向，并未知晓具体的路线，故而一路行来，它并没有较真于细节上的东西，而是给我们指了一个大方向，自己则翔于天上。

它依照自己的眼光，准备找寻那适合炼丹的风水宝地。

方士炼丹，材料、配方、火候、经验这些倒还在其次，最重要的是在于老天的心思，让不让你得。

所以这风水一说，实在玄妙。

但凡是有些真本事的，殊途同归。青虚等人师出名门，自然知道应该在哪里炼丹求药。虎皮猫大人高瞻远瞩，自然同样能够找寻到这方圆几十里中，最适合炼丹的去处。

我和杂毛小道受尽折磨，身上外伤无数，暗伤却不多。最严重的是我，但是我有金蚕蛊调养，又吃了虎皮猫大人给的那粒能够激发人体潜能，但是名字又十分恶俗的"大力金刚丸"，一股又一股热流刺激全身，精力倒还算充沛，一路攀山越岭，仰着头，跟着视线尽头的黑影前行。

杂毛小道也中了那啥"九尸神虫丸"，少不得肥虫子钻入他腹中，进补一番。

我们出发的时候，自然也收集了一些食物，除了老鲁他们还没有吃过的午餐，大多都是李晴的零食。都是走惯了山路的铁脚板，这一路行来，倒也不算多难熬，不过我们还要隔不远，留下一些标识，以供小俊联系到的未知援军，能够寻迹而来。

累不累？真累，这山林有的地方有路，有的地方却并没有路。山谷丘陵，悬崖峭壁，起起伏伏几十余里，实际路程更是难以计数。满山遍野的马尾松林、数不胜数的大叶栲、樟树、白楠、杨桐。登高远眺自然是风景如画，锦绣江山，然而行于林间，在这无数落叶与杂草之中，每走一步都觉得艰难。

这种辛劳是整日在钢筋丛林的城市里行走，偶尔旅游也只去设施完备的风景名胜的人们，所无法体会的。

头顶上冷淡的太阳在一点一点地往西偏移，直到它落入西山，将那青蒙的山林子映染成了一小片金碧辉煌的颜色时，我和杂毛小道才陡然发觉到时光流逝。

我们站在一片浅卧的山丘之上，前面是一条浅浅如沟的小溪，从林子往下望，溪边有一大丛黄绿色的毛竹林子，在山丘的对面，是巍峨高耸的悬崖峭壁，而在那岩洞棋布，高低错落的绝壁之上，则是十多处淡黄色的棺木崖穴，无言地宣示着它千年的存在。

夕阳落下，天空突然变得阴沉起来，云层压得极低，仿佛就在我们的头顶。虎皮猫大人落在了一株粗大的南方红豆杉上，用嘴喙梳理着自己疲惫的羽毛，不时地抖动着身子。

在那竹林与溪水之间，我看到了我们要找寻的青虚一行人。

他们已经除去了地上的杂草，整理出了一个长三丈、宽一丈六的平地，并且砍伐来了毛竹，搭起了一个竹制的祭台，造法严谨，垒土而成。在这祭台的正中心，是一个半抱大的铜鼎，并不沉重，但是却透着一股历史的厚重感。我已然知道了小俊他们所带来的汉王赤足双耳鼎是赝品，并且在温泉山庄中已然损毁，只是不知道在这短暂时间内，青虚竟然有这等本事，又筹措了一尊。

青虚三人显然已经在此处逗留许久。然而万事从头起，所以他们一直在忙碌，布阵、插旗、绘符、虔诚祷告……我们在山顶观察了足足一个小时，寒风凛冽，他们居然没有一刻停歇。

显然，青虚等人虽然德行比那市井流氓还要滥上三分，然而职业素养却是一等一的厉害。

俗话说得好，流氓不可怕，就怕有文化。

由名门道派自小培养而成的青虚等人，具备的破坏力，比王麻子那等又无行动力又无思想指导的野路子，要厉害百倍。夜幕降临了，寒露从枝头叶间泛起，我和杂毛小道在远处的密林中抓紧时间调养，争取将这残破的身躯给回复到最巅峰的状态来。

拯救小妖朵朵有很多方法，而我们在等待，等待一个最好的出手时机。

虎皮猫大人飞落到我的肩头，跟我和杂毛小道一起商量下一步的行动方案。按理说，青虚等人搭好这秘法铜炉，还需要等候一段时间。到了子时，阴气最盛的时刻，他们便会祷告天地山灵，开炉添火，以上高下坎的水火之法，"煅、炼、炙、熔、伏、凝、取"，如此七步，方能够最终成丹，祭祀天地、日月、山川之神之后，大药服食。

青虚炼制的这"黄芽甘露金丹"乃小丹，如果有了小妖朵朵做药引，成丹很快，两日即可。

我们要争取潜伏抵近，然后尝试着让虎皮猫大人或者金蚕蛊靠近，将封存妖体的器物给拿到手。若能够将小妖朵朵救出，不与青虚作正面冲突也可以，毕竟我们现在的实力，并没有足够把握，能跟青虚、青洞和青玄三人对抗。

我对金蚕蛊下了死命令，即使有着法器道力压制，也要让它尝试着咬那青虚一口，看一看他是否能够逃脱？肥虫子显得很勉强。巫蛊之道在于隐秘，防不胜防。它的逐渐衰落，其实也是跟道门的崛起，有一定关系的——正是因为道门法诀对巫蛊之术有着天然的威压，使得金蚕蛊往往对道门高人束手无策。

一羽不可加，蝇虫不得落，讲的就是这个道理。

然而，如同最开始的金蚕蛊惧怕沾染了矮骡子气息的龙蕨草、成长为王冠金蚕蛊的肥虫子对矮骡子已然藐视一样，如果它能够突破自己，得到更大的发展，说不定就对道门无所畏惧了——比如褪掉第二次皮以后。

当然，这是很遥远的事情。回到现实，我们隐藏在暗处，养精蓄锐，并始准备着黑夜的进攻。

夜幕降临，火烛初上。

裹了油布的火把以八阵图的卦象耸立于平地，青虚三人的工作仍在继续。我们缓慢接近，然而这几个人特别是青虚的灵觉十分强大，对于危险的预知远远比我们所想象的要灵敏，当我们抵近八十步的时候，他便数次回头，往我们这边的黑暗中瞧来。

蹲伏在林间草丛中的我和杂毛小道一动也不敢动，惊得后背脊一片冰凉。

时间一分一秒地过去，到了晚间十一点多的时候，那灶台终于垒结实了。青虚三人跪地，朝天一番祈祷之后，轮流到那条小溪中，脱得光溜溜的，用那冻得让人直发抖的冰冷溪水沐浴，清洁躯体。经过这一番过程之后，三人开始开炉起火，往那铜鼎之中，添加了许多材料。

我看到青虚的腰间，始终挂着一个锦绣卦囊，两掌并拢般大小，偶尔会蠕动一下，似乎在伸展身子。

从我的气场感应中来看，那锦绣卦囊中，似乎有强大的压制能力，冉冉释放光辉。

这光辉人眼看不见，即使以我的修为和灵觉，通过那"炁"之场域，也只能够捕捉分毫。但倘若是像雪瑞这样开过天眼的人来看，便是千万般色彩，无数的光华——这便是能量的美丽。

青虚没有解开腰间的锦绣卦囊，但时不时会下意识地抚摸一会儿。

开炉之后，便是守火。这是一件十分枯燥的事情，当年太上老君的道童不肯做，便化作妖怪下凡来。到了这个阶段，便是打熬功夫的时候，青虚三人也累了一天，轮流看火，另外两人则依背而眠。

守夜的人，是青玄，那个冷酷而又变态的黑衣道人。

凌晨两点多，一切都归于平静，除穿山越林的风声和密林深处的鸟啼依旧外，万籁寂静，虎皮猫大人扑腾起了翅膀。我双手合十，恭送承担重任的金蚕蛊朝着目标飞去。金蚕蛊细小不可见，虎皮猫大人却在我们眼中，眼看着即将到达，青虚旁边的行囊中突然有一物暴起，厉啸声响彻山林。

我定睛一看，竟是一颗血淋淋的人头。

第二十八章　鬼道真解——鬼噬

飞舞的人头——控尸降！

凝神聚气的我已然看了个清楚。那腾空而起的恐怖人头，竟然是小俊他们"豫北十七罗汉"此行的领头人物、精通一身横练功夫的阳哥。我曾记得青玄倒提此人头说他的神魂很强，可照着法子将其炼制成傀儡，却没想到竟然会如此快。这才几天的工夫，竟然就这么吓人？

不可能啊？这控尸降虽说是飞头降的简化版，但是如此迅速，却也决计不可能啊，到底是怎么一回事儿呢？

还是说这是另一种邪门的道法？

我心中胆寒，肥母鸡却并不慌张，只一晃，便往高处飘去，隐没于林中。

那恐怖人头张着嘴，跟着虎皮猫大人一路下去，却被一声清喝，折转回来，悬于阵前半空。本来背对而眠的青虚与青洞早在第一时间醒了过来。青虚的古怪拂尘被收缴在警局，此刻手上拿着的，是一把龙泉制作的七星宝剑，目光四处扫量。而青洞则冲到火炉旁，与守夜的青玄一同，双手蓄势，护住此行最紧要的目标。

本来虎皮猫大人可以一举成功的，没想到他们居然能够在这么短暂的时间里炼成这邪门玩意儿。这种情况，是我们预计中最坏的一种。

我和杂毛小道隐于黑暗中，不敢动弹，也不敢用直视的眼神去瞧青虚三人，连呼吸都细了几分。看到虎皮猫大人那独一无二的肥硕身材后，青虚浑身一震，对着四处的黑暗环视一圈，举着七星宝剑，大声狂喝道："你是谁？"

我又不是傻子，自然不会回复他，与这草丛的蛐蛐，一起沉默着。

青虚连喊了三声，突然狂笑起来。将腰间的锦绣卦囊解下来，高高举在手上，大声喊道："无论你是跟了我几个星期的那个家伙，还是逃出来的那两个小子，你们的目的，无外乎就是这个小妖精；那么，这里我数三声，三声过后还没有人出现，我便将这锦囊中的东西扔进火炉之中，让它灰飞烟灭——你们知道的，我这个人，说到做到！"

他将那挣扎的锦绣卦囊举起来，移到火焰明旺、烟熏火燎的鼎炉前，青玄则狞笑着将那盖子打开。

青虚开始数："一……"

并无多间隔，第二声响起"二……"

虽则理智告诉我，青虚仅仅只是虚张声势，作为这丹药的祭灵，这锦囊中的生命要等到特定的时刻放入，才会有效果。然而当看到在锦绣卦囊缓慢挣扎的那物体，我能够想象到小妖朵朵在里面无力地挥动着手脚，迸发出生命中最后的气力……一想到那个小狐媚子的可怜模样，再想到青虚的变态和残暴，我心中就如同针扎一般难受，仿佛要死去一般。

"三……"

在听到这一声的时候，我知道我终于还是要做出一件愚蠢的举动——我毅然挣脱了杂毛小道的拉扯，高叫一声"等等"，从林中缓步走出。青虚是一个赌徒，而我却输不起。溪边林间的平地上，光线暗淡，那八根火把在风的吹动下不时跳跃，映照着我僵硬的脸庞。看到我，青虚笑了，脸上未消的青肿在扭曲。

他指着我，说："哎哟，不错哦，这样子你都能够逃出来？"

我站立在十几米远的地方，凝神盯着他手上的锦绣卦囊，伸出手上从李晴身上撕下来的布条，说你手上有我要的东西，我身上有你要到东西，不如……我们两个交换吧？

青虚身子不可避免地僵硬了一下，薄如刀片的嘴唇抿了抿，狭长的眼睛眯成了一条缝，露出毒蛇一般的光芒。他依然在笑，略带着疑问说道："你们两个都奄奄一息，而鲁赛是邪灵教的老把子了，不会这么大意。我很好奇，你们是怎么逃出来的？有人救了你，还是我那可爱的晴妹儿不忍心，将你们给放了？你是怎么追到这里来的？萧克明那个小家伙呢？"

我摇了摇头，缓步走上前，说："我现在感兴趣只有我所说的交易部分，你赶快下决定吧！"

青虚手一挥，青洞和青玄两人从侧面朝我缓慢包围上来。他笑容不改，说："小子，既然说是交易，那么我们就秉承着等价交换的原则。我手上这东西是你需要的，你可以看见，但是晴妹儿在哪里，你却没有告知我，红口白牙地在这里说，只会让我觉得你是在虚张声势。不如这样，我们做这么一个交易：你束手就擒，我不杀它，你若反抗，我直接把它丢进炉子里——你看这样公平吗？"

"你……"我顿时被青虚的无耻气得无语了。

"哈哈哈……"

青虚得意地大笑，然而脸却一点一点变得僵直。他沉声说道："你这个人啊，总是喜欢把自己的底线早早地暴露出来，太年轻、太不成熟了。是关心则乱吗？作为前辈，我奉劝你一句，凡事都要舍得，抛下你心中的执念，抛下你心中的道德，抛下所有束缚你的东西，你会发现，你将变得无比强大！"

青虚缓缓说着，而青洞、青玄则摩拳擦掌走到了我的面前，想把我制下。

按照电视剧的狗血情节，我定然会被他们捉住，然后青虚将小妖给炼化，而我则流下了痛苦的眼泪，一夜白头、满脸沧桑什么的……然而生活就是生活，束手就擒这种蠢事不但无助于小妖朵朵的救出，而且让人觉得十分愚蠢、二逼，我心念一转，头

也不回地往西面的竹林子里跑去。

是的,你们没有看错,我果断地跑路了,一点犹豫的停顿都没有。

我的举动显然也大大出乎青虚等人的意料。最靠近我的青玄立刻大跨步追了上来,而青洞刚走几步便被青虚喝住了:"小心调虎离山之计!"青洞收步,返回阵中,而青玄却狞笑着朝我冲来。我闷着头一阵猛跑,快要到达竹林的时候,突然感到脑后一阵风呼啸而来,心中一跳,往前就是一扑。

那恐怖的人头擦着我的头皮飞过,黏嗒嗒的尸液滴落在我的脸上。

一落地,我毫不停留地往旁边一滚。

那人头撞在了我刚才所在的位置上面,轰然一声响动,立刻有一个大坑出现。一道黑影出现在了我的上空,是青玄,口嚼着烟熏槟榔的他满脸笑容,手上拿着雕工精美的如意状铜锤,一端轻巧、一端却满是倒刺的巨大锤子,朝着我的脑袋砸下来。

我虽在连番滚动,然而平衡感并未失去,抬起右脚就朝青玄的小腿蹬去,如此近的距离,自然一踢一个准。青玄在跌倒的同时,调整方向,如意铜锤已然朝我脑门子上重重砸下。

躲闪不及,我唯有用双手往上托起,无奈地以一双肉掌硬扛这一击。

就在此刻,我胸前白光大现,一脸决毅的朵朵顶住了这经道法焠练过的如意铜锤。她的身子一阵晃动,然而却并没有被这铜锤击溃散,反而散发出了更大的光亮来。她精致可爱的小脸上面有蚯蚓一般纵横的泪水,是血色的眼泪,她与青玄在那一刻僵持着。

朵朵咬牙,青墨色的鬼气开始萦绕在了她的脸上:"朵朵不是没用的宝宝,朵朵要保护陆左哥哥……你这坏人!"

我已然习惯朵朵乖巧可爱的小萝莉造型,早已忘记了初见她时的恐怖模样,也忘记了她百年难遇的鬼妖之体,更是把她当作弱者来保护。这次眼见我被掳走而她却毫无办法,终于让她迸发出了巨大的潜力:"你这坏人,给我死去吧……"

白光中有黑气,游丝一般缠绕,本来天生克制鬼物的道家如意铜锤在这一刻突然瓦解,化为碎屑。

我再次出脚,猛然蹬在了青玄的左肩上面。

这个僵尸脸终于露出了痛苦的表情,往后一个纵翻,弹跳起来,双手一挥,立刻出现了两张冉冉燃烧的火符,将驱邪避祸的道力渗透出来。我往后一纵,背靠着一根青竹,也燃起了一张符。

甘露咒。

朵朵那被如意铜锤刺得流血焦黑的嫩白双手,开始恢复了肉色。

但这甘露咒,并不能够让那类似于控尸降的人头停歇。当我和青玄再次小心对峙的时候,人头张开嘴狂喝一声,发出了森森的鬼叫,让我的耳膜顿时一片刺痛,鲜血流出;鬼叫之后,黑雾萦绕的人头再次朝着我飞扑过来。

青玄也动了,他结了一个手印,双手呈剑指,食指、中指并拢处,有破邪的金光闪耀,前冲。

他充满自信,在他面前的我昨日还是由他任意宰割的小角色,抛开炼制幡魂的目的来杀我,他自信可以不费功夫。

朵朵也动了,她的脸已然变成了恐怖的青墨色,口中的牙齿细密尖锐,眼神邪异。她双手在空中画了一个复杂的符阵,然后跟飞临的控尸降碰在一起。与此同时,我跟青玄轰然相撞,浑身的肌肉和骨骼都在呻吟。

白光中,那血淋淋的恐怖人头被朵朵手掌抓住,然后居然不合常理地开始分解。

朵朵口中吐出了六个字:"鬼道真解——鬼噬!"

这声音轻淡,却如洪钟大吕。

第二十九章　本能战斗，猴子偷桃

　　我和青玄像两个刚开始学打架的孩子，在地上相互拉扯、殴打、翻滚……
　　然而我们的注意力，却一直集中在朵朵与飞头的斗争上。
　　那飞头甫一出现，鬼气萦绕，黑雾袭袭，全身上下一股血光之气，凶煞莫名。面对虎皮猫大人故意的勾引，它并没有跟去，而是悬停在青玄身边，显示了一定的智慧。它的凶厉虽然不及巴颂那修炼经年的控尸降，然而寻常人等，却很难跟这力大无穷、坚硬如铁的家伙相斗。
　　在我一贯的印象中，并不擅长战斗的朵朵也不能。
　　她也许还会被吓得哭泣。
　　然而没有，变成了凶恶模样的朵朵没有了小女孩的神态。她是鬼妖之休，她精修着鬼王遗留的白莲教秘学《鬼道真解》，最重要的是，她最亲的亲人生命遭到了威胁，所以她豁出去了——在我的视线中，那狰狞恐怖的人头被朵朵白嫩如玉的手掌抵住，然后一股让人心悸的力量喷薄而出。
　　飞舞人头周围的黑雾被吞噬，如泼入海绵中的水。
　　一瞬间，黑雾消失无踪影，而朵朵青墨色的脸上，则有许多小蚯蚓一样的筋脉浮现出来。
　　接着，那张狂恐怖的人头悄然摔落在地上，在草地上滚了几转，毫无声息，完全不复之前的恐怖模样——"鬼噬"将支撑它作恶的所有邪恶源头给吞噬分解，然后便如同最初一般，仅仅就是一个死人的头。
　　一招毙敌，秒杀。
　　此时，我的胸膛已经被青玄用额头撞了好几次，疼痛欲裂，而我也用拳头给他肚子擂了几下。
　　我们奋力地拼斗着，一通打，闻着青玄口中那让人头昏欲裂的腐臭味道，我无比难受。
　　青玄自小便在道观中修炼道法武艺，体格十分硬朗，而且此前并没有受过什么伤，在与我这般实打实的互殴中，自然更占上风。然而当看到他的这人头傀儡被我家朵朵一抬击毙后，便如滑蛇一般，从我的纠缠中挣脱出来，快步往青虚那边退去。
　　我甚至能够从他的那眼神中，看到许多仓惶和焦急。
　　他害怕了。
　　然而朵朵已然拦住了他，小小的身子里有白色的氤氲游动，似乎隐藏着莫大的力量。

平心而论，格斗实力我真的差青玄几条街，若不是他的人头傀儡被朵朵一举消灭、心防大乱，我很有可能就被这个家伙给捉住，或者击杀。不过，我始终是一个蛊师，虽然金蚕蛊还在鼎炉之处潜伏，但是我有朵朵在，心中便无所畏惧。

被朵朵拦住的青玄没有强行突击，他已经明白飘在自己前面这个青面獠牙的小姑娘，是个他不得不打起精神来对付的角色。他宽大的黑色道袍里突然滑出一支小小的金钱剑，握在了他的右手上。

这金钱剑是用一串满是铜锈的古钱与红线捆绑而成，朴实无华，就跟刚刚从墓中挖出来的一般，对普通人并没有一点儿威胁，跟玩具一样，然而当他一祭出，朵朵愤怒的脸上，突然出现了一丝恐惧。

在我的感应中，那金钱剑中，蕴含着一股浓重而锋利的力量，对人或者无碍，但是对朵朵这种形态来说，确实如同硫酸一般的威胁。于是朵朵退了，往后急退数米。

一道青黄色的光芒，从金钱剑第一枚铜钱处激射出来，堪堪落在了朵朵的身上。

朵朵避无可避，伸出双手，与这股青黄色的光芒对上。

她的小手上面，满是浓郁的黑色癸水精华。那是虎皮猫大人斩杀了鱼之后，给朵朵留下的财富。

就在青玄扬出手中金钱剑对付朵朵的时候，我飞身过去，重腿踢向青玄。这个黑衣道士身子轻轻一偏，避开了我这猛力的一击。而我却也仅仅只是虚张声势，争取时间，第二击，摆腿横扫到了青玄的左腰。青玄往旁边跌落，而我则冲到了他的上方，抬脚就踩。

青玄一番滚动，避开我这大力一踩，再次翻身站了起来。

他手中的金钱剑缓缓移动，指着脸色由墨青变得苍白的朵朵，然后回头盯着我，像受伤的恶狼，剧烈地喘息着，冷冷地笑。他说："早知道如此，昨天就应该把你给杀了，免得现在麻烦。"

我盯着他，一言不发。后面是燃烧的火把，我在等，等着青虚或者青洞过来救援他。

引蛇出洞，这样才好将青虚那锦绣卦囊趁乱拿到手。

我没有想到，那两人并没有过来一个，却冲过来两道高大的黑影子——怨灵符兵。刀风响起，我往旁边猛地一躲，发现两个比上回还要浓郁的家伙，已然悄无声息地冲到了我的身后，一把陌刀、一柄三尺青锋，身着明光铠，鳞甲铁片，如同移动堡垒。

它们与之前一般强大，也和之前一般弱小。

然而我的怀中，并没有震镜存在，与杂毛小道的血虎红翡一般，都被青虚给收去了。

看着被符兵逼得东躲西逃、狼狈不堪的我，青玄脸上浮现出了惯有的狞笑，欺身而上。左手燃符逼开朵朵，右手以最凶猛的黑虎掏心之势，朝我猛扑而来。他显然是对我这个曾经柔弱的羔羊恨透之极，这一番攻击，竟然用尽了毕生精华，不留一丝回旋余地。

这一拳在我的感应中，如同出膛的炮弹，将周围的空气给拉扯收缩，即将印在我的胸口。

时机、气力、身法都呈现出了青玄的巅峰状态，这个黑袍男子，有信心将我给一举击杀。千钧一发，我的脑海突然轰地一震，漫天黑暗，像是被某种意识所接管了一般，无比冷静。

我也无法形容当时的感受，只感觉在那一刻，心坚如铁。

每天坚持形如瑜伽一般固体锻炼的我做出了一个古怪的动作，将临加于我身上的一刀一剑巧妙避开，然后蹲身下躬，右手像大风车似地由后往前摆动。青玄带着诧异的表情一拳击空，而我晃荡的右手则已经准确无比地摆动到了青玄宽大道袍下的裤裆处。

我捏到了一串肉乎乎的东西，其中有两个鸡蛋形状的东西。

然后我毫不犹豫地使劲一捏——恐怖杀招之"猴子偷桃"！

不可一世的青玄浑身一颤，如同魔神在世的他捂着裤裆跪倒在地，然后像个无助的孩子，大声地惨叫着。而我则用带着血浆浓汁的右手朝青玄的脑后一抹，往前疾走几步，避开了那两个符兵的追杀。猛然回头，在我的视野中，竟然有整整八个相同模样的符兵朝我冲来，远处的青虚则在狂叫着："杀了他，杀了他！"

浑身浓烟的符兵持刀抢剑、挥矛舞戈，一同冲上前来。我浑身一震，恐惧之感重又升起。

我望着手上这滑腻的血浆，腹中作呕。

我转身就朝着茂密的竹林子中跑去。

后面几乎没有踩地的声音，但是我知道，符兵们已然就在我的脚后跟处。

咔咔咔……

我听到茁壮高大的竹子被砍倒跌落的声音，越发觉得恐怖，没有震镜给我缓冲的时间，即使我有克制此类恶灵的恶魔巫手，也不能够从这一群怨灵符兵的手中，轻易逃脱或施展。朵朵紧紧跟着我，时不时往回甩一道冰蓝色箭状气体。

这气体被符兵以刀剑击破，虽然凝滞了一下身形，但是旁边的却立马补上。

短短几秒钟，我已经冲进了黝黑的竹林中十几米，脚下尽是落叶、野草和蕨类，青虚他们所布符阵已然被我远远甩开。突然，我的头顶飞过一道黑影，有着我熟悉的味道。我吸了吸鼻子，霍然转身，一道肥硕的黑影划过了汹涌而来的符兵群落。

我仿佛看到苍鹰在俯瞰地上的猎物。

对付人类或者别的实体，除了我并未曾亲眼所见的请神附体，虎皮猫大人通常的做法就是果断跑路；然而当遇到这等邪恶灵体，大人却跟打了鸡血一般，有如游戏中五十级玩家虐杀十级小怪的快感——虽然这个比喻并不是很妥当,但是当我看到虎皮猫大人斜斜掠过,一个手持斩刀的凶猛符兵居然被它整个都吸到鼻子里去的时候,忍不住心中感叹。

肥硕虎皮鹦鹉一只 VS 怨灵符兵八个——后者一触即溃。

青虚虽然为人冷酷无情,但是这自私只是对于旁人,对于他身边的人,却也还是放心不下。见到青玄捂着裤裆伏地,鬼哭狼嚎之后昏倒,立刻叫青洞过来接应他。而刚刚缓过一口气来的我猛然回头,只见一个隐约淡然的影子正在飞快地接近青虚布置鼎炉的法阵——若不是我与杂毛小道极为相熟,我甚至都不能够用肉眼看出。

与此同时,我突然感到在竹林后方,有一股极为熟悉的气息,正在朝这边飞速靠近。

当我发现那条淡然若无的影子之时,青虚也骤然回头。

一个身影骤然从黑暗的空间中浮现出来,朝着那并不算大的铜鼎猛然撞去。

"嗡!"

整个空间都随之摇晃,牵扯气场。

第三十章　肥虫子的逆袭

杂毛小道出生于道学世家，早在他出生之前，他爷爷萧老爷子便算好了生辰八字，利用种种秘法，给他制作出本命血玉一块，置于乡道之上，由路人踩踏三年，他三岁之时，便天生自有一牛之力。好大的神通。

何为一牛之力？

长在城市的朋友或许没有见过牛发疯时候的样子，那力道，最凶悍的武者都不敢撄其锋芒。

然而杂毛小道重重地撞在那半抱大鼎炉上时，却如同撞上了一堵石墙。

这铜炉被青虚等人抱到此处，要说有多沉重，实在很假，然而它此刻却沉重得难以移动，这主要是因为青虚用八卦五行令旗以及其他布置，将铜炉生生地拉扯在阵中心处，吸住。这铜炉不大，然而它却牢牢地生了根，溪畔林间的灵气都汇集于此，与这阵法，已然连作了一体。

所以杂毛小道并不是在撞那铜炉，而是在与青虚布的这阵法为敌。

如同著名的马德堡半球实验，实验者并不是在跟那两块胶质半球拉扯，而是和大气压强斗争。

杂毛小道似乎用了什么措施，将自己的气息隐匿到常人难以找寻的境地，然后暴然而起。

他并没有袭击青虚，而是选择直接攻击那铜炉，其一是因为这铜炉是这法阵的关键，一旦损毁，全盘皆破；其二，则是因为此铜炉一旦错位颠覆，青虚就不能够以最快的速度，处置那锦绣卦囊中的东西。

倘若是小妖朵朵，若将其放出，自然可以反噬青虚。

所以不是他不知道铜炉难撞，而是因为他不得不撞。

轰——

那铜炉终究被杂毛小道一往无前的气势撞翻倒地，炉内的丹浆散落一地，将那新平整出来的土地激发得烟雾缭绕，下面的火灶塌了半边，那些柴火顿时就散乱了。而这个始作俑者也并不好过，巨大的反震之力，将他往反方向震到了一边，趴在地上狂吐血。

仅一击，两败俱伤。

看到散落一地的红色炭火，青虚的脸上露出震惊愤怒恚恨的表情，手中七星剑一挥，朝着倒地的杂毛小道直刺过去。瞧他这出剑的姿势，便知道他同样也是一个使剑的高手，用剑歹毒刁钻到了极致。寒光一抹，倘若临于杂毛小道咽喉处的话，这个坏了他好事的家伙。必然要在明年过忌日了。

然而杂毛小道终究是一个有着足够实战经验的家伙。他一倒地，甚至都没有气力爬起来，便朝着旁边急速翻滚，一直滚到了残破法阵的边缘，压倒了好几处令旗和一根燃烧的火把。

接着他站了起来，踉跄地朝着黑暗中跑去。

我已经绕过竹林，用尽全力朝着那边冲去。我知道在这个时候，本就受过许多内伤外伤的杂毛小道在正面上，绝不是青虚的对手，若是被那厮追上，他可没有什么怜悯之心，必定一剑枭落我好友的首级。然而我哪有青虚的速度快，当我离他们还有二十来米距离的时候，青虚已然一把拉住了杂毛小道的衣袖。

他一扯，杂毛小道外衣的整个袖子，碎成了数条细布。

青虚出手如电，手中的七星剑平削杂毛小道的脖颈。

果然，他真的有枭人首级的想法。

杂毛小道头一偏，勉强让过这一剑，伸手去抓青虚握在左手上面的锦绣挂囊，然而那手无力，竟然被青虚以胳膊横摁，将人给绊倒在地上。青虚一脚踏在杂毛小道的胸口，高高举起了剑，狞笑着讥讽道："你不是茅山黄金一代中，最厉害的天才修道者吗？怎么变成了这么垃圾的模样？就凭你，也敢来管我的闲事？如今我将你送入黄泉，你还有什么好说的？你所坚持的正义和公正，会给你带来半点儿的荣光吗？"

我仍在狂奔，突然左后侧传来了一声尖锐的呼啸，脑子还没有反应过来，身子已经本能地往地上扑去。

一支不到十公分长的利箭与我擦身而过，带着阴寒恐怖的气息，射入我旁边的泥土，轰然炸响，出现了一个脸盆大的深坑。

我看到远处蹲在青玄身边的青洞，正挽着一张小臂长短、玩具一般的黄木弓箭，对着我，脸色发白。这是什么东西？射完箭之后的青洞，显得格外虚弱；与此同时，青虚手中的七星剑，已然由高至低，豁然刺出来。

来不及了，我半闭眼睛，焦急地呼唤肥虫子来救场。

然而肥虫子并没有在青虚附近，早就有了预判能力的它，竟然已经潜伏到青洞的身边去了。

杂毛小道要被刺死了吗？

我脸贴着地，心死如灰，突然感觉到一股大自然清泉流水般的力量在黑厚的土地中蔓延。

是愤怒，还是悲鸣，又或者深情的请求？

在我"炁"之场域所感应到的世界里，在人眼看不到的地下，生长着各种各样植物的根茎。

这些根茎平日里默默地在幽暗的泥土世界中穿行，听不懂人言，自得宁静，然而当这股力量在蔓延、在叹息的时候，这些平素比蜗牛还要缓慢的植物根茎突然狂暴起来，以疯狂的速度穿破土壤表面，如同无数的触角在生长着，然后缠住了青虚的双腿。

青虚的身子一僵，竟然难以前行一步，青绿色的草叶已然攀上了他的腰间，无数细碎而集中的力量将他拉扯，固定身形，不得走脱；然而杂毛小道的身下，那些绿草竟然如同海中的波浪，将他往旁边推移出去。

闪电般落下的七星剑一剑刺空，重重地插进了泥土里。

为了保证必杀，青虚这一刺，几乎毫不留手。

不留手，而又未刺中，导致他的力道受到反震，脸上顿时一片紫红，猪肝一般。我豁然站了起来，偏身又晃过了一箭，心中却狂喜不已——是青虚左手中那锦绣卦囊中的小妖朵朵，在反击吗？

她难道还有着意识在，知道我们来了？

青洞的第二箭落在了我身旁两米处，将地上的泥土炸开，无数爆碎的泥块拍打着我的腿部，刺骨一般疼痛。倘若我中了这一箭，我必然也如同这炸开的土坑一般，惨死当场。见到青虚被束缚，我终于放下心来，扭头看向此刻对我最有威胁的青洞。

我有预感，我如果再冲向青虚，我绝对躲不过第三箭。

青洞是一个可怕的箭手，前面的两箭，并不是一点儿用都没有——他在修正箭道和测试我的闪避习性，一直在喘息着的他倘若再射出第三箭，我必身死魂消。青洞手上那小弓小箭，绝对是一件法器，将自己偌大的道力，附于飞速的箭矢，将对手击毙当场。

我之前的两次躲避，几乎是来自于对死亡的畏惧而产生的本能反应，我根本不知道自己能否避过第三箭。

我毫无把握，开始跑动起"之"字形，快速朝着青洞冲去。

两箭射出，本来蹲身在青玄旁边好生安慰的青洞脸色越发晦暗，似乎每一箭都透支了他的生命力。而他的脸色越苍白，越近乎透明的颜色，他的眼神越坚毅，在他那黑色泛黄的眸子里，世界就只有我一个，只有一个点。

而那个点，就在我的眉心处。

青洞拉弓撚箭，嘴角朝上，颤抖的身子里散发出强大的自信，如同看着肥沃土地和子民的王者。

此时，我也停了下来，不闪不避，看着这个气势恐怖到了极点的男人，露齿一笑。

青洞的目光已然死死锁住了我的眉心，然而玩具小弓刚刚一拉开，还未紧绷，拉弓的右手胳膊上突然一阵麻痒，一股酸胀无力的感觉立刻蔓延开来。他难以置信地低头一看，只见一个暗金色、周身尽是如眼睛一般黑点的肥虫子，正用无辜的黑豆子眼，盯着他。

大眼瞪小眼，都眨了一眨，肥虫子看到了大眼睛中瞬间爆发出来的愤懑和难以置信。

它委屈了，它可是强忍着巨大的压力，趁着这个家伙身体虚弱的时候，突进来的，见一双大手果断地朝它拍来的时候，它很气愤，埋头再咬了一口。

青洞的手掌重重地拍在了这温润如玉的金蚕蛊上面，而我的手掌也重重轰在了青洞的左脸。

十几米的距离并不算远。

啪……

我从未觉得打人巴掌有这么畅快，一挥下去，便能见到血沫子和几颗槽牙飙射而出。尽管没有肥虫子在身，但是经过它改造一年多的身体里，却也蕴含着强横的力量。我怕极了死亡的威胁，先是猛扇了他两巴掌后，果断地将那半臂长的小弓给夺了下来。

被金蚕蛊一蛰，青洞的精气神仿佛都垮了下去，任我狂殴。

青玄、青洞已然失去战斗力，我扭头去看青虚。

然后我差一点儿叫出声来。

在我视野中的青虚已然不是常人，如同沐浴在黑烟迷雾中的恶魔。他已然摆脱了身下绿草根茎、藤蔓的纠缠，烟雾将所有的绿色给驱退，然后前冲数步，将口鼻流血的杂毛小道给狠狠揪了起来。

第三十一章 恐怖的魔，决战

"你们这些蝼蚁！你们是在逼我……"

青虚整个人都陷入了缭绕的黑雾之中，那黑雾凝而不散，将这个家伙撑大了一些，勾勒得如同浓烟滚滚的人形恶魔一般。如此拉风而恐怖的造型，自然不是正宗的龙虎山道术，不知道他是从哪里学来的。只见他将逃出圈子的杂毛小道给擒住，揪着衣领，然后朝我这边缓慢走来。

他脚步沉重，每踏出一步，旁边的泥土杂草便往两旁吹开去，咚咚咚……气势惊人。

我手上抓着青洞的黄木小号，使劲儿拉了一下，却发现我根本就拉不动，俯身将青洞拉起来，挡在了我的面前。看着气势汹汹前来的青虚，我勒着青洞脖子，在他耳边急问道："你师兄这一招，叫啥子名堂？"

青洞咳着血，那血块黏稠，直接流到了我的左手臂上。他笑了，说："你们惨了，居然把我师兄压箱底的'逆北斗黑魔变'都给激出来了，只怕你们这魂魄都要给吞噬，逃脱不得了！哈哈……"

"逆北斗黑魔变"？

我眉头皱起，城东温泉山庄的那逆北斗夺煞冲阵，虎皮猫大人说是个蕴含鬼力、魂锁阴阳的绝佳法子，如此大手笔的布置自然不会是仅仅为了那"青春不老泉"，只怕最终还是因为这功法。

只是，这玩意儿，莫不是邪灵教的修炼方法？

青虚提着杂毛小道，缓慢走到了我面前十几米处，停住。笼罩着他脸上的黑雾稍微消退，露出一张僵硬凶恶的脸，铁青、上面有着许多黑灰色的绒毛，寸长。他仰天狂啸了一番，右手举着杂毛小道，咆哮道："为什么？为什么！你们为什么要逼我？逼我把这没有练成的逆北斗黑魔变给施展出来，逼我将你们给全部杀死？"

他的声音如同鬼怪在嘶吼。

我紧了紧青洞的脖子，手上是老鲁剐驴的尖刀。朵朵的脸色已然恢复了一些，白嫩的双手上面全部是青黑尖锐的指甲，正抵着昏死的青玄。我凝视着青虚，淡淡地说："我们现在再谈一次交易，把你手上的萧克明和袋子给我，我把你两个师兄弟交换给你；交易完成，我们大路朝天，各走半边，如何？"

青虚发出了一阵怪笑，并不回应我的话，而是一步一步地前行着，缓慢而坚定。

青洞在我面前喃喃自语，冷笑着，说："他现在还有一点点理智，再过一会儿，他肯定六亲不认,非要把这里所有的生灵全部都屠杀干净了,方才罢休——黑魔变,而且还是未修炼成功的黑魔变。当他准备施展开来的时候,都已经不把我们的性命放在眼里了,你居然还想着跟他谈条件?"

"是你们逼我的,是你们逼我的……"

青洞的话语未落,青虚本来还算是正常的眸子里突然涌现出一道狂热的红光,红光背后,是一双惨白无神的眸子。这样的眸子,我曾在《怨咒》中见过贞子有,光看一看,都觉得浑身发冷打颤,心寒不已。此刻的青虚已然冲到了我们面前五米处,将挣扎着的杂毛小道当作流星锤,没有半点商量地朝我甩来。

瞧这力道,砸落在地上的话,只怕老萧的骨头都要折断好多根了。

我自然不敢让我这好友遭罪,将中了蛊毒又被我暴打一顿的青洞往前一推,然后小心地将杂毛小道给接住。

被当作暗器的杂毛小道有着巨大的冲势,我揽着他的腰接住时,被这巨大的力道带着往后倒下。

啊……

我和杂毛小道在草地上滚作一团,此刻我突然感受到了巨大的危机,将杂毛小道往后猛然推开去。抬头一看,见青虚已然将跌倒在地的青洞踩得没了气息,右脚正朝我胸口踏来。

我的反应还算快,立刻伸出双手,托住了他的鞋子。

因为要炼丹,青虚穿的是道家常见的黑布鞋。此刻黑雾裹挟,一脚踏下来,竟然如有千钧重量。

我双臂上的骨头都在呻吟,咔咔作响,然而更恐怖的事情出现了。

那黑雾竟然如同流水一般,从我们接触的地方开始流动过来,一股冰寒至极的阴气开始渗透到我的身体里。我忍不住大声叫唤起来,感觉灵魂都被猛烈地撞击了一下,脑海里尽是冤魂鬼怪的哭泣声。已经对青虚进行一次袭击未果的金蚕蛊见我如此模样,立刻往我的身子里面钻,这才有一股暖流涌入,神志顿清。

单枪匹马将青虚所有符兵收拾完毕的虎皮猫大人骤然出现,厉喝一声,犹如鹰啼。

它从竹林东来,展翅从青虚的头顶掠过。

一泡热鸟屎顿时落在了青虚烟雾缭绕的头顶上,是稀的,哗啦四溅,青虚身上的黑雾陡然淡薄了几分。"呱……"我听到它在头顶大叫一声,说:"逆北斗黑魔变?你竟然得到了黑魔的传承,你……"

虎皮猫大人话还没有说完,便被一道腾飞的黑烟击中。

黑烟缭绕,将它一身艳丽多彩的羽毛熏成了锅炉工。此刻,朵朵咬着牙朝青虚撞来,却被青虚挥手弹开,惨呼着跌落一旁。

青虚浑身上下也被一片冰蓝色的薄雾所笼罩,那是朵朵释放出来的本源之力。

我趁着青虚应付虎皮猫大人和朵朵，借着金蚕蛊涌入心肺的力量，将他的脚底推开，一番滚动，脱离了他的攻击范围。青虚正待追击，之前出现的那股力量再次袭来，地上的野草、藤蔓和蕨类植物突然发疯，将浑身黑烟的青虚给尽数缠绕，一路蔓延到了他的腰间。

一道绿色的身影从我们的对面出现，浮光掠影一般，由远及近，停在了我们面前。

翻身起来的我和吐着血站起来的杂毛小道都被这个不速之客给震住了。

她不是应该在青虚左手的锦绣卦囊中吗？来人正是有着天使脸蛋、魔鬼身材的小妖朵朵。

经过了鬼妖分离、麒麟胎孕育重生之后的小妖已然出落得窈窕动人，除了保持以前那美好身材和集清纯妖艳为一体的精致面容外，皮肤变得格外的白，牛乳一般。此刻的她脸上却全是悲戚之色，一双璀璨若天空星辰的眸子里全部都是泪水，她咬着牙，双手舞动如同随风而动的杨柳枝条。

缠绕在青虚下半身的植物根茎更加狂烈，居然长出了密密麻麻的倒刺，深深地扎进了青虚的皮肤里。

扎进去了吗？没有！

青虚之前便是依靠着逆北斗黑魔变中的黑雾，将这缠身的植物给腐蚀，此刻自然熟练无比，浑身一震，那些绿色、黄色的植物立刻消融，开始往下面回缩。小妖朵朵眼含热泪，咬着牙，与青虚僵持着。

我完全没有从震惊中回过神来，脑海乱糟糟：我不知道小妖朵朵从何而来，我们跟青虚打的这一架也许是白打了——我甚至没有时间跟小妖朵朵说一句话，因为我们现在面临的，是魔化之后的青虚。

我咬着牙，提着尖刀，飞身朝着行动受阻的青虚刺去。

见到我这拼死一刺即将临身的时候，青虚突然浑身一震，喉咙抖动，发出了如同魔鬼般的吼声："黑魔降临……"这话音一出，立刻有力量从不可知的空间中灌涌而出，喷到了他的身上，而他全身的肌肉也开始纠结生长起来，如同电影中的绿巨人一般，整个人膨胀到了两米多高。

我本来刺向青虚胸口的那一击，妥妥地扎在了他的腹间。

他的肌肉坚硬得如同大理石一般，仅仅进入一寸，便再难以插入分毫；此刻，小妖朵朵指挥的那些疯狂植物已然全部被青虚崩开，他已经恢复了行动自由。

一击不成，我果断后撤，一纵四五米。

然而青虚并没有朝我追来，而是伸手抓向悬浮于空中的小妖朵朵。

小妖朵朵依然和朵朵一般身高，如同缩小了一倍的美人娃娃。她脸色悲戚，往后躲闪，然而青虚身上的那烟雾却如同触手，已经先行将她给缠绕住，不让其挣脱。眼看着变成畸形怪物的青虚就要抓住小妖朵朵，我心中不知怎么的，疼得厉害，毅然翻身前冲，以平生最快的速度喝念了一遍九字真言"灵镖统洽解心裂齐禅"，浑身骤然散发出金光与檀香，堵在了青虚的前方。

青虚身高两米二三，肌肉贲起，黑雾缠绕，鬼气森森，有着巨大的、野兽一般的力量。

我则拥有着王冠本命金蚕蛊，以及一年以来修持的全身之力和真言加持。

我们狠狠地撞在了一起。

就在青虚将我撞飞，黑雾渗入我体内的时候，一股从我丹田中爆发出来的不可知力量，将他护身黑魔的烟雾给猛然一震，顿时消溃许多。我倒飞在半空中，看到杂毛小道踉跄地跑到刚才青虚停留请魔的那个地方，捡起了一块绯红色的玉刀。

他急速地念着什么，口中喷出的鲜血将这玉刀给浸染。

一道震天的虎啸声从杂毛小道的方向响了起来，巨大的红光重重地撞击在青虚的身后，轰然作响。

我眼前一暗，感觉背部终于着了地，一声叹息。

第三十二章　修罗彼岸花

巨大的反震力从背部传来，我全身如遭雷轰，喉头一甜，忍不住就狂喷起鲜血来。

受到如此剧烈的震动，我的脑海一片黑暗，疲惫的意识直想着沉沦进去，不作思考。

然而在这关键时刻，我倘若睡去，说不定就再也醒不过来了。猛地一咬舌尖，一激灵，勉力摇晃着爬了起来，头嗡嗡直作响，天地摇晃。只见杂毛小道激发出来的红翡虎魄，轰然撞上了魔变以来气势最弱的青虚。两者较量，气浪翻滚，烟云环绕，一声不似人类所发出的咆哮，顿时响了起来。

"嗷呜……"

天地为之一震，洪钟大吕一般在我的耳朵边轰鸣着。

红翡虎魄在相撞的那一瞬间，如同实质一般的身体顿时震荡得波纹浮现，空虚得如同几条虚线构成，黯淡无光。手持着红翡玉刀的杂毛小道再次跌飞出去，而青虚则朝着我这个方向扑倒过来。

在落地的一刹那，以青虚为中心的恐怖波流瞬间生成，同爆炸一般朝着四面八方飞射而去。

没有声音，这种能量的宣泄以一种静默的方式朝着四周剧烈扩散。

刚刚站立而起的我胸口和头部如同遭到重锤敲击，嗡的一声，还没有反应过来，便感觉阴寒之力漫山遍野地席卷而来，人就像在十级飓风中的羽毛，没有了重量，被这巨大的力量吹得飞了起来。

我的思维在这一刻都停滞住了，毫无知觉，也没有感应。

下一秒，我感觉自己浑身冰冷，刺骨的溪水从全身各处蔓延上来，将我淹没。

肺腔之中灌入许多溪水之后，我头疼欲裂、呛咳连连，也就是这痛苦提醒了我，我被吹飞到了十几米外的小溪流中。这溪流并不算大，仅仅齐膝深，我挣扎着站了起来，看到暗黑的水流中，似乎有一些红色在蔓延，不知道哪里撞破了口子，鲜血在流。

我浑身冻得僵硬，头昏昏的，哪里能够知道伤在何处？

我举目瞧向引起这一切的罪魁祸首：青虚。

只见他的躯体已然开始在以肉眼可见的速度萎缩，浑身赤裸，黑雾收敛入体，肌肉在收缩回复，体表上的那些黑毛开始渐渐消失，恢复了普通人的样子，只是更加灰暗了一些——我心中狂喜，依这情况，青虚的魔变之体，显然已被我们联手破除了。

高手较量，有的时候仅仅就在一瞬间。

然而青虚的十米之内，没有一个活物，连地上的那些草皮都给连根拔起，飘散各处，地上满是细碎凌乱的泥土和石子，一片狼藉。空间里突然响起一声微微的叹息，仿佛在哀叹这并不辉煌的战斗。

青虚趴在地上吐血，看着被他魔变破碎而吹飞飘零的我们，竟然发出了怪笑声。

这笑声拖到了尾部，又如同哭泣一般。他举起左手上面的锦绣卦囊，艰难地爬了起来，表情狰狞而愤怒地看着散落四周的我们，说："你们现在满意了？弄成这样你们就满意了？你们不是想要救它吗，我现在将它弄死掉，你们大家是不是就更加满意了？"

看着陷入疯狂、语无伦次的青虚，我拖着疲累的身子，缓缓向他走去。

我看到衣衫褴褛的杂毛小道像僵尸一样艰难移动步子从铜炉边走来，他身上有好多地方被散落在地的火炭烫得焦黑；我看到熏得如同乌鸦的虎皮猫大人喝醉酒一般，摇摇晃晃地迈着步子；我看到面无血色的小妖朵朵从溪流对面的草丛中挣脱出来，玉石一般的身子黯淡无光；我看到朵朵从竹林中飘了出来，一坠一坠的；我还看到昏死过去的青玄已然醒了过来，一声不吭地往茂密的竹林西侧艰难爬行……

这是灵力的瞬爆，最受影响的除了我们这些靠得较近的，便是朵朵这种灵体。

我从来没有见到她如此虚弱，仿佛风中的烛火。于是我对青虚这个家伙充满了前所未有的憎恨，不杀之，难以疏解心中的郁结。

杂毛小道离青虚最近，他已然走到了青虚的面前，盯着青虚的左手，叹了一口气。

他问青虚："你能不能够将你手中的这个布袋放下，然后背着你师兄弟的尸体离开？"

青虚听到，停止了翻来覆去念叨的话语，回首看了一下生死不知的青洞和如蠕虫一般爬行的青玄，脸上露出了茫然的表情，说："得了吧，你们费尽这么大的心力，不就是为了斩除我吗？孙姨都告诉我了，你是黑手双城的人，疤脸小子是东官特勤局的人，你以为我傻吗？收起你们的虚伪，将我的头颅拿去，好给你们立功领赏啊……哈哈，你还在等什么？"

杂毛小道抹净唇边的鲜血，凝视着青虚，说："老天怜悯，道法自然，我在等待你的人性……"

听到杂毛小道的话语，青虚眼神明亮起来，他盯着杂毛小道那张鲜血糊住的脸，不屑地说："不要拿这种教化的套词来跟我说，我听得够多了……这天地就是一个伪善的世界，明明就是弱肉强食，明明最奸诈、最狠厉的人才能够过得更好，还偏偏讲什么人性的觉醒和光辉……"

杂毛小道摇了摇头，一步一步前行，说："没有人生来邪恶。青虚，放下你手中

的东西!"

青虚指着杂毛小道哈哈大笑,说:"是啊,没有人天生邪恶,我们之所以会这样,一切都来源于不公。想我李明班自小天资聪慧,十里闻名,学道绘符,进步神速,不到二十就已经是全龙虎山里少有的山居道士。这样的我,本来应该是龙虎山掌教的不二人选,可是为何姓张的那小子能够学习《正一明威符箓》,而我不能?就因为他是张天师的儿子,而我只是上清古镇卖豆腐脑儿小贩的狗崽子?"

青虚情绪激动地挥舞着手,说:"我要证明他们错了——我开始藏起心思,我培植自己的势力。我在道法无法进步的时候遇见了孙姨,我学得了比上清道法更加神奇的东西,这些东西让我变得强大,让所有没有拿正眼瞧我的人都瞠目结舌。我成功了!不,我没成功,我还没有当着全龙虎山人的面,将张小凡打得蛋黄出来!我就差一点点,就差这一粒丹药——是你们毁了我的梦想,那么,你还有什么资格,让我人性觉醒呢?"

杂毛小道脸色铁青,看着已然走上来的我,摇头不语。

我们看到青虚虽然虚弱,但是那锦绣卦囊似乎蕴含着巨大的能量,一旦我们有任何动静,他便能够立刻启动,将卦囊里面的东西摧毁。虽然我们不知道里面是什么东西,但是看着小妖一副悲愤欲绝的表情,便知道是对她很重要、很重要的东西,既是如此,那么我们就必须帮她找回来。

青虚似乎还想着说什么,一直静默不语的小妖朵朵突然出声了:"萧大哥,别跟他说了……"

我们不解地看着小妖朵朵,只见她一双晶莹透亮的眸子里全部都是泪水,这个向来都是带着骄傲笑容的小姑娘哽咽得似乎话都说不出了,指着青虚左手上那没有一点儿动静的锦绣卦囊,颤抖地说道:"糖糖死了,早在他魔变的时候,糖糖就已经没有气息了,我能够感应得到的……"

我们难以置信地看着青虚,这个家伙,手上的人质死了都还跟我们矫情半天,他到底是怎么想的?

被小妖朵朵一语揭穿的青虚脸色大变,居然将手上的卦囊往我们这边使劲儿一砸,然后转身朝反方向逃去。然而他没有跑出两步,脆弱得如同玻璃一般的身子便传来了几声清脆的骨骼破裂声。

他栽倒在地,口中不断地咳出黑色黏稠的鲜血来,然后浑身收缩成了一团,神经质地不断抽搐。

在青虚如同鬼怪的哭泣声中,逆北斗黑魔变迟迟而来的反噬,终于爆发了。

小妖朵朵跪在青虚丢弃在地上的那个锦绣卦囊前,将束口的红绳结小心解开,从里面颤抖着取出了五片连在一起、鹅掌一般模样的蓝色叶子,小手轻轻地抚摸着这叶子上面的脉络,轻柔而舒缓。我在她的后面,看到她消瘦的双肩不断颤抖,似乎在哭泣,悲伤得难以自抑。

我突然想起了很久以前,从佛经上面看到的关于修罗彼岸花的描述:"开一千年,落一千年,花叶永不相见。情不为因果,缘注定生死。"

这叶子就是小妖朵朵离开我时,曾经说过的青梅竹马吧?

我牵着受到重创的朵朵,勉强前行几步,将手搭在了陷入无尽悲恸中的小妖朵朵的肩膀上,不知道说什么好。突然这小妮子扭转过身子来,使劲儿抱着我的腿,将头埋在了我的腰间,哇的一声,放声痛哭起来。旁边的朵朵不知道小妖姐姐在哭什么,重逢和胜利的喜悦全无,也哭得稀里哗啦。

我抚摸着她们两个的头发,半跪在地上,不说话。

这时,黝黑的密林深处,出现了一个邋遢老道人,走到快要爬到竹林边缘的青玄身前。

第三十三章　望月真人清门墙

虽然小妖朵朵的好朋友失去了，我们被她悲恸的情绪所感染，但是终究没什么直接交情，这悲伤也只是陪衬的意味，在我们所有人心中，更多的，还是久别重逢的欣喜，以及劫后余生的庆幸。

此时，一个身穿灰色道袍的邋遢老道人，悄然出现了。

用手温柔地抚摸着小妖和朵朵柔顺黑亮头发的我，背脊瞬间挺直起来。

我恐惧，一股不寒而栗的恐惧感从内心，一直蔓延到全身，浑身的鸡皮疙瘩全部都冒了出来，一阵又一阵。这个邋遢老道人年纪约有六十来岁，面相如猴，眉高目深，眉毛狭长相连成一字眉，而眼睛之中竟然有诡异的双瞳交叠——十二法门上说这种长相的人福薄而命夭，天生小鬼样，也是个难以打交道的人——他挽着一个并不齐整的道髻，头发苍白，厚厚的棉质道袍陈旧得如同乞丐一般。

看着这般形象，曹彦君之前提供给我的资料，瞬间就浮现在我的脑海中。

不错，来者正是青虚和青洞的师父（青玄跟的是另一个师父），龙虎山天师道第一制符高手：望月真人。

看到望月真人从黑暗的林子里缓步走出，在泥地上蠕动的青玄大喜过望，伸手抓住望月真人的道履布鞋和黑稠裤脚，大声说："师伯救我。"望月真人停顿了一下，望了望地上的青玄，又望了望倒下的青虚、青洞，以及我们这一伙人，轻柔而坚决地把青玄踢到一边儿去，然后朝着我们走了过来。

杂毛小道到底是见惯场面的。双手并拢，拱手为礼，朝着望月真人唱了一个肥诺："茅山萧克明，见过天师道前辈。"

我也有样学样，恭敬地拱手说道："苗疆陆左，见过前辈。"

我以前听杂毛小道讲过道门之事，高人前辈大体都是讲究传统的，诸如此类的礼数不可不做，不然会被人瞧不起，没有教养。然而见到自家的爱徒如此模样，望月真人却并没有什么好脸色，阴沉得如同要滴下水来一般，扬起略微狭长的一双眉毛，一字一句地冷冷说道："好好的道士不做，居然养这般恶鬼伤人，你们当真以为贫道不敢管这闲事，将你们这一身修为给废了吗？"

我眼皮一跳，虽然看这架势，知道望月真人来意不善，却没想到他竟然倒打一耙，说我们养小鬼，恶意伤人？

这人还真的是蛮不讲理啊！

我心中阴沉下来，能够教出青虚、青洞这样的徒弟，别的不说，望月真人这教徒无方的名声是板上钉钉的事情；然而他这蛮不讲理的一套，确实让人猝不及防。好在杂毛小道反应极快，他挺身拦在了我和两个朵朵的身前，微笑着说道："前辈此言差矣，我朋友所养这鬼，乃因缘际会所致，并不沾染半点儿因果。而且这鬼乃幸运福星，比之寻常的养鬼术，要厉害许多倍，接近道法本源，不可同日而语，不信您可以闭上眼睛，仔细感应……"

望月真人冷哼一声："说得天花乱坠，难掩邪魔歪道的本质，何必多言？"

听到他这一通不讲理的胡搅蛮缠，我心中顿时怒意横生。

虽然也知道望月是故意要激怒我，还是忍不住出言讥讽，说："术法似兵，乃凶器，只是看掌握这凶器的人之本性如何？我自出道以来，从未做过一丁点儿伤天害理的事情，倒是你这宝贝徒弟，不知害得多少人尸骨无存、多少人骨肉分离，死在他手下的无辜者，数不胜数，你不好好管管自己的弟子，倒有闲情来讲我？呵，真是笑话了！"

"你！"

我面前这个瘦老头子听到这些话，勃然大怒，眼睛瞪得跟牛一般，一股庞大的道力立刻从他的身上蔓延开来，震得我们连忙往后退了好几步。

我骂得畅快，然而看到这副景象，心中又有些慌了：此刻我们这些人已然全无战力，而这望月真人又是个喜怒无常的性子，且道法厉害，要是他不顾忌老前辈的脸面，将我们给灭了口，只怕我哭都不知道往哪儿哭去。然而望月狠狠地瞪了我一眼后，并没有再看向我，而是走到了青虚的身边来，俯身蹲下。

此时的青虚已然处于极度痛苦的状态，死了一般，唯有身子在不断地抽搐，显出人还活着。

望月真人往青虚身上的各处要穴连连拍了几下，手法老练精准。青虚咳了几口血，神志终于清醒了起来。

见到自己师父在眼前，青虚顿时泪流直下。先是一番忏悔，然后将所有的罪责都推到了悄然无声息的青洞身上。他哭诉完之后，指着我们，说都是这一伙人，将他炼制黄芽甘露金丹的计划给彻底毁了——本来他还准备成丹之后，献一颗给师父您老人家的。

青虚恳求望月真人杀了我们，给死去的青洞师弟报仇。

望月真人默默地听着，也不说话，僵硬的脸上不由得露出了一丝悲哀之情。

听完后，他叹了一口气，说："青虚，你还记得我当日放你卜山，我是如何劝你的吗？"青虚一愣，说："师父，这关头，你何必讲这些？"望月真人叹气，看着自己这爱徒脸色渐灰，眼角不由得湿润了起来，说："山下红尘万丈，繁华不渡得道人，若无七窍玲珑心，怎跃得过那红尘炼心的魔障？你离开天师道太久了，越行越远，已经不是当年的那个小青虚了……"

望月真人闭目，似乎在回忆往昔的美好岁月。过了好一会儿，才睁开眼睛，盯着青虚，说："我这次下山，本来是想过来替你把关炼丹之事，然而临时接到掌教天师的命令，要清理门户——你闯的祸事太大了，为师也兜不住。不过师徒一场，你有甚遗愿，一并说与我听吧！"

听到望月真人这一番话，青虚陷入了深深的震惊当中。

他万万没有想到自己期待的救星，竟然是那将他送入幽府的索命死神。他的眼睛瞪得硕大，几乎都要凸出来了，然而当看到望月真人严肃的表情，他终于明白最疼爱自己的师父并没有在跟他开玩笑，本来就苍白黯淡的脸，显得更加没有了颜色。

见青虚不吵不闹，望月真人轻叹，说："早知如此，何必当初呢？你之前所用的邪法，已然将你的生命力给透支掉了，即使为师不处理你，你也活不了多久，不如给我们龙虎山留一分面子，也好在同道面前，争取一些主动权，不至于太丢脸。"

青虚死死地盯着望月，知道大势已去，便开口说道："师父，既是如此，徒儿求你三件事。"

望月真人颔首："但说无妨。"

青虚开始交待后事，说自家父母已然拥有了他所遗留的财富，后辈子并不用发愁，只是他有一朋友，叫做李勤，是个可怜人，希望师父以后能够照拂一番，让他死后也心中安宁一些；其二，他这辈子最对不起的便是师父，希望能够原谅他；其三……

青虚看了我们一眼，声音渐小，望月真人附耳听去，两人交流完第三件事情，望月眉头皱起，似乎不愿，然而看到青虚祈求的眼神，终于心软，说可以，我会给你办的……

他说完这些，深深地看了青虚一眼，右手摩挲着自家徒儿的头颅。

而青虚则带着怨毒和快意的笑容，看着我们。

过了一会儿，望月真人劲力一吐，青虚浑身像过电一般狂震，然后口鼻和眼睛流出了黑红色的鲜血，断绝了呼吸。望月真人闭上了眼睛，流下了一滴泪水，又过了一会儿，他睁开眼睛，将青虚的尸体放平在地，站了起来，看向了一直在旁边围观的我们。

望月真人没有说一句话，然而口中的咒文却一声声快速默念而出。

他宽大的左袖处滑落了一张陈旧发黄的纸符，不点自燃，随着火焰的旺盛，空气顿时凝重了几分，如同灌注进了水泥一般，压得人心口沉重。杂毛小道和我都变了颜色。

瞧望月真人这架势，似乎青虚的第三个遗言，是要我们给他陪葬，而这老杂毛却已然答应了。

一番大战之后，虽然我俩服用了虎皮猫大人所给的金刚大力丸，然而因为消耗过度，本来有二十四小时功效的这药力已然在刚才开始衰弱了，我困倦欲死，无尽的虚弱感已经袭上了我的身体，此刻哪是这老杂毛的对手？心中惊慌，连忙往后退却。

杂毛小道面现怒容，说："前辈，你这是什么意思？你要做什么？"

他将刚刚激发出红翡虎魄的那玉刀举在手里，表情凝重，说："你徒弟青洞，可是被青虚给踩死的，与我们无关，而青虚根本就是他咎由自取，我们只是自卫，况且也不是我们杀死的他？为何要把这账算到我们头上来？"

燃符的望月真人气势凛然，平静地看着我们，没有说一句话，只是舞动着这符，而空气则越发地沉重。

就在此刻，从溪流对面的密林中，突然照射过来几束强力手电筒的光芒来。

第三十四章　救援来临

一个声音响起来:"对面的两位,可是萧克明和陆左?"

这声音对于我们来说,简直是天籁之音。

我口中猛念一声"咄",将身体中的金蚕蛊之力震发出来,将这空气中的沉闷给打破,然后高声叫喊道:"正是我们,敢问来者何人?"

"我们是进山来救援你们的工作人员……"

那边的声音里充满了惊喜。随着我们对话的进行,望月真人收敛了左手指尖那冉冉燃烧的符箓,藏在了身后,转头瞧向声音传来的地方,没有再继续施加压力。这时候从林中跑出来七八个身影,为首的一个人使劲儿挥舞着手,兴奋地大喊:"陆哥,萧道长,我是小俊呀,终于找到你们了!"

影影绰绰的人影由远而近,我看到了瘦高个儿小俊,也看到了两个穿着黑色中山装的男子,以及四个穿着警察制服的男人。

小溪并不算宽,狭窄的地方只需要垫两块石头便能够过来。不过其中一个身材魁梧的黑中山装显然是等不及这些,一个箭步加倒空翻,居然就越过了三四米宽的小溪,脚步轻快地走到了我们的面前来。他并没有跟我们打招呼,而是朝着束手而立的望月真人抱拳致意:"国家特勤局业务四司,林齐鸣,见过龙虎山望月前辈。"

这个中年男人有着一头浓密的头发,满脸沧桑,但又有一些文艺青年的气质,我似乎在哪里见过一样。

听到林齐鸣自报家门,望月真人身上那股凝重如山的气势开始有所减缓,他点了点头,说:"哦,四司的啊?你是承风的下属?"林齐鸣恭敬地点头,说:"赵队长也算是我的上司,不过我的直属领导是陈志程队长。"望月真人眉毛一跳,抬起头,说:"哦,黑手双城啊,不错,那小子现在的进步越来越大了,不错。"

林齐鸣恭恭敬敬地询问道:"不知道前辈出现在这里,所为何来?"

因为不是自家的人,望月真人说话就有了一些生硬,他指着地上的青虚,说:"我这次出山,是奉了掌教天师的谕令,前来清理门户的,就在刚才,我已经将这劣徒给击毙,也算是给他害死的那些无辜之人,一个交待了!"

林齐鸣毫不作伪地一声惊叹,眼中瞬间涌现出了无尽的崇拜之情,真诚而哽咽地说道:"想不到……想不到您老人家如此深明大义,简直是我们这些晚辈的楷模啊,我真的是佩服得五体投地!"

林齐鸣双手并拢,鞠躬到地。

他夸张的表现，让望月真人十分满意，心情也好了一些。他深深地看了我和杂毛小道一眼，然后对着林齐鸣吩咐道："我来此的目的已然完成，后续的事情，便由你们这些专业人士处理吧，我归山了！"说完这话，他返回我们刚才打斗的地方，将地上的如意锤、金钱剑、黄色小弓等物皆拾起来，一样不拉地装入囊中。

而青虚那把七星剑，他倒是看不上。

当他把我的驱邪开光铜镜给拾起准备放入囊中的时候，我忍不住阻止道："前、前辈，这东西，我的！"

他疑惑地扬了扬手上的震镜，说："这是从我徒弟身上掉下来的，怎么是你的了？你喊它，它能应？"

我简直无语了，见人已聚齐，也不担心这个老杂毛下黑手，于是走过去，将手放在上面，沟通起里面的人妻镜灵来。相隔数日，青虚居然在上面下了两道禁制，不过却抵挡不住我与人妻镜灵的熟络，顿时这震镜金光焕然，大放光彩，望月真人这才肯将震镜交还与我。

他不管被另一个黑色中山装制住的青玄，想扶着青虚的尸体离开，然而这个时候林齐鸣拦住了他。

"前辈，这尸体，我们需要带回去检验真身……"

望月真人眉毛一竖，顿时间有凶煞之气涌现出来，然而他终究还是妥协了，气哄哄地一甩袖子，一声招呼也不打，朝着他原来出现的黑暗中隐去，过了一会儿，再无踪影。而一直眯眯笑着的林齐鸣则如释重负地大喘气，将中山装上的扣子连着解开了两颗，直呼好险啊！

说完这些，他才回过头来，很熟络地跟我们打招呼，说好久不见了……

我脑子有些短路，不记得在哪里见过他。倒是杂毛小道有些记忆，说："林兄自缅甸一别，算来也有四个多月了。"听杂毛小道这么说，我恍然大悟。想起来这个男人正是在缅甸时大师兄带队时七剑中的一员，面相沉稳，后来袋子中装着金砖的，就是他。如此说来，另外一个黑中山装，也是老熟人了。

有着黑手双城陈志程这层渊源，我们说话都没有了防备。他告诉我们，他是下午的时候赶过来的，因为没有甲马，进山的时候天又黑了，所以在山林中多绕了几处圈子，白走了不少路。后来远远看到这里有火光，于是摸索过来，谁知那望月居然想趁着这空当杀人灭口，所以才断然出声。

望月很早就是山居道士了， 身灵符的本事，在整个道门都排得上名号，厉害得紧，他若真的下定了决心，大开杀戒，我们这里的人至少要死一半，实在不划算。

我们都笑了，纷纷对他道谢。林齐鸣这个家伙倒是个妙人，他挥挥手，说："用不着，分内之事而已，你们两个怎么样？"

他这样问起，我才发现自己简直是惨不忍睹。一身外伤暗伤不说，虎皮猫大人给的那大力金刚丸药效消退，一股失去力量的空虚感涌上来，仿佛每一块肌肉里面都注入了大量的肌酸，难受得紧。小俊赶紧把我和杂毛小道扶到地上坐着。另一个黑中山装男子过来摸了摸我的额头，说："用力过度，虚脱了，身体里面好像还有一些暗伤，不过这些都要出山治疗，今天太晚了，要不然我们就在这里宿营吧？"

林齐鸣在确定我和杂毛小道没有行动力之后，点头同意。然后回头招呼那几个警察将青洞、青虚的尸体收起来，把青玄给反铐住，在那片平地上燃起篝火，再给我和杂毛小道搭了两顶帐篷出来。

七个人忙活了一阵子，终于把篝火给生起来，他们带着备用的衣裳，也给我和杂毛小道换上。看到我们两人被人搀扶着在河边洗澡，身上那些恐怖的伤痕，特别是我背上的那两幅图案，别说是警察了，便是见惯邪恶的林齐鸣也不由得感叹，说这些个家伙实在太没有人性了。小俊说是啊，这什么小鸡啄米图，简直是太丑了。

换完衣服，我们在篝火旁跟林齐鸣聊了一会儿天，他让我们叫他老林。

老林告诉我们，其实大师兄自从知道青虚的事情之后，怕这边层层勾连、相互包庇，在第二天就赶回了国内，马不停蹄赶往了这边。在知道我和杂毛小道失踪之后，大师兄急得直跺脚，发动所有的力量在找寻我们。此刻他之所以没有前来，是因为要领着下属，查找青虚口中的那个孙姨。

那个人，或许真就是厄勒德的大人物。

我将所有的线索串联到了一块儿，有些犹豫地告诉他，说我曾经在李晴住的小区碰到一个特别难缠的老太太，神出鬼没的，也姓孙，叫做孙承茹，知道我的身份。或许就是她？

老林点头，说所谓英雄所见略同，果然如此。大师兄已然猜测到了，正在收网中，说不定我们明天回去，可能就把那老太太给抓获了。

又聊了一会儿青虚三兄弟的事情，老林跟我们说，上头震怒，说一定要彻底严查。也正因为如此，使得青虚的师兄赵承风无法插手，也使得大师兄得以亲自督办此案，证据确凿，这是铁案，他们只有伏法的份儿——不过这三人就剩下青玄一个独苗苗，也算是极为讽刺了。

杂毛小道在吃了些另一个黑中山装给的药品后，精力不济，抱着虎皮猫大人检查了一番确认无事之后，便躺进刚刚搭建好的帐篷里，酣睡起来；而我的疲倦也是一阵高过一阵，感觉眼睛一闭，世界都要为之黑暗一样。确认了老林是友非敌，而且还能够给我们提供安全感之后，在小俊的扶持下，走进了另外一个帐篷。

因为匆忙，他们进山就带了两具单人帐篷，让给我们之后，他们七人只有守着尸体露营到天明了。

我疲倦得要死，自然不跟他们客气，与诸位互道晚安之后，勉力爬进搭好的帐篷里。两个朵朵已经在里面讲了小半天的私房话儿，见我进来，平日里乖巧得像小棉袄一般的朵朵居然伸出腿来蹬我，让我出去。这两个小家伙也是受损不少，竟然还有勃勃的兴致聊天，我表示十分不明白，死皮赖脸地挤进去，躺下，想听她们说话，然而她们两个却双双闭住了小嘴。我等了半天不见动静,于是眼睛一闭,睡了过去。

不过,这心情,却如同那山谷中的湖水,分外安宁。

小妖朵朵回来了,真好!

第三十五章　伏蛟道符，冰雪宫珠

次日，我从无尽的酸疼和虚弱中醒过来，疲惫得甚至都不愿意睁开眼睛，面对这世间的一切。

虎皮猫大人赐予的大力金刚丸，吹得天花乱坠，但实质上就是一粒土方炮制的兴奋剂，而且还不保证质量，有效期提前到来，实在是让人头疼——不过要不是这东西，遭受一番酷刑虐待的我和杂毛小道，估计也撑不了这么久。

只是现在的我，虚弱得连一只小蚂蚁都捏不死，浑身的肌肉都罢了工。

我努力睁开眼睛，看到一张妩媚中又带着一些清纯的俏脸就在我旁边，瞪着一双晶莹剔透的大眼睛，看着我，像猫儿眼宝石一般，我这才放心，之前的担心终于烟消云散而去。

小妖朵朵回来了，而且这小狐媚子也没有在我睡梦中悄然离开。

见我醒来，小妖皱了皱小巧的鼻子，说你睡觉的样子可真丑，像个没有断奶的娃娃，还老流口水……

我一阵郁结，这什么人啊，居然偷看我睡觉？

一番大战之后的我自然顾及不了形象问题，能活下来已经不错了，睡相难看这等小事，自然不作计较。我昨天睡去，梦里面都记得两个小家伙在我的耳朵边唧唧喳喳说了好久的话语，转动脑袋，发现朵朵已然不见，回到了我的槐木牌中，便问小妖朵朵白天呆哪里？

小妖朵朵笑了，说：“你傻啊？我现在是麒麟胎玉身，可以正大光明地行走于阳光之下，为何还要躲起来？不过，你这槐木牌若是挤一挤，我倒也是可以住进去的。"

我惊讶，感叹说虽然知道麒麟胎修炼是一等一的厉害，却没想到竟然将鬼物灵体的这么多弊病，都给消除了！

小妖朵朵眨了眨眼睛，说：“你是不是后悔了，当初要是把朵朵的意识分过去，你的心愿就实现了？"

我摇头，说：“不是，这天下间的事情，讲的是一个因果，讲的是一个缘分，这麒麟胎跟你有缘，所以你才能够融合，若换了朵朵去，说不定根本就成功不了，烟消云散了。即使不是这般，你和朵朵在我心中都是一般无二的，换作是谁，我都是很开心、很高兴的。"

小妖朵朵本来洋溢着笑容的精致小脸一下子就变红了一些。沉默了一会儿，将手伸出来，在她的手心处，有一滴水银一般滚动的轻灵液体，本来还略有一些小妖气息的她眼圈突然红了,轻轻地说道:"朵朵昨天跟我说了很多,想不到在我离开的日子里,你们居然发生了这么多事情,每一次,都差一点儿没有了小命。陆左哥哥,你这个混蛋,居然让朵朵和肥肥差一点儿没命,真让人头疼啊!"

这滴银色水珠,是在黑竹沟中万三爷凝结出来送给朵朵的,总共三滴。朵朵服用了一滴,金蚕蛊吃了一滴,还剩下一滴,一直留在蛊丽妹送给我的粗瓷瓶中。后来我们被掳,那东西就不见了,想不到居然被朵朵收了起来。

见小妖朵朵用半责怪、半心疼的语气唠叨,我心中突然一阵柔软,说:"你离开的日子里,朵朵和肥肥可一直在想念你啊。"

小妖朵朵点点头,说:"我知道。"

我沉默了一会儿,问她:"你走之后,过得怎么样?为什么会跑到这里来?那叶子,还有丢了的翡翠项链,这些都是怎么回事儿?"小妖朵朵的眼角流露出了一丝悲伤,又在一瞬间消失。说我可以不说吗?我点点头,说好的,随你吧。

其实我能够想象得到,无外乎小妖朵朵找到了她的好友糖糖,然后糖糖就被青虚给抓住了,小妖一路跟踪至此……

只是我仍然忍不住抱怨她,为何不跟我们联系,让我们白担心了这么久?

小妖朵朵的眼圈红了,忍不住滴下了眼泪来:"说了不要问,不要问……我是有苦衷的嘛!"她咬着牙,一副难过模样,眼泪掉到地上,竟然凝结成了一颗颗晶莹透亮的玉石,我忍不住心疼,拍了拍她的肩膀,说:"好了,一切都过去了,以后我们不要再分开了,不然你这个小惹祸精不知道又捅出多大的娄子来?"

小妖朵朵似乎对我给她起的这个外号十分不满意,哭着鼻子,又在我胳膊上面,咬了一口。

这小妖精……啊,好疼!

前来救援我们的总共有七个人,两人背尸,一人押送青玄,还有四个人则抬着全身无力的我和杂毛小道,在清晨的时候出发。一路上许多艰辛自不必提,走了一半路程,手机终于有了信号,于是林齐鸣总算又联络到了第二批救援队,减轻了许多辛苦。

虎皮猫大人是我们这里最舒服的一个。它在昨天的大战中被震伤了神魂,于是借故不想动,在所有人的艳羡中,被小妖朵朵抱在怀里,在队伍的最前方轻快地走着。

并不是所有人都知道发生了什么事情,比如那四个警察,就属于不明真相的群众一类。

他们总是用奇怪的眼神打量着走在队伍前面的那个小美女,他们不明白昨天见到的那个乖乖小萝莉为何不见了踪影,不明白这两个一身重伤的小子是怎么坚持下来的,不明白前面那个身高不到一米的小女孩,为何会有比成人还要火爆的身材——难道是牛奶喝多了?

他们不明白的事情太多太多,然而出发的时候显然已经强调过了行动纪律,不该问的不能问，一切行动都需要听从两位特派员的指挥。于是他们十分称职，并不言语，只是默默地赶路。

我们于下午两点多钟的时候出了山，由车子直接送往影潭市人民医院。

经过医院的全身检查，我和杂毛小道身上有多处严重挫伤，肌肉、神经、血管受损，骨骼碎裂，内脏也有大出血的现象，特别是我，背上和大腿上全部都是密密麻麻焦黑的烙痕，没一块好肉，虽然暗里有肥虫子在，但是有的伤口还是流出了脓水来。

这模样，简直就是从渣滓洞中美特种技术合作所里面拖出来的一样，看得旁边的小护士直龇牙，一阵又一阵地害怕。

接下来就是治疗包扎。出于安全考虑，我和杂毛小道住在同一间病房。一番忙碌，已是晚上。

勉强吃过了医院那没有味道的晚餐之后，我任由朵朵、小妖和肥虫子在房间里玩闹，正准备闭目而眠，病房的门被推开，身着黑色唐装的大师兄陈志程与林齐鸣一同走进了房间。

我连忙坐起来，想要下床，被他们拦住了，劝我好生躺着便是。

朵朵和小妖都知道这个梳着人髻头的老帅哥来头很大，乖乖地叫伯伯，又搬来凳子让大师兄和林齐鸣坐下。大师兄见到两个小家伙如此懂事，笑得眼睛都眯起来。

杂毛小道因为没有肥虫子，所以比我要困倦许多，早已睡去。迷迷糊糊被小妖朵朵给摇醒，见自家大师兄就在眼前，不由得百种情绪在心头，一声"大师兄"称呼后，竟无语凝噎。大师兄微笑着摸了摸朵朵的西瓜头，问我这两个便是你的朵朵和小妖朵朵吧？上次见面匆匆，未曾留意，如今一见，养得真不错，有大福运，看来你们两个总是死里逃生，也不是没有缘由啊！

我给他介绍："这个西瓜头小萝莉叫做黄朵朵；这个身材一级棒的小妹儿，叫做小妖朵朵；这个贼头贼脑、肥嘟嘟的小虫子，是我的本命金蚕蛊。"

大师兄哈哈一笑，说有趣有趣。

他从怀里掏出一张红线缠绕的黄绿色玉牌、一颗晶莹透亮的水晶珠子，说："大师兄我走南闯北这么些年，也没留什么东西在身上。这枚伏蛟道符中镇压着一条未成年的小蛟之魂，可用来抵御正道五光之气，适合妖精用；而这冰雪宫珠乃慈禧陵墓中挖掘而出，口含之，可助神魂稳固，给你这朵朵也是极好的——这两物，是以前缴获的，我留着没用，便算是我这做大伯的，给两个小家伙的见面礼吧。"

我心中狂喜，这可都是十分实用而且珍贵的东西，也不矫情推托，催促两个小家伙收着。

两个朵朵脆生生地说谢谢伯伯，接了过来。

大师兄笑得脸上长了花儿，说："看到这两个可爱的小姑娘，让我都忍不住想着去养一个小鬼了。"杂毛小道出言叹气说我曾经也这么想的，不过这世上的任何事情，都讲究一个机缘，陆左这不沾因果的法子，倒是任何人都学不来的，所以也只是羡慕而已。

大师兄拍了拍朵朵的肩膀,说去玩吧,朵朵和小妖便去了窗边。他说师弟说得甚是,这都是机缘,强求不得啊!

尽完礼数,大师兄也不再绕弯子,开门见山就问,说陆左,你可知道这孙姨是什么人吗?

我点头,说之前便有过猜测,听说是邪灵教的大人物。我和老萧也算是久闯江湖的汉子了,竟然被她一招撂倒,别的不说,身手便是一等一的厉害。

大师兄深叹了一口气,说:"唉,你们两个,算是捅了大娄子了!"

第三十六章　邪教秘辛

我和杂毛小道都陡然一惊，忙问是不是孙承茹那里出现了什么状况，她人跑了吗？

大师兄摇头，说没有，这次由他带队，汇合了龙虎山的前辈殷鼎将、罗鼎全等山居道士，布下天罗地网，终于将那孙承茹给堵在了小区巷道中，只可惜那老太太实在太过难缠，生擒不得，百般无奈之下，将其击杀。后来在孙承茹的家中搜出了许多印信、道符以及联络名单来，确定了其邪灵教的真实身份——"说起来，能够将这个潜伏于平民小区的妖邪魔头揪出来，多半还是因为你和萧师弟的功劳。"

杂毛小道皱眉，说既如此，那怎么又变成大祸了呢？

大师兄摆摆了，说莫急，这其中的缘由，听我慢慢讲来：你们或许都听说过邪灵教这个名字，也多少打过交道——你们在东官湾浩广场所遇到的，便是。既然说到湾浩广场，我去查过相关的报告，也听过局里面研究科室的分析，那一处地方，便是邪灵教十二魔星闵魔的布置。

你们或许并不知道邪灵教十二魔星是什么东西，我这里可以从根源上跟你们讲一下：

邪灵教的前身是中国历史上最复杂、最神秘的宗教白莲教，而白莲教又源于南北朝时期佛教的净土宗。它代表着中国下层社会百姓的生活、思想、信仰和斗争，在中国农民战争史上充当着突出的角色。从摩尼教、明教、吃菜事魔，到金禅、无为、龙华、悟空、弥勒、净空、大成、三阳、混源、闻香、罗道等等数十个宗门，不一而足。此为缘起，故不细说。

到清朝末年，洪秀全于南方省花县创立拜上帝教，后于金田起义，创下偌大的太平天国，席卷半壁江山，随后遭到中外势力合力剿灭。

邪灵教就是在这样的背景下，由一名匿号为沈老总的白莲教大拿创下的。因为其有着西方背景，便自称厄勒德。它吸收了白莲教、摩尼教、本土道教、佛教以及基督教的各种思想，以世界毁灭为恐惧原力，拜毁灭之神大黑天为主要信仰，纠集了白莲教秘密结社、太平天国余党等势力，广建鸿庐，在旧中国势力极广。在那动乱的时代里，于中国的下层社会中生根发芽。

沈老总坐下有十四名当世杰出之人。左右护法掌管巡教稽查联络之事，另外十二人，或统管一方，或司职要务，皆是经天纬地的大材，而后一路传承，皆为一时之翘楚。这么说你们或许没有直观的印象，我给你们列举两个人名。据文献资料，民国时期最出名的盗墓贼——东陵大盗孙殿英，还有那统管1949年前上海青帮、前朝伪总统常凯申的拜把子兄弟，都是十二魔星中的成员……

到了民国，小日本鬼子入侵，沈老总隐遁，不知去处。邪灵教因为抗战问题，引起分裂，左右护法、十二魔星内部之间相互争斗，导致内乱四起，后来那左护法在西方后台的支持下勉强统一了教派，却也伤了元气，不成气候。再之后就是内战骤起，新中国成立，这邪灵教走的走、散的散，也就消失了踪影。

然而瘦死的骆驼比马大，近年来它们又死灰复燃，各地都有，十分猖獗。

据抓获到的鲁赛交代，这孙承茹是那十二魔星中黑魔的老婆，黑魔破四旧的时候被斗死了，这个孙承茹却得以存活，一直留在影潭市附近发展邪灵教。她继承了黑魔的大部分邪术和功法，自成一派，功力高强，在1990年代与代号为"小佛爷"的邪灵派新一代掌教元帅，取得了联系，才获得这十二魔星的尊位。青虚与这孙老太本是远房亲戚，不知道什么原因就走得近了，孙老太便传了青虚部分黑魔传承，想着百年以后，让青虚坐她这位置。

大师兄语重心长地说，陆左啊陆左，你真的是不凑巧，当初你去翻李晴的房间，被孙老太瞧见，你跑了便是，何必还把自家的工作证给她瞧个清楚呢？之前赵中华没有交待你，这东西要收藏起来，不可见人的吗？虽然我们动手及时，但是她到底有没有把这个信息传递回教内，让你在所有邪灵教教徒的眼皮下曝光，这些都是不知道的。

要无，一切安好；倘若有，只怕你将要面临源源不断地骚扰了……

我曾无数次听说过邪灵教，一直以为跟1999年的那个邪教差不多。却没想到这东西底蕴这么深，牵连到那么长的历史，以及无数闻之如雷贯耳的人物。倘若真如此，而且青虚在车上说的所言不虚，那我可真就麻烦了。

听到这里，我不由得脸色变苦，说大师兄救我！

大师兄沉声说："勿慌，我们已经从孙承茹家中搜得名单若干，这几天正在紧锣密鼓地抓捕涉案人员，尽最大的能力保护你们。不过陆左，我之前跟你说过，让你全职进入特勤局，过来帮我，你现在怎么看？"

我苦笑，说："大师兄，我这个人向来就是一个没出息的家伙，也没有觉悟，闲云野鹤惯了，人懒散，受不得拘束，偶尔帮忙还可以，倘若天天坐班，肯定浑身难受得紧，不自在，不洒脱。"

大师兄叹了一口气，说："你是我近年来见过成长速度最快的年轻人，而且还是一个蛊师，不出来做事，可惜了。不过你既然这么说，我也不强求你，只是你半路出家，没有经过系统的训练和教导，难免缺少手段，我回去给你安排一个集训班，也不求你变得多厉害，多学一些东西，能够自保便好。"

我拱手为礼，深深感谢道："多谢大师兄……"

几人又谈了一些事，大师兄为了不影响我们休息，对孙承茹及余党的抓捕工作，说得也少,旁边的老林恭恭敬敬,并不言语。杂毛小道突然想起一事,说巴东黑竹沟中所碰到的庐主李子坤,可是名列十二魔星之位?

大师兄已然听过了赵中华的汇报,说:"然也,这李子坤潜隐山沟数十年,却也名列其中,这里面谁人活谁人死,谁人杳无音信,那沈老总的继任者小佛爷皆能算出,也算是一个术法奇才。只是他隐秘不出山,一切皆是暗中指挥,这些年来,一直让我们很头疼。而且,听说邪灵教很多老一代人都没有死,或化身厉鬼,或寄身为妖,潜伏各处,等待时机复出,已然成了近年来我们最主要的对手。"

说完这些秘辛,见我们精神不济,大师兄叹息离开,大有一种"英才不入吾彀"的遗憾。

不过他说跟我联系集训班的事,倒是再次提起,说到时候给我打电话。

我点头再次道谢。

这一次伤得比较重,我和杂毛小道在医院里躺了好长的时间。

大师兄之后一直忙着处理孙承茹余孽的事情,便没有再露面,唯有老林时常过来看我们,通报最新的消息。曹彦君第二天来了,带着那一帮兄弟过来给我道谢,显然他知道虽然是望月真人亲手了结了自家徒儿的性命,但却是我们给破的魔身,十分感激。

曹彦君告诉我,我之前参加请符会的那二十万款子已经给我退回来了,麒麟胎也将在经过鉴定之后,交还我的手里。

我略感高兴。我有些钱,但是并不多,二十万对于我来说,是一笔不小的款项。而麒麟胎无论价值,还是纪念意义,我都不能够舍弃。这些都是曹彦君帮我争取的,不然手续会很麻烦,我连忙表示感谢。

曹彦君欲言又止,拍了拍我的肩,声音低沉,说受累了。

易文手臂被国字脸的小弟泼了硫酸,虽然清洗及时,但是也留下了伤疤,我感到很抱歉,不过他倒是蛮乐观的,说伤疤是男人力量的象征,留着也好。

对于曹彦君的这帮兄弟,我只有表示衷心感谢。

第四天的时候,病房的门被敲响,走进来了几个慈眉善目的道人,有老有少。他们是龙虎山天师道的人,刚刚忙完协同抓捕工作,这才有时间过来看我们。为首的是一个笑起来像老太太的老道,名曰殷鼎将,是鼎字辈的高人,说话十分温和。对于我们的遭遇表示十分抱歉,然后还给了我一瓶秘制膏药,说治烫伤特别有效。

我们很大度地表示没事。哪锅汤里没有几粒老鼠屎,无妨,不用介意的。

双方演了一番"将相和",脸都笑抽了,然后各自离散而去。

大师兄在影潭待了十天,临走的时候又来看我们,说事情已经了结。这次不错,将邪灵教整个庐山鸿庐给连锅儿端了。他尽力了,不过让我最好低调一些才好,我表示知晓。我和杂毛小道在医院住了小半个月,到了一月初,我们在监狱里见到了李晴。他判了刑,但是不重,人憔悴了,让我们给他带点肥皂。

尽管出了院,但是身上仍旧有伤,我和杂毛小道决定返回南方省继续治疗,而香岛的顾老板,已经打电话催过我几次,正好去与他相商开事务所的事情,而虎皮猫大人这里,也出现了一些问题。

第二十一卷 风水咨询公司

第一章 虎皮猫大人沉眠

回到东官，我和杂毛小道住进了在厚街附近的那套房子。

之前租住在此处的两位女房客小澜和潘丽，早在我住院的时候就已经通知她们搬离了，为此我很抱歉，还赔付了一个月的房租。我那个时候已经知晓了一些杂毛小道的往事，知道小澜长得很像茅山宗掌教陶晋鸿的孙女，而杂毛小道似乎跟这个师侄女又有一些关系，想着不要让老萧回忆起伤心往事，于是便早早地提出。

而且，我打算在东官养伤，就必须有一个住处。

好在东官厚街那一片附近的房产中介十分多，在得到了一个月的房租赔付后，两个女孩子虽然不乐意，但还是于一月初搬走了。潘丽对此满腹怨言，说再找到这样好而便宜的房子，估计是没有希望了，我再次表示了抱歉。

影潭之行，我带回了久违的小妖朵朵，却平添了一身的伤。外伤倒不是很要紧，养一养就可以了，倒是身体内所受到的伤害，以及神魂受损，需要凭着虎皮猫大人给的方子，慢慢调养才行。那边的事情基本了结，大师兄说的担忧，至少目前没有证实，我便做了脑袋埋在沙子里的鸵鸟，只当作是假的。但还是打电话给家里，让父母一切小心。

因为身上有伤，不想让家人担心，春节就不回家过年了。老娘对我一通念叨，说得我耳朵生茧，我直推说工作忙碌，她这才罢休，还提醒我要多出去走一走，看看有合适的姑娘就带回家来，我连声答应。

因为时近年尾，大师兄提起的集训营之事并没有立刻进行，需要等到春暖花开的时节才叮。

离开影潭的时候，我跟曹彦君、老丁、易文、小戚、老五等人又聚了一下，谈到青虚授首，皆喜笑颜开。曹彦君告诉我，青虚死了，青洞死了，青玄这个家伙审讯完毕之后，被大师兄带到了专门关押这类犯人的东北白城子监狱，估计十几二十年，不得出来了，正好他蛋蛋碎了，也算是少了一些烦忧。

那天晚上，除了受伤的我和杂毛小道之外，所有人酩酊大醉，又哭又笑，闹得不可开交。

在东官的日子就是养伤，住城里十分憋闷。在和阿根、古伟、阿东、孔阳和阿培这些珠三角两小时圈的朋友照过面之后，我找了一个城郊的休闲山庄，带齐了足够的药材，和杂毛小道搬到了山里面去住着，一边养伤，一边养性。这山庄我之前来过，附近有一家专门给化妆品公司提供材料的养蝎场，我以前常带肥虫子来打秋风。

春去秋来，当日我总感叹自己形单影只，然而此刻却依旧也只带着一个大老爷们过来。

这养蝎场不单养蝎，今年还增开了养蛇的项目，多少便宜了饿死鬼投胎的肥虫子。

自打住进这山庄之后，这个小家伙便老是鬼头鬼脑出入养蝎场，还经常夜不归宿，简直是学坏了。

尽管不是深山，但是远离城市，空气总是要清新一些，呼吸得肺叶都舒张了许多。那些堵塞的血管脉络都得到了梳理，虽然依旧不能够做大幅度的剧烈运动，但是比起当初来说，已经算是不错的。龙虎山的山林一战，并不算是我经历中最惊险的，但却是最艰难的，主要的原因，是我们在消耗精神，带伤作战。

这种燃烧生命力的方式让我和杂毛小道都很受伤，所以留下的后遗症也很重。

我和杂毛小道都还算是好的。一直被我们视为定海神针的虎皮猫大人，出了问题。

事情的经过是这样的：我和杂毛小道、小妖、肥虫子和虎皮猫大人在租住的度假木屋里围着长桌吃晚餐，朵朵在屋角帮我和杂毛小道煨苦得让人想吐的中药。虎皮猫大人在木桌子上走来走去，不时吃一些松子、瓜子和青菜，突然它浑身一阵哆嗦，一头栽进了餐盘里。这餐盘是山庄的特色菜爆炒蝎子，里面许多油，弄了一身。

一开始我们只以为大人在逗肥虫子和小妖，便催促它不要耽误大伙儿吃饭。但见它半天没有动静，便慌了神，赶紧把它身子擦干，由杂毛小道帮着"号脉"，无果。最后肥虫子眼睛一眨，给肥母鸡通了一下。

虎皮猫大人带着悲愤的惨叫声苏醒过来，哇哇大叫。

见到我们聚齐围拢过来，都看着它，它嘿嘿笑，说你们都怎么了？杂毛小道便疑惑地问，说："大人你是不是有什么事情在瞒着我们？"虎皮猫大人沉默了一会儿，抖了抖身子，洒落一身水，然后问：你们可知道幽府的来历？我们摇头，说不知。这世上有几个人，能够如你这般大拿一样，去了又回？

虎皮猫大人叹气，说世人皆知有幽府，然而幽府如何，又有几人知晓？这天地之间的奥妙，实在难以用人类的语言来说明清楚，便是我这去了又回的人，也很难跟你说明……不说也罢。我这情况，具体不跟你们说，反正就是因为从幽府返回的缘故，十二年一次轮回，会变得无比衰弱，整日昏昏沉沉的，多则小半年，少则三四月，而

且我最近耗力过甚，估计情况会更加恶劣。

我叹息，说都是我们拖累了你，才让你变得如此模样——上一次在青山界溶洞之中，你召唤那不死鹦鸡，耗尽心神。而后并没有怎么休养，带伤作战……

朵朵眼睛里面涌出了泪水，呜呜地边哭边抹鼻子，说："臭屁猫大人，呜呜，你怎么了啊……"

她这哭声就如同虎皮猫大人光荣牺牲了一般，我们又都是一脸悲戚加内疚的神情，弄得大人一阵郁闷，嘎嘎地叫唤："你们这些个傻瓜，瞎嚷嚷啥呢？大人我这情况，跟熊瞎子冬眠是一个道理，并不碍事的，就是怕你们这些家伙想多了，所以才不曾提起，既然这回说开了，我便说两句：第一，最近我要加餐，保证沉眠的体能；第二，你们两个小子，少给大人我惹麻烦，到时候我未必有精力顾得了你们，以免污了我'及时雨'的名头。"

我和杂毛小道狂点头，说是极是极，我们一定乖乖的，不乱来，好好在这里修身养性即是。

虎皮猫大人把嘴里面的瓜子壳吐出来，然后振翅一飞，朝着我们每个人打完招呼，飞到了给它专门准备的小窝里面，拱了拱身子，眯着眼睛，不一会儿就睡得跟死母鸡一般。我问杂毛小道它以前真的这样吗？杂毛小道摇摇头，说不记得了，他离家太久，记得不是很清楚了。

我们后来商量着要不要把虎皮猫大人送回句容萧家去，免得在这里跟我们东奔西跑的，让大人奔波劳累。

然而虎皮猫大人似乎很喜欢跟我们在一起的日子。它在萧家，平日里大家都是把它当作神龛上的神佛，高高供着，这样子一天两天固然很爽，然而日子久了，实在腻味。而跟着我们，就如同哥们儿朋友一般，虽然老是喊它肥母鸡什么的，但却是亲密无间，十分快活。后来我们想了很久，还是依着大人的想法吧。

就某种意义上来说，虎皮猫大人，当之无愧它这自号的称谓。

只可惜，陷入冬眠怪圈的它，估计要有很久帮不了我们的忙了。

万事都需要靠自己了。

我们在这度假山庄待了足足一个多星期。平日里就是在山庄里走走，在植物园和附近的山林中呼吸呼吸新鲜空气，然后在晚上的时候，去山庄的酒吧里泡着。一月初南方的天气并不是很好，来山庄旅游休闲的人不是很多，但总有几个倩丽的身影在酒吧出现，惹得杂毛小道心中痒痒，撺掇着一同去搭讪。

然而每到这时候，小妖朵朵就出现在我们的旁边，微笑地盯着我。

我便怯了，任凭杂毛小道对我无端鄙视的眼神，端着架子装正人君子样——小妖朵朵依然是那个性格火暴、牙尖嘴利的小狐媚子。除了糖糖不在的那几日情绪不高之外，便仿佛一个流氓大姐头，天天带着朵朵在我面前嚣张示威。我这个时候才知道，朵朵之所以在乎自己的身材，都是这个小狐媚子灌输的。

糖糖化身的那片叶子，被小妖风干做成了书签，夹在一本《道德经》之中，只有在读这本书的时候，她才会有一丝淑女形象。

在一月中旬的时候，顾老板终于等不及了，带着他的司机兼助理阿洪，跑到山庄来找我们。

顾老板告诉我，他已经将经营风水咨询公司的相关手续和上下关系都疏通完毕了，这次过来是跟我们再进行最后一次沟通，把这件事情敲定下来。我之前说过，顾老板是个相当会做生意的商人，自从在香岛和缅甸那一次见到商机之后，便一直惦记这件事情。

后来他好多香岛商界的朋友，都通过他想联络到我们，于是便上了心，十分积极地筹办。

既然上门了，便谈吧，我需要问杂毛小道是什么意见，有没有兴趣合伙搞这玩意儿？

第二章 茅晋事务所的那些人

对于成立风水咨询公司（或者事务所）一事，杂毛小道一开始也并不是很乐意。

他是一个习惯了漂泊的男人，很乐意现在这种浪子生活方式。离开茅山之后的八年里，除了少数地方，几乎逛遍了祖国的名山胜水，精力总是沉浸在路上的风景，或者沿途大姑娘裙底的风光里，从未有驻足停留在某一个地方的想法。然而现在虎皮猫大人得有一个相对较长的沉眠期，长期的漂泊，对于它来说实在不是一件好事，所以便勉强答应了。

老萧唯一的意见，便是若开，便开在东官这地界——虽然相较而言，南方市属于一线大城市，鹏市是改革开放的门户，江城乃风景极佳的所在，洪山则是日益蓬勃的新兴城市，但终究不如东官来得方便。

所谓方便，这仅仅是指他个人的特殊爱好，这……我便不好多作评价了。

这都是小事，顾老板提到了关于风水咨询公司的股份问题：由他负责整个公司的架构、运营、场所、大部分资金和客户的来源，但是他只要四成；而我和萧道长以技术入股，平分那六成股份。这是一个相对合理的股权结构，因为这类公司倘若能够出名和赚钱，技术和人才，才是最重要、最根本的。

当然，新手上路，所谓的经营和客户来源，也是十分重要的一部分。

顾老板常年在全中国和东南亚一带跑，关系不少，其中出手阔绰的老板数不胜数，在一开始名气还没有打响之前，这些都是咨询公司稳定收入的保障。我之前就已经把城郊那套房子挂到了房产中介去，这几天都有电话打进来，如果真的确认的话，我可以将那套房子卖了，把这笔钱和手里的余钱投进来——既然是股份制公司，自然没有让顾老板一个人出资的道理。

谈到经营项目，这跟杂毛小道金陵那个朋友郭瞎子所办的公司相似，又有所不同。

最开始自然是扯起虎皮做大旗，弄几个什么"全球著名职业风水学家"、"世界易学百强精英"、"环球人居环境风水高级策划师"之类的金字牌匾，然后搞些中国周易学院的荣誉教授证书。这些软实力搞完之后，冉开办一些阴阳宅风水布局、择吉选日、八字算命等和杂毛小道摆摊算命一般的项目。只不过游击队变成了正规军，而且还在工商局注册，成了有执照的忽悠大师。

这些自然是杂毛小道所擅长的。除此之外，还可以承接一些比较特殊的项目，比如辟邪驱鬼、凶宅异灵、开光祈福、破妖解降之类，这些都是可以发展而我又能够胜任的。

再有一些易学培训项目，这些都是需要成名之后，再慢慢开始进行的。

所谓项目，都是我和杂毛小道擅长的，而且我们也算是经历过风雨的人，谈起这个来，滔滔不绝，头头是道。再不济，我们还有时睡时醒的虎皮猫大人坐镇，更有吉祥三宝相伴，跟组织的关系也还算是亲密，自然也不会出什么问题。我们和顾老板聊得投机，时不时发出一声声大笑来。

顾老板新任的助理阿洪是东北人，三十来岁，我听顾老板提过，曾经在拱卫京畿的万岁军中当过兵，具体什么兵种不知晓。阿洪这个人嘴严实得很，而且拳脚功夫实在不错，平常一个人对付六七个古惑仔，是十分轻松的事情。就因为如此，秦立走后，便提拔成助理，随时跟着他办事。

万岁军是我军战斗序列中第一支机械化部队，里面出来的人，自然不是大老粗，所以他也能够胜任文职工作。

不过听到我们这些封建迷信的东西，饱受熔炉锻炼的他忍不住流露出了一丝鄙夷的神色。

当然，他也是个知道轻重的人，这神色一闪即逝。

当晚我们相谈甚欢，一直到半夜两点多才散去。顾老板在山庄租了一栋木屋住下，离开的时候阿洪忍不住地感叹，说："老板，你这两个朋友精力充沛就算了，那两个小孩子闹了大半晚上，还没有睡觉，倒是让人觉得奇怪啊……"

听到这话，顾老板脸上的肌肉一阵跳动，不解释，只是呵呵、呵呵地笑着。

与顾老板最终敲定了整个方案，我们这个即将成型的风水咨询公司正式命名为"茅晋风水咨询事务所"，以工作室的形式成立。顾老板出大部分资金和人员，我投入少部分资金意思意思，事务所挂靠到顾老板名下的贸易公司。股权为顾老板四成，我和杂毛小道各三成。驻地租用了东官南城第一CBD中的一处刚刚倒闭的小外贸公司，人员构成除了我和杂毛小道之外，还有工作前台一名，事务助理两到三名，公共事务专员一名，财务一名。

小公司，人也就只有这么多了。

在得到我们的准确答复之后，顾老板动用起他的人脉关系开始办理公司的注册登记。按理说他多少也是一个身家不错的大老板了，然而对这件事情的热心程度，着实有些超出他的身份。不过我和杂毛小道有伤在身，也不乐意多动，自然也便乐得自在。

我们在休闲山庄足足待到了二十几号，感觉身上行气不再滞涩，通体舒透，而两个朵朵受到的创伤也舒缓过来的时候，终于在阿东的催促下出了山门。

跟往日一样，乐不思蜀的肥虫子让我们好是一通找，最后还是小妖朵朵亲自出马，揪着这家伙肿胀的尾巴，回到了车子里来。看着自由行走于阳光之下的小妖朵朵，我心中那让朵朵重见光明的心思便如野草一般蔓延起来——虽然有大师兄赠予的伏蛟道符隐匿气息，但是小妖这模样实在太过扎眼，所以她早在影潭的时候便在我们要求下，变成了一个八九岁的漂亮女孩子，对外便称是我的小表妹。

依旧精致妩媚，只是那波涛汹涌变成了可停可落的飞机场。

尽管她一番改变，却依旧是让人觉得眩目，而且这般美艳妩媚的萝莉模样，似乎更加……可人？

阿根带着新女友回老家过年了，而我则和阿东、孔阳、阿培以及苗疆餐房的一众工作人员在洪山过了春节，2008年的除夕虽然没有在家中，但是过得还算热闹。我们这些在异乡漂泊的人在餐房里推杯换盏，不少人喝得酩酊大醉。酒宴过后，许多人围在一起看春节联欢晚会，而我则一个人坐在餐房门口，给家里打完电话之后，望着满城绚丽的烟花，突然间就想起了某个女生来。

不知道她在哪里，不知道她过得怎么样……开心吗？快乐吗？还是如我一般，黯然神伤？

我们的爱情便如那绚烂而又易冷的烟花，如此美丽，如此短暂。

感伤只是暂时的，它总发生在你寂寞的时候；回到现实，依旧还有着大把的事情需要去做。

年后，我每天都收到许多联系、不联系的朋友的短信电话，家乡的朋友一切安好，那些同学依旧忙碌，萍水相逢的工友们早已杳无音讯，而最近认识的生死朋友却热烈了许多。因为同城的缘故，我和掌柜的走得很近，隔个把星期就要聚一下。大师兄也在百忙之中打电话过来，告诉我集训营的事情，大概集中在三月末，他已经帮我填交申请了，到时候通知我过去。

还有件值得一提的事情，是雪瑞打电话给我，说她考虑了很久，决定在翻年过后，去一趟缅甸黎寨苗村，去见一见虫池茧人蛊丽妹，将她的眼睛治好，问我意见怎么样？我自然说好，问要不要我陪着去一趟？雪瑞沉默了一会儿，说不用了，她师父会陪她一起去的。

我想了想，说如有可能，还是不要带你师父去的好。

雪瑞冰雪聪明，知道我话里面的意思，说她会仔细考虑的。

日子一天天过去，以杂毛小道和我的籍贯为名的"茅晋风水咨询事务所"，终于在正月初八悄然开张，财务、公共事务专员和前台都由顾老板负责招聘，而跟我们跑腿打杂的三个事务助理，则是由我们亲自找的。

听说我自立门户，以前饰品店的老万（万全勇）立马过来投奔。都是老手下，而且他跟杂毛小道又臭味相投，丁是便算了一个；豫北十七罗汉剩卜的独苗苗的小俊在影潭接受了几天调查之后，回到家乡，无事可做，因为跟我们有联系，便过来帮衬一二，算是第二个；最后还有一个，是杂毛小道去街头拉来的一个四十多岁的算命女先生，叫做张艾妮，算是扩充一下主要业务。

队伍算是拉起来了，就等着开门做生意了。然而当顾老板带着他招聘的三个人过来的时候，却是让我大吃一惊——财务名叫简四，是个绰号叫作猫儿的萌妹子；公共事务专员是个三十多岁的精干男子，叫做苏梦麟，是顾老板以前身边的马仔；而让我惊讶的，是那个漂亮的前台美眉——居然是我之前的房客张君澜。

第三章 剑名雷罚

看着这个据说长得很像陶陶的女孩子,我实在有一些无语:这莫非就是前世注定的孽缘?

然而小澜并不知晓这些,当她见到顶头上司居然是我和杂毛小道,兴奋得差一点儿跳起来,眉目都舒展了,喜笑颜开,艳光四射。不过顾老板确实一个察言观色的主儿,见我和杂毛小道变了脸色,而以杂毛小道最为尴尬,便在开工饭席间的空隙,在卫生间拦住我,问怎么回事?

我并没有全说,只是将这里面的一些缘由讲明,顾老板十分无奈,问这人到底要不要用呢?当时招人的时候看这小姑娘又漂亮又机灵,只当是给你们发福利,没想到还有这么一出戏……

我也无法做主,便问杂毛小道。他沉默了一些,说红尘因果,世事相连,既然已成定数,便不要再去刻意更改了。我点头表示知道,但总感觉这小子似乎有一些暗喜——难道是我的错觉?

茅晋风水咨询事务所位于CBD一栋高层写字楼的十一层,空间还算不小。我和杂毛小道有专门的办公室,还有财务室、会议室、咖啡茶水间,以及前台接待处和办公大厅,人少,便宽松一些。因为工作性质的缘故,整体装修有些偏老气,也有一些宗教色彩,但是站在办公室里往外望,居高临下的感觉确实很爽,意气风发。

对于事务所的人员构成,我十分满意。公共事务专员苏梦麟负责处理政府、客户以及日常的管理事宜,他是顾老板派来做联络的,相当于二把手,这个人我以前就认识,是个精明而知分寸的人,嘴也严,对于顾老板肯放他过来,我十分意外。简四虽然看着年轻可爱,但却是一个熟悉业务的老财务,相对于这个沉默寡言的行业作风来说,实在是个不错的妹子。小澜不但人长得漂亮,而且声音甜美,说话有一股勾人魂魄的味道,无论是做前台充场面,还是做客服接电话,都是一流的选择。

至于我们手下的三个事务助理,更是各有千秋。

老万这个老油条,因为兴趣的原因,对珠三角几个城市熟络得很,又是个知趣的人精,知根知底,用着妥当。小俊虽说有一些前科,但这几次生死与共下来,对我和杂毛小道倒是很崇拜,会开车,也会开枪,旁门左道的东西懂得也多,对于古物的了解也不俗,办事老练,最关键的是虎皮猫大人看上的,自然不错。算命女先生张艾妮,外号铁嘴张,是杂毛小道以前在街头摆摊时遇到的朋友,无师承,自学成材,学得虽杂乱,但是口才不错,忽悠人是一把好手,所以杂毛小道请她过来镇场面,除了保底工资之外，还有分成，待遇一等一的好。

事务所刚开张，并没有什么生意，主要还是因为我和杂毛小道这俩老大在这地界没啥子名头。

不过我们也不担心，做这一行，讲究的是一个"闷声发大财"、"半年不开张，开张吃半年"，行业口碑这东西，需要用案子来慢慢累积，口口相传，并不是一蹴而就的事情，而且也不需要搞得家喻户晓那么高调，只要某些有实力又有需求的潜在消费者知道，便算是成功了。

因为有顾老板这个关系户，我们高枕无忧，除了每日由杂毛小道给我们讲些命理课程之外，便是对办公场所进行风水改造，添置些行头。

如此晃晃悠悠到了二月中旬，杂毛小道讲得烦腻，接到小叔的电话，说他托人做的那柄雷击桃木剑，老师傅已经加急完成了。小叔告诉我们，说老师傅做了一辈子的道剑，平生最得意的作品有三，这桃木剑便算是第三把。他制完这剑之后，意兴阑珊，整个人都垮了，便决定收山不做了。

杂毛小道兴奋得很，立刻带着小俊乘飞机北上，去取那雷击桃木剑。

我并没有跟着一起去，毕竟家里面总还算是有一摊事情。小妖的身份问题已经得到了解决，这件事多亏了赵中华。这破烂掌柜的以前混迹于秘密战线，多重身份是必需的。所以托了关系，帮小妖落了户，孤儿院出身，由掌柜的一个战友领养，大名叫陆天天。如此行走于市井之中，倒也不怵什么，只是说到上学这个问题，小妖朵朵无比厌烦，抵死不从，成为失学儿童，每日混迹于事务所，让人诧异。

她不愿，可怜朵朵却想着上学，她在修炼和做家务的空闲之余，还拿着小学一二年级的课本在学习。

小妖当学生不行，却是个好为人师的性子。她也搞不定算术、英语什么的，然而古文却是一级棒，整日督促着自己的小姐妹背诵《百家姓》《千字文》还有那《弟子规》，朗朗上口，真不知道这个草木成精的小妖精，国学怎么这么厉害？

悠闲的时间总是很短暂的。到了三月上旬，顾老板那里就逐渐来了生意，不过都是些家居风水布局、八字算命、解梦转运之类的事情，这些杂毛小道颇有研究，便都由他出面解决。

然而因为都不是什么时效性的单子，风评的好坏，一时半会是看不出来的。不过人靠衣装马靠鞍，我之前觉得把地址选在这租金超贵的CBD办公楼而不是寻常的街头巷尾十分疑惑和不解，直到客户来到事务所，看到这大气中又带着庄严沉重的装潢，看着那些飞扬的黄符纸、五色令旗、旗幡以及让人赏心悦目的玄学风水法阵布置和构局，都不由得高看一眼。

当他们看到杂毛小道办公室里那琳琅满目的荣誉证书、牌匾以及他自书的"道"字条幅，皆都深信不疑起来。

一身白色唐装的杂毛小道装起波伊来，简直是道貌岸然，宝相庄严，让人信服。

他一天只做三个案子，多了就排在明天，明天再排后天。这便是大师的架子，必须端着，跟苹果公司的饥饿销售原理，是一样一样的。当然一开始自然不会有这么多，这便当作是一种规矩，先立在这里。他老人家毕竟不会整日坐班，除了那血虎红翡之外，又多了一把名为"雷罚"的桃木剑，需要温养。

　　况且，东官这花花世界，无数销魂罗帐、粉红骷髅，需要他老人家去护理。

　　然而让我疑惑的也正是这里，放着小澜这七分大美女在事务所里让老万和小俊垂涎调戏，自己却每日晚上出去灯红酒绿，这家伙到底是怎么想的？

　　不过这些都不是我所需要考虑的问题。香岛那边的市场已经呈现了饱和的状态，整个行业都十分成熟了，顾老板即使是舌灿莲花，也招不来太多的客户；东官以及珠三角这边也是高手如林，市场大多都已经被瓜分。不过这世界上只要有人，便会有鬼，也会有人疑神疑鬼，这便是商机。所以几个星期下来，生意倒也还算是有，只是惨淡。

　　现如今，酒香也怕巷子深，何况是这类讲究口碑的风水咨询行业呢？作为合伙人，面对开张一个月来的惨淡生意，我开始有些头疼起公司的经营状况来，对摊子铺得过大的现状，心有疑问。

　　真正的转机出现，应在了雪瑞的父亲李家湖身上。

　　当得知我们搞了这么一个事务所之后，李家湖后悔莫及，扬言要追加资金入股。顾老板自然不肯答应，两个中年老狐狸一番交锋之后，顾老板终于答应让了一成的股份给李家湖，让其做了一个名誉股东。

　　得了股份的李家湖立刻开始发挥自己长袖善舞的手段，游说他们李家关联的一部分家族企业和各子公司，与事务所签署了顾问合同，给事务所带来了第一笔真正可靠的大单。同时他还向东官一家正在筹资兴建的楼盘极力推荐了我们，那家房产公司老板是李家湖的老朋友，碍于颜面，便答应了。

　　这个时候的顾老板才真正算是喜笑颜开，见人就说，像李先生这样的战略投资者，越多越好。

　　于是三月份我们就开始忙碌起来。老万跟着我，小俊跟着杂毛小道，四处跑，剩下铁嘴张艾昵坐镇公司。而小妖朵朵则霸占了我的办公室，将这房间弄得跟花房一样，玻璃幕墙上装着三层厚厚的窗帘，经常和朵朵留在这里，一起看鬼电影，偶尔还调戏一下这里的工作人员，让他们的神经变得粗大。当然，如果碰到比较难缠的主顾，她也会出面来解决，往往一语中的。

　　这样忙碌的日子是充满挑战的，也是让人怀念的。那个楼盘的风水策划是我和杂毛小道一起做的，我跟着也学到了很多堪舆的学问和实战技能，到了真正开建的时候，我们总算是闲了下来，松了一口气。不过等简四给我签报销发票的时候，我才发现办公室这生机盎然、这些好多死贵死贵的音响和投影机，花了多少钱。

　　天啊，这小妖朵朵都学会网购了！这可让人怎么活啊？

三月下旬的一天中午，我握着一堆单据，对小妖和朵朵两个小屁孩子进行了一番语重心长的教育，并且阐述了艰苦创业的必要性。说得口水快干的时候，突然听到外面有夸张的吸气声。我将门打开一条缝，看见一个扎马尾的干练女人和两个膘肥体壮的保镖，正簇拥着一个戴着墨镜的漂亮女人，出现在了茅晋事务所里。

第四章　吃荤与吃素

　　那个戴着墨镜的女人肤白貌美，身材窈窕，衣着华贵而时尚，身后的两个保镖也是属于 NBA 奥胖那级别的，当然这并不是引起小澜和铁嘴张艾妮等人深吸气的原因。我一开始看着还有些疑惑，不过当这女人摘下宽大的墨镜之时，我也有一些讶然——我发现她竟然是那个演偶像剧出名的当红女明星，我读高中的时候，还看过那部红透半边天的偶像剧呢。

　　小澜她们终究是普通人，自然会有些失态。

　　为了维护客户的隐私，在书中我便不说真实名字，化名为"关知宜"，予以代替。

　　旁边那个扎马尾的精干女人是关知宜的助理苏沫，正在与负责接待事宜的苏梦麟接洽。老苏准备把她们带到会客室去商谈一番，见我推门望来，便叫住了我，说："陆先生，这是李家湖先生介绍过来的关小姐，萧道长去了乾美国际确定会场，不知道你有没有时间接待一下？"

　　我迟疑了一下，然后将门推开，说可以，进来吧。

　　在得到了我的肯定答复之后，苏梦麟十分高兴，兴奋地跟关知宜介绍我，说："这是我们事务所头号玄学风水大师，最擅长的就是各种疑难杂症、转运以及邪门缠身的破解之法，是实用玄学的旗帜性代表人物，除了提前预约之外，一般是不接待客户的……"

　　我一阵无语，苏梦麟当真是个经营的奇才，这一番话语，我也曾听他给客户说过，不过那个主角却是杂毛小道。

　　听到苏梦麟的介绍，一直面无表情的关知宜脸上有了笑容，说："行了，我听说过陆先生。"

　　她带着一阵香风朝我走来，身后的助理和两个保镖，都被苏梦麟给礼貌地拦住，带到了会客厅等待。大中午，我却将窗帘拉得死死的，房间里只有一盏暖黄色的壁灯，等关知宜走进来的时候，我把门关上，又开了两盏灯，一盏在红木桌子上，一盏在碧绿的花棚里，将这房间盎然的绿意和俨然宁静的气氛都给衬托出来。

　　关知宜并没有坐在我对面的椅子上，而是抱胸站着，好奇地打量着爬满房间的藤蔓和鲜花，以及挂在墙上的许多牌匾、证书和八卦令旗。

　　我自顾自地坐回了红木台桌后面的高靠皮椅上，用手转动着签字笔，然后打量这个从银幕上走下来的大明星。坦白来说，妆容一新之后的关知宜，完全不像是已经三十多岁的女人，她本人虽然跟屏幕上面有一些差别的，但是长相年轻，二十几岁的模样,浑身上下洋溢着一股子青春靓丽。

然而让我觉得奇怪的是,她身上似乎集合了很多种不同气息的生机,而这些生机,则是维持她美貌最重要的因素。

观察完这间神奇的办公室之后,关知宜优雅地坐在凳子上,十分熟络地问我,说你能够猜到我为什么会认识你吗?

我脑子里面过了一遍可能性,然后笑了笑,说:"你莫非跟雪瑞或者她妈妈Coco认识?"

她夸张地张开了性感的樱唇,说:"她们说得不错,你确实是一个有真本事的人,随便一说就对了,太厉害了。是的,我就是听Coco说起,才临时决定从南方市赶过来的。"我微微一笑——她和雪瑞的妈妈Coco同属于港台名媛圈,我认识的人里面,也就只有这个答案比较靠谱而已。当下我也不解释,将在我指头飞旋的签字笔停住,放入桌上的笔筒中,然后问关小姐,咖啡还是茶?

关知宜说:"叫我小宜便好。咖啡我只喝猫屎咖啡,想来你们这里没有。茶太苦涩,还是来一杯白水吧。"

我点头,打电话叫小澜送了一杯白水进来。

看着年纪并不算大的我,关知宜脸上有着放松的笑容,说:"刚刚在外面的时候,你这里似乎有小女孩子的声音,怎么现在又不见了?"小妖和朵朵刚才已经被我收进了槐木牌中,她自然也不会看到。我笑了一笑,说:"关小姐你既然听Coco讲过关于我的事请,便知道有些事情可以知道,有些事情却是不知道的好。不如我们还是谈一谈,你今天来这里的目的吧?"

见到我装神秘,关知宜的表情也有了一丝凝重,不再因为我的年纪和面相,而有轻视之心。她喝了一口桌子上的水,沉吟一番,很认真地问我,说:"请问陆先生,你说这世界上,到底有没有鬼?"

听完她这话,我不由得笑了,也不作答,反问道:"那你觉得这世界上有鬼吗?"

关知宜漂亮的眼睛里有一些迷茫,她摇了摇头,说不知道。她家里人都信,因为拍戏的缘故,她到过世界上各国各地,买了很多宗教吉祥物和相关的饰品,家里面挂得林林总总,阳宅风水也特地找先生瞧过,她自己也是在广南星岛湖种过生基之后才走红的。但她本人总感觉风水一说,仅仅只是一种契机,一种运势,无形而无质,所以虽然敬畏,但并不是很信。然而这种情况自去年十二月份的时候,就开始改变了……

关知宜说她开始做噩梦了,总是梦到自己床下也睡着一个跟她一模一样的女人,长发披肩,遮盖住脸,却有着笑容;有时候经常隐约幻听到小孩子的声音,或者是哭,嘤嘤地哭,或者是玩闹,总之就是不停歇;还有她开始频繁地被鬼压身,有时候明明意识清晰,但是却浑身都动不了,感觉有千钧巨石在胸口压着,喘不过气来。

这种事情一开始,只以为是太疲惫了,然而发生得多了,便开始觉得邪门了。

于是她开始找以前认识的那个风水师来瞧，结果也没瞧出个所以然来，给了一张符也不管用。去医院检查身体，除了贫血等老毛病之外，也不见什么状况。如此这般拖了几个月，只要一个人睡，十天总有三两天会这样子，她拍戏又忙，挤不出时间来，所以就一直耽搁下来了……

我沉吟，说："你除了以前的那个阳宅风水师，还有没有找过其他的先生？"

她点点头，又摇摇头，说：没有。一般厉害的先生都很难约的，其他的倒是见了一些，都没有什么本事，所以也便不算了。我点点头，说我们这个行业，很多人对它有成见，也有很多人见有利可图而鱼目混珠，于是一时间泥沙俱下。你说的这种情况也是有的。既然你找了过来，那么我们就随便说说，只当是闲聊。

关知宜点点头，说好的，你既然是李太介绍的，我自然是放心的。

我从桌子下面的袋子中拿了一些艾蒿干草，沾了净水，拍打在关知宜的身上，让她放轻松一些。

她依言照做，将美丽的头颅往后仰起，露出了修长的脖颈和开口甚低的胸前伏线来，伸了一个大大的懒腰。我笑了一笑，这当演员明星的，倒是蛮会利用自己的诱惑力。

我问她有没有家里面的风水布置图？她说有，已经准备好了，于是从坤包里拿出了几张图纸和照片来，放在了桌子上。

我伸手拿过来瞧，然后对着图纸，问阳宅附近的树木、河流以及山川等所谓"外六事"，见并无碍，便开始研究房子的走向、格局、屏风布置等等，并没有太多值得挑剔的地方。知道给她布置阳宅风水那个师傅，不敢说是高人，至少也是个有口碑、无遗漏的行内人士。

我问她除了在家里，出外的时候，会不会有这种状况发生呢？

她点头说有。有的时候在剧组拍戏，或者参加商演，一个人睡的时候偶尔会有，不过最近她都是找助理或者好姐妹一起，所以感觉就不会那么强烈。

听到她的回答，我陷入了沉默。

其实她说的三种情况，都是独立不同的东西：梦到床下有人，而且似乎跟自己一般，这在精神学范围上来说叫做人格分裂，而我们则经常说是意识觉醒，天地命三魂叠加互见；出现婴儿哭泣或玩闹的幻听，很大可能是沾染到了已成形或者未成形的婴儿灵体；至于梦魇鬼压身，这里面的说法就多得不可数，风水、邪物冲撞、遇灵、鬼纠缠以及疾病等因素，都有可能，这需要一个一个地排除才行。

洒过艾蒿叶沾染的净水之后，关知宜身上的尘气消散，渐渐露出本来的面目。我仔细盯着她的眉目看，突然感觉她性感的唇舌之间，升腾着一股生腥之气，常人不可闻，掩藏在了那华贵的香水之中，然而我鼻子何等灵敏，在她说话之间，居然闻到一股恶心欲呕的腐臭味道来。

你们想一想，一个眉目如画，精致得如同天上仙女的女人口中，涌现出这么一股难闻的臭味，是怎么样的一种反差？而且这气味，似乎也只有像我们这种人才能够闻到，是一种食肉后消化不畅而导致的现象。我皱着眉头望她，说："关小姐，冒昧地问一句，你是不是常常吃荤？"

关知宜瞪着一双晶晶亮的大眼睛，很无辜地反问我，说："你不知道我是吃素的啊？"

第五章　妈妈与孩子

关知宜是一名老戏骨，演绎过很多脍炙人口的角色，最常出演的，就是天真无邪的纯情少女。

然而在说到自己从来只吃素的时候，我却从她的眼中看到了一丝慌乱。

对于一个演了十几年戏的演员来说，这简直是一件很离谱的事情。唯一的解释，是关知宜其实自己知道答案，而且这个疑虑一直压在她的心头，所以才导致她如此失态。我沉默了一会儿，没有说话，隔着宽大办公桌的我和她之间便有了一些距离，这气氛凝重，如死水一般。

过了好几分钟，我才沉声对她说道："关小姐，你既然能找到我，说明你对我也还是有一些信任的。你应该也知道，讳疾忌医这种事情，最受伤的恰恰是自己。我坦白跟你讲吧，你身上的黑气很浓重，凝而不散，倘若不及时解决，只怕你不但星途坎坷，而且还会有性命之危——认识我的人都知道，我从来不像普通风水算命先生一般乱打诳语，让你恐惧。你若不信，自可以找别家高人，也能知晓。所以我希望你能够放下自己心中的负担，将事情的来龙去脉，跟我说清楚讲明白，这样我才好帮你。"

关知宜看着面嫩的我，欲言又止，似乎有什么难言之隐。

我见她这般模样，沉吟了一下，说："你是不是在最近的一段时间里怀了一个孩子，然后又因为某些情况流产了？"

关知宜浑身一震，难以置信地看着我，说："你怎么知道的？"

我摇摇头，说："这些并不重要，你所有的事情我都不关心。不过既然你过来找我了，我就有责任提醒你：你说你吃素，这个我相信。然而在近期内，你应该吃过一些不太干净的东西，所以才会导致一系列情况的发生。至于是什么，我自己或有猜测，但还是需要你来跟我讲明，不然出来的结果和处理方法，南辕北辙，到时候反是污了我的名声，实在不美。"

见我一副言之凿凿的表情，关知宜觉得自己所有的伪装和面具都被我一下子给撕开，心中的防线顿时失守，又或者是想起了一些不愉快的事情，于是失声痛哭起来。

听到关知宜的哭泣声，她留在外面的助理顿时一阵紧张，连忙敲门来问："小宜，怎么回事？"关知宜失态地朝外面大吼，说："滚啊，不要在门口偷听。"敲门声立刻停止，脚步远去。我从抽屉里掏出了一盒纸巾，推到了她的面前。关知宜的泪水将脸上精致的妆容冲花成了一团，赶紧抽出纸巾来擦眼泪和鼻子，一边喃喃自语，说："我其实是很想要那个孩子的，我不是故意的……"

我叹了一口气,说:"关小姐,我们不谈这些,你跟我把事情谈一谈吧?"

关知宜终于控制住悲伤的情绪,深吸一口气,开始跟我讲起她的故事。关知宜在演艺圈中厮混了十来年,与许多艺人、相关从业人员和所谓的上流名媛形成了一个既开放又狭窄的交际圈子,这里面故事多多,暂且不谈。在一次酒吧聚会里,她认识了一个叫做舒娇的富商女公子。这女公子是英国留学回来的,花样繁多,很快就成了她们这个圈子里的潮流人物,关知宜和舒娇一来二往,便熟悉了。

玩得久了,关知宜就渐渐地发现舒娇跟往日的姐妹淘,有很大的不同。比如舒娇很少白天出现,即使出现也总包裹得厚厚的,戴着宽大的太阳镜,比她还有明星范儿……当然,她们在一起,大部分都是派对或者酒吧,并不是很在意这些细节。

关知宜有一个绯闻男友杜宇峰(化名),也是一个明星,虽然一直没有承认,但是两人其实已经同居了。

在去年九月份的时候,关知宜的月事没来,通过检查知道自己怀孕了。这个消息对于一个当红女明星来说,无疑是个惊天噩耗,更重要的是杜宇峰根本没有做好结婚的准备,在得知消息之后一直推诿,甚至责问她为什么没有做好安全措施。两人为此大吵了一架,陷入了冷战状态。

关知宜想打掉这个妨碍她事业发展的孩子,然后将那个负不起责任的男人给一脚踹开。

这件事情不知道怎么的,就传到了舒娇的耳朵里——这个圈子,本来就不大。

舒娇在某一天夜里找到了关知宜,跟她说有一个办法可以让她容颜常驻、保持青春,问她愿不愿意干?

要知道,对于她们这些女明星来说,没有什么比"容颜常驻"这几个字更让她心动的事情了——享受了万人欢呼崇拜的虚荣,倘若如那些过气女明星一般变得默默无闻,无疑是一件让人痛苦的事情。这些年来,为了让自己保持美丽,她暗地里做了许多手术,对自己的身体进行了破坏性的开发,付出超乎常人想象。

听到这个消息,关知宜的第一反应,便是毫不犹豫地答应下来。

在一番女人之间的交流后,关知宜终于得到了这个能够让自己容颜常驻的法子。便是在把自己的胎儿打掉之后,将其用十多种秘药进行炮制,合汤服用,将其浓郁的生命力,转移到她自己的身上来——如此这般,毫无一点儿排斥感。关知宜在得知了这个方法之后,十分震惊,根本就不相信,然而舒娇却告诉关知宜,说她是英国灵学研究会克鲁克斯先生的学生,这法子绝对灵验。

关知宜翻来覆去考虑了好几天,终于忍不住诱惑。在一个星期天,喝下了由海龙、虻虫、鹿角、瓦松、狼背蜘蛛毒囊、葶苈子等十几种药材炮制出来的汤药。

当然,这里面最主要的一味食材,是刚刚从她子宫里刮出来的那未成形的小生命。

服用之后,关知宜感觉自己整个人焕然一新,精神奕奕,一下子年轻了差不多六七岁。她对舒娇感谢不已,紧紧抱着这好姐妹哭泣。舒娇告诉她,喝完这汤仅仅只是第一步,她还需要经常找些新鲜的胎盘来,与花椒、蜂蜜、青米和长流水同炖,如此这般吃下,定会越来越年轻,到了五十岁都如同鲜花一般的模样。

关知宜照着做后,发现自己容颜焕发,皮肤如同少女一般娇嫩,眼角的皱纹也逐渐消失了,乳房也上翘了……她开心极了。人气越来越旺,片约不断,经纪人那里的广告合约堆叠如山。

于是她忙了起来,全国上下到处跑,片场、商演、录音棚……关知宜开始爱上了胎盘,她知道这东西学名叫做紫河车,是大补的中药。她通过黑市,总能够从医院里购买到新鲜的胎盘,然后用舒娇的法子炖着喝,有的时候还会加一点儿冰糖,或者人参。她还会不动声色地把这汤,分享给家人和朋友。

一直到去年十二月份,她开始频频做噩梦,出现了她跟我说的那种种迹象。

这个时候,她想着去找舒娇,却发现这个富商女公子已经去了英国,不管她通过什么手段,都联系不到她。这时她才开始慌张起来,四处找人诊治,却没有用。不过她所遇到的情况倒也不是很严重,又实在难以启齿,工作又太过繁忙,所以她只当作是隐忧,不作追究。

关知宜说完这一切,长长地松了一口气,如释重负。

整个过程中除了作引导的话语,我并没有参与太多。在这美丽女明星性感红唇的一张一合间,我有一种错觉,这贝齿银牙似乎变成了无数细密而尖锐的牙齿,如同那鬼娃娃一般。没有敬畏,所以人才会如此放肆。每个人都有自己的生活方式,而关知宜从法律上来说,并没有什么大错,我也不好多作评价,安心地听着。等她讲完之后,我对她说:"你躺下吧,我帮你问灵。"

关知宜问我什么是"问灵",我回答说:"据我大概地估计,应该是你那个未曾来到这个世间的孩子,懵懵懂懂中残留了一丝怨力,本来会随着时间推移而消逝的,然而因为你吃了太多的胎盘,里面蕴含的先天生灵之气,将这丝怨力给留下,并且茁壮成长起来,所以你才会经常听到小孩子哭泣、玩闹的声音。我会通过一些手段,把那怨灵从你的心灵中激发出来,问询因果,然后将其超度。"

关知宜又惊又疑,问:"这就是我听到小孩子哭泣的原因,也是我老是被鬼压床的原因?那么,我为什么总是会梦见有一个和我一般模样的女人,在床下面冷笑呢?"

我叹气,说:"你后悔过吗?"

她哭了,说后悔。

我说:"这便是了,那个女人,就是你的后悔。"她又问,说:"既然那婴儿已经成形,又是哭又是闹,却为什么没有来害我?"我沉默了,这一次的沉默显然有一些长,让关知宜显得十分疑惑。见她这般模样,我长叹了一口气,说:"虽然你从来没有把它当作是你的孩子,但是它……却一直把你当妈妈啊!"

第六章　同行是冤家

听到我的话语,关知宜双手紧紧地捂住了嘴巴,眼泪顿时就一滴一滴地掉落了下来,连成一条线。

这个美丽的女人压抑着自己的悲伤和愧疚,如同一个小女孩一般蜷缩在宽大的椅子上,柔弱无助。

她的哭泣声终于压抑不住,渐渐地扩大开来。办公室的门口又传来了一阵急促的敲门声,她的助理苏沫又在门外大声叫:"小宜,你怎么了?"关知宜突然像失控了一般,转头朝门口大声叱喝道:"滚,不要再出现在我的眼前……滚啊!"

她最后的一声,如同海豚音一般,将玻璃都震得一阵嗡嗡响,垂下来的花藤也一阵晃悠。

助理苏沫的声音立刻消失,仿佛人都离开了这个地球。

关知宜骂完助理,突然有一些不好意思,怯怯地看着我,说:"你是不是看不起我啊?"

我盯着面前这个时常在电视里出现的美女,摇了摇头,说:"没有,别人对你的看法并不重要,人生在世,听从的只是自己内心的感受而已。你的心若安静了,一切都是晴天;若不能够得到安宁,那么永远都是惊涛骇浪。至于我,尊重每一个人的生活方式,但是也希望这种生活方式对于其他人,没有任何利害冲突,没有威胁,哪怕仅仅只是一条还没有降临到这个世间的小生命……"

关知宜跟我解释,其实她一开始也十分想要一个小宝宝的,只可惜她找的那个男人除了帅,根本就一无是处,没有一点儿担当,而且还花花公子一个,她冒不了那个险,所以才听了舒娇的话。

我说希望你如果再有一个孩子的话,请一定要善待他。

关知宜点了点头,说一定会的。

我站起来,从一蓬花丛中掏出了装着籼米的布袋子、香烛、纸钱和一尊泥塑的娃娃像,还有四个小青碗,我将小青碗里装满九十九粒籼米,上面插着一根线香,然后分置四周,点燃,又将那泥塑的娃娃像放在最中间的火盆里,把两沓纸钱放在里面小心烧尽,在悠悠燃烧的青烟之中,我让关知宜来到办公桌斜对面的沙发椅上躺下,闭上眼睛,她依着照做。

我拖出一只草编的蒲团,盘腿趺坐在沙发椅前,开始念起了《镇压山峦十二法门》中"坛醮"记载的招魂咒。

这话需要用晋平的方言来念。我发音古怪,又尽力念得极快,叽里咕噜的,就像是催眠曲。关知宜的情绪大起大落,在我这一番念叨声和那袅袅的檀香中,心情平复下来,感觉到一阵疲累,居然就有要沉睡过去的趋势。

这是我预料之中的事情。

若她的心灵不归于平静,附着于她内心深处的那一股怨灵,又怎么能够浮现呢?

然而就在将睡未睡的当口,关知宜突然睁开了眼睛,瞪着我,说:"陆先生,你是这门道里的高人,能不能够告诉我,这世间有没有一种东西,能够让男人一见到我,就死心塌地地爱我,这一辈子都不会离开我?——你可不能够骗我哦!"

我说:"为何要问这事情?"

她咬着牙,说:"我经历了太多的失恋,每一次都好像死去了一样,实在太难受了。有时候甚至想去自杀,你能不能够告诉我,这世间有没有什么东西,可以像我刚刚说的一样?"

看着她渴求的眼睛,我说:"有,在苗疆十万大山的深处,有一种神秘的虫子,叫做情蛊。多情的苗女会养育这种生物,下到自己中意的男子身上,一旦成功,这一辈子都公不离八开,永不分离,否则便肠穿肚烂而死。不过,一切邪门术法,都需要付出远远超过你想象的代价,或许是感情,或许是生命。我个人认为圆满的感情,并不是这般得来,而是需要双方共同经营的。这一点,你要明白。"

关知宜点了点头,没有再说话,很快就陷入了深度睡眠之中,而我给她轻轻盖了一张毛织被单。

经过了长时间的招魂,我终于从关知宜的意识中,剥离出了一直缠绕着她的那个小小的怨灵。这是一个形同黄豆芽一般的小东西,连人形都没有,虚空中,像一根肉芽般随风游动,发出咿咿呀呀的声音。它并没有受到太多的阴风洗涤,对关知宜十分亲热,就像普通的孩子对待妈妈一般,用那根小肉芽不断地撩拨她,撒娇。

只不过它那没有发育的智商,并不知道,它视为妈妈的这个女人,并不喜欢它。

关知宜的意识里,恐惧大过了一切的感情。

我叹了一口气,这小东西现在表现出来的,还仅仅只是对于人间的留恋,倘若时间渐久,随着它的成长和无数次初一十五的阴风洗涤,它最初的善良和可爱就会逐渐地消失,那阴风之中的"恶"就会表现出来,然后逐渐蚕食关知宜的意识,甚至将她整个的生命,都化为自己成长的营养。

最后,变成一个新的鬼物,邪恶而强大。

我胸前一动,朵朵和小妖悬浮于空中,这一对姐妹花泪眼婆婆,看着这并不知晓情况的小东西。

它的可怜,不在于还没有出生就已经死亡,而在于它被自己的母亲,给生生地吃掉了。

这种情况常常会出现在口渴的母兔子身上。养殖户经常在养殖场所见到的绿光,就是这种微弱的怨力。然而这根小肉芽并没有怨念，只有对这世间的向往。我摇起了杂毛小道的招魂铃，叮铃铃、叮铃铃，开始与这简陋的意识作沟通。不过它并不乐意被我超度回幽府，虽不能言，但还是给我传递了一个又闷又狭窄、平扁无光的空间感，然后拼命地摇动身躯。

我告诉它：它与它依恋为母亲的这个人，只有一个能够存活于这人世间。

于是它放弃了，轻轻地摆动身体，在我超度亡魂的经文中，朝着天上那不可知的地方飞去。

两个朵朵一动不动地看着这可怜巴巴的小家伙，一直到消失不见。朵朵咬着嘴唇，用不能理解的表情看这个明星阿姨，她目前还停留在卡通动漫和恐怖片的程度，但多少也认识这个阿姨，却不能够相信电视上面的那个阿姨，会是这般模样。

小妖牵着朵朵的小手，给她揩干了眼泪，然后飞进了我胸前的槐木牌中。

她们给那留恋于世的小东西送完了行，便不愿意再见任何的丑恶。

我放回了招魂铃，念完一段咒语之后，打了一个响指，关知宜便从深沉的睡梦中醒了过来，眼角处尽是湿热的泪水。见我从草蒲团上站立起来，她揭开身上的被子，含着热泪看着我，说她梦见了一个可爱的小男孩，叫她妈妈，然后跟她告别——是它吗？它走了吗？

我沉默地点了点头，从火盆里取出那尊略有些烫的泥塑娃娃，这是我之前在休闲山庄的时候朵朵捏的，有一定的灵力，刚才放在火盆里面烘烤，就是要借助它这个媒介，与关知宜身上的那个小家伙作沟通。

我问关知宜，说："你会想她吗？"

她点点头，说："我现在最大的感觉就是后悔，如果人生能够重来，我一定会把那可爱的小孩子给生下来，然后好好抚养成人。什么功名利禄，什么荧屏风光，哪有这小东西珍贵？"我把这泥娃娃递给她，说："这个什么也不是，留给你做一个念想，提醒自己失去了什么，又得到了什么，以后的人生道路，自己要负什么样的责任……"

她点头表示知晓，然后我又用沾了净水的艾蒿再次给她洒了一遍，说没事了，以后不会做噩梦了。

关知宜问我需要多少费用？我挥挥手，说："看着给吧，我累了，就不送你了。还有一点，那个舒娇，最好不要再接触了，不是一个世界的人，邪门。"她向我深深一鞠躬，说谢谢，然后走出了办公室。

我虽然没有说出数目，但是苏梦麟却是个中好手，从关知宜身上刮了一笔不菲的费用。

虽然赚了一大笔钱，不过我并不开心，一直把自己关在办公室，感叹那逝去的生命。

我无法批评自己的客户，只是希望她们能够在做任何事情之前，多为那渴望来到这个世界的小生命去想一想。当天晚上小妖对我一阵凶,说我不该给那个女人驱邪,让她一辈子都陷入那种恐慌,不好吗?这也是她应该受到的惩罚——这便是嫉恶如仇的小妖朵朵,而且似乎朵朵都站在了她的那一边。

杂毛小道和虎皮猫大人表示了中立的围观态度,幸灾乐祸。

然而倒霉的事情很快就来了。一天,轮到我出去忙碌,回到事务所的时候,发现几乎人人都苦着脸,杂毛小道的房门则紧闭着。我拉过老万来,问怎么回事儿?这个老油条无奈地告诉我,说城东的金星风水咨询公司和万江的福通源、萃君顾问公司联名来访,找茅晋风水咨询事务所的两位主事人,于周六锦绣阁上,约谈易学堪舆之道,到时候也会邀请业界同仁,来看一看两位大师的本事。

我脑子一转,我日,这不是来踢馆的吗?

第七章　集训营的坏消息

根据"有关部门"的调查统计，在 2009 年，中国从事职业、半职业风水行业的风水师（含算命、神婆兼职赤脚医生）有一百一十万人，整个行业年产值超过一千亿——据传说，北京的金融街、上海的陆家嘴、海航、海尔的总部大厦、奥林匹克公园，甚至武警总医院的大堂，都有着风水的奥秘。

风水行业因为没有受到相关政策的允许，一直处于半地下状态。

虽然风水已是企事业单位、政商各界人士间流行的"业务"，但它依旧属于灰色地带，不为大众所知。

我之前提过，整个南方省的市场基本上已经成熟，各个城市都有一些行业翘楚，这些我们也调查过了。老万跟我提起的金星、福通源和萃君这三家，基本上垄断了东官乃至周边卫星城镇的相关行业，是航空母舰型的存在。只是我有些奇怪，这三家大公司跟我们，有半毛钱关系？

然而风水师和武馆一样，都属于注重旧传统的行业，就像叶问先生流落香岛时开武馆需要证明自己、去拜码头一样，在东官开这么一家风水公司，也必须要向他们三家联盟递帖子，尊重一下长辈的意见。

也就是说，我们必须要得到三家联盟的入场许可证，然后才能够在东官这个地界，开门做生意。

以上，便是三家联盟过来邀约讲数，所要表达的意思。

我和杂毛小道拉上窗帘，躲在阴暗的办公室里面，一齐骂娘——这些狗东西，还真是看得起自己，当自己是旧上海青帮常申凯的拜把子兄弟！不过骂完之后，我又拿起了电话，拨通了这里地头蛇赵中华的电话。电话很快就接通了，破烂掌柜的思索了一会儿，告诉我们：金星的老板李永红是解放南方的东野老部队子弟出身，红三代，跟南方很多老首长都有关系；福通源的朱意是南方特勤局张伟国的人；而萃君顾问公司的吴萃君，是香岛易学研究会的成员，而香岛易学研究会的背景又是港府。

我和杂毛小道对视一眼，得，都有大来头。

我问如果不鸟他们，会怎么样？

赵中华沉吟了一番，说："你们应该是在什么事情上面惹到他们了，到时候肯定会泼脏水，黑得你们连屎都要出来。而且还会设立行业壁垒，让你们处处碰壁——我估计这一次多半是朱意打的先锋，因为你们毕竟刚刚得罪了龙虎山，而张伟国又是袖手双城赵承风的人……"

我两眼一翻，感情这里面还牵扯了这么多道道。

杂毛小道一拍大腿，说："丢，怕个毛，三个欺软怕硬、胯裆里没卵子的老油条公司，老子未必会怕他们？我们文的武的都在行，外面这一伙人看着，何必露这个怯？"——我知道杂毛小道说的是什么：湾浩广场在那莞太路上矗立了十年，年年闹鬼，这三大风水公司也没有放一个屁。现在来欺负我们这种新开的小公司，倒是底气十足，我们怕甚？

当下我们把窗帘拉开，外面少有的艳阳天。推开门，我对外面的一众员工笑容满面，激动地说："我们茅晋事务所扬名立万的日子，就在周六了！"

听到我这自信满满地话语，所有的人都笑容洋溢，欢呼起来。

人前摆狠话畅快，我们在背后却自然要做足功课。三大公司联名邀约的事情经过苏梦麟之口，传到了远在香岛的顾老板耳中，立刻就打电话过来了解情况，还问有没有把握？杂毛小道说："无外乎是文比武比两种情况，咱走南闯北，见过的怪事比这些风水老爷们弄过的宅子还多，怕个鸟？"

顾老板满意地点头，说周六他一定赶过来助阵。

找一阵无语，这货莫非是过来瞧热闹的？

随后公司的另一个股东李家湖也打来电话，他已然知道了情况，向我们道歉，说这事情的由头，估计还是他那里引起的——我们现在接的那个楼盘，老板本来是打算给萃君顾问公司做的，后来碍于面子就交给了我们。这样一笔大单，像煮熟的鸭子飞走了，萃君顾问公司的女老板吴萃君自然怒火中烧，估计旁人再撺掇一下，就出的这事儿……

不然，就我们这么小的一个草台班子，人家也未必能够瞧得上我们。

就像武馆，人家是正正经经地开门招徒弟，而我们则还属于街头卖艺的那种。

我笑了，说："如此甚好，我最近还在担忧如何打开局面呢，这下可好了，三大公司跑过来给我们当垫脚石，这种瞌睡了有枕头的感觉，不要太好了噢？"李家湖听我说得如此自信，也来了兴致。说他把最近的行程调整一下，周六也一定过来捧场，免得让人家弱了咱们的气势。

我笑着说好。犹豫了一阵，问他女儿雪瑞是不是已经去了缅甸？

李家湖说："是。那妮子倔，那么危险的地方都硬是要一个人去，本来说好和她师父一起去的。后来不知道听了哪个短命鬼的话语，便想着孤身前往，我哪里敢让她冒那个险？好说歹说，才安排了一个女保镖——就是崔晓萱，跟我手下结婚的那个——一起去了。一个星期了，据说还在山窝窝里。"

我汗颜，好像我就是他口中诅咒的那个短命鬼。

我开解他，说："你家女儿是个有福相的人，而且她跟苗寨里的那神婆十分投缘，出不了问题的。"

李家湖摇摇头，说："搞不懂你们这些东西，反正我现在对她的想法不多，能够平平安安地过一生，也就是我这个当父亲的最大的心愿了。"

第二天是周四，杂毛小道坐镇事务所，温养他的血虎红翡和雷罚，而我则跑到城南去找收破烂的掌柜赵中华，商讨对策。赵中华也正好想找我。他告诉我，本年度特勤局春季集训营的名额，陈老大已经帮我给弄到了，手续已经在这边办理了，过几天会正式通知我去集训营报到的。

我问去哪里，赵中华说："有两个地方备选：一个是皖南黄山，一个是滇西怒江。最终定哪里，现在总部还在紧急磋商。不过这次集训营的总教官已经确定下来了，是总局业务一司的慧明大师。他可是西南局的老资格了，甘省悬空寺出身，精修佛法，一等一的厉害。他为人严厉，从好的方面来讲呢，你出来之后的进步会很快；从不好的方面讲，估计你要吃很多苦头了——为了提高实战能力，一般这种集训，都是有死亡指标的，务必小心。"

我一听到"慧明"这两个字，顿时就一阵头大。这位大师，不就是在青山界死于武警小周手里的那个贾微的父亲吗？一想到贾团结老先生将近八十岁的高龄，还要参加我们这帮菜鸟集训营，我心中就有一股不祥的预感。

我问能不参加吗？赵中华像看怪物一样瞧我，说："陆左你没毛病吧？你知道陈老大为了给你增添这个名额，花了多大的劲儿吗？别说这种没有用的话，争取在那里学到更多的东西，也不枉陈老大为你奔波忙碌。"

我十分郁闷，大师兄的情分我领了。但倘若这总教官是慧明老和尚，我怕我就是那个死亡指标。

我一时间头疼得厉害，竟然忘了最开始过来找赵中华的目的。

直到他问我，我才想了起来。

赵中华跟我分析，说："李永红这个人呢，虽然是根深苗正的红三代，但是为人精明圆滑，上下关系都打点得很不错，他专门做衙门里的生意，能量很大，按理说应该是被后面两家绑上了战车，所以这个人可以团结，不要死磕。朱意这个肥猪，以前是张伟国的小弟，后来在老张的帮衬下搞起来的福通源，为人嚣张，手下有两个风水师，一个叫做翁天翔，一个叫做蒋楠，都是易学研究会的成员，有些本事，估计他正是那挑事儿的人。至于吴莘君，这个女人是香岛一个收山老师傅的小女儿，家传的本事，十分厉害，到时候你们都得小心了。"

我问跟这些人讲数，到底是文斗还是武斗？

赵中华一脸怪异，说："你有没有用脑子想问题？倘若是武斗，这些人加在一起，都顶不住你一条金蚕蛊的毒性，自然是跟你文斗啦——不过也说不准。朱意和吴莘君这两个人的性子，一个阴沉一个暴烈，既然这么有把握地下战帖，说不定会请外援镇场，到时候打斗起来，自然也能够将你俩压住的。"

我和赵中华商谈了一下午，他说他到时候会过来给我撑场子的，至少不会让他们乱来。

我依旧觉得心有忐忑，三大公司来这一手，自然准备充分、觉得万无一失的，而我们却属于被动的一方，见招拆招，自然十分不爽。我回去之后，将这些情况作了汇总，说与杂毛小道听，他浑不在意地说：他强任他强，清风拂山岗，他横由他横，明月照大江！

我一阵无语。想到文斗的事情，当夜不眠不休，又重新温习了几遍《镇压山峦十二法门》中占卜、祈雨、圆梦、驱疫、祀神、坛醮、布道的内容。

星期六早上，我、杂毛小道带着老万和小俊，乘车前往东官讲数最有名的茶楼锦绣阁。

第八章　文攻

锦绣阁是东官喝茶讲数出了名的老场子，坐落于老城区。雕梁画栋、气派非凡，虽然不能和新开的那些酒楼、茶楼比豪华，但是底蕴斐然，是大多数老派人士经常聚会的场所，会员制，一般人还进不去。

我们几个到的时候，是早上九点差十分，这时，大部分的客人都已经提前过来了。

这些都是三大公司请过来的业界、经济界的重量级人士，说是见证，但多数也就是瞧个热闹，打一壶酱油后走你。顾老板头天晚上就从鹏市赶了过来，昨天与我们碰面之后，早上又先行前往打探消息。我们刚一落车，他便和阿洪以及那个美艳的私人秘书赵研迎了上来，然后带着我们穿过门廊、一楼大厅，走到二楼。一路上帮我和杂毛小道介绍这些身份尊贵的酱油党。

这些人里面，大部分都是房地产商人，其次就是金融和贸易公司，在这个暴富而浮躁的年代，商人们的安全感其实很低，找不到寄托，所以很多人会笃信风水这种"虚无飘渺"之事。

除此之外，还有一些不宜透露姓名的人，衣冠楚楚，大概齐是一些官员吧。

顾老板跟这些人还算熟络，相谈甚欢——人和人都是有圈子的，随着身份、地位或者兴趣而转变，所以真正到了一个程度，这些圈子其实并不大，甚至可以用狭窄来形容，譬如我们进入风水行业，便怎么也逃不过金星、福通源、莘君这三家公司的影响。

二楼大厅空间敞亮，老摆设，放着十来桌八仙台，来了差不多有三十多号人，各自落座。我们走进大厅，门口立刻有人高声唱名，说茅晋风水咨询事务所萧克明、陆左到……酱油党们纷纷站起鼓掌，我们朝四周拱手致意，由一个自称是福通源公司的职员带着我们，在靠正中的桌前落座。

李家湖也来了，和顾老板等人在我们的斜侧面安坐。而在角落，赵中华、曹彦君朝我挥手。

除了这些人，大厅里还有一些早已安坐着，或板着脸，或三两个凑在一起交头接耳、指指点点的老家伙，看模样，似乎是这周边几市的玄学宿老，或者相关行业的从业人员，算得上是专家吧？

正中有四家，除了我们外，三大公司各坐一桌。主持这场讲数的，是一个叫做李俊增的白胡子老头，据说是在整个南方省都十分有名的玄学大师，本身很有名望，而且在道上也是十分活跃，故而被请过来镇场。不过，在我心中，真正的高人应该如同死去的欧阳指间那样低调的老人，像他们这种热衷于追逐行业垄断和利益的所谓"德高望重"之辈，想来多数也只是嘴皮子利落而已。

因为赵中华之前提供了翔实的资料，而且李老又给我们作了介绍，所以我大致分清了这几家人。

梳着大背头的五十岁老男人是李永红，身边有个头发斑白的瘦老头子；福通源的朱意是个跟香岛男演员肥猫一样身躯庞大的中年腹黑男，旁边有两个穿着白色绸衫的风水师，还有一个脸色苍白的男子，看着似乎还有些熟悉；而那吴莘君则是一个三十多岁的精干女人，穿着打扮像办公室女郎，严肃而规整，旁边有两个西装革履的男人，戴眼镜，气质儒雅，如同大学里面的教授，桌子后有一个又瘦又矮又猥琐的老头儿……

黄花梨木的桌面上摆放着几盏洁白如玉的骨瓷茶盏，几碟时鲜果品，我们刚刚就座，立刻有身穿蓝色青花旗袍的窈窕美女服务员，过来沏茶。

当请茶完毕之后，我们拱手为礼，说了一些场面话。朱意笑容满面，将我们给捧上了天，说因为是同城同行，所以才冒昧地邀请过来，也是想让同行和社会贤达，见识一下两位大师的风采，也好有个底数。

我实在不明白这三家为何要摆出这么大的阵势，仅仅乾美国际的那一个楼盘，就让他们如此炸毛？

高级风水公司的气度呢？高级风水大师的气度呢？节操呢？

好吧，我仅仅只是想抱怨一下而已。

朱意话锋一转，开始攻击起我们来，说两位如此年轻，据说竟是中国周易学院的荣誉教授，还是什么世界易学百强精英，这让我们列其中的翁、蒋两位先生情何以堪，竟然不知道什么时候就多了二位同僚，所以想请二位佐证一番，并且一起论道论道。

我穿着一身黑色的手工西服，沉稳中略带着活力，而杂毛小道穿着一身紧束的青色道袍，只可惜头发没长好，没有挽出道髻。如此这般打扮，说不上有多么装波伊，但多少却也合乎沉稳平静的气质。

所谓的周易研究学院，其实就是个函授学校，根本没有什么办学资质，只要交钱，什么名头都好办。我们和朱意手下这两位师傅的区别，只在于我们直接把那名头拿过来用了，而他们则是交了钱的。

这情况，在座的都是人精，自然明白其中的潜规则，而朱意拿这个来攻击我们，也实在是如同挠痒痒一般，没有什么攻击力。杂毛小道最擅长诡辩，双手抱拳一拱，说了些绕圈圈的话语，云山雾罩，让大家听得头晕，三两下就应对过去了，接下来，便由白胡子李老提出来，说要印证一番学问。

我所学的《镇压山峦十二法》，虽然也有相关风水的章目，然而却与现代风水学大有不同,讲究的是镇压那大山大河,波澜壮阔。诚如苏梦麟所言,我还真的是个实用玄学的代表人物,做的比说的要多,所以文斗一事,则有杂毛小道披挂上阵,与三家大师,坐而论道。

他们比斗的方式,就我个人看来,就如同古时候科举考试,现场作八股文,你说我对,引经据典。

杂毛小道这人嘴皮子极其利索,十分钟的咒文他可以用三分钟念完,且常年混迹于街头巷尾,上至达官显贵,下至贩夫走卒,忽悠的人排成排,可绕球场两周半,是学以致用的典范;而且身怀着虎皮猫大人授予的半部《金箓玉函》,史诗般传奇的杰作,微言大义,一语中的,哪里是这三家所能比拟?

所以如此坐而论道半个小时,三大公司的所谓大师,脑门子上全是油津津的汗水,顺着脸流了下来。

南方三月份,已然是春暖花开的时节,这汗水流一流,也是正常的。

他们平日里与坐在深宅中的同行交流,或凭名气,或凭地位,定可力压别人一筹,养尊处优久矣,彼此都重视身份和架子,哪里有杂毛小道这种从街头忽悠中不懈累积出来的战斗力?

即使是久负盛名,据闻已入重要部门开展业务的铁齿神算刘,他老人家教导徒弟,也是必须要与民亲近,时常混迹于街头地摊,这才能够有所进步。所以郭一指有房有车有公司有小秘,偌大的身家还要抽空在金陵学府路广场摆摊,就是这个道理。

眼见着自家的师傅在杂毛小道咄咄的话语中,有退缩、应接不暇之意,朱意便有一些急了。他站起来,伸手终止了这场旁人看来无趣而枯燥的比试。擦了擦额头汗水,说:"言语交锋,见不出真章,众所周知,干我们这一行的,主要是研究人类赖以生存发展的微观物质和宏观环境的学说——'气,乘风则散,界水则止;古人聚之使不散,行之使有止,故谓之风水。'中国人之所以看重风水玄学,是想让其为我们服务,趋吉避凶,时来运转,测算运势,依势而为,如此才能财源亨通,天人合一。"

他说了这么一长串,终于讲出了重点:"厉害的玄学大师,能够分辨阴阳,通晓生死,从复杂的线索里,明了往昔和未来的走势,算法贯透。我们还是讲一些能够立竿见影的事情吧?"

杂毛小道端起洁白如玉的茶盏,美美地抿了一口水,然后很有风度地说:"请讲。"

见我们这般配合,朱意先是一愣,而后心中又沉了下来——如此胸有成竹,倒是让他们怀疑起自己搞这场讲数,是不是正确的。不过所谓"骑虎难下",朱意也只有硬着头皮上了,接着说道:"推算八字,乃风水玄学师所必备的本事,一叶而知秋,这也是我们之所以受人尊敬的原因。我们场中的来客,每人写一份自己的八字,然后交给李俊增老先生手里,由我们各方抽取一份并测算,正确且最快者,胜!"

他此言一出,立即一片哗然,这已经不是问道交流的范畴,而是一比高下了,而且这已经不是三家对一家,而是要决出四家中的一家了。毫无疑问,朱意的这一招并没有与金星、萃君沟通过,其余两家人都露出了惊讶和恼怒的表情。

我和杂毛小道相视一笑,看来败局已呈,这家伙,是要出昏招了。

朱意咧动肥厚的嘴唇,说:"怎么样?比不比?"

杂毛小道微笑着点头,然而一直默不作声的金星李永红突然出声说道:"且慢!"

第九章　肥虫子再下一城

李永红的一声"且慢",将所有的人注意力都转移到了他的身上。

我抿了一口茶水,只见这个面带威严的男子站了起来,朝着我们拱手,朗声说道:"前番曾听人言,南城第一国际茅晋事务所的两位主事人,虽然初出茅庐,然而却是一身好本事,想要邀来给同行们长长见识。如今一观,确实是名门之后、大家之言,实乃我们这个行业的福分。既然已经见过,那么我也就满足了。风水青囊之道,讲究的是天人合一,和谐自然,至于所谓'推敲八字,进而识人',此为小术,胜不足以骄,败不足以馁,我们金星便不参与了……"

他这一番话说得大气,而且也承认了我们在此处开堂子的资格,我和杂毛小道都站起来,拱手为礼。

李永红说完这一番话,与我们回礼之后,便坐下来喝茶,直接就置身事外了。

朱意的脸色数变,十分难看,瞧向了吴莘君。这女人却是个好勇斗狠的性子,而且我们抢的也是她的生意,自然没有弱这名头的道理,冷声哼笑,说:"这比斗虽说是小术,但是以小见大,也确实是有一番道理的,金星瞧不上,我莘君顾问公司在这方面,却还是有一些自信的……"

"好!好……"周围那些伸长脖子看热闹的人,纷纷起哄,激动地等着看好戏。

有穿黑衣的工作人员开始下来收集八字,有人肯写,有人却犹豫,一时间好一番热闹。

老万在旁边看得着急,在我耳边轻问,说:"陆左,你们可有把握?这些写八字的人,你们根本就不认识,哪里能够凭着年月日时的数据,来确定谁是谁?这些家伙看着都是四五十岁的样子,就算是火眼金睛,想要找出这人,只怕也要头疼啊?"

小俊也压低声音,说:"是啊,他们在这里开门做生意这么久,这里的客人估计都在他们那里留有档案,心中有数,无须卜卦算计,到时候只要对照一番即可,这样子,实在太不公平了。"

我见杂毛小道不说话,稳坐钓鱼台,心中也有一些忐忑,猜想他要么就真是身有神技,成竹在胸;要么就是表面风平浪静,心中惊涛骇浪。不过箭在弦上,不得不发,我们又不是李永红这等老江湖,可进可退,此时蒙也要蒙一个了。

顿时间,我有一种参加高考时的那种紧张感。

有人已经把十几个折叠好的八字纸条收集好,由白胡子李老丢入一个临时的小纸盒中,一阵摇晃,相互混合,然后叫我们、福通源和莘君的人上前去抽取。这比试有趣，旁边的围观者纷纷伸长脖子，翘首以盼。福通源站起来的是那个叫做翁天翔的中年风水师，萃君顾问公司的则是老板吴萃君亲自上马，我捅了一捅杂毛小道，问："你有没有把握？"

杂毛小道面带微笑，却低声说："没，这事情就像你读书的时候，告诉你一个三角形最长的一边为四米，请问它周长多少，有解吗？"

我眼睛一瞪，日，这怎么搞？亏得他跟虎皮猫大人一般淡定，原来却是在装波伊啊？

他刚才肯定是一直在埋头想办法，直到这紧要关头，才跟我说了实话。

我问怎么搞？他双手一摊，说："刚才那一场我搞定了，这等小术，让我上实在太浪费了，失败了也有损颜面，你好歹也是主事人，这回你上……"

"茅晋事务所……你们谁来？"翁师傅和吴萃君已然站在了李老的身边，见我们迟迟没有动，而是在悄声说话，李老等了一会儿，忍不住催促起来。

朱意，说："两位莫不是并不擅长八字推理这种最基本的玄学，所以露怯了？若如此，便由我们福通源和萃君两家来一场友谊表演，供大家一乐也无妨。"杂毛小道眉毛一挑，笑了，说："我和我这伙伴刚刚在争执，说这么弱智的游戏，我们一本正经在这里玩儿，倒像是群小孩儿一样，还不如与李永红先生一样袖手旁观，来得洒脱。不过既然朱老板如此说，我们不参加倒是要丢了颜面，便由我这兄弟陆左，随便去露两手吧，呵呵，呵呵……"

朱意一阵气结，倒是被暗地夸了一番的李永红脸上露出了惬意的笑容，而我则在杂毛小道这大言不惭的笑声中，面无表情地站起来，走向了正中的舞台。

李老见我走到近前，将手中的纸盒再次一阵搅动，请来两个公证人察看这箱子没蹊跷，然后让我们三人各挑一张纸条出来。他仿佛把这场较量当作是推广玄学风水的讲座，并不忙着让我们打开，而是将八字测算的原理、法门和渊源讲了一遍，然后让我们同时打开，开始测算起米。

福通源的翁师傅用的是罗盘配合《五虎遁年上起月歌》，吴萃君则高级很多，一打开那黄色纸条，便手掐心算，并且不断地扫量起场中填写了八字的各人来。

而我则在李老刚才那长达五分钟的讲话中，已然判定出手中的这纸条，是出自谁人之手了。

是的，我在没有打开这纸条，观摩八字，查询那天干地支的时候，就已然了解纸条来自于哪里了。这当然不是我有多么神机妙算，而是每一个人都有着独特的味道，而这味道虽淡，我却能够分晓清楚——去年我在坐火车去金陵的时候，便是凭借着这原理，帮一名叫做古丽丽的大学生找到被偷的钱包，没想到今天我又要用到它……

没错，纸条上面会留下书写八字之人的气味，虽然这里还会掺杂工作人员和李老的味道，但是这点难度对于金蚕蛊来说，都不算是事儿。

我瞄准了在大厅角落束手静立的服务员，她穿着一身青花瓷一般的修身旗袍，静静矗立着。

没想到李老他们还加了一些手法，让这些服务员避开了我们的视线，也参与了进来。难怪我刚才摸到了二十几个纸条，范围扩大了一倍，也增加了许多不确定因素。所以在翁师傅和吴萃君正皱着眉头排算的时候，我仅仅只是将纸条装模作样地瞧上了一眼，便大步朝着楼梯旁的那个服务员走去。

我这举动将所有人都镇住了，惊诧之后，纷纷地议论开来。

在所有人惊奇的目光中，我将那位长相秀气的女服务员带到了李老面前，而这个时候，翁师傅和吴萃君还在焦头烂额地测算着。经过大概十分钟的时间后，吴萃君和翁师傅先后找出了一个人来，当作是手中八字的所有者。肥虫子告诉我，翁师傅找对了，而吴萃君则大错特错——她找的是一个大腹便便的商人，而那纸条却出自于一个年长的侍应生。

看得出来，福通源这边也是用了取巧的法子，使得翁师傅找对了人。

结果经过李老一宣布，整个二楼顿时一阵轰动。这本来如同天方夜谭一般的任务，我居然一点儿犹豫都没有，直接就选中了结果，这怎么叫人不惊讶？吴萃君脸色苍白自不必说，提出这比试的朱意也仿佛被人掐住了脖子一般，愕然地看着面带微笑的我，说："这怎么可能？这怎么可能呢？"

杂毛小道朝我眉毛一挑，这小子原来早就想到了，只是并没有告知于我。

见他的眼神，我知道现在是我装波伊的表演时间了。于是我淡淡一笑，摊开手，说："诚如我的伙伴所说，这本来就是一项无聊之极的比试，你既然知晓玄学风水，也阅读过诸多名家著作，定然知晓《金篆玉函》一书。我在五岁的时候，用买糖果的零花钱从小贩手中得到后，便一直勤加研读，至此终见成效——天道酬勤，一切成功都皆非偶然！"

《金篆玉函》？

一听到这四个字，那些板着脸的老家伙全部都深吸了一口气，引得这茶楼中一片齐刷刷的"嗤"。接触过玄学的人，自然知道《金篆玉函》这本书的分量。我能够学到上面内容？若是真的，我的表现是再正常不过了。看着这些家伙投过来尊敬的眼神，白胡子李老也是一副恭敬的表情，我不由得飘飘然起来，然而旁边的那个女服务员却"噗嗤"一笑，这笑声立刻引发了连锁反应，大厅各处都传来了抑制不住的笑声。

好吧，星爷的电影老少咸宜，看过《功夫》的人并不在少数，自然知道我在调侃朱意。

不过此番比试结束，今天这场名为讲数，暗地却是想将我们驱逐出东官的闹剧，也已经接近尾声了。朱意或者他背后的张伟国本来是想让我们难堪，然而却间接地成就了茅晋事务所的名头，让这个本来默默无闻的小公司，一下子就显扬在公众的视线中——难道朱意是无间道吗？

看着这个肥头大耳的家伙憋得脸通红,我心中一阵快意。

然而就在这个时候,一直坐在吴萃君桌子后的那个黑瘦老头突然站了起来,将衣服脱下,露出刺满青色蜈蚣的上身来,骨瘦如柴。

第十章　文身附灵

这个黑瘦老头子塌短鼻子、黑不溜秋、嘴唇往上翻，一看就是东南亚那边的人。

他之前一直在低头吃桌子上的瓜子和茶点，瓜子壳吐了一地，除了长得丑之外，显得很不起眼，然而我自打一进来，就一直很注意他，以及朱意旁边的那个苍白脸孔的男子。因为之前赵中华说过，福通源和萃君有可能会找外援来武斗，他们旁边的几个人里面，就他们两个比较像是请过来帮拳的，所以我忍不住总是观察。

对于那个苍白脸孔的男子，我总感觉在哪里见过一样，却始终想不起来。

不过让我没有想到的，居然是这个黑瘦老头先发难。

他的胸前文有许多条栩栩如生的青色蜈蚣，凶猛，张牙舞爪，在他满是腱子肉的后背，则文得是自缠成十二结的大蛇，蛇上面有许多泰国的符文，眼神诡异。当这个黑瘦老头把衣服扒下来的时候，旁边的一个眼镜男老庄则帮着作同声翻译："小子，听说你以前在香岛以解降、驱灵而闻名，那么你是否敢跟我比一比这降头术？"

我眉毛一扬，有些难以置信地看着一本正经的吴萃君。

我实在想不到，她居然会请一个降头师过来，对付我，而且似乎事先对我还有一些调查，做足了功课。

她知道我给李家湖的女儿雪瑞解降和给章董驱灵的事，这并不难理解，因为毕竟都是一个圈子里的，顾老板去那里做宣传，消息总是会辗转传入到她的耳朵里。但我不能理解的是，她居然会请一个浑身文有灵符的降头师过来找场子，她是疯了吗？——虽说降头术能救人于生死，亦可害人于无形，但是后者，实在是臭名昭著，让人闻之色变，便是如我这般的蛊师，也不敢当众承认身份，主要的缘由，也是因为大家的成见太深。

这么做，实在是有一些自毁家门。

然而旁边的这些人似乎都有些习以为常，将手中纸箱放下后，白胡子老头李俊增给我作介绍，说这是萃君顾问公司的首席解降师，来自泰国清迈契迪龙寺的巴剃（音译）大师，对于解降驱灵之事，最为擅长。我点头，原来是泰国的白巫僧，难怪这些人并不害怕。

只是这比降头之术，到底要怎么比？比谁先把谁弄死吗？

本来以为要收工了的观众们，听到这个黑瘦老头巴剃的狂言，立刻兴奋起来，欢呼，纷纷说："陆左师傅，跟他比一比啊，不要让他以为我中华无人……"这话一说，立刻有好多人开始怂恿起来，这些大腹便便的阿叔阿伯就像小孩子一样，兴奋莫名，

本来打算离席的人都又重新坐了回来,沏上一壶好茶,等待好戏的上场。

呃……说实话,唯恐天下不乱之辈,从来都不会断绝。

我耸了耸肩,问这个一身凶猛文身的外国友人:"那你说一说怎么比吧?"

场中的人都坐了回去。巴剃走了出来,旁边的那个眼镜男老庄跟在一旁,一个讲一个翻:"我来的时候在市场里买了一条狗,我们同时对那条狗下降,在下降的同时还要给这狗解对方的降头,然后看这狗是中了谁的降头术死的,那么谁就胜利了……"

他说完,拍拍手,有工作人员从一楼牵了一条灰白如狼的哈士奇过来,一直走到了场中。

巴剃转头又朝着旁边咕哝了一阵,那个充当翻译的风水师老庄立刻吩咐服务员,把敞开的格子窗关闭一些,大厅的光线黯淡下来。我看着这条不断挣扎的狗儿,眉头皱起,说:"我讲两点,第一,我虽然会解降,但是我并不会东南亚的这些降头术;第二,即使要比试,这个法子也实在太血腥了——为什么一定要拿一条小狗的生命拿来做赌注?这有意思吗?所以,我不会跟你比的……"

听到我的解释,场中的人有的赞同,有的则摇摇头,直说扫兴,而听到了我这些话,巴剃的眉头皱了起来。

他那双如同毒蛇一般犀利的眼睛,紧紧盯着我,身上的肌肉抖动,胸前的那些蜈蚣仿佛要活过来一般。

"为什么?"他摇动着头颅,说:"你不要否认,虽然我闻到你身上佛陀的檀香味,但是我更能够感觉得出,你是一个十分厉害的降头师,为何要拒绝与我比斗?难道在你心中,就没有一点儿荣誉感吗?难道你是个没有卵子的家伙?"

他的话一经过翻译出口,旁人便"嗡"的一声响,纷纷吵闹议论起来。

不过责骂他的人,倒是占大多数。

在巴剃说话的时候,我一直盯着吴萃君,然而让我失望的是,这个女人并没有表现出和李永红一样的气度来,而是抱着平平的胸,颇为玩味地看着我。我无语了,也愤怒了,于是决定接受这挑战:"好吧,我同意你的请求,只不过规则需要变更一下,你可以用尽所有方法对这哈士奇下降,而我,则负责保证它的生命安全——它死,我输;它活,你输!"

巴剃拍拍手,向我竖起了大拇指,然后用中国话生硬地说了一句:"敞亮!"

我冷笑着,往旁边走,立刻有人过来将拥挤的桌子往旁边移去,大家纷纷地围拢成一个稀散的大圈子。哈士奇被用绳子拴在了中间的一根木柱上,我和巴剃离这狗各有五米,并不越过这条线。窗子被关闭了,大厅暗了下来,周围的客人们纷纷伸长脖子,观看这难得一见的降头对决。

他们脸也红了,舌头也干燥了,往昔只在传说中的东西,今天居然就能亲眼看见了,皆兴奋得不行。

我估计他们的心态跟去泰国看人妖的那种猎奇，是一样的。

降头大致分三种——药降、飞降和鬼降。

我站立在杂毛小道这桌的前面，端着茶盏喝了一口，看着这个来自泰国清迈的白巫僧口中念念有词，猜测着他这降头之术，到底是哪一种类型。随着他咒文的结束，在旁人眼中，他只是身子周遭的空气变得阴沉，轮廓隐约，然而我通过"炁"之场域的感应和朵朵赋予的鬼眼，却能够看见另一番奇异的现象。

巴剃上身的那些文身如同活物一样，开始蠕动起来。

这便是他脱去上衣的目的吗？

不是为了耍帅装狠，而是让这些附着有蜈蚣怨灵的刺青活过来，然后游动到场中的这哈士奇身上，将其毙命。我表面上镇定自若，仿佛什么也不知道一般，然而却紧张地关注着前方，思忖着到底用什么法子来破解，而不暴露自己的底牌——与人战斗，多一张底牌就如同多一条命，倘若在这种寡淡无味的场所亮出底牌，实在不是一个明智之举。

巴剃的咒语终于念完了，而他身上的那些青色蜈蚣终于游动了下来，十来条，全部都朝着场中的哈士奇袭去。

鬼降！

那条被拴在柱子上的哈士奇显然也感觉到了其中的异样，不停地冲着巴剃汪汪叫，然后畏惧地朝着后面躲去。然而那根绳子将它给牢牢给禁锢在柱子的一米处，怎么跑，都跑不出去。在普通人的视线里，只看到巴剃双手合十、喃喃自语，我端着一盏茶浅饮，而那条狗则放声狂叫，仿佛要发疯了一般。

不过这犬吠声中，似乎绝望更多一点儿。

那一团蜈蚣离脖子勒得快要断过气似的哈士奇，只有半米之遥，我觉得我必须要出手了。怀着对生命的敬畏，我咬牙将茶盏放回桌上，踏前一步，遮住大部分人的视线，从怀中拿出了震镜，口中高呼一声"无量天尊"，那金光兜头照射到了快速游走的蜈蚣群身上，电光火石之间，我果断将这铜镜收回。

玩过魔术的人都知道，要想让人不知晓秘密，必须手要快。

我不想让人知道我太多的底细，便在这众目睽睽之下，玩了一把急速震灵。在大部分人的视线中，我仅仅只是挥一下手，口中呼一句道号，然后就像手电筒一样，有一道金光照射到了哈士奇身前半米，有袅袅的黑烟腾空而起，而空中似乎还有一些昆虫或者爬行动物的叫声出现，整个大厅时而阴寒，时而暖热。

巴剃浑身一震，胸前的那些黛青色的文身突然像是蒙上了一层灰一般，黯淡下来。

而他的嘴中似乎鼓起了一口血，欲吐而强忍，双手结了一个古怪的印法，然后使劲一震，地上黑影一伸，竟然有一条两米长的蛇灵从他身上攀爬而下，并不去理会那条瑟瑟发抖的哈士奇，而是径直朝我扑来。

我心中一跳，我勒个去，他这是要直接拼命的意思吗？
　　眼见着那条凶猛的蛇灵即将要扑倒我的近前，我往后面退了几步，一直退到了桌子的边缘，看到那蛇灵如同普通毒蛇一般张开大嘴，飞跃着朝着我扑来，我心中愤怒，扶在桌子上的手摸到了一件套着黑布袋的长形物体，紧抓起来，往前就是一挥。
　　轰——
　　前方空气一阵爆响。

第十一章　扬名立万庆功宴

我握剑的手上一阵又一阵的麻颤，如被电击。

所谓温养，便是让自己的气息，或者是所谓的"生命磁场"，被这件有灵性的器物所熟识，从而可以沟通，将其引为己用。这里面的法门很多，比如我对于驱邪开光铜镜（又名震镜、震一下），便是用缚妖咒与开经玄蕴咒一同进行，而后便直接以心意交流。

"雷罚"原为黑竹沟桃花林中一株成了精的大树，后遭雷劈，被制成剑，但是内里却依然还是有灵性的。当初杂毛小道从句容拿回来时，我曾经拿来赏玩，被这东西电到过好几次，倒是老万、小俊这样的普通人拿着，一点无碍，跟普通的木棍子一般无二。

它不喜欢我的恶魔巫手，自身有一种雷元素中正气浩然的存在，我、朵朵和金蚕蛊都有些怯它。

惟有麒麟胎化身的小妖朵朵，并不惧这等气息，因为通体可化玉质坚身的她，不导电……

然而此时的雷罚反抗意识并不太明显，相比之我，地上那条巨大的黑灵怪蛇，更能够引起它的注意，包裹在黑色布套中的它被我骤然拿起，斩在了空当处，一声轻微的爆裂声轰然炸响，在视线之外的感应世界里，那一条文在巴刹背上栩栩如生、而后游下的附灵巨蛇，被一丝腾飞而去的蓝色闪电给斩中，从中间断开，开口处，无数符文和黑气，从内里往外面倾泻出来，然后如沙石一般散落。

巴刹显然没有想到他用精力和血气苦心喂养的文身蛇灵，居然被我一剑斩裂，脸上本来还有着残忍的笑容，然而蛇裂消亡的时候，他突然喉头一甜，仰天狂喷了一大口血。

这血似雾，又急又快，竟然横飞好几米，落在了那条哈士奇身上；而那些黑雾，也都随着这口血，融进了那头四肢发抖、站立不稳的小狗身体里。

巴刹前扑倒下，他后背那充满玄奥符文的盘蛇依旧还在，只是十分黯淡，仿佛劣质的文身贴，而且还被洗过了好多次的那种。而在他紧绷的后背上，陡然出现了一道贯通全身，从脖子到屁股的灼黑长印，仿佛刻上去的一般。

围观的群众一下子就轰动了，纷纷地拥挤上来。

在他们的视线中，整个过程简直就是无趣之极：大概便是这黑瘦老外念了两次经，然后吐血倒地，浑身抽搐；而另一边的我则是挥了一下手，然后从桌子上拿了一个套着黑布袋子的东西又挥了一下——全场的亮点,是我第一下有道金色的光芒打出,像手电筒一样;第二下,有隐约的气爆雷鸣之声。

这场面并不好看,不但没有美国大片的特效炫目,连国产劣质武侠剧的那种五光十色的光效,都没。

酱油党人大多都是浮于表面的观察,不明就里,见到刚才那两下子,又加巴剃突然倒下,便自动脑补,仿佛瞬间明白了其中的奥妙一般,纷纷鼓掌,大声叫好起来。吴萃君这会儿的脸色才开始变得难看,与旁边几人快步走过来,蹲下察看这黑瘦老头儿的身体状况。只见他双目紧闭,一阵颤抖,仿佛在冷库里面受冻一般,但是却并没有生命之险。

巴剃这术法是泰国很流行的文身附灵,用蜈蚣、蟾蜍、毒蛇、蜘蛛以及一些奇怪的草药做汁,刺入体内,然后用咒法与信仰养灵,血肉祭祀,养出来的这文身附灵级数并不算高,但是却很实用。

而且最重要的一点是,这东西是有根源的,除非将这层人皮给扒了,否则是不会断绝的。

所以巴剃此刻虽然受到重创,但是并没有遭受到实质性的伤害。

闹剧终于结束了,巴剃被人扶着退了出去,三家联盟对我们好是一阵恭维,各路豪雄也过来热情攀谈,在那一刻,我们仿佛成了全场的聚焦点。小俊和老万,拿着公司的业务名片到处发,脸上的笑容就没有停止过。本着"做人留一线"的原则,我们并没有穷追猛打,毕竟我们只是在自己擅长的领域可以自豪,并不能够把所有的钱都赚了,多个朋友,总比多个敌人要好一些。

亮了剑,也须得将那剑鞘露出来,让旁人心安,不至于成为公众敌人,所有同行的眼中钉。于是我们和三大公司、到场宿老相互吹捧,马屁满天飞,真的是其乐融融。火药味淡去,变成了真正的研讨会。

这种戴着面具的场合,杂毛小道最是擅长应付,找推搪了几次关于我手中的那道金光和黑袋子里是什么东西之类的问题后,找到了茶楼的值班经理,告诉他要把那条奄奄一息的哈士奇处理掉——具体做法是将其杀死,然后投入焚烧炉中烧成灰烬,在之后将其埋在向阳的"岁寒三友"松、竹、梅树下,如此方能将这晦气驱除干净,不沾因果。

这个满面笑容的值班经理有些意外,说:"您刚才不肯与那个泰国佬比试,是因为不想伤害这小生命,但是现在为何又要杀它呢?"

我叹气,说:"'生而乐,死而怨'。据说人在死去的那一瞬间,肾上腺素便会大量激发,然后变成致命的毒药,而这毒药,则是怨力的来源。这小狗儿在刚才的时候,已经沾染到了一些不干净的东西,而且深入灵魂,不可剥离,如果不处理,它就会变成不可控的邪物,危害无辜的人——这世间就是有着这么多无奈,明明不想它死,但它终究还是要死了,这便是命啊。"

我说得严肃，而刚刚又展现出了神奇的超能力，那值班经理很恭敬地跟我道谢，然后叫人带着这狗下去。

接下来的时间里，了然无趣。我虽然曾经是一个小个体户，但是实在腻味这种戴着面具装笑容的场合，然而生活便是这样，你愿不愿，它都是这样，或者妥协，或者撞得头破血流。于是我不得不打起精神来，勉力周旋。不过话说回来，这次讲数对于茅晋风水咨询事务所来说，确是一次绝佳的推广机会，正如我之前跟老万、小俊他们所言，也算是在东官这个地界，正式地扬名立万了。

有所失，也有所得，便看我们怎么想了——不过作为一个二十来岁的小伙子，被一群中老年人簇拥着恭称为师傅，满口子夸赞，要说心中不爽，这话实在是很假、太能装了。

差不多到上午十一点的时候，各人散去，苏梦麟半路赶来，收了许多预约，笑容满面；我们与组织者拱手为礼，告辞之后直奔附近的餐饮会所，举行庆功宴。参与的除了事务所所有工作人员之外，自然还有顾老板、李家湖等合伙人及随从，以及赵忠华、曹彦君，还有两个跟随他俩的小弟。

一炮打响，顾老板和李家湖十分开心，他们两个家大业大，自然不指望靠事务所来赚钱，不过风水咨询和律师事务所一样，都是能够提升社会地位和档次的事业，所以他们才会如此上心。

庆功宴虽然是中午进行，但毕竟是星期六，而且我们宣布值班的人员也全部休息了，所以都不再拘束，推杯换盏，人皆尽欢。陆天天和黄朵朵这两个神出鬼没的小鬼头，大家都已经熟络，玩闹得很，特别是小妖朵朵，拿着满满的红酒杯，缠着事务所第一美女小澜玩"两只小蜜蜂"，谁输谁喝酒。

这小姑奶奶特别能够把握人心，小澜哪里是对手？

输了不喝不行，即使你死命抵抗，她也敢用迷魂法忽悠着你喝，于是没半个小时，便把这美女前台给灌得俏脸如同渗了血，醉眼蒙眬，坐在凳子上都感觉要往下滑溜。

老万心疼得不行，一边替小澜求饶，一边亲自上阵替着喝，结果没过一会儿，这个酒精考验的老油条，自己个儿就钻桌子底下去了。

小妖朵朵这个小魔女眼睛滴溜一转，又盯上了财务简四。吓得这个戴眼镜的可爱小女生直打战，一阵求饶，说："小姑奶奶，下次你网购的发票，猫儿一定立刻马上报销，绝对不犹豫。"小妖这才放过她，去找铁嘴张艾妮。没承想这回碰到铁板了，那个长相清秀的算命女先生竟然把小妖朵朵倒灌回来，让一众饱受小魔女欺压的苦难者扬眉吐气，喜笑颜开。

有了鬼妖之身的朵朵能够吃到食物中的味道，她坐在一边吃冰淇淋，看着这些叔叔阿姨们，开心极了。

看到事务所的同仁们相处得如此融洽，我也很高兴，这也许跟我们平时宽松的管

理风格有关系吧。

　　小公司，朋友之道和管理之道如果能够均衡好，那么必定会欢乐多。

　　席间赵中华跟我提起，说他刚刚接到通知，说春季集训营的地点已经确定下来，在滇西怒江，我们将会在群山逶迤、绵亘起伏、雪峰环抱、雄奇壮观的世界第二大峡谷中，度过为期一个月的集中训练。

　　他让我下个星期五到局里面报道。我一脸愁容，完全没有了开心的感觉。

第十二章　背后传来的目光

庆功宴一直进行到了下午三点，醉酒的老万和小澜让小俊给送回家，赵中华等人也相继告辞，而顾老板、李家湖等几个主要的合伙人则回到了事务所，商谈起今后的发展。

说句实话，茅晋事务所今天出了大风头，相信定会宾客盈门、生意兴隆，但是杂毛小道是个懒散的性子，我以前勤劳得跟老牛一样，到现在没有了生活的担忧，也便开始想着享受生活，所以我们商议还是得多找几个如同张艾妮一样，可以镇得住场面的风水师来，不然我们可要被这事务所的事情，给活活累死。

不过成名的风水算命师，要么是自己单干，要么都挂靠在各个事务所里面，哪里有那么好找？

说起来，杂毛小道不知道从哪里找来的这个铁嘴张艾妮，确实是个一等一的人才，在杂毛小道的指导下，有独当一面的趋势。我有一种捡到宝的欢喜，但是总感觉这个女人有一些不简单，瞧着杂毛小道对她的态度也不一般，十分尊重——就她的本事，倒也没有什么值得杂毛小道如此看重的地方啊？

也都是闲聊，讲起那天关知宜的事情，顾老板撇了撇嘴，说："你莫惊讶，演艺圈就是一个混乱的名利场，你想到多肮脏，它就有多肮脏——我们不是说没有德艺双馨的艺术家，只是鱼龙混杂，泥沙俱下，让人看不出白的来——你们若是肯搞种生基、养小鬼、追魂术这些东西，生意一定会火几十倍，你信不信？"

我摇头笑，说："这等事情，做了有违天和——常人只以为老天在上，并不管这苍生，然而却不知道，天道昭昭，总是无处不在，相互牵连的。比起这些来，我更喜欢帮助一些平常普通的人，解脱恐惧，哪怕没有什么钱——这或许就是小时候看武侠，所期望的那般快意吧？"

顾老板和李家湖对我们的工作十分满意，在他们看来，生意赚不赚钱这倒还在其次，主要是找一件事情，把他们和我、杂毛小道拴到一块儿来，以后求上门来，也没有不帮忙的道理。

两人离去之后，我和杂毛小道站在他办公室的幕墙边，看着脚下穿梭拥挤的人群和车流，心中感叹。

我问老萧，说："你还怀念以前四处漂泊的日子吗？"

他点点头，又摇摇头，说："怎么说呢，诚如钱锺书老先生所言，这世间的一切事情，都是一座围城，外面的人羡慕里面，里面又想出去外面，世事难以两全。我们先暂且在这里待着吧,白天走走看看,晚上夜场尽欢,也不失为一种惬意的人生。"

他问我下个星期五去怒江集训营,一个人吃不吃得消?

慧明的事情,杂毛小道已然知晓,不过他显然比我明白体制内的事情,说:"那老和尚即使想要下黑手,至少也会利用规则,而不会蛮干。他活了快八十岁,人老成精,绝对不会晚节不保——不过话说回来,这老和尚亲自来当总教练,吃相实在太难看了一点儿,要不我陪你去吧?"

我笑了,说:"我又不是没断奶的孩子,再说了,磨炼越狠越成才。家里面,还有虎皮猫大人需要照顾呢,自己多留一点儿心——我总感觉福通源朱意旁边的那汉子,有些危险,而且似乎在哪里见过一样。"

杂毛小道眉毛一扬,说他也感觉不对劲,那个家伙虽然尽力压制了自己的眼神,但是仍然能够感受到他浓烈的敌意。

我们齐齐叹了一口气,凡事都有利弊,人怕出名猪怕壮,果不其然。

星期天的时候我又去了一趟局里面,跟那个看门老头打了招呼,在二处处长办公室谈了一阵,处长告诉我,让我做好准备,今天来了就先填表,周五的时候,过来拿证件,去南方市总局与其他人会合,然后直飞春城,开始进行集训。

这个气质像大学讲师的二处处长说话激情洋溢。他告诉我:"这集训营是国家总局对各分局和特种协会的精英成员,进行深造的重要手段。一般从这里面出来的人,都会被优先安排到更重要的岗位,成为我们这个隐秘战线里最中坚的力量。所以,小伙子,加油啊,我看好你哟……"

我一阵无语,难怪赵中华对我想要退出集训营的想法这么奇怪,看来这个集训名额还是十分抢手的。

就如同体制里走上重要岗位前,都要去党校进修一般。

出了二处处长办公室,我左右无事,便在单位食堂里混了一餐饭。虽然共同隶属于东官特勤局,但是机关里面的人,并没有几个人认识我,连管理餐盘的大娘,也要看了我的工作证,才肯给我餐具。我一个人默默地在角落吃饭,享受这难得的福利,旁边突然坐下一个人,我一扭头,是门房大爷。

我恭敬地叫了他一声"张伯",他点点头,招呼我吃,不要客气。

然后在短短的三十分钟里,这个让赵中华敬畏的门房大爷一口气吃了八个鸡腿、两盘河虾、十块浇汁咖喱猪排和三大碗白米饭,其余小菜无数,猪骨头和莲藕红豆熬的高汤,他一连喝了两大碗。

我嘴里塞着饭,看着这个七十多岁的老头儿,脑海里全部都是"廉颇老矣,尚能饭否"的那个典故。我昨天赢了三家联盟的讲数,心中还暗自得意,却没想到这特勤局里卧虎藏龙。高手在民间,怎么敢小瞧这东官英豪啊?

至少我敢肯定,我到了这个年岁,是绝对吃不了这么多的——便是这时,也没有这等饭量。

饭后,我和张伯聊了一会儿。他和别的老头儿不一样,不怎么喜欢讲自己的光辉历史,是个极为低调的人。倒是对于我的个人修行,他提出了一些宝贵的意见。他说我既然已经进入了能感应"炁"的先天境界,又将身体修炼至了虎豹雷音,那么就要对自己的心志进行磨砺了——肉体的容量终究是有限的,而天地之间的能量却是无限的,要想成为真正的高手,必须要感应天地,沟通天地,将这天地间的能量,化为己用。

或许是因为传承的原因,修行的问题他并没有跟我聊太细,然而他这高屋建瓴的指点,却让我豁然开朗起来。

人法地,地法天,天法道,道法自然。世间修炼之法,如是而已。

一席话结束,我站起身来,朝着镇虎门张伯长揖到地,感谢他无私的指点。

回去的路上我一身轻快,感觉这天地的颜色都精彩了几分。诚如张伯所言,人作为力量的容器,如果没有大机遇,实力想要短期内得到飞速发展,除了像周林那般丧心病狂,通过杀人盈野的邪术来改造自己外,就必须站在一个高度,将这周围永恒的物质和能量,化为己用才行。

如何化?朵朵吸收天魂与月亮潮汐之力,肥虫子尝遍万毒,小妖朵朵青木乙罡,操纵草木,这些都是;而我也可以与那天地间活跃的能量达到平衡,感受领悟,在需要的时候,如同泄洪的堤坝,一放即开,冲破所有的阻碍——如同大师兄那种依天势而为的气度。

而要做到这些,我必须要在集训营中,学会方法。

之后的几天,我都在忙着将手上的事情移交,事务所如同我们所预料的一样,顾客逐渐增加,口口相传,甚至有鹏市、洪山、江城等地的富商慕名而来。对于这样的变化,我们从开始的欣喜,到后面的头疼,于是也将架子给端了起来,不重要的事情,便由铁嘴张艾妮来处理,而我们则负责把关,而且还确定了会员优先制,收年费,其他的客户则需要预约时间、排档期……

这些都由苏梦麟这个公关事务专员来负责商业运营,并不用我们操太多的心。

关知宜离开之后又给我打来电话,说要帮我们事务所介绍给她很多圈内好友。平心而论,关知宜在演艺圈和上流社会的交际圈里,还是有一定影响力的,所以茅晋事务所在泛珠三角地区逐渐开始有名起来——当然,这是后话。我需要面对的,依旧是三月末那为期一个月的集训。

肥虫子是我的本命蛊,自然要跟着我一起,朵朵对我的依赖甚至超过了肥虫子,所以也必须要一起,那么陆夭夭这个失学少女自然也跟着,反正她天生玉体,可化灵,槐木牌挤一挤,还是可以住的。

好吧,别人都是只身前往,而我这拖家带口的,也算是奇葩一个。

星期三的时候,苏梦麟告诉我,他接到乾美国际打来电话,说他们打地基的时候挖出来一条冬眠的大蛇来,蛇死了,但是施工人员却吓得半死,让我们过去看看。杂毛小道当天给人看阳宅去了，乾美国际是我们接手的第一个大盘，我自然不敢疏忽，于是带着在家的老万一同前往。

到工地的时候，我发现自己被人盯上了，后背麻麻的。

第十三章　人的名，树的影

其实刚出第一国际，我就有一种被人偷窥打量的感觉。

一个人对空间中的"炁"感应多了，身体和神识自然会变得敏感——其实不光是修行之人，便是常年在战场上出生入死的战士，特别是狙击手，也会拥有这种对于危机的直觉，它是人潜意识对于自身的一种保护。然而观察我的那个人十分警觉，当我装作无意地四望时，他便隐匿了身形，不再出现，让人真以为是自己的错觉。

这种感觉在我来到了乾美国际工地上时，再次出现了。

我装作不经意地四处望去，映入眼帘的，是成片的田野和忙碌的工地，堆积如山而又分门别类的建筑材料，以及远处的民房和小树林，还有身后公路上穿行而过的车辆。我暗自留了心眼，将车停好，下了车，远远地走来了一个戴着安全帽的中年男人，这是乾美国际的开发商清意地产的负责人曾伟峰，我通常叫他老曾。三月末的天气已然有了夏天的影子，老曾急得一头的汗水，把具体的情况跟我作了说明。

原来工地在打地基的时候，用挖掘机开工，碰到地里面有一块巨大的石头，磨了两天。后来找了一个有经验的老师傅，顺着边儿开始挖，结果第三铲的时候，挖斗上面尽是红色的鲜血，这老师傅没仔细瞧，将那大石头给弄了出来，结果看到旁边围了许多人，才知道出了事。停了车子下来一瞧，好嘛，在那坑里面，居然有一条青幽幽的巨蛇，七八米长，从中间被一铲两段，没了性命。

这石头下面有蛇窝，而这蛇似乎惊蛰之后还在冬眠，于是就被挖掘机送了性命，很简单的一件事情。

然而这事情发生在东官，却由不得人不害怕。

为何？稍有一些年岁的老东官人都还记得，十多年前湾浩广场开建的时候，也是这种情形，挖掘机从地基里挖出了好多白骨，三个开挖掘机的师傅当场就吓得半死，晚上回去之后有发高烧的，说胡话的，上吐下泻的，有人还传言说是病死了，邪门得紧。这天驾驶挖掘机的老师傅，正好也知道那一件事，便说给了老曾知晓，老曾想起湾浩广场盖成之后一直闹鬼，想着这传言如果散播出去，他们这楼盘销售定然惨淡，于是就火急火燎地打电话跟我们求助了。

我摇头，虽然我们已然在 2008 年的时候，就将湾浩广场里老王和许永生的诸番布置给破解了，但是长久以来，流言的力量却让它依然成为一个恐怖的所在，至今仍然门前冷落车马稀。

这或许也是国家一直不公布、不宣扬所谓"封建迷信"的原因吧。

我问消息已经封锁了吗？

老曾摇了摇头，说："没有，来不及了。附近好多村民得知之后跑过来瞧热闹，那坑里面除了大蛇，还有好多蛇卵，鸡蛋一样大，结果被这附近的村民给哄抢走了。还有几个老家伙带着人堵在我们工地现场，说我们这个楼盘破坏了他们这个地方的风水，说我们挖到了地龙王，要我们停止动工……唉，反正麻烦事儿一堆一堆，陆师傅你快去看看吧。"

我叹息，我最近不知道是怎么搞的，总是能跟蛇联系到一起来：野三关碰到王麻子的青蛇蛊，青虚那家伙养了一头怨灵巨蛇，泰国来的白巫僧巴剃身上文得有大蛇，这会儿又遇到一条——不过话说回来，作为地球上最古老的生物之一，蛇在我们的生活中，确实还是占有相当重要的地位的。

只是……那蛇蛋有什么值得哄抢的价值？这些人，还真的是重口味啊。

乾美国际请我们是花了大价钱的，我当下也不耽搁，跟着老曾和几个随行人员往事发地点赶去，而老万则帮我提着大大的工具包。到了现场，发现一堆人围着施工方在争吵，一个地产公司的 OL 在大声说着什么，而旁边则三三两两蹲着一些工人，烦躁地抽着烟。我走过去，才发现那个女职员居然是清意地产乾美国际项目小组经理赵海玲，也是老曾的顶头上司。

她身边还有好几个穿职业装的工作人员，有男有女，都在跟为首的那几个老人解释这事。老曾看到自己老大被围，立刻上前大声喊道："别吵了，街坊们，别吵了，这是我们公司请来的风水咨询大师，由他来解决这件事情。"

我走上前去，老万在后面提着东西，众人衬托，显得我格外突出。

然而村民们见我长得年轻又面嫩，哪里信任，纷纷撇嘴，说："你们哪里找来的大师哦，看着像个学生崽。"

南方省是改革开放的前沿，这里的村民十分有维权意识，也敢闹，而商家除了少数靠灰色势力起家的公司，大多不敢像某些城市一样简单粗暴地处理类似事件，也不敢将这些村民赶出去，所以都指望我能够说服村民。赵经理跟我也认识，见我过来，松了一口气，说："陆师傅，你来了就好，帮忙看看这事情吧。"

我不理会村民们的嘀咕，径直走到了出事的地方。中间是几人抱的一块大石头，旁边斜斜停着一辆大挖掘机，而在挖掘机前面的深坑里，有一条分为两截的蛇尸，大约有个七八米长，从中断开，血肉模糊，蛇身是那种罕见的碧青色，头呈三角，尾钝，蛇头唇边成白色，像是竹叶青，但是竹叶青哪里有这么大的？

莫非是个成了精的大蛇？

我摸着下巴瞧，发现周围吵闹的村民声音小了一些，回过头来，见到一个两鬓斑白、戴着厚厚眼镜的老头儿朝我拱手，人以诚待我，我自然抱拳为礼。老头儿说："既然是茅晋事务所的陆师傅出马，看来我们是不用担心了。"我奇怪，说："老先生认识我？"他笑了，说："上个星期六，陆师傅在锦绣阁力挫那泰国降头师，堪比那霍元甲拳打俄国大力士,名声甚大,老朽安能不识?"

听到他拽文,我有些头疼。我可不敢跟精武英雄相比,恭敬请教他名号。

这老头儿说他叫做吴玉豪,是这一片瞧风水的老把式,上个星期也有参加锦绣阁的讲数,所以才知晓我的厉害。当时场面混乱,我并不是很记得这些,于是跟他好言相商,说这蛇并非那地龙王,它似有灵,然而并不成形,度化了便是,之后再布置一二,定能够扭转形势,逢凶化吉,请村民们不要妄自谣传,倒是让人为难。

吴老头点头,然后扭头跟这些个村民举着大拇指,说:"你们莫看这陆师傅年纪小,却是和霍元甲一样有本事的大人物,且莫闹,看看陆师傅给我们破解这东西。"

他说得言之凿凿,而似乎在村民中又有些威信,于是四下都安静了起来,那些垂头丧气的工人,精神也振作了许多。赵经理和负责人老曾见我一过来,树的影人的名,这旗帜一竖起来,头大如斗的事情便安然解决,不由得心生赞叹,簇拥到我身边,看我有何解决之道。

我从老万的工具包里拿出了统一定制的红铜罗盘,祭在手里,表面盯着天池,心中却在感应周围的气场。

有黑气,也有怨灵,微弱而执着,附在这石头上面。

我笑了,太弱,实在好解决,便燃起一张常用驱邪的"净天地神符",青烟袅袅中有形意勾勒而出,我依照《镇压山峦十二法门》里面的法子念咒超度,将其劝归地府。这风水既改,我便找赵经理拿来图纸,问这个地方建成准备做什么?也巧了,这个地方设计用来做绿化的,我便提出:"这大石头干脆就不用动了,我们在此处弄一个聚财生源、驱邪防灾的'三合寅火纳甲局',便能化解这运势,反而越加红火。"

老曾便是设计师,与赵经理合计了一下,说这个没有问题,具体的到时候商谈便是。

我点了点头,看着这只巨蛇的尸体,说这蛇已然快成精了,虽然没有意识,但是留着也无用,不用做什么处理,托人把它的尸身焚毁即可,老曾他们也连忙点头。我找来驾驶挖掘机的老师傅,跟他好言开导,他也表示不会惧怕了。如是这般,见我处理得井井有条,村民们满意离去,我与那老头儿吴玉豪互留电话,也算是交个朋友。

处理完这些,之前一直关机的杂毛小道终于打电话过来,问明情况,我说我基本搞定,他长舒了一口气。

至于"三合寅火纳甲局",这局是杂毛小道的看家拿手本领,曾经在香岛章董家中布过一个小的,不在话下。

见村民离去,工人开工,赵经理、老曾和几个工作人员都围着我,好是一番恭维,我坦然接受。突然觉得肚中憋紧,便问卫生间在哪里?老曾给我指墙那边,并热情地要带着我去。我自然不允,将手中的罗盘交给老万,走了过去。等我越过几百米的工地,快走到蓝棚彩钢的厕所时,我猛然一转身,冷声说:"出来吧。"

那天在朱意桌旁的苍白脸色的男人,从转角处出现了。

第十四章　为叔报仇的侄儿

我的瞳孔骤然收缩，凝聚成一个点，全部都集中在了这个男人的身上。

因为角度的关系，我们这边被大片的建筑材料和房屋遮挡，且又在开工时间，也没有多少人过来这边，使得我和他成了此处独立的存在。这是一个身材削瘦的青年，脸色出奇的白，如同日本戏剧里面的艺伎，皮肤松弛不紧绷，有许多皱纹，这使得他看上去有些老态，不高，瘦弱，像是个手无缚鸡之力的文弱书生，晶状体里布满了血丝……以及无边的怒火。

我不知道这个家伙哪儿来的这么多怨气，估摸着他也许是朱意请过来侦查我的，于是摸了摸下巴，问："阁下从第一国际的广场跟踪至此，到底所为何来？有事请直说。"

"咄左，看来你真的不知道我是谁了……"

那人摇摇头，又是遗憾，又是意味深长地说道。

听到他这么说，我的心不由得猛跳了一下，开始认真打量起眼前这个男人。虽说人的记忆力相当于一千五百亿台 80G 的电脑，但在心理学范畴中，人的记忆分为无意识记忆和有意识记忆，因为没有目的性，所以我们通常对忽略的东西和事物会有熟悉感，但总是想不起来，所以这个男人，一定是被我忽略过的什么人——即使以我被金蚕蛊温养而全面提高的记忆，都记不起——他到底是谁呢？

我犹豫了，然而从他的这脸型轮廓中，一个沉入了心海中许久的人物，突然浮现了出来。

这似乎是一个导火线，许多被我放在心底的人物和事件都喷涌出来：小美、雪瑞、宾馆里的初见、塔特原狐猴、医院后花园的战斗……画面最后定格在了那个被我用灵蛊诅咒而死的王洛和身上——那是我平生第一次杀人，积蓄了无尽的愤怒和悲哀，生命中最浓烈的情绪，在那一刻喷薄而出。

一切都是因为那个曾经自称是我师叔的男人，将我所喜爱的女人给残忍地杀害。

我眼前的这个男人，跟我那便宜师叔王洛和，眉目之间长得极为相似，神态也几乎如一，更重要的是，他与王洛和修炼的，是同一种邪术——猿尸降；而不同的是，他是青出于蓝的那个。

然后我喊出了这个男人的名字："王初成！"

他点了点头，似乎很高兴，说："你终于想起我来了。"他微笑，笑容里有些萧瑟和落寞。我记起来了，我们曾经在缅甸的原始丛林中交过手，当时王初成还在萨库朗的阵营中，带着两头凶猛山魈出现的他如同魔头降世，而他那恐怖的猿尸降，差一点儿就将我撕碎成了两半，是个一等一的肉搏高手。

然而这个在猿尸降状态还保持清醒的男人，在那时并没有上演传奇。

他在嚣张地登场之后，还没有将自己的实力淋漓尽致地展现，便在转瞬之间，被我、杂毛小道、小妖朵朵和肥虫子毫不讲究脸面地一通围殴，最后在小妖朵朵神奇的青木乙罡打击之下，从两米多的金刚大个儿，回复成现在这般模样，然后被我一把扔进了溪水里。

而后在牢房里解蛊，当时我心焦逃狱，也未曾留意这相貌。解了蛊，而后便再也没见着。

算一算，是有大半年没有再见了——萨库朗基地已然被我们捣毁，剩下的即使不被摧毁，也被穷得耗子哭的缅甸军政府征收了。善藏死了，黎昕杳无音信，护教的金山大神被杂毛小道含愤袭杀，费尽心力召唤出来的小黑天被般智上师、七剑和大师兄连番围攻消亡，整个组织都差不多已经崩溃了。

不知道这个王初成，是怎么逃出来又出现在这里的。

当然，我此刻最关心的，是王初成到底是一个人，还是一伙人？

于是我故作轻松地跟他打招呼，说："嗨，好久没见了，最近过得还好吧？"

王初成眯着眼睛看我，说："其实我不知道该感谢你，还是该恨你——感谢你，是因为你帮我摆脱了萨库朗的束缚，帮我彻底逃出了善藏那个魔鬼的掌控，这一点，我应该向你表达我的谢意。然而，摩罗上师在那一战中也死了，他们承诺给我找寻延命的秘方失传了，之后我流落辗转，一路漂泊到了香岛，又来到了这里，准备开始我新的生活，安享残生，但命运又让我遇到了你——你坦白跟我说，陆左，你认不认识一个叫做王洛和的老者。"

见他一副笃定的表情，我知道隐瞒并没有用，于是点头，说认识。

王初成神色哀伤地回忆起来：他出生于掸邦老街一个贫困的华人家庭，十三岁就没了爸，在老街上给人打零工，供养他母亲和两个妹妹，受尽欺凌。后来缅北战乱，他母亲和大妹死了，就剩下一个小妹，才六岁，就在他绝望的时候，他叔出现了。王洛和与他父亲自小离散，一直跟随一个中国来的老巫师，在山林里做苦修，但是资质有限，直到那个老巫师行将就木，都没有能够学成什么东西，便回家来了。

是王洛和，把他和他小妹从死亡边缘给带回来的，他叔虽然没有什么钱，但是却有一点本事。他叔带着他和他小妹辗转四处，终于在他叔一个师兄的介绍下，加入了萨库朗，衣食无忧起来。

可惜的是，好日子并不长久。他叔和他都被教里面的摩罗上师给看出有修行猿尸降的资质，于是他们便被善藏挑中，做了那老鬼的试验品——他叔是自愿的，他却不是。没有想到的是，一同浸泡那山魈鲜血和脑浆、涂抹腐烂皮毛的十个人里，有八个先后感染死去，就剩下他叔和他成功了，但在每个月圆之夜的前后几天，会饱受那如

被万虫蚕食的痛苦……

他叔后悔了，真的后悔将他带到那个鬼地方来，但是他们却不敢怎么样，第一是因为这猿尸降每个月那几天要忍受着无尽的煎熬，没有摩罗上师配的药，只有靠鸦片来缓解痛苦；第二是因为他小妹被送到泰国曼谷最好的学校读书、工作和生活，一直都被萨库朗的人严密控制。

后来他叔悄悄告诉他，说他叔的师父那一脉，原来是来自于苗疆，祖上还曾经出现一个被称作"汉蛊王"的大人物，但是后来他师祖带着几个师叔伯去洞庭龙宫的时候，惨死了，就剩下一个人逃回来。他师父一直怀疑自己的二师兄，便是害死师祖的叛徒，只可惜后来一直在打仗，流落到了东南亚，浑身伤病，便再也没有提及。

那二师伯一脉，定然继承了汉蛊王的一本奇书，名曰《镇压山峦十二法门》，当中应该有解脱猿尸降的记载。他叔思虑了很久，说他自己老了，不要紧，但是王初成却还小，总不能这么过下去。于是决定孤身前往中国，去找寻那本书的下落……从此他叔再也没有回来过。

王初成盯着我，说："你知道我为什么要跟你讲这些吗？"

我默然，之前那个在我心中一直扮演着丑恶角色的上洛和，形象顿时丰满了一些。不过也许是立场不同，所以我们看到的侧面也不一样——王初成心中满满都是他叔对于他的付出和慈爱，然而在我心中，对那个屡次要置我于死地，并且当着我的面将小美残忍杀害的家伙，却实在喜欢不起来。

每个人都有着善良和丑恶的一面，即使是法西斯头子希特勒，对待自己的家人和朋友，也是一个让人感觉温暖的人，他们的朋友对此感恩，但是让那无数惨死于屠杀的人，情何以堪？

王初成见我不说话，以为我心虚了。又问："如果你最亲近的亲人被杀死在异国他乡，而你又有复仇的能力，你会不会动手？"

我抬起头，看着这个成竹在胸的男人——他还真的不是很了解我，他见找一个人孤立无援，又才过去大半年，那个剑法高明的小道士也不在，能够发出恐怖青光的小妖精也不在，便觉得能够战胜我。这么说来，他或许真的是如他所说，仅仅只是碰巧了——若如此，实在是再好不过了。

我笑了，说："你的意思，是想怎样？"

王初成脸色越来越冷，说："我不知道我叔是怎么死的，后来我叔的一个师兄告诉我，说我叔死在了东官，所以我才来到这个城市。一年半了，他的尸骨只怕是早就已经寒冷如冰了，不过，若是你能够下去陪他做伴，我想他一定会十分安慰吧？"

我摸了摸鼻子，说："你不想要那猿尸降的解法了吗？"

他摇摇头，咧出一口洁白的牙齿，说："杀了你，一切都有了。"这话说完，他那洁白的牙齿开始变长，狰狞恐怖，然后全身裸露出来的皮肤钻出了一丛丛又粗又硬的黑毛来，身体膨胀，宽松的衣服开始变得紧绷，像吹气球一般，变成了一个两米多高

249

的黑猩猩，满脸的痛苦和难受，眼神凶悍地盯着我。

我后退一步，正想如何对付这人猿泰山呢，突然从我后面传来了一声恐惧的大叫，我一回头，竟然是过来找我的老万。见到这恐怖情形，他吓得手中的工具包都掉落，一屁股坐在沙石地上。

王初成动了，他竟然没有找我，而是冲向了坐在地上的老万。

第十五章　鸡血大破猿尸降

王初成袭向老万，而不是我，在那一瞬间，我便明了了他的意图。

老万是个南方百事通，市井中的老混子，特点就在于油滑和懂事，但就战斗力而言，简直就是个渣渣。王初成选他而不攻我，是为了速杀老万，再将较为难缠的我给击毙，不让这次袭击的影响扩大，让他逃脱不得。如此看来，王初成虽然人已狂化，但是却没有决死一战的意志和决心。

为人清醒，有恐惧，这些既是优点，也是缺点，就看怎么利用，将其转化为我的优势了。

见这恐怖的人形金刚狂奔而来，老万自然是吓得哇哇大叫，然后忙不迭地想要爬起来跑开。我左移两步，沉心静气，左脚抓地，右脚就从侧面朝着前扑而来的王初成踢去。

二目平视，舌尖微舔上腭，津液下咽，气沉丹田，收腰扭胯，抬腿如风，落地如针，这是萧氏弹腿的精要所在，我略有心得，一击即中完成猿尸降之后的王初成左腰处。到底是享誉盛名的"护坛武士"，完成猿尸降的王初成浑身肌肉紧绷，力道大得出奇，下盘也稳，我这刚猛一脚，如同蹬在了石墙上一般，反震得生痛，右脚发麻。

不过我已然有过如此的打斗经验，知道一旦邪术灌体，这些家伙的身体如同钢浇铁铸一般的坚硬，于是出腿也留了三分力，一触即收，却也没有太影响腿脚。

就这一耽搁，老万已经连滚带爬地朝我后面跑去。

他有一些崩溃了，大声叫嚷道："陆哥，陆哥，这是什么玩意儿啊？动物园跑出来的大猩猩？"

听到这等话语，王初成低吼一声，口中有湿淋淋的尖锐牙齿，挥手朝我摆动而来。这个家伙的力量奇大，我并不敢与其正面交锋，往后连退几步，右足酸疼，知道与其较量气力，简直是自取灭亡。于是便一拍胸口，早已按捺不住的小妖朵朵立即从我胸口闪现而出，挥手朝王初成打去。

一边是毛茸茸、肌肉发达的巨手，一边是白嫩如藕的小手，在那一刻撞到了一起。

然后我听到了有骨骼碎裂的响声传来。

"嗷呜……"

王初成猿尸降之后雄壮的身躯与小妖朵朵相比，简直就是一堵不可跨越的高山，然而在这剧烈一撞之后，小妖朵朵固然脸色苍白地飘退到我的身边，王初成更不好受,右臂不自然地往下垂,恐怖的猿脸上面全是痛苦的神色,压抑不住地仰天巨吼,布满血丝的眼睛里,不由得涌出痛苦的眼泪来。

趁着王初成往后退去的这当口,我想这家伙身上既有邪物,必然受制于震镜中的金光,当下也不犹豫,扬手就是一照,口中"无量天尊"一声大吼,只见王初成被这一照射,往后斜倒而去。

我朝着小妖朵朵大叫,说:"快上青木乙罡,别让这个家伙给跑了!"

这小妮子却并不理我,嘴一撇,不屑地再次冲将上去,对着这个巨猩猩男一阵狂殴,惨叫声不绝于耳。

我先是一愣,尔后想起。小妖朵朵魂体转移到了麒麟胎中,自行孕育,修为已然重归于零,仅有麒麟胎的底蕴和体质。她本身自然有青木乙罡的修行之法,只是这麒麟胎身并不适合修炼木类的罡气,故而成就有限。也正是如此,那个青虚方才能够得手,掳走了她的那个青梅竹马糖糖。

小妖朵朵不比傻乎乎、完全信任我的朵朵,而且又比较低调,所以现如今她到底有什么本事,我也不是很清楚。不过,今天一看,似乎这麒麟胎身的打斗能力十分强悍,往昔那个擅于操作植物的小妖精,现在有向母暴龙发展的趋向……

朵朵继承了鬼妖之身,自然能够放出那一团浓郁的青木乙罡,只是现在是白天,这可如何是好?

想不通,但是这并不妨碍我痛打落水狗。偌大猿尸降头,居然被这小不点儿"一拳"给撂翻,小妖朵朵冲上去这一顿拳打脚踢,将王初成揍得恼羞成怒,大声咆哮,我便也冲上去,一边回忆起十二法门中对于此术的讲解,一边打着太平拳,朝着他折断的手臂一通狠踩。

王初成实在想不到,自己化身猿尸之后,本以为可以将我快速杀死,事了拂衣去,深藏功与名。结果却和想象差距太大——被突然出现的小不点儿一顿胖揍,然后被我当作草芥般踩踏,憋屈到不行。

愤怒之后便是爆发,他终于将小妖朵朵拍开,一骨碌地爬将起来,朝着我双手捉来,瞧这气势,似乎是又想将我给生撕了。他这套路常用,纯熟得很,然而我却早有预料,低身一拱,避开这一搂抱,猛力撞入他的怀中,抓着他的腰盘,使用那铁板桥的蒙古摔跤技法,四两拨千斤,将这个雄壮的家伙一下子就给重新摔在了地上,轰隆一声响,全身的骨骼都在呻吟。

人永远都要用发展的眼光看问题。王初成只以为我还是缅甸丛林里肉搏无力的状态,顿时就吃了大亏。

这一记后翻摔是应用了王初成自己的力量,偌大的身体栽倒下来,即使他那狂化的粗壮神经,也不由得一阵头晕目眩,口中鲜血横流,脑子里仿佛开了个铁匠铺,哐啷哐啷响,嗡嗡蜜蜂飞。

这个时候我已然想起了洛十八阐述猿尸降时在文末犄角旮旯处的备注,说万物莫过于生生相克,这山魈凶猛刚烈,然而天性却最怕公鸡血。古语云"杀鸡给猴看",这红色乍现,立即捂脸不敢瞧,天性使然,至死不渝,故而用鸡血泼之,当可将狂躁解去。一念及此,我立刻想到刚才出门时,工具箱里似乎还有一袋鸡血,本来是用来镇场面的,也没有用上,正好拿来此处泼洒。

我回头朝跑到厕所后面的老万大吼,说:"老万你个龟儿子赶紧过来,把里面那袋鸡血泼在他身上。"

老万本来害怕得胆子都要跳出嗓子眼儿了,他想跑去喊人,听到我这话说得似乎很笃定,出于对我的信任,腿也不抖了,走着内八字步就跑了过来,哆哆嗦嗦地打开工具箱,拿出那袋鸡血,闭着眼睛就朝着这边甩来。

那鸡血是用密封袋包扎的,根本就没有解开,一大袋歪歪斜斜地朝着站起身的我砸过来。

我又是好气又是好笑。这个老油条平日里跟小澜、猫儿吹嘘,那臂膀上都能跑马,此刻的胆子却小得如针眼,眼睛都睁不开。不过我也不怪他,像他这般的普通人,看到这完成猿尸降变化之后的恐怖猩猩,能有胆量跑回来,也算是对我有着足够的信仰和负责任了。

袋子歪歪,然而小妖朵朵却是个眼疾手快的小妞儿,身手又灵活,手一揽即抓住,一解封口,将大半升冷却的鸡血淋在了王初成的头顶和上身。

这鸡血对于用了猿尸降的王初成如同浓硫酸一般,立刻一阵浓黑的烟雾冒出来,可怜的王初成又是一声大叫,这叫声似哭,呜呜哇哇,也来不及翻身打我,只是用手四处挠,一挠便是一撮毛,在地上四处翻滚喊痛,像个耍赖的孩子,无比可怜。

我心中狂喜,万物皆有克星,当日我思谋对付王洛和的时候,因为MP4屏幕太小,并未曾看得仔细,后来几次重读,方才将这数十万字背诵得朗朗上口,但洛十八备注中也只是作了猜想,却未曾想到这鸡血,还有如此奇效。

一番闹腾,王初成还想着借最后的机会伤我,却被我避开去,待那鸡血渐渐生效,最后缩成了一团,降头祛除,回复了一开始瘦弱无力的虚弱模样,一身鸡血,精神萎靡不振,脑袋被揍成了猪头。

工具箱里有祭祀红绳,现在我便拿来当作捆绑的绳子,将王初成手脚绑住,让他动弹不得。

我看老万吓得瘫倒在地,手还抚着胸口回魂,便走过去蹲在他旁边,拍他肩膀,说:"老万,你个老小子没事吧?"他惊了一下,看着我,眼中充满了崇敬之情。拉着我的手感叹,说:"陆哥,我的亲哥哥哟,我早就知道你的厉害。上回你们在湾浩广场帮阿根找魂,我带路过,这次讲数我也在过场,但总感觉这鬼神之事,虚无缥缈,信则有,不信则无,但是刚刚看这大猩猩凶猛像恶鬼一样,心中害怕,却终究证实了心里面的猜测——陆哥,你太威武了,我万全勇这辈子都跟定你了。"

我嫌恶地甩开手,说:"我不搞基的!"说完,我与老万哈哈大笑。

小妖朵朵走到老万面前来，恶狠狠地说："老万，你刚才看到了什么？"——小妖朵朵的身份是我的堂妹子（有时是小表妹），并没有在他面前展露过这般凭空飞舞的厉害——老万连忙求饶，哭着说："姑奶奶，你饶过我吧，我就是做梦说话，也不敢乱讲的……"

小妖朵朵扬起了小拳头，得意地笑，似乎为自己小魔女的威风而自豪。

而正在此时，从我们后边传来了一声诧异的疑问："陆师傅……你们这是在干吗？发生了什么事情？"

第十六章　祝你一路顺风

我扭过头去，却是赵经理和老曾等人，见到我们久久未回，又听到数声惨叫，于是赶着过来瞧看。

见到这个突然出现、长得精致可爱的小美女小妖朵朵，以及地上被红绳捆绑、动弹不得的王初成，他们脸上都不由得露出了又惊又疑的表情，好几个工作人员和工地保安都围了上来，一脸戒备。

有人似乎还摸出了手机，准备打电话报警。

我拍了拍身上的灰尘，将赵经理和老曾两个主事人叫过来，告诉他们地上这个人是我们对头公司过来找事儿的，我已经解决了。我跟警察局里面的人熟络的很，一会儿打个电话，叫人过来提人便是。你们这工地上事情已经够多了，便不要再传出去，免得影响开盘和销售。

我们上个星期在锦绣阁的讲数，起因便是我们夺了萃君的这桩生意，才导致后面一系列的事情发生。赵经理他们这些人自然明白缘由，于是愧疚地跟我道歉，说是他们生意没有弄好，搞成了这样。

他们如此低姿态，自然是因为我刚才既有威望又有本事地迅速处理相关事宜的缘故，我也不好809架子，摆摆手说："无妨，开门做生意，谁家好给谁做，自古都是这个道理。我们低调，但是并不怕这种没底线的恶性竞争，你们莫担心，先等我打一个电话。"

说罢，我让老万制住王初成不得乱说，背过身去打电话给赵中华，将这事情的来龙去脉给说清楚。

掌柜的在电话那头连声苦笑，说："你倒真是个能惹事儿的人，马上就要去集训了，居然还弄出这种事情来。你的担忧我知道了，这事情我来转告曹彦君，让他马上过来处理便是。记住了，后天早上八点准时到局里面来，有车送你去南方市总局汇合，再转乘班机到滇西春城，不要耽误了这事情。"

赵中华似乎十分重视这次集训，或许是大师兄的意思，我连忙点头说是，妥妥的。

挂完电话，我让老曾帮我找个地方安放这个该死的竞争对手，等待局里面的工作人员过来收押。老曾点头，说他们在工地搭了个彩钢板办公室，先放那里便是。我肚中依旧憋闷，去厕所放完水出来，并不跟他们解释小妖朵朵为何突然出现在此处，一手拎着王初成前往工地办公室等待。

我不说，赵经理和老曾也不敢问，觉得这高人自然有高人风范，果然不同凡响。

因为同属一个区，曹彦君不到半个小时就带着几个兄弟过来了。他们经常出外勤的人，手里面有两套证件：一套是特勤局的，一套是公安局的，主要也是为了办事方便。他给赵经理等人看了证件，然后在办公室里跟我单独详谈。

我也不作隐瞒，将这王初成的来历给他讲明。

听完整段事情，曹彦君不由得往地上猛吐了一口唾沫，说："这狗东西朱意，倒是什么人都敢收，这一下不让他脱一层皮，老子就不姓曹了。"

我惊讶，忙问为何？曹彦君给我解释，说："这缅北丛林的萨库朗，也叫做格朗教派，其实是很有名的。近年来跟邪灵教走得很近，眉来眼去的，合作得亲密无间，好得跟一个系统似的，是上了榜的邪教。陈老大上次出动手下精英前往缅北，便是为了打击它。萨库朗但凡有名头的人物都上了我们的通缉名单里，朱意居然招了一个萨库朗成员做手下，就算是有张伟国那个半秃子罩着，也脱不了干系了——你应该知道，自1999年以来，国家对这个东西就变得十分严格。"

我笑了，当日便一直对朱意那死胖子看不顺眼，若是能够让他不舒服，我自然是很开心。

直到此刻我方才明白大师兄那时召我加入组织的用意——须知在这世上，有些东西我们永远无法逃避，唯有积极地面对，而如何得到成名之后所带来的烦恼呢？通常人们会找一个常人惹不起的靠山。在这个国度，最大的靠山无疑是无数精英集结而成的组织，正是有了这便宜身份，我才能一个电话叫来曹彦君，让他帮我把这些首尾，给处理干净。

加入特勤局，潜在的好处，并不是我每个月准时到账的那几千块钱工资所能够代表的。

与曹彦君商谈一番，他答应帮我再挖一挖，看看能不能确认王初成后面是否有指使者。我问他王初成接下来的命运，会是什么？曹彦君想了一下，说："不出意外，应该会被押往白城子监狱吧。在那里，会有专家对他的这个猿尸降进行研究和分析的……"

他这话，瞬间让我联想到了很多事情，比如穿着白大褂的冷面医生，在手术台上挥舞锋利的手术刀。

但愿我不会有那么可怕的一天！

乾美国际这边的事情基本已经处理好，我与赵经理、老曾告别，然后和曹彦君等人一同离开。

回到公司的时候，杂毛小道已经从老万口中得到了消息。我们两个在我那间花房办公室里聊了一会儿，我个人的意见，比较倾向于王初成的那一番自白，杂毛小道却是个持有阴谋论的家伙，说这里面，指不定是福通源的朱意和莘君这两个老板联合起来了呢？这个，还是需要一番小心调查才是。

杂毛小道又跟我谈起，说金星公司李永红请的那个首席风水师赵正红，是个不错的师傅，对周易的研究，在这东官算是翘楚。

我笑说："这三家，也就李永红比较有意思一点。我集训去了，你在家里留点心，这个红三代似乎也是个可交之人，弄好了，说不定也能够借一点势，来对抗其他两家。家里面的事情你多操心，一个月后，且看我王者归来吧。"

杂毛小道见我情绪转好，不由得也笑出了声，忍不住打击我，说："有慧明这个老骨头当总教官，不把你们这些兔崽子秃噜得脱一层皮，算他不称职。那个家伙定然会给你设置各种难题，甚至让你的生命受到威胁，而且还能名正言顺，美其名曰，说是替你们着想呢。

所以你自己要小心了，记住凡事需谨慎，什么都可以不要，留住小命就好——还有，照顾好几个小家伙。"

我笑了，说我不知道是怎么的，也许是上天垂怜，总是能够逢凶化吉，出的事情都只是小事儿。

我们在办公室谈了好一会儿，杂毛小道颇放心不下我，但是又无可奈何，不过想来他大师兄有此安排，自然是思虑妥当了的，也才勉强按捺住心中的担忧。当人晚上是给我提前办理的送行宴，在CBD附近一家有名的湘菜馆，除了茅晋风水事务所的工作人员外，掌柜的一家，曹彦君，同城的阿根、古伟，洪山的阿东，还有在鹏城经营水晶锅自助餐厅的孔阳、阿培都过来送行。

阿根在银行工作的那个女朋友欧立夏也过来了，似乎跟小澜还有些熟络。

大家在酒宴上相谈甚欢，宴至结束，齐声给我唱了小虎队的经典曲目《祝你一路顺风》，莫名其妙地让我感觉十分伤悲，有种"风萧萧兮易水寒……"的壮烈感，眼角就流下了泪水，弄得杂毛小道几个没心没肺的家伙哈哈大笑，大肆地嘲笑让我十分发糗。

我心中恼怒，自然逮人就拉着喝酒，一口干，再一口干，除了知道我底细的杂毛小道耍赖不干之外，拼得那些幸灾乐祸的家伙吐了又吐，要么人事不省，要么抱拳告饶，纷纷呼我酒神是也。

每到这个时候，我便得意，而杂毛小道则忍不住地撇嘴，似乎想要说什么，又强忍着不说，十分有趣。

这个时候，小澜端着一杯红酒过来敬他，让这个游戏风尘的奇男子手忙脚乱，一杯酒差点倒进了自己的衣领里，让我好是一阵舒爽地大笑。

我头一次看见脸皮厚得跟那城墙拐角一般的杂毛小道，满面飞霞，红通通，煞是可爱。

酒宴结束，大家各回各家，各找各妈。回到厚街家中，虎皮猫大人依旧在安睡着。自三月份起，它睡觉的时间比醒的时间多，常日窝在电视后面的小窝里，肚皮一阵起伏。不过它倒也不会忘记吃喝，细心的朵朵帮它准备的松子、泡发的龙井茶叶和那些剥开的恰恰瓜子仁，我们每次回家，都能够见到被吃得干干净净。

我摸了摸熟睡的大人那憋下去的肚皮，陡然发现一段时间不摸，它居然瘦了许多。

习惯了虎皮猫大人肥肥胖胖，此刻一见，竟然有一些心酸。

第二天给家里报了平安，我宅居家中不出，让朵朵、小妖朵朵和肥虫子能够跟虎皮猫大人告别。大人中午的时候醒过来一次，大骂一声："你两个傻瓜，又来拘老子？滚蛋儿去……"

我们问它怎么了，它也不答。说起我去怒江集训一事，大人动了动翅膀，说去吧，活着回来便是。

星期五早上，我去特勤局报到，处长派了一辆车，把我送到了南方市省局，开始了我人生中头一次正规的培训活动。

第二十二卷　强者之路，自强不息

第一章　新伙伴，旧日仇

　　人生的际遇总是奇妙之极，又或者这个世界的圈子真的太小。
　　在南方市总局的小会议室里，我看到了南方省另外两个被推荐上来的集训人员，居然是我的老相识——说是老相识，其实也不是很准确，茅山宗出生的黄鹏飞因为与我有过几次龃龉，我自然记得名字；另外一个面目清秀、小眼睛娃娃脸女孩儿，我虽然记得在湾浩广场最后的时候，身穿红色上衣的她曾经出现过，匆匆一瞥，却并不知道姓名，也不知道来历。
　　经过领导介绍，才得知她叫朱晨晨，来自阿根的家乡江门，学的是家传手艺。
　　早就听赵中华说过集训营名额难求，主要还是因为一旦能合格出来，便能够在不久的将来，走上更重要的岗位，而且这还可以当作一种资历，作为内部评审的重要依据。所以能够进入其中，一般都是一时之翘楚。学员的来源有三种，其一是各省分局里表现优异的年轻职员，其二是名门正派的真传子弟，其三便是分设各地、挂着各种名头办学的神学院中，拿到优异奖学金的学生。
　　总之，能够进入集训营的，都是在某一领域崭露头角但还不成熟的精英分子，要么自己有本事，要么靠山有本事。
　　黄鹏飞有个主持茅山宗日常事务的舅舅，又跟张伟国乃至袖手双城一系走得十分近，所以得了这么一个名额，也是情理之中的事；但是这个朱晨晨，倒不知道是什么来历。作为南方省局派选的人才，省局的有关领导自然会接见，并且笼络之，一番情深义重的叮嘱之后，才派车将我们送往机场。
　　在车上的时候，我与朱晨晨交谈，得知她居然跟欧阳指间老先生沾亲带故，这让我瞬间就感觉亲切起来。
　　其实这个圈子并不算大。欧阳指间当年在江门当赤脚医生的时候，因同属道门，便与朱晨晨的祖父有深交，后来见她祖父有本事，心中猎奇，才有了四十岁的时候参加了张延年老先生"易经函授班"的冲动，几年历练，终成大器。

有了这层关系，我和朱晨晨便开始熟络起来。她是个比较开朗的女孩子，也不大，二十四岁未满，虽然不知道本事如何，但是神清气爽，眸子间有精光，言语间虽多少也有些锋芒，但总体来说，还算是好相处。

我因为闯荡了许多地方，也肯读书，平日里待人接物的水平还不错，所以跟这女孩子还算是聊得来，车里不时发出一阵阵爽朗的笑声。这和谐的场面让坐在副驾驶座上的黄鹏飞十分不爽，脸色阴霾了许久，终于忍不住地出言责难我，说就是因为我，把原本属于夏宇新的名额给顶替了——这疤脸小子什么人物？蛮荒之地来的乡下小子，怎么能够跟阁皂山卧云庵的弟子相比，定是走了后门的。

我和朱晨晨停住了话语。面对黄鹏飞直截了当的挑衅，我微微冷笑，说这名额是你大师兄给的，而且也不算是走后门，是择优挑选，陈老大看人的眼光，自然是比你强的，你若有意见，去找他便是。

见我拿出黑手双城来压他，黄鹏飞下意识地反感，不屑地说，陈志程不过是外门的大弟子，在茅山宗里面算不得顶尖的大人物……说到一半，他见到司机和朱晨晨一同好奇地望过来，多少也想起了一些保密原则，止住了这话题。回头望向朱晨晨，说，你别看陆左说得跟欧阳老先生多熟的样子，事实上要不是他和萧克明那个弃徒，老先生说不定也不会死在那个阴暗的地下室呢！

我听到黄鹏飞再次提及杂毛小道，心中一阵邪火，终于忍耐不住，指着他的鼻子说，你要是再敢说一句，信不信我让你横着出去？

我是久经生死的人，发起怒来，自然有一股尸山血海的杀气。这东西玄之又玄，但是黄鹏飞却能够实实在在地感受到。他也只是个图口舌之快的粗鄙之人，见我认真，倘若闹将起来，说不定这集训营的好事就泡汤了，于是心中就有些虚，经朱晨晨和司机一番劝慰，便下了个台阶不再言语。

他不说话，但我心中好像有一团茅草堵着，有一种早上出门踩到狗屎的不痛快。

一番争吵，导致我们都沉默了。朱晨晨是个极有眼色的女生，情况未明之前也不作过多表态，戴上耳机开始听起了音乐。前往机场和飞行的整个行程乏味得很，自不必言。

到达春城的巫家坝国际机场，已经是下午。有人举着牌子来接我们，是普通的工作人员，也不多说什么，上了军牌奥迪之后直接往南行。行了一个多钟头，越过田地、城市和繁华的人群，最后来到了一处周围皆是高大梧桐的幽静大院前停下车，正当门，挂着名为"红河培训基地"的老旧招牌。

工作人员让我们带着行李走进了院门，里面有几进20世纪六七十年代的老建筑群，来往的人不多，但是从进去需要办理的复杂手续来看，这里实际上是一个门禁十分严格的场所。脚下是青石板，缝隙里还有一些杂草倔强地伸出来；两侧皆是茂密的树林，有下午温暖的阳光从繁茂的树叶间洒落下来，如同金子一般。

春城美丽而温暖的环境，让我的心情好了许多。

我是个实际的人，黄鹏飞对于我来说只是一个不相干的人，为了他生这么久的气，实在是不值得。带着好奇的目光，我左右打量，试着从过往的行人和建筑里，找出一些不凡来。然而让我失望的是，这个地方跟一些高门大宅的老机关并没有多大的区别，里面的人也只是很普通的人员而已。

　　过来接我们的那个工作人员也没怎么说话，性子沉闷，只说这个地方是要让从全国各地赶来的学员在这里汇合集中，先在这里做几天理论培训，然后再前往培训基地。

　　敢情这里并不是集训营啊！我恍然大悟，门口那个培训基地的牌子误导了我。

　　走进前面一栋三层小楼，立刻有一个三十多岁的中年人迎上来，跟接我们的工作人员作了沟通之后，很热情地欢迎我们，并且作了自我介绍。中年人叫做朱轲，算是朱晨晨的本家，他是西南局的工作人员，负责这一次集训营的统筹工作——其实也就是管理所有学员和教官的后勤啦、计划啦之类的，是个打杂的伙计，有什么事情，都可以找他来帮忙解决。

　　他虽然说得谦逊，但是我却意识到这是个关键的职位，连忙热情地握手，自我介绍，然后说一些多多关照的话语；朱晨晨也是个会攀关系的女孩儿，借着本家的由头，与朱轲硬认了亲戚，喊轲哥。

　　唯有黄鹏飞，似乎觉得自己有个茅山宗话事人的舅舅，便十分了不起一般，不咸不淡的。

　　朱轲三十多岁的年纪就能够坐上这样的位置，自然是个玲珑剔透的人儿，也不计较这些。带着我们去办公室做了登记，领了牌，又亲自带着我们先去分配的宿舍住下，等待第二天早上的动员大会。

　　这里的条件并不是很好。房间是那种四人一间的学生宿舍式格局，上下铺，天花顶斑驳，被子里也透着一股子洗衣粉的味道。因为来自同一地区，我自然和黄鹏飞分配在了一个宿舍。他虽然出生于茅山宗，但是在经济发达的南方省厮混了这么多年，自然是受不了这种简陋，更何况是与我这个让他十分看不起的家伙同处一室，所以待朱轲走了之后便不断地抱怨，像苍蝇一样嗡嗡嗡个不停。

　　说实话，黄鹏飞这个人的为人处世，跟我以前碰到的贾微，是一样一样的，让人嫌恶。

　　比起黄鹏飞的怨气，我却是有一些小小的新鲜感。

　　我以前说过，我因为高考落榜，小小年纪就跑到南方开始了打工生涯，什么苦都吃过。看到往昔的同学纷纷进了象牙塔，深造学业，享受着美好的大学生活，说不羡慕，这真的是假话——说句不怕大家笑话的话，我至今都还在后悔当初怎么没有努力读书。

　　虽然我收获了另一种同样精彩的人生，但是也留下了难以挽回的遗憾。所以这种类似于大学宿舍的房间，倒是让我感到无比的新鲜和好感。在黄鹏飞的咒骂声中，我整理好了行李。没过一会儿，朱轲又领来了两个年轻人，一个英俊的络腮胡，一个脖子长了颗大瘊子的老实男，分别叫做秦振和滕晓，来自隔壁广南省。人生四大铁，便有同窗这一项。能够来参加集训营的都是业内精英，像黄鹏飞这般孤傲性子的人毕竟是少数，于是大家在一起热情地自我介绍，不一会儿就称兄道弟，好是一番热闹。

黄鹏飞依旧把自家舅舅杨知修的名头抬出来，秦振和滕晓先是一愣，尔后则呵呵笑，说久仰久仰。

我猜想两人心中肯定在说，傻瓜，傻瓜……

正聊得热闹，突然房门被推开，我转头一瞧，又惊又喜，没想到分别不久，又见到他了。

第二章　慧明和尚的下马威

　　来人正是在影潭分手不久的林齐鸣，算得上是大师兄的心腹手下。

　　林齐鸣和我在影潭时便已十分熟络，我很惊喜地跟他问好，然后疑惑地问他怎么过来了。林齐鸣冲着里面三人点了点头，然后拉我出来，说找一个地方叙叙旧，私聊。我们的宿舍在二楼，走过昏暗的楼道，踩着吱吱呀呀的楼板，林齐鸣带我来到了这栋陈旧楼房前面的一棵大槐树下，两人蹲起来。

　　林齐鸣告诉我，大师兄当初回去处理好青虚的事情之后，抽空帮我报了名，便再次返回黎巴嫩去出外勤。

　　结果等到他三月回来的时候，才知道局里面有人弄了鬼，将总教官定成了本来应该在青山界守林的慧明大帅。大师兄胸有丘壑，自然知道慧明与我们之间的龃龉，也知道这些矛盾的缘由，几乎调解不了，于是就想了个折中的法子，派了手下的他和另外一个人到集训营来做助教。

　　这并不是帮我，只是监督慧明大师不要恶向胆边生，忍不住顺手就将我给结果了……

　　我挠挠头，说慧明大师与我本无仇怨，而且我在青山界屡次帮助他女儿贾微，似乎应该也有一些香火情分吧？

　　林齐鸣皱眉，说，结果呢？我无语。他冷声笑道："陆左，你也是老大不小的人了，不要这么幼稚好不好？现在的结果，是他老女儿死了，尸骨无存，你们待了那几天的深涧怎么也找不到，即使慧明能压下心头这股邪火，他老婆呢？你可能不知道客海玲那个老妖婆，嘶……"

　　林齐鸣似乎想到了什么悲惨的往事，深吸了一口冷气，不再言语。

　　我沉默了，果然不出我所料，这次集训凶险叵测呀。

　　我问他，一个月的集训大概是要搞些什么东西？

　　林齐鸣告诉我，第一，要在这红河训练基地听教员讲课，接受组织最新理论成果的培训；第二，要听取总局领导的形势政策报告和有关当今世界的报告，了解世界大势，了解宗教和民族政策制定的过程和执行这些政策需要把握的重点问题；第三，就是学员之间的交流和探讨。这些是纯粹的理论教程，上面强制要求的思想教育部分，为期三天左右。

　　而后，我们将前往设在高黎贡山无人山谷的集训营，进行业务水平的提高集训，这一部分会有十五天，到时候将会进行学员的成绩验收，不及格者将要被淘汰；之后的十多天,是实践部分,可能会是野外拉练,也可能会是出任务,或者是对抗赛。

这些是大致的安排,但是具体的文件计划,除了总局和集训营总教官,其他人都不能提前知晓。

我听得入神,感觉这似乎还是一件蛮值得期待的事情。

众目睽睽之下,又有林齐鸣和另外一位叫做尹悦的助教帮忙,似乎也不用很惧怕这慧明。于是连番道谢,说多谢他和未露面的那位姐姐出马了。林齐鸣笑了,说客气,其实他们这一年也是忙乱,来到集训营中,也算是空出了时间,沉淀沉淀,比常年出那紧张的任务,要轻松多了。

我问他,最近很忙吗?林齐鸣点头,说是,最近到处都有乱子,不过还好,基本上都是些小事情。

我与他交谈了一会儿,除了谈工作,还聊到了一些家长里短的事情,譬如结婚了没有啊,哪里人之类的,拉近距离,增进感情。林齐鸣极为健谈,也爽朗,不知不觉我们就蹲了小半个钟头,腿也发麻了。天色已晚,他拍了拍我的肩膀,笑了,说,好吧,以后有的是时间相处,我们回见吧。

我与林齐鸣告别,返回宿舍。发现秦振和滕晓对坐在床边,正在用一根比木筷还要长半截的竹棍儿互刺,一刺一闪,十分灵活,而黄鹏飞则不见了踪影。

见我进来,两人都停止了手上的动作,站起来,问我咋一进来就跟那教官这么熟络。

我诧异,说,你们怎么知道是教官的?

长相颇有粗犷之美的络腮胡男秦振举起胸前的学员牌,说,喏,学员的都是白色的,工作人员是绿色的,只有教官才是蓝色的。刚刚领到的学员手册,你没有翻看吗?我想起来朱轲似乎给了我一个小本子,但是太忙了,也没有注意翻看。

我回答说是以前出任务的时候认识的,见到我在这里,过来打一个招呼而已。

聊到任务,大家就有了共同话题。秦振他是百色革命老区的,家传的古壮族演尸舞,祭祀拜灵的。"广南的癫蛊你晓得吗?起源地就是在我们那里,好多山精野怪的传说,危险得很,我便是捉住了两头水鬼,才进得这里的。"滕晓却是广南民族大学神学班的应届毕业生,也不知道什么缘由,就进来了。

我告诉他们,我是南方省东官市局的一名编外人员,自己跟别人合伙开了一家风水咨询事务所。

两个人顿时眼睛亮了起来,说哦,原来是个老板啊?

我谦虚地直摆手说,加一个"小"字,瞎混混而已。

通过交流得知,参与这次集训营的人大部分都在三十岁以下,是新一代的精英团体。至少秦振和滕晓这二位,都是身有所长的人士,更不用说那拽得上了天的黄鹏飞,虽然性格不怎么讨喜,但是实力我却曾在湾浩广场的地下室见过,算得上是个厉害的家伙。

聊了一阵，我指着他们两个手中的竹棍，问，刚刚在干吗呢？

他们告诉我在练习反应力，这是科班出身的滕晓所讲到的一种修行手段，一刺一往之中，涵盖了诸多套路剑法和最简单的格斗技，这东西就像《笑傲江湖》中令狐冲和田伯光坐着比试的桥段一样。滕晓告诉我，他所在学校的一位教师，曾用这么一根竹筷，静坐于一间放满蚊虫的小黑屋，一晚上的工夫，用筷子刺死了五百多只蚊子，尸体堆叠在他身周，厚厚的一大层——这便是境界。

除了杂毛小道，我很少有跟"同龄人"这么交流，感觉进入了一片新天地，聊得十分畅快，不知不觉就到了傍晚。

这大院里有公共食堂，我们晚上六点多钟跑去吃饭，伙食不算太好，但是油水管够。我见到了许多人，二三十个吧，有男有女，通通不超过三十岁的年纪，精神抖擞，斗志昂扬，富有朝气。我认识的人不多，找了一圈，跟我同来自南方省的黄鹏飞和朱晨晨，都没有见着。不过这里面有好多人都是相互熟识的，三三两两聚在一起聊天扯淡。

匆匆吃完饭，回宿舍洗完澡之后，我们躺在床上夜谈，不知不觉都到了深夜。

因为人多，挤在槐木牌中的朵朵和小妖朵朵都没有出来，肥虫子也乖乖地沉眠无动静。黄鹏飞不知道跑哪儿去了，直到晚上十二点熄灯了，才返回来，默默地睡觉。

澡都不洗，真的是个邋遢鬼，还装个毛的贵族范？

第二天早晨，我们在久违的《运动员进行曲》中醒了过来。朱科长（朱轲）挨个宿舍敲门，叫我们起床用餐，然后参加集训营的动员大会。都是修行之人，自然不会赖床，我们很快就搞定了自己，去食堂里吃完了有稀饭油条和过桥米线的早餐。在八点钟的时候，准时在西侧大楼的小礼堂里面，参加了动员大会。

在会堂上，时隔半年，我又见到了慧明和尚。

慧明和尚并不是个秃头，而是一个有着浓密黑发、浓眉大眼的硬朗老者，身材魁梧，表情僵直。据闻他快八十岁了，但瞧这外表，说只有五十岁，常人也信。主持人介绍说是西南某局的创立宿老，是西南某高校的荣誉教授，西南某局的副巡视员（享副厅级待遇），为了培养新一代接班人，所以才过来的——贾团结贾教官，是本次集训营的总教官！

动员会一开始是一个总局下来的领导在讲话，重要意义和深远意义之类的，昏昏沉沉说了大半个小时，而后便是一层一层下来的各级领导。作为最后出场的重量级领导，慧明和尚被请上去说话的时候，板着脸，往台下三十几个学员瞧了一圈，目光最后锁定到了我的身上。

他沉声说起了这一次集训营的意义："除了前面各位领导所讲的，还有一点，便是要挖掘人才，应付迫在眉睫的危机。是什么危机呢？这个有的人知道，有的人不知道，但是我想跟你们说，很严重，要死很多人的。所以呢，这个集训营里，是不要废物的！我听说在这次选拔中，为了混资历，有不少人加塞——白露潭、王小加……陆左，你们三个人出列！"

他说出这三个名字的时候，几乎是用了如同佛门狮子吼一般的音量，整个小礼堂里一片嗡嗡响。

所有的学员，齐刷刷一片瞧了过来，看着怯弱弱走出来的两个女孩子以及，我。

第三章　遭遇杯葛

四下一片寂静。

被场中领导、学员、教员加工作人员，将近四十号人齐刷刷的目光凝聚，说实话，这感觉并不是很好。而且这又不是演讲，而是各种质疑、幸灾乐祸和唯恐天下不乱的目光，是诸般强者和修行人的犀利目光。一时间，我有一种如坐针毡的紧张感。不过相较于旁边两位忐忑不安的女孩子，我的表情显得相对从容和淡定一些——呼啸山林的猛虎和潜藏草丛中的毒蛇，这两者里我更加惧怕后者，因为我唯恐自己死都不知道怎么死的。慧明既然能够把这矛盾挑出来，显然他的决定是按照规则，来为难于我。

一个遵循规则的复仇者，有如戴上了一套厚厚的枷锁，再可怕，我也有着诸般生机。

说实话，听到慧明这般大声斥责我，我却莫名地对他有了一丝好感。

当然，这好感如同人类对于憨厚可爱的熊的感情，再浓烈，当碰到凶猛的熊瞎子，也要逃命。

白露潭是个穿白色衬衫也很有味道的气质女孩，而王小加则是一个干练的短发女生，两人年纪都不大，看打扮也不过二十来岁，正是鲜花般的年纪。她们虽然或多或少也有过一些社会历练，但或许是太重视这次集训营机会的缘故，当被点名站起来的时候，脸上仍然露出了小女孩子所特有的惶恐和惊讶。

慧明的目光严厉如刀，从我们身上扫过之后，越过我们，看着在场的所有人，顿时一片缩颈吸气声。

他毫不留情地大声说道："你们三个，是集训名单在总局确定之后，被人通过各种关系给加塞进来的。一般来说，这里面会有两种情况，一是你们的关系很硬，硬到总局都需要考虑情面的程度；还有一种可能，就是你们很优秀，优秀到总局审核的人员都不得不动用额外的特权，将你们加塞进来——无论是哪种可能，我唯一要告诉你们的是，我会重点盯着你们。一旦出现任何差池，我将有理由追究你们，和那些罔顾推荐原则的家伙们。另外我真心希望你们是后者，不然这一期的死亡名额，也许会出现在你们三个人中间！"

死亡名额！

从慧明口中听到"死亡名额"这几个字，陡然间就有一股血淋淋的煞气，迎面扑来。它再也不是虚无缥缈的词语，而是变成了伏地的死尸以及无神而空洞的瞳孔。白露潭和王小加不由得被这突然而来的威势吓得后退一步，脸色苍白起来。

见到我无动于衷地木然站立，慧明狠狠地剜了我一眼，然后高傲地吩咐道，入列。

被当作鸡杀了一回的我往回坐下，看到旁边黄鹏飞那张幸灾乐祸的贱脸，不由得拳头捏得咔咔响。

慧明继续说道："知道我为什么一开始就将事情挑得这么明白吗？我是在为所有人负责，是为你们好！你们中间有很多人，都把这一次集训当作是升职的好机会，当作是一次休闲的学习，当作是公费旅游……那么我现在就告诉你们，错了，大错特错！这是一次与死亡亲密接触的盛会，会死人的！每一个活着走出去的人，都是最精英的战士；而退出者，是懦夫，但是能够活着——我最后说一次，你们有人想退出吗？"

场中一片寂静，无人回答。

慧明僵直的脸上露出了一丝笑容，说好，很好，我们三天之后见吧，兔崽子们！

说完这话，慧明并不理旁边的这些人，径直走下前台，大步朝门口走去。林齐鸣等一干戴着蓝色标识的教官，跟着他一同走了出去。我看到一个穿着火红色衣服的女孩子，她叫尹悦，在缅甸山林的时候曾随着大师兄一同前来，救援过我们。路过的时候，她朝我调皮地吐了一下舌头。

我也笑了，心情一下子就轻松了起来，看来这一次集训，必然是件十分有趣的事情。

目送着这七八人离去，小礼堂原先发言的那个领导略有一些尴尬地呵呵笑，然后解释说："贾老是打过仗的老革命，就是这么直接，但是他并没有恶意，而是对于新学员们的负责和爱护。好了，集训营在今天也算是正式开始了，首先是为期三天的理论学习课，希望各位学员能够发扬'团结紧张、严肃活泼'的学习作风，好好学习。预祝这里的每一个人，都能够从集训营中毕业出来。"

在声如鸣雷的鼓掌中，冗长无趣的动员会总算是结束了。刚刚慧明和尚的点名，使得我和另外两个姑娘成了学员中的异类，突然间获得了许多人的关注。

无论这关注是善意的，还是幸灾乐祸的成分更多一些，这种聚焦感都让我十分不爽。

我这个家伙，从来可都是很低调的啊，如此拉风的情形，实在不是我所愿意的。

动员会结束，接下来就是理论课。

然而大失我所望的事情是，第一堂理论课讲的既不是如何感应空间中无所不在的"炁"，也不是描符画道之类的符箓丹道，更不是如何锻炼肉身的力量。在讲台上的那个身材瘦弱、戴着厚瓶子底眼镜的讲师，居然大谈组织的先进性和正确性，大谈各届大长老的思想和理论模型，谈及组织对人民力量的唯一领导性，社会各界在组织的领导下所取得的各种成就，歌功颂德，不一而足。

我刚开始有一种小时候上思想品德课的错愕和不解，而后感觉精神顿时一空，许是昨天晚上卧谈会开得太晚了，疲倦像魔鬼一样朝我吞噬而来，不知不觉间，困意浮现。

不过这里我要说一点，我这个人有个优点，就是睡觉安静，从来不打呼噜。

当我迷迷糊糊被人拍醒来的时候，才发现已经到了饭点。旁边的秦振一脸困倦，打着哈欠叫我起来，说去吃饭了。毕竟是有过深聊的朋友，而且都已经成年，自有主见，秦振和滕晓并不因为我被点名批评而疏离我，一如寻常。我笑嘻嘻地扬起桌子上还沾着口水的教材，说好久没有享受这种待遇了，睡得太美了——话说，我们三天都要上这课吗？怎么感觉我们好像上错学校了啊。

滕晓笑了，把书皮摊开来瞧，果然还真的是某校的教材。

他说，你说你是半路出家，我这回真信了，看来你什么都不懂，刚才你睡觉我都推了你好几次，要真的惹火了那个老学究，他不讲情面地给你判个不合格，到时候你哭都没地方哭去。这几天应该是例行公事的思想教育，真正的干货估计要到高黎贡山里面的基地，才能够有了——你没看总局抽调的教官都先走了吗？现在的理论讲师，都是从附近某校里调过来的普通讲师。

滕晓的话把我唬得一愣一愣的，我点了点头，表示再也不敢上课睡觉了——这都是惯性，小时候养成的臭毛病，本以为这么多年已经改了，没想到今天重逢，居然还在。

见到秦振和滕晓一同往常地跟我吹牛扯淡，我原本以为慧明和尚的质疑并没有起到什么作用，然而到了公共食堂，才发现昨天还笑容满面跟我打招呼的同学，现在的眼神都变得有些躲闪了，本来还围在一起热闹地聊天，结果见我们一进来，都闭口不言，低头吃菜了……

瞬间，我心里有一种被孤立的感觉，心情就变得不那么美好起来。

想来也是，被一个颇有权势的老领导、在集训营中一手遮天的总教官第一天就点名关注，实在是一件很蹊跷的事情。

这些能够进入集训营的人都是些聪明卓绝之辈，而且彼此间也没有什么太深的交情，何必因为这寡淡的同学情分，去让贾团结、贾老大注意到，并且嫌恶呢？如此这般，实在是没有什么性价比，还不如远远观望才是，不咸不淡地交往，这样才算是最佳的选择。

同样遭到杯葛的，还有白露潭和王小加这两个女孩子。拥挤的食堂里，两个人共占了可容六个人的长条桌子，周围的人都像躲瘟疫一样，离得远远的。

这可怜劲儿，让我对慧明和尚的恶感一下子就升腾起来。

我终于明白了这老家伙一开始的目的——集训营本来是学员之间相互扩大影响力的一个重要地点，然而他以总教官的身份，名正言顺地将我们插班生的身份点出来，并表示了恶感，让所有考虑与我交好的学员都下意识地做一个相反的选择。他最终的目的，是让我在人际关系这方面，先输一城。

　　这个大义凛然的家伙针对我就算了，为了我，居然把两个与我毫无关系的女孩子也拉下了水，看着那两个姑娘垂泪欲滴的模样，我心中就有了一些愤怒。

　　愤怒之后便是冷静，慧明和尚出了第一招，而我，应该如何应付呢？

第四章　喂，我来了

在走进食堂的那一刻，经历过许多办公室政治的我立即确定了一个大体方针：团结弱势群体，拉拢中间群众，坚决打击冒头的反对派——这方案适用于任何一个进入新环境的公司职员，以及领导干部。

于是在大部分学员偷偷的注视下，我打好了饭，领头坐在了白、王两人的旁边。

见到她们两个投过来诧异的目光，我惊讶地问，这里不能坐吗？白露潭眼圈红红，却被我夸张的脸容逗笑了，说，没有，可以啊。王小加看到我、秦振和滕晓分别坐了下来，略显诧异，问，你们怎么不介意我们的身份？

我耸了耸肩膀，说，他们两个家伙我不知道，至于我，五十步笑一百步，还需要介意什么呢？

看到两人脸上都露出了微微的笑容，我将筷子摆好，诚恳地说："其实大家心知肚明，所谓镀金一说，实在是狗屁不通，这世上哪有人托关系过来找罪受？若有，也只是对自己的实力自信，或者对自己的境界不满，才会过来的，哪里来的拖油瓶？我有这样的自信，希望你们也不要给压力给弄垮，咱们这几个插班生，一定要优异得让那个老和尚自食其言，不敢再说半个字！"

我这一番激励的话语让白露潭和王小加精神大振，纷纷露出了不屈的劲头来。我便给她们介绍起我们三个来——我被点过名，她们自然知道，络腮胡帅哥秦振和老实人滕晓却并不熟悉。我说起我们三个人的名字，笑说着都是当初父母太偷懒，所以才取了这么两个字的名儿，又好叫又好记。

短发女生王小加敲敲餐盘，说，你这么说你父母，小心被削。

我哈哈笑，说我老娘若知道我这么说她，肯定是要高兴的……如此没有营养的对话，倒是拉近了我们的距离，于是边吃边聊起来。通过交谈得知，白露潭来自湘西，而王小加则来自东北吉省。我一听到湘西便觉得亲切，因为就在自家门前，跟我们那里的风俗民情，是一样一样的说，几句家乡话，居然也勉强能够对得上，十分开心。

当然，就在食堂里，说的也都是些家长里短的小事情，关于工作与师承之类的，刚刚认识，也不好冒昧问起。

聊了一会儿天，和我同属南方省的朱晨晨也端着盘子过来，说，看你们聊得有趣，不介意我坐下吧？

论相貌，湘西妹子白露潭最出色，但是盈盈而笑的朱晨晨自然也是一个让人看着舒服的女孩儿，我们自然不会拒绝，腾出空位让她坐下。说句实话，每一个机关里的大厨,都有一两道拿手菜,这里大厨的川味回锅肉和蚝油蒸豆腐实在不错。一边跟新认识的朋友们一起聊天,一边吃着这合口的饭菜,便觉得日子也不怎么难过了。

到午餐快结束的时候,王小加突然皱着眉头问我,你刚刚说的老和尚,难道是指贾总教官?

我一愣,想到倘若不是杨操这个八卦男曾经跟我提及,我也定然不会知晓贾团结便是慧明和尚。这里面的秘密似乎有些深,寻常人哪里能够知道?我与慧明有些龃龉,但是我却也不敢把他得罪得太死——若我将这等陈年往事给他到处宣扬,只怕到时候老和尚活剐了我的心思都有了。

思虑及此,我也只有草草解释一番,说了些不要紧的废话。

不过话说回来,这个王小加难道是属长颈鹿的吗?隔了这么久,才反应过这事儿来。

经过一天的学习和课间活动,以我、秦振、滕晓和白露潭、王小加、朱晨晨组成的小团体,正式凑在了一起,也不是什么正经团伙,只是所谓的同病相怜,或者臭味相投而已。集训营中的危险无数,一个人单枪匹马地闯,无论从精神上还是从体力上来讲,都是不明智的。

越是困境,越要抱团,这样才能够安然度过所有的困境——这一点,我们每个人都能够明白,这就是拓展运动中的团队合作。

然而在大部分人有意无意远离我们的这个时候,我有些好奇秦振、滕晓为何会主动接近我。这个问题在晚上聊天的时候,秦振告诉了我答案。

他说他已经打电话回去问了一下,昨天傍晚来找我的那个教官叫做林齐鸣,是总局四处的精干人员,隶属于鼎鼎有名的黑手双城,了不得的人物;那贾团结虽然是西南局的宿老,但那手终究伸不到东南几省来,管不着他们,反倒是陈老大,倒听说有下放到东南局来当老大的传言——此为其一。其二嘛,是最简单也是最重要的,那就是你陆左人不错,晶莹通透,是个可以让人信任和可深交的朋友。

滕晓猛点头,说他在学校的时候学过相面摸骨,瞧我这个人,便是个光明磊落的汉子。

我一阵无语,怎么也感觉不出自己有多好。

对于他们的直白,我还是很感激的。所谓朋友,在乎坦诚,藏着掖着,能瞒一时,却掩盖不了一世。不过我有些担忧,说,你们与我亲近,若是被那贾总教官盯上了,不是麻烦?

他们笑,说无妨,不是还有林教官他们盯着吗?再怎么为难,能坏到哪里去?莫得事,莫得事……

因为有了滕晓的警告,后面几天我便老实了一些,不敢公然在课堂上睡觉了。关键是后面的内容也比较有趣,是局里面对于宗教和民族政策的一些研究,以及相应事件的指导方针和处理意见,相当于业务培训。这里学员的构成,我前面有讲,比较复杂,不过来自于系统内部的人员还是比较多的,而且大部分都奋斗在第一线,所以在课末交流中提出来的意见和想法,似乎要比在课堂上枯燥讲课的老师还要厉害一些。

我听得最感兴趣的,是所谓的国际形势。

那个长得老相的讲师一支粉笔,不带讲义地在台上滔滔不绝讲了好几个小时,剖析了基督教、伊斯兰教、佛教以及周边国家的一些宗教信仰(譬如日本的神道教)的发展形势,说得那叫一个高屋建瓴,字字珠玑,让我本来觉得模模糊糊的概念,一下子就明朗了许多。

原来,这些宗教,还真的跟我所熟知的术法是联系在一起的啊;原来,所谓道术,并不是最强大的啊!

基督教的圣言神术,伊斯兰教的信念传播,佛教以及藏传佛教各种匪夷所思的秘闻术法,传说中真实存在的吸血鬼和狼人……这个老师虽然手无缚鸡之力,但在思想和学术研究中,算得上是巨人,让站在山峰脚底下的我没有了往日的狭隘和自大,有了一种豁然开朗的感觉。

固步自封者,永远只能是井底之蛙,永远只能"夜郎自大";然而打开国门看世界,却是越看越心惊。

"何斯。"我忍不住瞅了一下他的胸卡,然后把这个名字,牢牢记在心头。

三天时间很快就过去,并没有预想中的考试,想来这个理论培训并没有得到一部分务实领导的认可,草草结束。不过通过这三天时间,学员之间倒是熟悉了一些,彼此也能够叫上了名字。不过让人遗憾的是,慧明一开始对我们的警告在经过发酵之后,变成了实质的影响。在经过一番考虑之后,大部分人都对我们采取了敬而远之的态度。

我虽然希望跟大伙儿搞好关系,但是如果别人并没有这意思,自尊心颇强的我自然也没有把脸皮拉下来,去倒贴别人冷屁股的习惯,于是便这样"相敬如宾"地处着。

黄鹏飞虽然是个臭脾气,但到底出身名门大派,交游广阔,也纠集了几个同道中人。他在对秦振、滕晓多次劝阻无效之后,彻底失望了,每天都是很晚才回,回来之后倒头便睡——若不是这里的制度严格,我估计他定然是不会回来的。

唯一让我愧疚的,是我家的朵朵、小妖和肥虫子,在这高人环视的地方,连出来透一口气都不行。

第四天凌晨,集训营三十四名学员在以朱轲为首的工作人员带领下,乘坐包来的豪华大巴,经过了近八个钟头的路程,来到了滇西一座并不繁华的小镇,而后我们各自背着厚重的行囊,从小镇的西角开始行走。

一路走,过了几处村庄,然后顺着乡民们用脚踩出来的道路,开始往山里面走去。

我走惯了山路,并不觉得苦。这一路上的村庄和稻田,虽然看着破旧贫穷,却有着乡间的悠闲。踏着这青草，沐浴着春日下午的和煦阳光，像足了踏青野游。

在山中行走了好几个小时，其间还过了传闻已久的渡江索滑轮，挨个儿带着背囊行过，都是有基础的人，也没有谁喊吃不消，但是劳累，却总是有一些的。等到了太阳快落山的时候，我们终于到了指定地点，往山下一看，松涛吹摇，绿叶颤动，远山浓雾翻滚，景色美不胜收。

我们不由得大声吼道，喂，我来了……

群山回应，我……来……了……

第五章　再跑二十里

这个被命名为"总参与特勤局第二十二培训基地"的集训营，坐落于青藏高原南部的高黎贡山深处，横断山西部断块带，印度板块和亚欧板块相碰撞及板块俯冲的缝合线地带中。

与我的家乡青山界那种连绵起伏、群山无尽的十万大山风貌相比，此处的山显得更加巍峨耸峙，山高坡陡切割深，垂直高差达四千米以上，形成极为壮观的垂直自然景观和立体气候。我们头顶是云雾缭绕、寒气逼人的皑皑雪峰，立身处则是温和的林木和草地，而越过群山往那河谷里瞧，竟是烈日炎炎。

这便是"一山分四季，十里不同天"的民俗俚语的由来。气候条件的多变性，也是当时上级选择在此处建立培训基地的考虑因素。

第二十二基地位于一处鸟语花香的斜行山谷中，方圆三十里渺无人烟，唯有乔木树种巨大的板根、大型木质藤本以及野芭蕉、穿鞘花等绿色满眼的植物，映入眼帘。当我们从山下缓缓走入培训基地外围的开阔地时，才发现在基地边缘的丛林中，有不少身披伪装网、脸上涂得花花绿绿的军人潜藏着。

这种严阵以待的气氛让我的背部肌肉忍不住紧张，立刻有一种鸿门宴的不安感。

我用尽量沉稳的语气，向带队的朱科长询问，得到的答案让我不禁莞尔：为了节省经费，此处基地是我们局和总参同建，共享资源；不过这里仅仅只是我们局备用的培训基地，而总参下属一个小规模的特种部队，却常年在此处集训，用得更加频繁一些。

如此这般，才会有这么一个不伦不类的基地名称，不过士兵们通常喜欢亲切地叫它"百花岭基地"。

大队人马靠近，相隔不到两百米，便有一行三名持枪军人上来，验明手续，然后继续前进。穿过开阔地旁边竖立的铁丝网，我跟着大部队，开始走进这座占地甚广、建筑风格颇为古老的建筑群里。

陈旧而粗犷的红砖墙、木篱笆、足球场一般宽阔的大操场、黑色中带着青苔的斜瓦，还有遍地的军营绿……眼中的一切，让我对面前这个基地的期待值，降到了水平线以下。看得出来，这里的大部分建筑是在 20 世纪六七十年代建立的，旁边块垒一般的绿色营房，却是后来陆续扩展的，显出了两个时代的风格。恐怕每一个走进营地的人，心中都会忍不住抱怨"条件可真不怎么样"这样的话语。

说好的"士兵突击"式的优等条件呢？

不过我们并没有说话,因为在操场的中间,我们看到了一群身穿蓝色短袖衫的人,负手而立。他们是在此处等待我们的教官,为首的,正是本次集训营的总教官慧明。

　　不用吩咐,我们便迅速跑到了教官们的面前站定,然后依着前些天的顺序开始站立整队,差不多两分钟之后,我们便已集合完毕。

　　看着身穿白色集训服的我们,慧明的脸色阴沉,左脸上面的老人斑不断抖动。

　　我们站齐整了之后,一个僵尸脸中年教官突然指着背后不远处的绿色军营大喝道:"看到那绿色没有,这里是军营,你们,是预备役的战斗人员,瞧瞧你们这散漫样!这么点山路,居然比我们预计的时间,晚了半个小时!打起仗来,你们的下场只有一个,就是死!全体都有,向左转,围着操场二十圈,不准停下!"

　　我眉毛一跳,心中顿时有一种怪异的穿越感——随着《士兵突击》在2007年开始热播,特种军旅的训练模式也开始逐渐步入了普通人的视野;片中王牌特种部队老A的教官,就是这种简单粗暴、蛮不讲理的作风,树立起绝对的权威,将下属的士兵不断淘汰,选择真正的强者加入。

　　难道说,这种野蛮的风格,在整个军队或者集训系统里面,很流行?

　　不管怎么说,为了不被集训营淘汰,走了几十里山路的我们不得不背负着厚重的行囊,围着这比足球场还要宽阔几分的训练场开始跑动起来。这一圈就差不多一里路,二十里路对于平日体能储备充足的我来说自然是小菜一碟,然而对于在爬过一座又一座山峰后的我,却是一个艰难的距离。

　　不光是我,我身边这三十三位同学,都露出了难受的表情来。

　　突破总是在极限的尽头徘徊——这句话是体能训练中最常用到的一句话。如果说在春城郊区的红河培训基地里,慧明对我和白露潭、王小加的呵斥是他对我的第一招亮剑的话,那么今天这个连续二十圈负重奔行,则是教官群体对我们学员的第一个下马威。

　　它的含义在于:无论你来自哪里,有着怎样的成就和本事,在这里,都得听蓝衣老大的!

　　十圈之后,我咬着牙,迈动自己疲惫发酸的双腿,感觉每一步都是那么沉重,天地都在摇晃,一会儿黑,一会儿黄,空气开始变得稀薄了,使得我的胸膛不得不像是拉风箱一般地抖动,眼前一阵又一阵地发黑,汗水湿了干,干了湿。然而即便如此,我也不让金蚕蛊向我传递一丝的暖流,缓解此刻尴尬的境况。

　　此次前来集训营,从开始到结束,我的目的都是让自己变得更强。肥虫子的存在,就如同给我开了一个外挂。即使我是蛊师,肥虫子是我的本命金蚕蛊,但是在激烈的战斗中,我们总是有分离的时候,不能够完全依赖它,况且被它缓慢增强的身体已经足够了,所以在训练的时候,我便决定尽量不让它来延迟我的身体极限的到来。

　　这是一场战争,我,与我身体中的软弱意识,在决斗。

很拗口的一句话,不过这便是修行,如修禅者面壁,如修道者闭关,他们用这一辈子的时间,都在做这么一件事情——与自己心中的魔在战斗,斩除三尸,可见光明。

我疲累欲死,身边的这些人比我也好不了多少,尽管他们或多或少都掌握了一些修炼的法门,但人的身体都是肉做的,除了少数在前面领跑的怪物外,大部分学员的身体都经受不住这种毫不停歇的持续性运动,开始处于崩溃边缘。

不断有人倒下,又挣扎着站起来,朱晨晨倒下了三次,被我扶起来,脸色苍白如雪,肌肉都在不自主地抖动。

秦振、滕晓、白露潭、王小加和我、朱晨晨自觉地跑到了一起,相互搀扶着,跌跌撞撞前行。这种类似作弊一般的搀扶并没有受到教官们的警告,使得体力较弱的朱晨晨和白露潭、滕晓得以坚持下来。

跑到第十五圈的时候,我们几乎都要崩溃了。白露潭一边跑一边伤心地哭泣,有一种要放弃的冲动。而我则毫不顾忌地指着场边的那个威猛老人,数落她,说:"你看到没有,人家在看好戏,看你这个插班生的好戏,你若是放弃了,躺下了,只会迎来'哈哈'的鄙夷一笑,然后便是轻描淡写的'果然如此',果然是个走后门的,真是个孬种!你要放弃吗?我不会!这世界上,除了我心中的道德和生我养我的父母,没有任何一件事情,值得我去妥协!没有!"

我的话,给了旁人倔强坚持的力量,也给予我跑下去的勇气。当极限过去,我感觉浑身在麻木的背后,开始有了一些轻松,以至于我跑到最后两圈的时候,脚步居然轻快了起来。

我看见在远处,一些穿着短袖迷彩服的年轻军人三五成群地或坐或站,朝这边好奇地望来。

不过这三十四位学员中的十一个女生,明显是他们重点关注的对象。

我心情不错,朝人民子弟兵们挥了挥手。我身边的伙伴们也朝着他们挥手。

子弟兵们热情地回应,声音此起彼伏,加油和鼓励声不断,这让我们感受到了炎热天气中的一丝清凉,沁人心肺。当最后一圈跑完之后,几乎所有人都栽倒在地,有一种想要长睡不醒的冲动。立刻有身穿白大褂的医生过来给我们打针,不知道是葡萄糖还是别的什么药物,过一会儿感觉就好了一些。

然而还是有三个人,没有跑完最后的几圈,趴在了地上。

他(她)们被医生用担架抬了下去。后面的集训中,我们再也没有见到这两个女生和一个男生——集训营一开始,就展现出了毫不留情的残酷。

跑完步之后我们得到了充分的休息,不知道从哪里冒出了十来人的医疗小组,给我们捏肩捶背,放松身体。站在东倒西歪的学员中间,慧明用简单、直接、冷酷的开场白,给一脸惨白的我们训了话。

当天晚上我们被扔进一个又一个放满药材的木桶中热水浸泡,感觉身体在逐渐地恢复。

传奇小说里面的这种桥段,原来真的在现实中有存在。

只是这种乌黑发臭的药水,实在难闻,一股又一股的尿骚让人直想把晚饭吐出来。不过效果不错,晚上神清气爽地躺在老建筑八人间宿舍床上的我,开始憧憬着第二天训练的到来。

好吧,我承认我有一些"受虐"的期待。

因为我要变强。

第六章　传功法螺

出乎意料，第二天清晨，除了两圈慢跑这最基本的体能训练外，我们并没有进行昨天傍晚那种高强度的训练。在东边朝阳暖洋洋的照耀下，我们三十一个学员，在百花岭基地西边的一处梅花桩上站立，开始听第一堂课。

这一堂课的讲师，是集训营中排名第三的教官，林齐鸣。

昨天让我们跑二十圈的那个僵尸脸教官，则是排名第二的拔志刚，很奇特的姓氏，据说是滇西彝族人，是百花岭基地的资深教官，名头很大，曾经得到过总局领导的高度赞扬和欣赏。

林齐鸣是个温和的性子，没有拔志刚那种歇斯底里的呐喊和嘲笑，也没有慧明那种高高在上的冷漠感。他有着大学教授一般的名师风范，让每个站立在最高两米、最低零点八米的梅花桩上的学员，如沐春风。这梅花桩足足有百来平方的空间，高低林立，他让我们用最舒服的姿势，待在这海碗口子般粗细的木桩之上。

林齐鸣缓步走过我们的身下，开始给我们讲解起道家文化中最重要的"炁"。

什么是"炁"？它是一种形而上的神秘能量，是构成人体与宇宙的根本物质。

我们每个人生活在这世间，既是独立之个体，也是与这世界外物相互联系的整体。炁行于身，则构成了人体及维持生命活动的最基本能量；炁行于山川、河流以及人群之中，便是意识流，是磁场的一种状态。道家笃信在宇宙万物间有这么一股生生不息的能量流，它存在于气功、吐纳、导引术及禅坐之中，可从动作与意识的相互作用下，让修行者产生超出人类认知范围的力量，以及能够驾驭这宇宙中神秘的能量。

不止是道教，每一个流派、宗教都有着类似的说法，或是意识，或是神力，或者是玄之又玄的东西。

如何导引或者驾驭这无处不在的能量，前人中有无数大智慧者都已经在观察、临摹、顿悟和思考中，挖掘出了无数的法门；在座的每一个人都有着自己的传承，也有了自己固定的套路和轨迹，故而不明细详说，免得多有干扰——这便是道，便是法，便是诸位强大的根基所在。

炁无处不在，却又捉摸不定：有的人感受到了空间中的能量，视野便宽阔如海；有的人仅仅能够感受到自身的变化，所有的感悟就变得狭隘和顿涩。

道家将炁形容为先天，在《素问·六元正纪大论》中有言："凡此太阳司天之政，气化运行先天。"它代表了一切生命与事物的来源；而将气形容为后天，乃经历了天时应至洗涤过后的俗物，不复清明，难有大成就……如何形容空间中的炁呢？它不同于我们认知中的氮气氧气,它不是物质,甚至没有所谓的质子中子,它或许是电子,更或者是一种纯能量的暗物质,如同精神,以及意志力。

讲完了这些晦涩而枯燥的东西,林齐鸣抬起头,朝着一个高高坐着的干瘦男子说道,赵兴瑞,谈一谈你第一次感受到炁的场景。

头挽发髻的赵兴瑞一振,似乎对林齐鸣一眼瞧出他已达先天的事情有些意外,不过他情绪很快便稳定了,闭目回忆,然后用缓慢的语速开始讲述起来:"那是在一个夜雨敲打芭蕉的深秋,我在青衣江口、乐山大佛下的一个岩壁孔洞中静坐。我已经在川藏青三省行走了快一年,然后在那里餐风饮露地守候了一个星期,然后,突然就感受到了,仿佛嫩芽伸出了泥土,小鸡啄破了蛋壳,黑暗的大地迎来了朝阳的照射⋯⋯无法形容,我仿佛'看见'了一个美丽纷繁的地方,不是空间上的,也不是时间上的,而是意念之间的,很快,转瞬即逝!"

"不是空间上的,也不是时间上的⋯⋯莫非看到了另外一个维度的宇宙?"我金鸡独立在木桩上,喃喃自语。回想起自己在从湘西凤凰回来的汽车上,感受到炁之场域,怎么就没有这么瑰丽和复杂呢?

"不错!"林齐鸣大声地说道,"很多人,在开始用意念真正感受这个世界的时候,会在觉醒的那一刹那,感到这空间的狭小,以及外面世界的伟大,有一种重生的感觉。这是一种比人原始的欲望,还要舒爽的快感,也让我们领悟到那奇妙的天地,宇宙玄黄,是纷繁多彩而秩序俨然的,我们或许并不孤单,然而却也并不安全。贾总教官曾经说过这件事,但是我仍然要跟你们提及一下——越来越多的有道之士,开始推测到一场莫名的大灾难,它针对的不仅仅是我们,而是全人类,是整个地球上的所有生命!"

林齐鸣用严厉的眼神看着我们,那眼神让我感觉自己反倒是在仰视他。"所以说,诸位,努力啊!也许有一天,我们会为全人类而奋战——这不是美国大片,而是即将要来临的事实,它也许在几年后,也许在几十年后,也许就在明天!"

说完这些话语,林齐鸣用抑扬顿挫的声音,开始讲解起来:"静心,凝神,控制呼吸,深长、细匀、缓慢,舌抵上腭,将产生的津液咽入喉,按照你们自家习惯的法门,开始运气⋯⋯宇宙、空间、此起彼伏的草原、蔓延无尽的绿野,还有那宁静悠远的深海蓝地,世间的万物都在你我的心中,也在我们的眼里⋯⋯"

林齐鸣是个不错的教官,擅长把握每个人的情绪。他在我们的耳边开始讲着一些毫无关联的词语,或者是某些景物的描绘,或者是一些人生中朴实而深刻的道理,或者是一小段佛教抑或道教的经文,乃至叽里咕噜说着谁也听不懂的话。

但是所有的一切,都将我们带入了一个让内心沉静的状态中去。

他用言语,给我们描绘了这世间的本质:一个点,可以在无尽的空间维度中相投射,抛开物理学上复杂晦涩的二十六弦或者十一弦理论,用宗教和我们自己体感的状态,传递着某种玄之又玄的东西,到达我们的心中来——人外有人,天外有天。

世界就是这么复杂，也是这么简单。

我无法表达出林齐鸣的这一堂课有多么精彩，没有经历的人是无法感受那种氛围的。当然并不是说林齐鸣有多么厉害，他所表达的，应该是作为特勤局整体的理论研究水平，而不是他作为个人的领悟程度。他的每一句话都寓意深刻，讲述了天地、人物和自然之间的真谛，讲到了修行路上的方向和未来，讲到了很多很多我从来没有考虑和注意到的东西。

境界，这便是境界，做人的境界，修行的境界！

第一天的集训几乎没有肉体上的修行，我们顶着烈日，在梅花桩上或坐或站，或倒立朝天，待了一天，却得到了精神上面的升华。因为来自不同的地方，林齐鸣并没有给我们指导太多运气修行之中的法门，但是他却给我们传达了一种难以企及的境界和念头，播撒下了一颗种子。

我很开心，终于明白了大师兄费力把我弄进这里来的原因。

或许我和林齐鸣平日会常见，但是这些信息和境界的共享，却需要通过这种形式来传播。我看到林齐鸣的腰侧挂着一个雕工精美的法螺，法螺发出的微微黄光，使得他在我们心中的形象变得无比伟岸，也十分值得信服。当太阳落山的时候，那法螺开始变得暗淡，上面所有奇异的波动都消失了，一点儿都不存留，仅仅如同一件工艺品。

后来林齐鸣告诉我，这传功法螺是用从喜马拉雅山断岩层中挖掘出来的阿斯特来亚史前星螺为素材，由布达拉宫的高僧大德耗损法力，精心制成，有让人的心境能够在某一个时间段达到难以企及的高度的力量，"曾经沧海难为水，除却巫山不是云"，如此这般，方能有所大成就。

可惜的是这玩意儿整个特勤局只有三件，每一件都独一无二，用过即损，不可续用。

我有些好奇，说，这么宝贵的机会，为何慧明不亲自来？

他摇头笑了笑，说其一是慧明大师拙于言语，其二……他的心不宁静。

心不宁静，是因为我吗？

不过让我遗憾的是，第二天的集训便没有了这种玄妙的传授，道理依旧在，而境界全然没有。而且，道巫之术本来就是不传之秘，很多玄之又玄，是需要自己来体会顿悟的东西，所以没有提及太多。

我们开始迎来了真正的集训——负重长跑、武装穿越、搏击训练、实弹射击训练以及团队协作配合等项目，占用了我们大部分的时间。汗水在挥发，身体在打熬，反应力也在逐步地上升。五天之后，集训营开始了第一次比试，而比试的对象，则是同营地总参下属的红龙特种中队。

第七章　友谊对抗赛，开始

特种部队在普通民众的认知中，一直是个神秘的存在。

他们是百里挑一的兵王，人员精干、装备精良、机动快速、训练有素、战斗力强，他们负责袭扰破坏、暗杀绑架、敌后侦察、窃取情报、心战宣传、特种警卫……在和平时期，他们每天进行着超越人体极限的体能训练，并且还要学习射击、格斗、刺杀和爆破技术，学会照相、窃听、通信、泅渡、滑雪、攀登和跳伞技术，学会警戒、侦察、搜索、捕歼、营救等战术技能，还要掌握外语……

和我们这些特勤局挑选出来的、体制内外的精干人员一样，他们也是国之利刃，是最值得国家和上级领导所信任的人。

他们普遍掌握老一辈投身军伍的高人留下来的硬气功和格斗术。战争中，也许能够决定一场战役的胜负，和平时期，则要与某些势力进行生死对决。在不为人知的地方，奉献年轻而宝贵的生命。

在影视剧以及真实的外媒介绍中，他们是绝对的强者。

我们所要面对的这三十多人的特种兵，并不是"东北虎"、"西南猎鹰"、"老虎团"这类军区直属的特种部队，而是直属总参的精锐中队，外号"红龙"的王牌特种部队。王牌是什么概念，不是百里挑一，而是万里挑一！他们每天承受的体能训练，普遍是一般特种兵的一点五倍。无论从文化水平还是人员素质，都是全国顶尖的水平，可以说，他们是兵王之王。

而我们是什么？说句不好听的话，我们就是一群有些特殊能力的平民而已。

当这个消息经过双方的教官一宣布之后，立刻就产生了轩然大波，除了少数变态洋洋自得、自认为要出人头地了之外，便即使是我，也不由得心中忐忑——人有所短，亦有所长，那些射击、爆破之类的，我这辈子估计都赶不上人家，而下蛊什么的，他们估计也头疼我——但是格斗，这还真的就是两说了。

特种兵的格斗训练，就如同每天的吃饭拉屎一样，如同呼吸一样，是自然到了极点的事情。每一个特种部队的成员，都是格斗方面的专家。

而我，虽然跟杂毛小道、赵中华等人学过一些传统的武术套路和格斗技法，虽然有金蚕蛊改造，虽然也经历过许多生死关头，但若对上特种兵，输赢还真的说不准。

一件事情的结果若是悬疑未定，就会变得十分有趣起来。

对抗的头天晚上，我们一天的训练结束了，精疲力竭地来到食堂吃饭。

深山的食堂，不要指望它有多好，但是为了跟上训练的强度，油水十分大，也算得上是科学调配。训练营的教官，除了慧明、僵尸脸拔志刚和让人如沐春风的林齐鸣之外，还有包括尹悦在内的五个助教以及朱科长等一系列的后勤保障人员。五个助教的主要职责，就是给每一个学员建立一个训练档案，然后根据每人的体能和长处，来制定相应的训练计划，交给主教官。

有了这计划，我们每个人的所有精力，都被榨得一滴都不剩。

因为体能消耗过度，所以我们的食量普遍偏大，我在东官曾经十分羡慕镇虎门张伯那惊人的胃口，然而现在却发现自己已经有过之而无不及了。连一开始吃得最少的朱晨晨和白露潭两人，现在吃饭的时候也只有用"风卷残云"这四个字，才能够形容她们恐怖的吃相。

我们在食堂里边往口中倒食物，边谈及第二天的友谊对抗赛，均表示了不同程度的担忧。

我们被要求不能够动用除格斗以外的任何手法，包括巫术、请神以及其他的东西，纯粹凭借着肉体的力量去对抗，这简直就是束缚着手脚来作战。

虽然说是友谊对抗赛，但倘若是输了，我们定然要被慧明那个老和尚嘲笑到羞愤而死的。

别人输得起，我和白露潭、王小加，可真的输不起。

我们曾经发誓要让慧明刮目相看的！

说到这里，白露潭就忍不住地发愁，年纪轻轻的她可是一名落花洞女，是神的女人——什么是落花洞女？这是指湘西一些美貌而年轻的少女，被所谓的山神看上了，然后整日收拾妆容，幻想着山神来娶她，如痴如迷，到了临死的时候，她会穿上漂亮而鲜艳的嫁妆，面如桃花、眸如星子、浑身透出一股怡人的清香，绝食而死。

作为湘西三怪之一的落花洞女，宿命本来应是死亡的，然而白露潭不但没死，而且还拥有了一种神秘的力量，来自山神的力量。

以卜便是这个插班生所有的底细。

然而让她困惑的是，若不进入那种状态，她就只是一个弱女子而已。

这世间的修行者分两种，有的是兼容并蓄，有的则是单有所长。

便如同有的能够走阴、神算的先生，本身就只是一个枯瘦的老头儿或者老婆子，别说是这些生龙活虎的特种兵了，便是一个普通的小年轻，一把水果刀，也能够将其捅死——由此可见，这样的对抗赛有多么无理。

与白露潭一样的还有朱晨晨和滕晓，他们本来并不擅长体能格斗的技艺，这几天的训练几乎都要欲死欲仙，要不是硬拼着心中那股绝不认输的信念，和胸腹中的一口火气，定然是支撑不了这拿人当作牲口一般操持的训练的。然而明天又要搞什么所谓的友谊对抗赛，更加是让人头疼。

一片愁云惨淡的气氛中，食堂门口走进一群身材魁梧的彪形大汉来。

因为不是选国旗仪仗队，所以这些人自然也是有高有低。不过因为长期的训练和精神凝聚所致,他们给人的感觉,气场十分强大。

这些是刚刚野外拉练回来的士兵,洗过澡后的他们穿着紧绷的小背心,肌肉恨不得把衣服给撑爆。

看着这些军中汉子,我们的心中又不由得长叹了一口气。

又吃了一会儿,一个眼睛灵活的小个子军人端着盘子走过来,跟我们打招呼。

因为同处一个营地,而且又共用食堂,所以我们和这个部队的成员也多少有些认识,这个叫做老光的军人,则是我比较熟的一个。他将堆满食物的餐盘往桌子上一放,然后问我,陆左,听说明天你们集训营,和我们中队有一场友谊对抗赛啊?

我苦着脸说,你小子早就知道了,还跑过来这里问个啥?

老光嘿嘿地笑,我莫名其妙地感觉有一些猥琐。果然,他眼睛一转,看向了我身边的这几个女生,说,你们是不是也要上场啊?我们中队没有女孩子,到时候不是要我们跟女孩子打了啊?那样子……嘿嘿!他笑得古怪,短发王小加是个火辣的性子,杏眼一瞪,说,女的怎么了?女的照样能够把你打得哭爹喊娘,哼!

老光耸了耸肩膀,拿起勺子往嘴里刨了几口饭,说,我倒不用,到时候你喊声情哥哥,我立刻趴在地上,任你处置了!哈哈……

王小加又气又急,伸出手猛地掐了老光的胳膊一把,这厮的肌肉坚硬如同大理石,王小加生气,用上了指甲,掐得老光连声求饶。

一番打闹之后,老光很抱歉地告诉我,说他们上面要求明天的比试绝对不能留情;作为军人,荣誉胜过一切,包括生命,所以到时候,别怪他老光不讲兄弟伙情分了。我一撇嘴,说,得了,好像谁要你们放水一样,到时候你若是碰到了我,绝对要用出你的全力——我也好试试你的铁头功,是不是真的。

老光哈哈笑,说,哎哟喂,找上我了?你不知道我在我们红龙,是格斗第二名啊?除了霸王那个死变态,老子可是拳打百花岭啊,小样!不过,我倒是衷心地希望能和小潭或者晨晨比一比,到时候我让你们——美女面前,命不命的,都是小事……

吃完了饭,我们去泡药浴。秦振有些发愁,说看来跟兵哥哥这几天的感情算是白费了,他们上面应该是下了动员令的,若是被我们这群杂牌军弄翻了,估计他们上面的将军都要暴跳如雷了,那位爷可是个炮仗性子,到时候把他们老大拉过去一通臭骂,下面定然也要遭殃。所以,明天的对抗,凶多吉少了。

我也叹气,若是能够下蛊,小爷我这肥虫子一出,拿下那三十来号壮汉自然是轻而易举。

舍近求远、缘木求鱼,果然不是王道啊。

待在集训营中也是无聊,这几日金蚕蛊和小妖朵朵被我放了假,跑到山中去到处玩耍,吃食的吃食,修炼的修炼,疯惯了,还是叫回来为好。

当天晚上我默念两者的名字,然后偷偷摸摸跑去上厕所,将其找回来,有备无患。

次日清晨，偌大的操场上面竖立起了一个简易的擂台，我们和老光他们部队在上面集合，然后双方领导致词，在进行了一番"友谊第一，比赛第二"的客套话之后，朱科长宣布了第一场比赛的开始。

对抗第一赛，黄鹏飞 VS 两米巨汉，代号先锋。

第八章　倔强的插班生

黄鹏飞所要面对的这个门板一样体格的汉子，是个沉默寡言的人。

我们没有跟他说过话，但是印象特别深刻，他在红龙这个部队中也算是个大胃王，超级能吃；而且他还是个内向害羞的家伙，上次被王小加盯了一会儿，脸居然红了半天。他代号叫做先锋，在特种编队里面，好像是机枪手。一般担任这个位置的，都是力大无穷的壮汉，手臂上可以跑马的强人。

因为保密的缘故，我们和红龙部队平日里的训练，大部分都是错开的。自从我们驻扎在百花岭基地之后，除了日常的训练之外，老光他们部队这几天都在外面拉练，过几天还要到怒江峡谷去野外生存，所以虽然大家看着眼熟，但是要说有多熟悉，也是不可能的。

黄鹏飞和先锋两人都穿上了格斗用的防护头套和手套，光着脚丫子，走进了绳子圈起来的擂台。

有部队教官临时充当的裁判，正在给两人宣布规则，这东西大概跟自由搏击一样，也没有什么好说的。部队的战士十分热烈，蹲坐着的战士们呼声震天响，让人瞬间就有一种热血沸腾的感觉；反而是我们这里，稀稀拉拉的几句鼓励声，都被对面战士热烈的气氛所淹没。

铛！一声锣响，对抗开始了。

黄鹏飞是茅山宗的子弟，自小就习得有内家养气功，身手灵活多变，反应也灵活，底蕴十足，虽然与这先锋在力量上面有一些差距，但是左右周旋，也显得不慌不忙；而先锋的进攻完全是军队风格，显得干净果断，目的性很强，刁钻、准确、灵活……

很难想象一个近两米身高的大汉，身手居然会如此敏捷快速。

两人一守一攻，僵持了好一会儿。

然而这擂台跟平日的自由搏击一样，并不大，所以无论怎么躲避，两者终于狠狠地撞到了一起来。

几乎是在一瞬间，两人贴身，手脚齐动，黄鹏飞的速度更加快一些，一下子就在先锋的胸口上留下了三拳。这拳头经过拳击手套的缓冲，再打到先锋宽阔的胸前，就显得有气无力许多；而先锋的左脚前扭，用肩头狠狠地撞了一下黄鹏飞，竟然将这小子给撞飞倒地。

虽然黄鹏飞很快就一个鲤鱼打挺，站了起来，但是看得出来，他的心神一下子有些慌乱了。

肉体力量差距过大，而某些致命的位置又限于规则，不能攻击，所以黄鹏飞略处于下风。

看着场中两人激烈的搏斗，我心中有一些被震撼的感觉——当然这感觉是来自于大汉先锋。

我见过警察出手，也见过普通武警的身手，当时心中还是有一些鄙视的，觉得这样的，我几乎能够一对三而不败。然而见到国家的这种真实战力，王牌特种部队的队员所表现出来的那种自信和敏锐的战斗意识，确实让人有刮目相看的感觉——哪怕这人最擅长的并不是格斗，而是射击，或者其他的东西。

出乎我意料的事情发生了，本来被所有人看好的大汉先锋在五分钟之后的一次交锋中，突然倒地不起，口中似乎有血液流出。

我一直眼睛不眨地瞧着黄鹏飞，所以能够发现这个小子用上了截穴术。

所谓截穴术，其实也就是传闻已久的点穴手。不过与武侠小说中截然不同的是，截穴术是截取与气血流通相关的几处大穴，通过手掌，将体内之气打入对方的穴道中，让这气血流通不畅，然后达到让对方行动不便的目的。黄鹏飞为人看着嚣张，然而从小在茅山宗作为真传弟子培养，却不是一个蠢笨的人，他从一开始就在不断地以伤换伤，朝着先锋胸前的各大要穴攻击。

他打的力道不大，但是精准无比。

在之前的周旋中，虽然总是被击倒在地，但他却能够在第一时间爬起来，躲过接下来暴风骤雨般的攻击，终于在最后的一次攻击中，抓准机会，暴起一拳击中了先锋因为出拳而空门大开的胸膛，完成了截穴术的最后一击，将先锋给搧翻在了地上。

这个过程，简直就是经典——在战斗上，黄鹏飞是个厉害的角色。

周围欢呼如潮，几乎没有几个学员能够看出黄鹏飞在故意示弱，看到他的绝地反击，都十分振奋。

有一个从来未见过的中年道人出现在先锋的身边，帮着把脉，然后点点头，招呼旁边早已准备好的医务人员过来抬走。黄鹏飞高高举起黑色的拳套，昂起头，享受胜利的喜悦，和旁人的欢呼。

我看到红龙部队的几个领导眉头皱起，十分不悦；而我们这边的教官，则面无表情。

主持人宣布了胜负，开始让下一组人开始上场。

仿佛是对方积累了许多的愤怒，后面上场的我方人员，均被部队里的兵人哥以一种近乎疯狂的格斗手段，在短短几个回合里KO掉，干净利落，展示出了让人恐惧的绝对力量。这里面的我方成员，其实也有厉害的，比如来自北京郊区的陈柯，就是一个厉害的八极拳高手，然而在对方杀气腾腾的攻击中，手忙脚乱，被对方一个快如闪电的左直拳，给崩飞倒地。

气氛开始凝重起来,我们这里的学员,毕竟都是在灵媒道术领域有所成就。用自己的短处,去跟国家排名前十的特种部队里的军人比格斗,我实在想不出是为了什么。

虽然,这些军人并非都是老兵,也还有一些新加入的。

对抗还在继续,不过我们这边依然是胜的少,败的多。秦振被一个冲膝顶到了腹部,昨天的饭菜都吐到了对手身上,愤怒的对手差点抓狂,要将他给弄点实质性的伤害出来;滕晓依靠灵活的脚步,跟一个干瘦的士兵绕了好几圈,每次都像泥鳅一样滑过,但最终还是被一把抓住,以一击后背式摔跤法,被弄得天旋地转,一口老血吐出来;还有好几个女队员上了场,齐刷刷落败;朱晨晨手掐法诀,差一点就要将咒语给念出口来,结果被僵尸脸拔志刚给叫停,犯规出场。

不过她好歹没有受到伤害,完整囫囵个儿地回来了。

对抗快进入半程,依然没有念到我的名字,这让紧绷着神经的我有些劳累。

我伸了伸腿,开始来回地打量着剩下的军人,想着我可能的对手是谁。黄鹏飞的胜利,让我豁然开朗起来,虽然我们不能够利用自家的巫术,然而这些也不是绝对的,如果做得隐秘不见,其实也是可以过关的,正如前面几位胜利的家伙一样。

我正想着,接下来的对抗名单,让我的眼睛都差一点掉了出来。

王小加 VS 霸王。

霸王是谁?红龙里与我们熟络的老光,一直自诩为格斗高手,牛皮吹得震天响,然而每当说到这里的时候,总是要将"霸王那个死变态"给加上来。这个代号为"霸王"的黑汉子,是个真正厉害的格斗强者,有着蒙古族血统的他继承了成吉思汗以及长生天的力量,是个连教官都能够轻松打倒的家伙。

跟杨操这个八卦男有得一拼的老光偷偷告诉我们,印度阿三的"黑猫部队"厉不厉害?吹上天了都!前年子在帕米尔高原出任务,霸王那个死变态,一个人弄死三个,气都不喘一下,你们不信?他屁股后面还有一道疤痕,是阿三那弯刀砍的!

而王小加是谁?这个来自东北吉省的女孩子剪着一头短发,瘦瘦弱弱,个儿却有一米七,像个麻秆儿一样,胸平,容貌也不突出,若不是她总咬着牙不哭泣的可怜样让人有些印象,估计除了我们,都要被其他人遗忘了。

我们翻了一阵白眼,这个对抗名单到底是哪个混蛋闷着脑袋想出来的啊?这何止是欺负人,简直就是欺负人!

我看向旁边一直默默不语的林齐鸣,他似乎没有瞧见我,目光一直在霸王那垒块分明的八块腹肌上面停留着。八块啊!我有些为王小加这个倒霉蛋儿悲哀。

然而不能够接受这个名单的,并非只有我们。挥着胳膊、兴致勃勃走向擂台的霸王,看到自己对面这个瘦弱的短发女生,表情不由得一阵错愕,二话不说便往旁边走,找到裁判开始交涉起来。

他或许是杀过人,但他并不是嗜血狂人。所有的那一切,仅仅只是为国征战,对于能够匹敌的对手，他定然会全力以赴的，但是对于这种根本没有对称性的战斗，他并不愿意出手。

然而裁判摇头，拒绝了他的请求。

霸王凝视了王小加一眼，然后出乎所有人意料地做了一个决定——他将自己的手套脱下来，准备走出场外去。

他要弃权。

一个真正的强者，从来不会欺负弱小。

霸王有着足够的成绩来承载自己军人的荣誉，根本不需要用一个小姑娘的失败来证明自己，所以他不顾自己领导和裁判的阻止，执意走出擂台。

然而在这个时候，他那墨绿色背心被拉住了，扭过头，他看到一个短发女孩子露出了灿烂若天上星辰的微笑，然后向他抱拳行礼。

"开始比赛吧，我们！"那个女孩子羞涩地跟他说道。

第九章　疯狂插班生

两人重新回到了场中。

霸王在左边,这个一米八的汉子往场中一站,顿时一股凶煞之气,扑面而来。我有些相信老光那半真不假的话语,似乎有可能是真的了。而王小加则站在右边,瘦瘦弱弱的她戴着黑色的头罩护具以及拳击手套,显得格外的不合身,站立,摇摇欲坠,像根豆芽菜儿。

就视觉而言,这是一场极不对称的战斗,我不明白王小加为何要拉住即将弃权的霸王,并且郑重地邀请他参加比赛;也不明白霸王为何在片刻的犹豫之后,答应了这场比试。

总之,两人相隔三米站立,然后在"铛"地一声锣响之后,对抗开始了。

霸王似乎对这场战斗十分失望,他或者在期待着与我们这些学员中最强者对抗——但这个人,绝对不是面前这个瘦弱的女孩儿。即使勉强答应了格斗,但是他在开锣之后,并没有主动进攻,而是将双手竖立在身前,摆出了拳击中标准的防守姿势,等待着王小加的进攻。

然而王小加并没有进攻。

她退了。

她往后面一步一步地退去,一直退到了绳子围绕而成的边界。所有人都有些莫名其妙,不过我由于视角的缘故,能够看到霸王那双习惯性眯起来的狭长眼睛。那里面,满满的都是血腥的杀气,即使漫不经意,但对于一个女孩子来说,也是足够威胁了。

王小加难道是害怕靠近霸王?

那她用什么来格斗?

在所有人诧异的目光中,擂台上这两个十分不搭调的对手开始长时间的僵持,三十秒、一分钟、两分钟……时间长久得让人无奈,裁判开始对两人大声催促起来。在经过了两次警告之后,霸王突然动了,他双足一蹬,庞大的身形一闪,立刻就跨越了五六米的距离,冲到了王小加的面前,伸出双手,准备抓住这个短发女孩儿。

霸王凶猛的攻击,让像是熟睡过去的王小加在瞬间清醒过来。她那瘦弱的身子如同一根随风飘荡的芦苇,一转一摇,居然鬼魅一般地晃到了霸王的左侧去了。

所有人的眼睛不由得都瞪了起来。

这效果跟前几年热播金庸剧《天龙八部》中的凌波微步一般,脚步飘移到了极致,犹如重影交叠一般。当然这只是在普通人眼中的印象,而在我的眼里,王小加她似乎已经将自己契合到了擂台这整个的环境当中,自身如镜,而霸王则仅仅只是一个贸然闯进的外物而已,他若强行攻击王小加,只会被当作不和谐的因素,就如同被扔进了鱼缸里的小鸟儿,遭受排斥,与这环境中整个"炁"之场域在对抗。

王小加,居然和小妖朵朵这般草木成精的精怪一样,与自然有着如此亲和的属性。

不过看来她融入这个环境的时间似乎需要很久,如果霸王一开始就主动进攻的话,此刻的王小加应该已经躺在担架上了。然而时机便是这样,一旦错过了,纵然后悔也来不及挽回的。霸王一击不中,不但没有恼怒,反而欣慰地大声笑了起来。他能够在战场上出生入死,自然是反应极为灵敏之人,立刻回手一击,手肘重重地拐向了在他身侧的王小加。

坦白地说,这一击若中,王小加必然会丧失所有的行动力。不过,王小加再次避开了。

我看到了教官们惊奇的目光,看到了慧明木然的脸上也出现了一丝动容,然而我没有再太捕捉旁人的感受,目不转睛地瞧着王小加的闪避动作,一切都如同行云流水般流畅,她仿佛能够预见到霸王下一步的动作,并且提前避开一样,两人你来我往,仿佛在跳一场别样而华丽的华尔兹,如同排演了无数次的一场演出。

霸王和王小加是一对绝佳的舞者。

不过舞会总是有落幕的时候,在王小加按着卦象方位隐约走了一个大圈的时候,她发动了攻击。

反击的过程很简单,王小加提前踏到前方,然后将自己躲闪、提臀、扭胯、收腰等一系列动作积累的势能,用简单的直拳往前击去,而这个时候,霸王如同排演好的一般,将自己的前胸生生往这猛然的一拳,迎了上来。

霸王即使也在愤怒,也在依靠自己所有的力量奋力攻击,他甚至不留一丝余力,但是他却像一个被操控的木偶,怎么也逃不出王小加的预计。

王小加的右拳击中了霸王的前胸。

空气中仿佛出现了看不见的波纹,气压在转瞬之间收缩,那一刻,被一拳击中的霸王并不只是被王小加给打中,而是被整个环境给排斥在了外面。于是,他果断地飞了出去,身子重重地跌倒在了场外,然后吐出了一口郁闷之极的鲜血来。

见到对手被击倒,王小加难以置信地看着自己的右手拳套,竟然没有说什么话,在发愣。她也不敢相信自己击败了红龙部队中的格斗第 猛人。

然而所有人的欢呼和鼓掌声将她给惊醒过来,收获了每一个人尊敬目光的她依旧有些羞涩,轻轻地点了点头,然后像个小兔子一样跑到学员群中来,受到了朱晨晨和白露潭等人激动的拥抱。老实人滕晓在经过一会儿休息之后,也随波逐流地混了一个拥抱,笑得嘴也咧开了。

在几乎所有人都在热烈鼓掌的时候，有两个人没有任何动作。一个是黄鹏飞，一个是我。

黄鹏飞是因为自己的风头被人抢走而不忿，小人心态自不必言；而我，则是在体会王小加刚才的战斗所带给我的感悟。一直以来，我对于格斗的理解便是力量和速度，然而王小加这个看似平凡的女孩子却给我上了最生动的一课，如此精彩的一战，让我明白了取胜的另一个渠道：那就是如何应对，如何增强自己的反应力。

王小加是把自己融入环境，让自己成为整个空间炁场中的一分子，让炁的流动来主导自己的下一步动作，每当霸王的身体一动，空间中的炁便已然分辨出了他下一步的走向，并且让王小加在第一时间做出反应——所以说刚才并不是王小加打败了霸王，而是这整个环境。而我虽然不能够把自己快速融入那环境中，但是能够感受炁的流动，比神经元传导更加快速的反应，尽量模仿王小加刚才那种如同神迹的战斗。

天人合一。

如果我能够成功，我将拥有向比自己更加强大的家伙挑战的资本。

果然，任何书上的真理，都不如亲自经历过的一场战斗，要来得实在——哪怕这战斗不是自己的。

对抗仍然在继续，或许是受了王小加的鼓舞，或许是因为红龙后面派出的这几个，都是新加入部队的菜鸟，而我们这方出来的都是在格斗方面有一定底蕴的家伙，所以我们连胜了三场，打出了一个小高潮。然而这奇迹在第四个人身上终结了：另外一个插班生白露潭在甩给了一个长得跟许三多那哥们一般模样的小战士一巴掌后，被一把揪住了脖子，毫不留情地甩出了擂台。

好吧，那哥们不解风情、不知怜香惜玉的性子，倒跟许三多那憨货是极像的。

其实接下来的战斗我并不是很关心，我大概知道了慧明他们的总体思路，这便是打击学员的傲气，让我们知耻而后勇，更加明了身体素质和实战经验的重要性。既然已经打算输了，那么我们又有什么所谓的集体荣誉感去追求呢？——好吧，原谅我这个看淡一切的家伙，事实上，我一直沉浸在王小加带给我的玄妙感动中。

我相信这种感觉，能够让我赢得即将发生的战斗。

然后我听到了我的名字。

与我的名字一同被念及的，是红龙的老光，那个自称格斗第二名的老油条士官。

他个儿不高，一米六八，眼睛灵活，骨碌碌转动；他的人际关系很好，我们来了几天，他便跟我们这里的大部分人认识；他高中毕业，能说三门外语，擅长中苏各系枪械和部分美式枪械，会开直升机、国产坦克以及任何一种机动车——以上，全部都是听他跟我们吹嘘的。

不过他真的很强，锐利的眼睛会发光。

而且还有一点，他……是我的朋友，至少我当他是我朋友。

我抬起了眼皮，平静地看着对面从人群中走出来的老光。

他嘴上叼着一根草梗，晃晃悠悠地从上一个人手上接过拳套和护具，一边走一边戴，还直摇头，嘴里嘀咕着。我含笑走过去，两个人来到了擂台外面，他皱着眉头，说没想到还是要跟你这个衰仔一起搞啊，真郁闷，为什么不赐予我一个美女呢？老子一年多没摸女人了！

　　我翻身进去，说，讲来吧，我不会欺负你的。

　　老光哭丧着脸，一脸的悲愤地说，你能够理解一个大半年没有摸女人而明明机会就在眼前又失去的男人的心情吗？一会儿我要忍耐不住下重手，老弟你可要多担待一点啊？

　　我也有点儿丧气，这个家伙虽然不是他嘴中的"霸王那个死变态"，但他本身也是个变态，一会儿打起来，肯定难缠。没曾想他一翻过来，还没有行礼呢，臭脚丫子就朝着我侧身如闪电一般，飞踹而来。

　　我被踢中，腾空飞起，心中不由得狂骂这个贱人。

第十章　胜者不胜，败者不败

我心中保存得满满的境界，被老光这个贱人不打招呼就踹过来的一脚，给踢到了爪哇岛去了。

那天红龙特种部队的一个小哥提醒我，说他们中队最恶心和难缠的家伙，莫过于老光这厮——黑人跟吃饭一样，凡事都得防着他一点！当时我跟老光正打得火热，老跟他打听部队训练的一些事情来着，感觉他的眉目和善得跟打小的伙伴一样，是个实诚人。

没想到，他居然一上来就耍诈，给我来这么一招。

我一落地，立刻往旁边翻滚，然后一骨碌站起来，双手往前抵，立刻迎来了重重的一记黑虎掏心拳。

我浑身巨震，感觉到这个家伙不但力量出奇地大，而且爆发力十足，用劲儿的法子，是硬气功的路子，跟李小龙的寸拳，有异曲同工之妙。

不过当我连着后退几步，稳住身形的时候，这个家伙居然双手抱拳，一本正经地向我行礼了。

好吧，继杂毛小道之后，我再一次拥有了这么厚脸皮的朋友。

果真是一个有趣的人啊，我脸上浮现出了笑容，松了松筋骨，双拳封住了头部要害，开始紧盯着眼前的这个老小子，然后分出一小半心神，去感应空间中那无所不知的"炁"。霸王的落败自然引起了老光的警惕，他一见我面露凝重，思绪好像有一些飘忽，便知道我又要搞那个女孩"天人合一"的大招，当下也不犹豫，抢身便扑将上来。

倘若说霸王是一头猛虎，那么老光则是在丛林中奔行的猎豹。

用这个星球陆地上奔跑得最快的生物来形容老光，是再恰当不过。根本没有修过道家养生功的他天赋卓然，身子几乎如同闪电一般，"嘛"的一下，身形一动就会出现在我的面前。这个家伙出手十分刁钻，拳打脚踢头棒槌，摔跤拳击无影腿，几乎所有的招数到了他的手里，配合他这惊人的速度，就变得神奇起来，让人目不暇接，哪怕是多喘一口气，恐怕都要跟不上他的攻击节奏。

在格斗的领域，老光毕竟是厮混多年的高手；而我，则只是刚入学一年的菜鸟。

不过有一点，他的手硬，但我的手更硬。硬碰硬，好几下之后，我们两个都往后跳开，不断地揉手。

疼啊，钻心的疼痛让我们两个都忍不住喊起来，喊完之后，再次冲上去打作

一团。

　　虽然是朋友,但是上了擂台,自然是无所不用其极地打倒对手,这样才能够让人信服,才算是对朋友的尊敬。再次交上手的我和老光,越打越猛,几乎是以一拳换一拳的方式在对耗。我们这么凶狠地打斗,引来了旁人纷纷注目,原来对我敬而远之的同学们陡然发现,原来那个闷不吭声的陆左,居然还是一个拼命二郎的性子。

　　他们没想到我陆左这么能打,跟老光能打成这种场面。

　　红龙特种部队的领导脸色也变得越来越差。虽然以目前的战况来看,他们的胜出局面基本上已经定了,然而他们格斗第一的霸王被一个小女孩子给撂倒了,格斗第三的先锋给那个乖张的道士给弄倒了,唯一剩下来撑场面的老光,是他们挽回颜面的最后一根稻草——要万一他也倒下了,红龙便会被打上"格斗前三都被一帮杂牌民兵给弄翻了"的标签,在兄弟部队面前头都不好意思抬起来。

　　红龙可是一个有着悠久历史的部队啊,它的前身手枪队,在旧中国的魔都,可是赫赫有名。

　　领导的脸越黑,老光的进攻便越加凶悍起来,各种手段泼辣使出,水泼一般地招呼到了我的身上来。我顿时承受了莫大的压力,拙于应付,防线几近崩溃。

　　老光瞅准我防守失衡的时候,一记"黑虎掏心",重重地捣在了我的胸口上。

　　虽然隔着厚厚的拳击手套,然而巨大的力道一传导过来,就将我打得腾空而起。

　　然后,又重重地跌落在了地上。

　　这一回我没有逃过老光的扑击,这个家伙就像缠郎的欲女,将我紧紧扭住,死劲儿压着,让我动弹不得。

　　这个家伙人不高,但是块头很大,身上充满了浓重的雄性气息,汗臭味直扑我的鼻子,要是个女人,也许会被这气息给迷得头晕,然而我却是叫苦不迭。这家伙在我耳朵边故意喘着粗气,说陆左你放心,我不会欺负你的……说着话,他又去叫裁判赶紧十秒记数。

　　在我被压的那一刻起,我体内的肥虫子立刻就有了反应,暴躁且疯狂地吱吱叫,想要给我帮忙。

　　然而我压住了它的想法,沉心静气地思索着。

　　在裁判不缓不急地报数声中,我开始感觉起老光施加在我身上的所有力量,然后通过氘的运转轨迹,推测我下一步的行动计划,会导致怎么样的后果……

　　裁判还在数,当他数到了第八声的时候,我动了。

　　浑身犹如一条巨蟒,我以身体的各处关节为支点,扭动,然后将老光的反应计算在内,顺势推舟。这是一件极其美妙的事情——老光每一步的动作都落入了我的计算中,许多动作以大概率事件的可能性得到预测,并且发生,而我则以最快的速度提前一步解决。

　　当裁判数到第九声的时候,我已然摆脱了老光的掌控,并且给这个家伙的脑门上,重重打出一拳。

老光往后面连退几步,脚步错乱,神情恍惚,猜不透我是用了什么手段,居然在瞬间就摆脱了他的控制——要知道,他这制服手法,可是最标准、最严格的擒拿术!在他失神的那一刹那,我抓紧机会,重拳再次出击,一连三拳,将老光的脑袋给打得晕乎,天旋地转。

按常理他并没有这么菜的,然而在我那如同王小加一般奇迹的逃脱之后,他愣神了。所以我得手了,毫不犹豫。

老光在我最后一连串叶问式小幅度、多频率的攻击中倒下,而我虽然没有真正融入环境,但是已经初步学会了如何利用炁,将空间能量融入到格斗的进攻和闪避中去。这对于我来说,才是真正的胜利。

裁判高高举起我的手,在宣布我赢了的时候,我收获了大多数人真诚的掌声和欢呼。

而我和王小加的表现,也对慧明一开始对我们走关系、混资历的斥责,给予了痛快的回击。

我们让他见识到,插班生也可以是十分优异的,甚至比他所说的原定名额者,更加厉害。

接下来的结果我并不关心,但是除了两个来自豫南陈家沟的家伙,和之前在第一堂课中自言行走西南数省、最后于乐山大佛处顿悟的赵兴瑞,特勤局以大败的成绩,彻底地输掉了这一次所谓的友谊对抗赛。

不过取得这样的成绩,红龙特种部队的几个领导,依然是一副别人欠了他几百块钱的表情。

我猜想一会儿老光他们将迎来暴风骤雨般的痛骂,估计这几天都不会有什么好心情了。

而慧明这边的脸色也不好看,他甚至没有对我们进行任何训话,只是黑着脸,点了点头,然后返回了他的办公室去。比完赛后,我们集中在了梅花桩前,僵尸脸对我们一通暴喝:"看看你们,一个两个拽得二五八万一样,现在输得裤子都没了,你们好意思吗?那些都只是些学得硬气功的普通人,而你们呢?自诩是学得天地至理的有道之士,现在呢?我真替你们感到脸红啊!全体都有,还能够动的人,向左转,围着操场跑十圈,中午十二点前没跑完,不要吃饭了……"

我勒个去!好像我是赢了的吧,为毛也要跑?不过没等我发作,一直的黄鹏飞举手说,拔教官,我们打赢了的人,也要跑吗?

僵尸脸眼睛一瞪,凶神恶煞地骂道:"你赢了,但是我们输了,你明白吗?集体意识,懂不懂?不懂吗?加跑五圈!"

看着黄鹏飞像吃了屎一般的表情,我心中狂笑,顿时就感觉脚步轻快了许多,尝试着将自己融入环境中,让缓慢流动的空气将自己的身躯推动,感觉十分的轻松。

不过这一次的对抗赛,让很多集训营的学员开始意识到了自己身上的不足。他们在来这里之前,是原来所在环境中的翘楚,然而当自己被普通人(其实是排名前十的特种部队)所轻易击倒的时候,一直藏在心中的骄傲,也开始动摇了。

唯有打开自己的内心,方能够接受新鲜事物。

对抗赛之后,我们身边的这些人都开始发生了看得到的变化,他们更加积极了,在僵尸脸主持的搏击格斗课上更加主动了,求知欲也变得格外强起来——一个月的集训并不能够让人发生脱胎换骨的变化,但是可以让人的意识和心态,以及长久以来形成的习惯,得到矫正和提高。

当天下午,老光他们部队除了部分受伤人员,全都被拉到山谷外去进行生存训练,营房顿时一空。

老光走之前过来跟我告别,泪水涟涟,说他们这回惨了。特别是霸王、先锋和他,可能要被操弄死了。

我一阵窃笑。

这次对抗赛跟以前发生在这附近的中法战争结局一样,胜者不胜,败者不败。

第十一章　集训队的那些日子

2009年4月的集训营生活，对于我来说，是毕生难以忘怀的一段日子。

集训营中的体能训练课程，野蛮地生搬硬套了特种部队的训练项目。

我们每天早上五点半爬起来，背负着四十斤的重物跑步上山，回来之后开始进行数以百计的俯卧撑和引体向上，中午有暴晒项目和匍匐铁丝网，晚上还有饭后五公里越野跑……

当然，这些只是培养和巩固我们的体能而已，集训营的目的并不是把我们这一伙平民拿过来当成军人一般操弄，而是给我们提供一些必要的培训，关于格斗、关于枪械、关于特勤局在社会活动中的作用和执法手段，提高我们的野外生存能力，以及使我们养成团队合作的习惯——这也就是我们当初十公里跑的时候相互搀扶而没有被制止的原因。

总共八个教官，每个人都会给我们讲课，我们所学的内容很杂，涵盖了以后工作中所需要用到的各个方面，比如犯罪心理学，比如化妆，比如跟踪以及反跟踪……诸如此类的，才是集训中真正精髓的部分。除此之外，便是学员之间的相互交流。

我曾经说过集训营学员的三种来源，这些人都是一时之精英，他们有的人或许有某些短板，没有经历过系统而全面的培训，但是在某一领域，却有着让别人——包括教官——难以企及的造诣。通过与他们的交流，能够了解和对比到一些信息，这些远远比那枯燥的体能训练，要来得有趣。

集训营，用木桶理论来说，其实就是把存在于我们身上的短板，给尽力补齐完整。

我最开始被外婆龙老兰下了金蚕蛊的时候，一个人在狭隘的世界里慢慢摸索，就如同坐在井底的青蛙，抬头看，头顶上面的天便只有方寸大小；而后我遇到了杂毛小道，我对这个世界大部分的认知，不可否认，都是来自于这个被茅山逐出门墙的弃徒；此后我又陆续遇到了各种各样的奇人异事，见识了许多传说中才会有的鬼怪和高人，整个世界才开始逐渐丰满起来。

然而知道得越多，我便越明白，我对这个世界了解得很少。

我从来没有和这么多同道之人一起交流的经验，在集训营的日子里，感觉每一天都过得无比充实。虽然偶尔也会想起杂毛小道和虎皮猫大人，但是对现在这种生活却也是十分满意，因为我感觉自己每天都在进步，一点点地在提高，无论是认知，还是实战方面，比之以前都有着让自己骄傲的变化。

谈到集训营,不得不说一说慧明和尚。哦,应该说是贾团结总教官。

作为华严宗悬空寺出身的大和尚,他在关于佛法和修为上面的造诣十分高深,虽然没有看到他显露出什么本事,但是他那个人往前一站,便感觉如同一座巍峨的山峰,给人十分强烈的压迫感,仿佛他便是这天、这地、这世间的生灵,让人透不过气来,不怒自威。倘若这个家伙翻了脸,要对付我,估计并不用费多少手脚。

作为总教官,慧明也会给我们讲课。他主讲的内容是玄学,以及对于玄学力量的认知和运用,正是我所需要的。他曾经是华严宗的僧人,还俗之后参加了工作,一直待在西南局。西南局和藏区是神秘力量最频发的区域,这或许跟我以前在火车上听过的关于川地历史上的几次大屠杀有关系。

这样的背景,使得他迅速成长为经验丰富的修行者,对世界的见解也十分独到。

就力量来说,这个世界上有着各种各样的体系和存在,有人用古典物理的单位来核算,有人用形而上学的宗教理论来翔实,古时候还有人以一牛至九牛之力来划分等级……诸如此类。所谓道力、念力、巫力、魂力、神恩眷顾乃至战斗力,不一而足;而至于阶位境界,这个更是众说纷纭,纷繁复杂得让人跺脚。比如华严宗,对此便有"次第行布"和"圆融相摄"两层,而次第行布义由浅及深分为十信、十住、十行、十回向、十地、等觉、妙觉次第,圆融相摄则是指前后诸位相即相入,因果不二,始终无碍。

鉴于此,特勤局曾根据危险程度,对辖下的成员采用了五级分划制,又有先天后天之别。

体内有感者,气流转动,行遍于全身,强身健体,通晓修身养性之术,这就是后天;能觉外物炁场者,沟通天地,能够体察四面灵体,新陈代谢减缓,明晓阴阳,这就是先天。至于等级,最开始也只是针对局里一些榜上有名的通缉犯所排的级数,比如我们知道的邪灵教魁首小佛爷,便是五级危险分子,而寻常的小杂鱼,便是一级——不过哪怕是一级,也能够堪比寻常公安部普通A级通缉犯的危害程度。

慧明一开始就明说不喜欢我,在前面与红龙特种部队的友谊对抗赛中我将老光给KO掉,给集训营挣回了面子,却给他之前的表态狠狠扇了一巴掌,使得他更加不喜欢我。不过我不管,公事公办,修行上面碰到的所有问题,我都一股脑儿地经过再加工,求他帮忙答疑解惑。

为人师,自然需要给人解惑,而且也有其他助教在,他也不能胡说,于是便给我细心解释。

因为慧明和尚给人的感觉高高在上,而且十分威严,所以即使我们这些学员有的已经有了足够的社会阅历,但是能够鼓足勇气请教他问题的人,少之又少,而我则是询问得最多的一个。积极勇敢,使得旁人都对我刮目相看,觉得我跟慧明的关系有所改善了,被这位西南局的大佬赏识了。

这样的看法让我开始在学员群众中热络起来,大家见到我的时候,脸上的笑容也多了。

再加上我之前与老光这个大伙儿所熟悉的红龙强者决斗逆转，一时间，我成了集训营中的风云人物。

连秦振、滕晓和白露潭几个人在吃饭的时候，也忍不住问我，那个贾总教官是不是对我青睐有加？我得意地笑，说是啊，是啊，作为教官，自然喜欢勤奋好学的人嘛——其实他们并没有看到慧明在回答我问题的时候，眼角处流露出的那种如同吃屎一般的痛苦。

同样受到大家关注的，还有将传闻中红龙特种部队第一格斗高手霸王击败的王小加。

这个来自东北吉省的短发女生在完成了那次轰动全场的比试之后，一时间名声大噪，让所有人都刮目相看。然而她依旧是和往日一样，爱笑，性格倔强，有一股子不肯认输的劲头。不过她在之后的集训中，并没有表现出一开始的那种惊艳，显然她击败霸王的那一场比赛，实在有巧合成分。

不过她的体质是很特殊的存在，能够与自然以及周边的环境迅速融为一体，这几乎堪比精怪。

看来这集训营中的学员，还真的是藏龙卧虎啊。

集训营的日子一天天过去，暗流潜伏，暗流涌动。

林齐鸣毫不掩饰对我的熟络——与慧明的高傲冷漠、僵尸脸拔志刚的严厉冷酷不一样，他在学员里充当了心灵导师的作用，事实上他跟集训营里面的每一个学员都十分熟悉，如同朋友。给我们上刑侦和化妆、跟踪课的尹悦告诉我，老林这个家伙在陈老大手下并不是最厉害的，但绝对是最会来事儿的一个，所以才会被派到这集训营中来。

这个家伙平日里的工作，除了常见的任务外，更多的是协调各门派之间的矛盾。

听到尹悦跟我说的这些，我瞬间就将帅气成熟的"大师兄第二"林齐鸣，跟居委会大妈联想到了一块儿来。如此看来，林齐鸣这个家伙之前说大师兄派他和七剑中的尹悦，到集训营来，是给我保驾护航的这个说法，实在是要打折扣。就我看来，这个家伙现在所做的事情，似乎是在给大师兄一系拉拢亲近力量。

话说回来，尹悦这个教官，居然比我还小一岁，真的叫我汗颜。

不过我真的有点奇怪，这个女孩子总是穿着又长又厚的衣服，将自己的屁股遮住，不知道是什么道理。

时间就这样一点一滴地过去了，这段日子我觉得有趣，因为我感觉自己得到了系统的、正规的沉淀和凝练，想法提升了，力量加强了，更加清晰地认识到了自己，明了真我，不过这些若见诸文字，其实并不出彩，故而略去。

时间推移，为期十五天的集训即将结束，我们即将迎来严格的考核。

第十二章　初步考核

集训营的考核分成两个部分，其一是技能的初级考核，其二是之后即将要进行的试练。

初级考核就在为期十五天的百花岭集训营结束之后，是对我们这段时间的集训成绩进行考核，分为三个部分。

第一部分为"铁人三项"，也就是身负三十公斤重物，全副武装地在山路上进行二十五公里越野长跑（分两次进行，一来一回），中间在江中进行无间断五千米武装泅渡，接着跑回返，最后是蛙跳一千米；第二部分为实弹射击考核，分别是手枪和自动步枪；第三部分则是案情模拟推演，这里面囊括了我们学习的所有理论课知识要点，以及我们遇到事情时所需要表现出来的业务能力。

这三部分的考核成绩将会和我们平日的表现，以及后面的试练成绩总计，成为我们在集训营中的最终成绩。而这成绩将会落入我们的档案中，成为以后升迁的重要依据。

成绩最好的人，将有机会直接加入总局，成为特勤局冉冉升起的一颗新星。

我对第一项完全没有压力，而第二项，作为一个摸枪不多的人来说，没有枪感实在是硬伤。

至于第三项，我简直就有放弃的冲动——虽然那个长相可爱的女教官尹悦主讲的犯罪心理学、跟踪、逻辑推理、化妆学以及办案程序讲义等，比僵尸脸拔志刚的格斗搏击课要来得享受，但是对于我这么一个编外人员来说，实在是没有什么用，所以我听课时就偶尔会开一下小差，脑子一直停留在别的课程上面。

枉费尹悦还常给我开小灶，时不时抽我起来提问。

我惭愧了，又十分发愁。

一想到若第三部分考砸了，尹悦脸上那杀气腾腾的怒火，我就有些露怯。别看那妮子是个柔柔弱弱、开朗阳光的女孩子，比我还小一岁，但是她可是将厉害到没有边的小黑天给围困住的七剑成员啊！这个母暴龙发起飙来，我想我多半是扛不住的。

在进行考核的头天下午，最后一堂讲课结束后，教官们给我们放了一个小假，没有再在晚餐之后让我们负重五千米奔跑，而是给我们留下了充足的时间，享受这难得的悠闲。

我想这应该是暴风雨来临前的那一丝短暂宁静吧。

因为没有了饭后运动，我们待在食堂的时间便显得有些多了起来，迟迟不肯走。

朱晨晨和白露潭愁眉苦脸地坐在我们的对面，抱怨明天的考核。和我这个家伙不一样，她们大部分人都对第一部分的铁人三项十分头疼——这种强度，别说是我们这些杂牌军，就算是红龙的那些"牲口"，估计也要累得够呛。

更可恶的事情是，后面的实弹射击，就安排在铁人三项完成的半个小时之后，一点儿喘气的工夫都没有。

这加了料的铁人三项是什么概念？

几乎每一个能够完成的人，估计连手都会抬不起来，那还拿什么力量来握枪？双手都快不属于自己了，还拿什么东西来保证自己能够在实弹射击中，取得好成绩？

朱晨晨一边吃饭，一边狂抱怨设计这个考核项目的人，或许是个天才，但更有可能是个变态。她说完这句话的时候，一直在角落埋头吃饭的一个男人抬起头，然后朝这边望了过来。

他脸上那全然瘫痪了的肌肉抽动了一下，然后低下头来继续啃着盘中的卤酱猪蹄。

那一瞥，让人感觉心中寒气直冒。

朱晨晨浑身直打哆嗦，看着我们。我摇摇头，表示不知道拔志刚是什么时候进来的。于是她看了看那个低头吃饭的教官，又看着一脸无奈的我们，鼻子抽噎一下，眼眶中的泪水就滚落出来了，吓得白露潭和王小加等人连声安慰，好是一番手忙脚乱。

那一夜，很多人在恐惧和担忧中度过，而我，则八字一摆，睡得跟头猪一样，不打呼噜。

第二天，早上五点半，天边仅仅只有一抹白，我们就被紧急集合的哨声给惊醒。一群人在操场上集合，然后在僵尸脸的带领下，开始了第一部分的考核。

经过一段时间科学的训练，这里的每一个人无论在意志上，还是在耐力上，都已经有了长足的进步和发展，在调节一些力量输出的方法后，并没有一开始那么吃力了，咬着牙，在太阳初升的时候，我们已经陆续来到了河边，将身上的背包绑上许多木棍，然后推着开始了武装泅渡。

这里面的艰辛自不必言，每一个人都在跟自己心中的软弱和懒惰在抗争着，到了后面的游泳和折回，以及千米蛙跳，几乎已经不是体能上面的因素起主导作用了，而纯粹是意志。

其实这里面的每一项，都能够将我们每个人身上的体能给榨压干净，何况是连续不断地行进呢？

二十多人的教官和后勤团也一起出动，河面上有浮艇来往，朱科长在上面神情紧张地四处张望，唯恐有学员体力不支，一声不吭地沉入江底去。

极限的体能较量中，唯有意志强悍者，方能够夺得头名。

在没有依靠金蚕蛊的情况下，我也遭受了平生最疲倦欲死的挑战。每一秒钟，我都在告诫自己，要让自己变得强大，就必须要经得起考验；然而肥虫子这个小畜生却

不断地勾引我：来啊，来啊，我可以赐予你力量……

它的意识如同魔鬼，让我泪流满面，终于被表面憨厚的它给欺负了一次。

最后的结果，第一名被西南行者赵兴瑞夺得，这个似乎是个居家的道人在结束之后盘腿打坐，不悲不喜；第二名，八极拳高手陈柯，这个年轻人虽然打架没有多少实战经验，但是耐力却是一等一；而我，则是第三名，没有依靠任何外力，一步一步地咬着牙，硬顶了过来。

后面的人陆续到达百花岭基地，虽然时间长短不一，但是没有谁中途退出。因为经过这么一段时间的培训，大家都知道了如何运用自己的气感，来维持如此高强度的体能消耗。我在休息了半个钟头之后，就被一个黑脸教官揪着，拖到了靶场，然后给我枪，让我立刻进行速射。

长的是95式自动步枪，而手枪则是通用QSZ92式半自动手枪。这两款是我国列装的常用装备，我们训练时用的，也正是这两款。我平日很喜欢射击这门课程，然而现在拿起枪来，却感觉手里面拿着千斤铁块，怎么也举不起来。手颤抖，两臂发酸，三点一线的对焦，总也完不成，然而旁边的教官却并不管这么多，不断地大声叫嚷，让你在一分钟之内，将弹夹里面的子弹倾泻出去。

一瞬间，我有一种将子弹射入这个黑脸教官脑袋的暴戾感。这情绪不知从何而来，然而瞬间被我的理智给掐灭。

总共射击四十五发，我获得了三百环出头的成绩，不好不差，排在了所有学员的中等偏后。而后是午餐时间，饭后则开始了案情模拟推演和行为辩论环节，这个是我的弱项，所以成绩基本排尾。当综合成绩最终出来的时候，我有些羞愧，当初说好要让慧明和尚大吃一惊的，结果自己的成绩，只能算是中等。

不过对于我所得到的那些收获，我个人认为还是蛮值得的。这所有的一切，比慧明和尚这个让我并不喜欢的人的悲喜而言，更加重要，更加让人高兴。

不过王小加倒是给我们插班生挣了面子，在三项考核成绩出来之后，我发现她居然排在了第三名；而白露潭因为后面两项的分数比我都高了好多，居然也排在了第十五名。我在集训营结交的诸多好友里面，成绩比我差的也就只有秦振一个，连朱晨晨都比我高了两个名次。

当然，这跟她们之前就已经有这样的基础有关。比如第三项，作为从来没有出过特勤局正经任务的我，实在没有什么代入感。

考核结束之后，我们长长地舒了一口气，不管成绩如何，都有一种如释重负的感觉在。食堂里少了霸王、老光这一票跑去野地里吃昆虫的家伙，伙食也改善了许多，那天晚上居然还有桶装雪啤，让我们不由得庆祝了一下。当天晚上教官们也参加了饮宴，在结束的时候，慧明和尚宣布第二天休息一天，第三天开始正式的试练过程——我们最重要的成绩展现，便在这次试练中。具体内容，明天下午的时候会有宣布，初步决定是小组对抗。

虽然知道这试练就要来临,但是在宣布的那一刻,我们还是都长叹了一口气。

这情绪,似乎是期待,也似乎是失落,至今我也没有搞清楚。

而小组,是怎么分?自由组队,还是抓阄,还是教官随意摊派?若是后两者,我只有祈祷黄鹏飞这个让我心情郁闷的腌臜货色,不要跟我分在一组了。

第十三章　走后门

吃完晚饭，我们一伙人坐在训练场西边的梅花桩上面发愁。

对于竞赛，大家其实还是蛮期待的，毕竟是对自己实力的一种考验，然而分组，却着实让我们头疼。有一句话一直很流行，叫做"不怕神一样的对手，就怕猪一样的队友"，能够坚持到现在的，基本上都不会是弱者，但怕就怕不齐心——就如同拔河，劲儿不往一处使，到时候每个人都难受，拖累全体。

所以我们无比殷切地希望，我、秦振、滕晓、朱晨晨、白露潭和王小加六人，能够同分在一个小组里。

然而以目前的情况来看，这几乎是一件不可能的事情。

于是秦振怂恿我，既然我跟集训营的大档头贾团结、三档头林齐鸣还有那个美女教官那么熟络，不如去走走后门，也不要什么特殊待遇，只求把我们这些个平日里常常厮混的家伙分在一起，不要自相残杀才好。

秦振一开了这个头，立刻得到了其余几人的附和，纷纷说是啊。

连本届新科探花王小加同志都拉着我的衣角，也说，是啊，陆左，瞧瞧我们这伙人里，就你跟教官们混得最熟，豁出脸面去，一定要给我们争取回来；要不然，我们被分到别的小组，到时候见到你就一通追杀，毫不留情。

她说得咬牙切齿，旁人深以为然，而我则满脑门子的汗水：这些家伙都只是看到了表象，竟然认为我跟慧明老和尚熟络——天可怜见，那老大师天天恨不得给我来一个断子绝孙腿呢！

不过看着同志们期冀的目光，我感觉如果我不做点什么，估计要被这伙兄弟姐妹们的口水给淹没了，于是跳下梅花桩，呸呸呸，用口水擦手，鼓足了勇气，朝着教官办公室走去。当然，我能找的自然只有玉衡剑林齐鸣。这家伙既然说过要罩着我，我现在去求罩，也是情理之中的事情。

绕过食堂和电教室，我来到前排的教官办公室，发现黄鹏飞和他几个熟络的道友，也正鬼鬼祟祟地在附近徘徊，看到我，顿时就眼神闪烁，不自然地东张西望起来。

我们像是公交车上同时伸进同一个口袋里的两个小偷，有一种心照不宣又不愿意承认的尴尬。

于是我们对峙起来，开始欣赏路边的花草，和草丛中爬行的小虫子。

十分钟、二十分钟……半个小时悄然过去。

时间就这样流逝，我不想给黄鹏飞留下话柄，他也不想让我知道某些事情，于是就这样僵着。除了我们之外，还出现了几伙人，或者三两个，或者四五成群，都在犹豫，都在徘徊，但最后又都遁入暗处，隐匿了身形。

我很郁闷，众目睽睽之下，谁也拉不下这个脸来，于是等到几个教官房间的灯相继熄灭，也没有见到谁能够得逞。我垂头丧气地返回梅花桩，却见人影全无，估计是这些家伙等得不耐烦，自个儿回去睡觉了。

往回走，没几步，就碰上了怒气冲冲的尹悦。

因为她的课我交出了一个相当烂的成绩，所以我有些怵她，正思虑着如何解释，结果她上来就给了我一个脆钉壳。估计这一拳是用足了气力，我龇牙咧嘴，忍不住叫出声来。然而我并不敢对她还手，装孙子一般挨这小姑奶奶的一通训斥，头都低到了腰眼上，泪眼婆娑地表示了高度的忏悔和歉意，并且真诚地请求得到她的原谅。

或许是我表现得实在是太真诚了，尹悦心中的那口恶气终于消解，脸上有了笑容。

她问我刚才跑哪儿去了，怎么人也找不到？

我哪里敢讲自己是去走后门，然后跟黄鹏飞大眼对小眼地磨蹭了半天？于是心虚地说刚刚去尿尿了，结果尹悦又给了我一记老拳，差一点没让我把晚饭吐出来。揍完我，这个暴力女教官点着我的额头说，林老大让我给你带个话，让你安心地等着，不要出昏招，他会帮你安排试练的事情的。

我大喜过望，连忙握着尹悦的手，一阵感激，将刚刚被揍的委屈和恼怒给抛到了后脑勺去。

朝中有人好办事，古人诚不我欺啊！

当下我屁颠儿跑回宿舍，找到了秦振和滕晓，将这个消息告诉了他们，换来了两人的膜拜。秦振说，要不说你老陆是俺们集训营里第一玲珑的学员呢，这么快就搞定了，还说跟贾总教官没有关系，说出来谁信啊！哈哈，不错，到时候不用自相残杀了。

我们怀着美好的心情睡觉，山风习习，从窗外吹进沉闷的宿舍里，让人感觉无比的惬意，连外面的蛐蛐虫吟，也变得美妙了许多。

第二天清晨，没有该死的体能训练，也没有让人头疼的各种课程，我们被允许在这基地的山谷附近自由活动。包括分组在内的具体试练事宜，将在下午两点钟于电教室宣布。我的生物钟在六点钟的时候，准时催促我醒过来，洗漱完毕，我来到操场旁边的健身房，发现虽然是放了小假，但是跟我一样早起的人并不在少数，大多都在进行恢复性的锻炼。

我来到操场边缘的草地上，开始按照《镇压山峦十二法门》中的固体一节，开始了古怪的锻炼。

经过集训营十五天的培训，我已然了解了这法门中的套路其实是由古瑜伽、心经、古武术以及军中杀技等手法，融合而成，对于人体的改造是十分有用的。抄录这法子的山阁老因为考虑到了蛊师孱弱的体质，所以并没有许多为难人的套路，而是需要用心、用意志、用感悟来将其学至大成。

总体来说，《镇压山峦十二法门》是我需要用一生去参详的宝典。还是那句老话，我懂得越多，便知道自己知道得越少。很拗口的一句话，但是世间至理，莫不如此。

整套动作练下来，我浑身都是汗水，热气腾腾，白色的雾气从头顶往上冒，像根蜡烛。

朱晨晨、白露潭和王小加从我旁边路过，问我这慢腾腾像太极又像瑜伽的套路，跟老太太伸胳膊一样的，到底好不好用？我擦一把汗水，说还行。她们又问我昨天夜里去找教官的成果怎么样。我点点头，说如果没有意外的话，基本上没有问题。朱晨晨、白露潭欢呼雀跃，然后沿着操场开始跑步，王小加则留了下来。

她脸色凝重地问我，你身上怎么有一股子妖气？

那个时候的我已然在杂毛小道处学会了隐匿气息的法子，槐木牌也能够将两个朵朵的气息遮盖，就连林齐鸣都看不出个人概来。王小加这么跟我说，让我不由得心中一跳，问她，此话怎讲？

她说不知道怎么讲，就是我刚才在倒立腾挪的时候，她感觉到有一丝丝黑气，所以才出言提醒。

我想到她有那与大自然十分契合的体质，心中释然。

我们这些人的资料，只有几个教官手上会有详细的，学员之间其实并不了解底细，于是我告诉她，我其实是一个养蛊人，身边还带着一个小妖精，所以才会有这样子的情况发生。她眼睛瞪得大大的，难以置信地看着我，说，养蛊人……不都是些眼睛糊满眼屎的干瘦老头、老太太么，天底下怎么会有像你这样强壮如牛的蛊师？

她夸张的神情让我们都笑了起来，笑完之后，王小加含笑跟我说："你是一个相当有领导力，让人安心的人，能和你在一个队里，我想我会很安心的。陆左，一定要加油啊！"

我伸手跟她紧紧一握，说如果能和你在一个队，我会的。

难得能休息，我自然要出去晃荡。因为要找寻小妖，所以我还是需要避开一些耳目的。慧明等教官对我家朵朵和小妖等宝贝儿，自然是清楚的，于是我便也任由小妖在这附近山头的老林子里面厮混。她也是个不错的娃娃，在山林中找出许多茯苓、黄精和天门冬之类的吃食，非逼着金蚕蛊改吃素。

肥虫子表示不堪其扰，四处乱逃，然后又被小妖朵朵一通追杀。

我在密林中陪着几个小家伙好好玩了一上午，弥补一下这些天来对她们的亏欠。不过我总是忘不了行气的法子，小妖朵朵见我练得勤快，让我跟她打一架。我说我不欺负小女孩子，胜之不武。她不依，非闹，于是就勉强交手，而肥虫子和朵朵则在背阴处围观助威。

我和小妖朵朵交手了三个回合：第一场，她胜；第二场，我败；第三场，我被揍得投降了。

我心灰意冷地被小妖虐待了三个回合，才知道自己和麒麟胎出身的小妖之间的距离有多大——小家伙全身刚硬如铁，我哪里是和一个小女孩在战斗，简直是在跟一块石头对碰。不过完败的我也还是很高兴，因为颇有阿Q精神的我不断地劝慰自己：我是蛊师，我是蛊师，我是蛊师……

对啊，正如王小加所说，我在蛊师里面是最强壮的，在肉搏者里面是最会下毒的啊！

下午两点，三十一名学员齐聚老楼的电教室，等待着教官们宣布分组结果。

第十四章 临战

　　林齐鸣果然没有诓我,我、秦振、滕晓、朱晨晨、白露潭和王小加都被分在了同一队。

　　除此之外,还有那个行者无疆的赵兴瑞,也和我们分在了一起。

　　这次试练被分成了五个小队,每个小队成员有六名。总共有三十一名学员,因为考虑到我们队里有三名女性,于是就额外多了一名。这公布的分队名单里,有个很有意思的特点,就是大多数平日里相处得较好的学员,或者来自同一个地方的,都被分到了同一小队。也就是说,并非只有我们受到了优待。

　　这样子的好处,是队员们不用经过长时间的磨合,就能够很好地协作。

　　不过世事难尽如人意,总有人不满,于是分队名单一经宣布,台下立刻一片哗然。闹得最凶的便是黄鹏飞,他们队分配到了两个实力不是很强的女生,故而十分不满意。然而他们似乎忘记了自己在哪里,一直板着脸的慧明猛然一拍桌子,全场立刻安静了下来。

　　这个长相威猛的老人站起身来,扫视场中的所有学员,眼神就像高空中俯瞰羊群的雄鹰。没有一个人,敢跟他尖锐的眼神相对视。

　　拍完桌子,他缓步走出主席台,看着我们这一群学员,说道:"这个名单,是我们教官这些天来根据每一个人的出身、特点、交际和表现所决定的。任何人有意见,可以来跟我提。不过我想让你们明白一件事情,这里是我的地盘,我说什么,就是什么,不服的人,直接滚蛋儿去——懂吗?我不需要跟你们解释什么!"

　　他走到了黄鹏飞面前停下,眯着眼睛盯着这个闹腾的小道士,黄鹏飞吓得直发抖。

　　我站在不远处,用眼角的余光去打量霸气的老和尚。他嘴边那深刻的法令纹,能够让人感受到这人身上深深的严厉和冷漠。这是一个内心坚硬如铁的老男人,如同战场上铁血而无情的将军,见惯了尸山血海,自然知道什么法子是最利落干脆的。

　　当下鸦雀无声,慧明有些满意。他慢腾腾地又走到了我的面前,看着我,摇摇头说,你的成绩,真的让我很失望,亏你还每日。

　　我干脆地迎上了他的目光,说,报告教官,我只是保持良好的心态,阳光地面对生活。

　　慧明的瞳孔骤然收缩,凝视了我好一会,突然笑了,这笑容有些冷,他说,我等着你们试练回来的好消息。说完他坐回主席台,让拔志刚给我们介绍这次集训试练的内容。

　　根据教官拟定的计划，每个小队将背负重物，以最快的速度徒步前往高黎贡山北端的碧罗雪山月亮潭。我们需要穿越高山、丛林、草地和峡谷，不得借助任何现代的交通工具，还要避开人烟密集的地区。一路上，我们要面临各种各样想象不到的挑战，在迷雾重重的雪山腰畔，找到传说中的月亮潭。

　　我坐在座位上静静地听着，感觉这只是一次很平常的徒步行军，跟我们所猜想的试练，有很大的不同。

　　听起来……似乎并不那么困难。

　　僵尸脸话锋一转，说胜负的途径，并非只有找到月亮潭那么简单，五个小队现在是竞争对手。你们每一个小队，都会被随机分配到百花岭附近的一个区域里，然后凭借给予的地图和简单的工具行动；从试练正式开始的那一刻，你们便可以自由攻击对方，迫使对手离开或者弃权——只要不造成死亡，在规则范围之内的所有手段，都是允许的。作为监督，每个小队将会有一名助理教官跟随，给每个人的表现评分。

　　记住，漫漫群山之中，蕴含着难以想象的危险，所以，我们这次试练，是有死亡名额的！

　　"可以自由攻击对方！"

　　"只要不造成死亡，在规则范围之内的所有手段，都是允许的！"

　　从僵尸脸的嘴巴中冷冰冰地说出的这几句话，犹如在平静的湖面投下了重重的石头，一股血雨腥风的冷酷感，扑面而来，大部分人的脸色，都变得难堪起来。

　　来到这里的学员都有独到的才能，有的性格难免会狰狞乖张一些，所以这十几天来学员之间的冲突其实也不断发生，比如我们几个和黄鹏飞等人，比如和一些我没有讲到的人……但是教官们从来不作调解，反而似乎在默许冲突的发生。我在瞬间明白了，难怪会有刚刚那样的分队，难怪上面会坐视学员之间的矛盾日渐激烈而不管，原来是为了激化学员小队之间相互的竞争，以及矛盾。

　　这些东西会在之后的试练之中，一齐爆发出来。

　　所谓的试练，其实和我们养蛊人的术语一样，就是将无数爪牙丰富、毒性强烈的虫子积聚在一起来，经过残酷的斗争，弱肉强食地淘汰，最终存活的那一个，就是真正的强者，便是蛊。

　　这道理，是一样一样的。

　　好厉害的算计，好厉害的手段，人只有在绝境之中才能够爆发出超乎想象的潜力，而只有相互攻击，才会让平淡的试练有如此的效果。尽管会有教官跟随，防止出现不可控的事态发生，但是一个人，哪里能够管得住这些骄傲的学员们呢？万一真的动了火气，估计到时候那死亡名额，应该就派上用场了。

　　我们本来应该知道这残酷，但是直到事到临头，才知道有的东西，远远比我们想象的要严重。

因为之前黄鹏飞的教训，所以没有人胆敢再大声喧哗，只是在下面用目光交流，打量旁边人的反应和神情。我第一时间看向了黄鹏飞，而他也正好看向了我，毫无顾忌地用鄙夷的目光向我挑衅。

为了表示决心，他举起手掌，斜立，然后往脖子处使劲一抹。

我也笑了，阳光灿烂的笑容浮现在了脸上：这个家伙，先是鄙视杂毛小道，而后又总是找我麻烦，在学员中四处散播我的谣言，对我各种毁谤，我脾气好，但也不是毫无原则退让的人，所以要是碰到他，定要用实力将其羞辱，不死也要他脱一层皮！

介绍依旧在持续，僵尸脸开始跟我们讲解起任务来。

我们这次试练受到了上级部门的全力支持，全程会有两架直升机跟随，随时进行呼叫支援，当然，如果遇到没有信号的地区，那就只有等待了。我们将要穿越无数的高山峡谷，莽莽丛林中有许多水系，怒江、片马河、老窝河以及许多少数民族地区，而在地图上那一片红色区域，是荒无人烟、人迹罕至的原始丛林。

我们首先需要面对的敌人，并不是其他四队的学员，而是沉默的大自然，以及它的信徒们。

介绍完这些，慧明带着所有教官站起身来，问我们，有没有谁想要退出？

没有人回答。能够出现在这里的每一个人，胸中都藏着锐气，并不是这等困难就轻易折腰的。慧明很满意，让我们返回自己的宿舍拿取个人随身物品，然后分队集合，不同队员之间，在出发之前，不能够再有任何对话，否则视为违规，将开除其参与试练的资格。

有工作人员挨个发下了一张死亡协议书，让我们签名，表示我们是自愿参与试练，所有的责任都由自己承担，跟局里面没有一点儿干系。

一切完成之后，在工作人员的监督下，我们返回宿舍拿取了自己的个人物品，或者交由他们保管，或者自己带走。处理完这些事情，我们小队的成员来到一个教室里集合，出发前，我们将待在这里，不能去任何地方。不过，我们可以在工作人员的陪同下到机房去和家人通电话，报一个平安。

朱科长匆匆走进来，给我们挨个儿发了一张信笺纸，说有什么想跟家人说的，可以写上，他们会转交的。

集训营凝造出来的这气氛十分沉重，几个女孩子给家里面打电话的时候都哭了。因为保密协议，我们不能够透露什么，所以只是说要出一趟差，到穷乡僻壤没有通讯的地方去。我本来并不觉得这次试练有多危险，然而旁人的态度终究是感染了我，我也给家人和朋友挂了电话，又给杂毛小道说起了这件事情。

回到教室的时候，我们开始商量起试练的事情来，一个队伍总是要选一个头头的，没承想大家都觉得我还是蛮合适，让我先当着。赵兴瑞向来是个独来独往的人，也没有什么意见。关键时候，谦虚不得，我便也答应下来，不做推辞，而是和大家对路线开始做推敲，并且检查装备，商量起一些细节问题。

晚饭很丰盛,食堂的师傅特意杀了一头猪,给我们做了一顿丰盛的宴席,算作饯行。

我们是分批就餐的,和其他小队人员没有再碰面。

晚上十二点的时候,教室的门被打开,美女教官尹悦全副武装出现,她的后面则是两个脸面被黑布蒙住的高大军人。她呵斥我们赶紧爬起来,带着我们穿过营房。操场上,一架大型直升机已经发动,旋转着机翼正等待着我们。

第二十三卷　生死试练

第一章　密林埋伏

黑暗的丛林中，有虫子啾啾的声音在耳边回响。

通过伞降集结，我们遥望着那架巨大的铁鸟往高空飞去，很快地消失在了山脊的那头。

因为知道与其他小队相隔定会在十公里以上的距离，所以我们并不用太过紧张。黑暗中我们先将人员找齐，我、秦振、滕晓、老赵（赵兴瑞）、朱晨晨、白露潭和王小加，七名队员，再加上充当监工的教官尹悦，所有人都汇聚到了一起来。

我们蹲下，围成一圈，在强光手电的照射下，利用地图和指南针，以及身边能够见到的参照物，来确定自己的大概位置。

此次行动，我们除了个人物品之外，军用背包中还带了地图、攀山绳、水壶、指南针、工兵锹、三天量的压缩口粮、防水打火机、强光手电、急救包等野外生存用具，武器除了工兵锹可以用来自卫外，还带了军中常见的D80-虎牙匕首，用来防蛇虫野兽。至于枪械，通通没有。

黑暗中我们相互确定情况无碍之后，开始依靠一棵大树搭建营地，等待第二天八点钟试练的正式开始。而在此之前的所有探索性行为，都是违规的。这个有教官在一旁监督，做不得假。

很少有在丛林中露营的经历，我旁边的几个人显得十分兴奋，不过兴奋之后，便是恐惧。望着黑黝黝的丛林，以及那些随风摇晃的古怪树枝，远处传来猫头鹰的啼叫，让人有些草木皆兵。他们最害怕的并不是敌人摸将过来，而在这丛林的草地或者荆棘里面，所隐藏的无数蛇虫。

所幸他们跟我分在了同一个小队，作为一名养蛊人，而且是一名身怀金蚕蛊的养蛊人，几乎没有什么虫蛇能够单独闯进肥虫子这霸道小家伙的领地里。自从我一落地，阴暗的角落里，便有无数虫子和长蛇一边哭泣，一边默默地搬家，远离我和我身体里面的金蚕蛊。

大约半个小时，我们合力搭好了一个木棚。

我找来了一些略微干燥的树枝和草叶，铺在地下，让队员们裹着毯子，先静养精神，等待明天正式到来的试练。我跟朱晨晨她们承诺，我会帮大家看着的，不会有半个虫子来找她们麻烦，安心养精蓄锐便是。明天，我们要面临高强度的急行军以及有可能的残酷混战。

经过一段时间的相处，大家知道我这个人一般不会乱打包票，于是安心地和衣而睡。而我则骑在一棵大树的枝丫上面，给大家放哨。

我摩挲着右手上面经过涂黑处理的虎牙匕首，三十二厘米长的匕首工艺精湛，结构紧密，不愧是军工产品。而尹悦则站在我旁边不远处，问我，你今天晚上不睡了啊？我摇摇头说，没有，只是睡不着而已。她仰起头，眼眸子里晶晶亮，说，是兴奋？

我说不是。她说，是紧张？我又摇头。见她一副气急的样子，我说是恐惧，对死亡的恐惧。

尹悦笑了，说，原来你怕死啊？

我点头，说是啊，我好怕死的，所以就特别不想死。我总感觉这次试练会发生很多事情，而我已经习惯了和一个相熟的兄弟伙伴并肩作战，不管怎样，身背后都有他帮我扛着，现在他突然不在身边了，心中就空荡荡的，不得劲儿……

尹悦说，你讲的那个兄弟，是陈老大的小师弟，萧克明吧？

我点头，说你们知道啊。尹悦不屑地说，废话，去年八月份我们火急火燎地越境跑到缅甸那山窝窝里面去，甚至动用了神行纸甲马，还不是为了那个小道士。不过说起来，陈老大身居高位，表面虽然谦和，但是为人向来有一股子傲气，经常被他提起的人并不多，他小师弟算一个，陈老大说他师叔公李道子是茅山宗的一代传奇，世人敬仰，但倘若说这一代有能够超越他的，估计也就只有他这小师弟了——如此高的评价，真不多见。

我将穿着厚军裤的腿和长靴晃荡起来，说，那个家伙，心中确实有沟壑，枉我当初还以为他就是个骗人的小杂鱼呢。

尹悦说，你知道陈老大还经常提起谁吗？

我摇头说不知道，然后开玩笑说，难道是我咩？让人惊讶的事情发生了，尹悦居然点头了，说是啊，陈老大精通帝王之术"大六壬"，他说你必将成为震惊世界的人物——要不然他会对你这么好？不过我就奇怪了，就你小子这几下，能够当得起陈老大的这番盛誉？

我被她瞧得心虚，说算了，震惊世界我可不敢当，也没有那个命，只希望这次试练，能够活着回来。

尹悦摇摇头，笑了，没有说话，而是与我一同仰望天边那半弦浅淡的弯月。

四下无声，唯有虫叫。

话说回来，丛林中的虫子果真是多，当晚，肥虫子吃得都肥了一圈。

第二天的清晨，朝阳从树林中摇曳的枝叶间洒落下来，金子一般映照在每一个人的脸上，美美地养足了精神的队员们在等待着尹悦的命令。我们需要在八点钟的时候，准时出发。在此之前，朵朵和小妖帮我弄来的野果、黄精之类，已经化作了这些人腹中的食物。

对于我这个临时队长的所作所为，所有人都满意极了，没口子地夸赞。

符箓，这里的每个人差不多都会画，驱灵也懂一些，但是驱虫，却没几个人能有这能耐，别的队或许能够通过草药配制驱虫驱蛇的药物，但是却并不如我这般立竿见影、干净彻底，所以光凭这点，我就足够赢得大家的信任。

信任从来不是盲目的，而是所有的细节，一点一滴累积而成的。

开始行动之前，我们整个小队一直在对着地图研究昨天讨论的计划，决定从山的侧面出发，走远一些，绕过可能出现的伏击，不参与一开始最激烈的对抗。要知道，我们有几百里的山路要行走，把气力浪费在一开始的火拼中，实在是太得不偿失了，而且即使能够战胜对方，也很容易给别的小队捡漏，白占了便宜去。

如果真的是这样，实在是太二了。

我们这些人里面，络腮胡帅哥秦振来自广南百色，有过相关的丛林行进经验，而老赵也是常年在深山中待着的人，知道如何潜隐自己并发现敌人，于是他们将作为轮流的前锋尖兵前行；白露潭和朱晨晨两位女士居中，而我也在中间负责策应和指挥，王小加和滕晓负责后路。

这便是我们行进中时的队形安排。

至于副指挥，我考虑再三，决定交给看似瘦弱，但却是十分沉稳的王小加来担任。

教官尹悦，她则作为一个场外人员，游离在我们的小队之外。这对于年纪虽小但经验丰富的她来说，实在是一件很轻松的事情——更何况，这个女人身上似乎有很多宝贝东西，是个富有的小妞儿。

时间一点一点过去，这等待有些熬人，不过我们都能够很好地控制自己的情绪，抓紧时间休息。

八点整，尹悦朝我点了点头，我则使劲儿握了一下拳头。

秦振和老赵提前一步走向前方的道路，相隔十米，我们开始朝前方行走。前文有过交代，说高黎贡山海拔高度相差极大，在风水学中，属于大山大水，直路可能就只有几公里，但是走下来可能就要有十几公里或者几十公里，而且道路十分难行，陡峭得很。我们一开始便在与这险恶的山路作斗争，在湿热的环境中，开始了艰难的前行。

不过好在因为路线的选择，前方并没有碰到任何人，安静地行走了好几个小时。

走到了大概十一点钟的时候，前面的老赵突然停下，我们都隐蔽了起来。过了一会儿,秦振摸回来,告诉我他们在前方发现了有人活动的痕迹,据老赵判断,如果我们再往前走,应该能够发现另外一个小队昨天宿营的地方,问我怎么办。

我诧异,没想到绕了一个大圈子,居然抄到了别人的后路上去了,真的是太巧合了啊。

第一个兴奋的是朱晨晨,她怂恿我上前去看看,倘若碰上黄鹏飞那个小子的话,先弄他吧?——作为来自同一个省份的人,朱晨晨原先跟黄鹏飞关系不咸不淡,不过在集训营的日子里,当黄鹏飞表现出敌视我们的状态后,朱晨晨立刻就嫉恶如仇,开始了对那个小子无尽的鄙夷。

不过当身边的朋友把他们的信任都交由我的手中时,我的第一感觉是沉重的责任,而不是意气。

于是我想了一下,让老赵和秦振交替前往,去探视一下再回返。

两人点头而去,过了十多分钟回来,说确实有一个宿营地点,不过已然人去营空了,看情形,走了不得有两个小时。我点头,前往计划中第一个目的地"爬鬼坡",这个方向上只有这么一条路,我们必须前行,不过还是要多加小心才是。接着前行,翻过前面的一条小沟子,突然林间一阵异动,我听到秦振压抑的惨叫声从前方传了过来。仰头望去,前方浓烟翻腾,树影摇动,似乎有人在作祟。

我心头一跳,知道中了埋伏。

第二章　见血封喉，潜伏中的福妞

秦振的惨叫让我的心头一阵狂震，我本就知道队伍间的斗争定然会很激烈，但是没有想到会来得这么快。

我让身边几人以防御队形前进，而自己则快速越过林间草丛，接近事发地点。

在一棵香樟树下面，我看到了被倒吊起来的秦振，还有挥舞桃木剑驱除黑雾的老赵。见我跑过来，老赵眉毛一挑，说小心机关，话音刚落，我便感觉到自己触碰到了某根绳线，一支既短又细的木箭从暗处"嗖"的一声，朝我的大腿处飞来。

我右手反握的虎牙匕首果断下劈，将这支短箭给格挡弹开。

这短箭只有二十多厘米，乍一看制作得稍微粗糙，但是上面蕴含的力道，却是十分大，让我手臂一阵发麻。这时，老赵从怀中掏出一个巴掌大的布囊来，么手指认一拍，被他桃木剑分割得齐整的黑雾立刻被收进了里面去。

朱晨晨和白露潭等人也陆续跟了过来，而王小加和滕晓则并不用吩咐，便在周围小心搜索。

我摸到刚才发出短箭的那个地方，看到一个用树枝和弹力绳构置出来的简单弹射装置，虽然表面粗糙，但是给人十分精巧的感觉。在确认没有危险之后，我前跨一步，问怎么回事。老赵将手中那个绣着八卦阴阳鱼图案的布袋收拢，说刚才秦振踩中了一个机关，然后为了躲避暗箭，移动时绊到了绳套，并且触碰了设置陷阱者在此处放的一团未成性型的带翅虫瘿。

我眉头一皱，敢情刚才的那团黑雾，竟然是带翅虫瘿。

这种东西我曾经在缅甸萨库朗的首领善藏法师处见过，中者如泼热油，难受至极。不过见老赵如此容易便将这东西收下，说明它并没有经过炼制，兴不起多大危害。当然，赵兴瑞这个家伙确实厉害——我们在集训营所学的只是一个方面，学员们真正厉害的，依旧是自己的本事。

两个女孩已经将缠在秦振腿上的藤蔓砍断，将他小心放了下来。

我走上前一看，只见秦振的右腿膝盖往上两寸处，钉着一根短箭，军裤被鲜血染湿，乌黑一片。朱晨晨懂医术，将这裤子剪开一个口子，看着伤口周边的皮肤乌紫青黑，脓汁发臭，脸色剧变，转过头来说，不好，这箭上有毒，好像是那"见血封喉"。

我们的脸色都变得很难看了，见血封喉是生长在滇南山中的一种高大桑木，又名箭毒木，内含剧毒，中毒者心脏麻痹，血管封闭，血液凝固，以至窒息死亡。民间传闻"七上八下九倒地"，跟七步蛇的命名道理，是一样的。而根据个人的体质不同，人通常会在中毒的二十分钟到半个小时毙命。

如此厉害的毒药，竟然会用到同期学员身上来，果真是狠毒。

"布置这陷阱的人，是个高手！"

秦振那浓密络腮胡子遮盖的脸有些苍白，他自认为在广南山地里行走多年，身怀异术，并不惧怕这等陷阱，却没想到没走多久就中招了，十分懊恼。我们自然知道精心布置这个陷阱的人，在丛林中，恐怕是个难得一见的高手，只是不知道他为何这么笃定我们一定会经过这里，使得他在此处下了这血本，耗费许多手段。

朱晨晨检查了一下随身所带的急救箱，然后摇头，说不行，我们解决不了，为了秦振的性命着想，我们还是让尹教官联系基地，派人过来救治他吧？

用这法子，秦振就要被淘汰出局了。

旁人皆以为然，虽然知道一开始就折损队员，对我们今后的任务十分不利，但总不能为了这次试练，白白浪费了秦振的小命。不过王小加倒是看向了我，满含期待。金蚕蛊本身就是玩毒的大行家，见血封喉虽然厉害，但是并不在它的话下，于是我否定了朱晨晨的提议，让所有人在外围警戒，帮我清场。

待人走光了，我笑着拍了拍秦振，说老兄，每个人都有自己的秘密，你能帮我保守我的秘密吗？

秦振点点头，说陆左，我欠你一条命。

我摇头笑，说不至于，小事而已。

这话刚一说完，我趁着他不注意，右手已然将那支短箭给猛地拔了出来，鲜血飙射。秦振猝不及防之下，一阵剧痛之后，便感觉大腿一凉，原本火辣辣的疼痛就减轻了许多，如同敷了薄荷叶一般，然后又有东西在自己的身体里游动，说不出来的感觉。他眼睛一瞪，说陆左，你这是……

我含笑不语，拿着手上这支短箭瞧。

这是一支近二十厘米的木箭，用桦树制成，箭身修长，圆润无痕，而箭头则削得尖锐，用火将毒液烤干，显得十分专业。我在思索，除了我们之外的那二十四个学员中，到底是谁有这等本事呢？每个人都有自己的秘密，我并不知道。不过在经过了一番换位思考之后，我得出一个结论——这东西剧毒，那个在此布置的人，就在这附近观察。

因为即使是比斗，他应该也不敢做得太绝、太过分，一定会在附近观察效果，并且随时准备施救。

一想到这里，我立刻朝着远处的几个队员打手势，让他们扩大搜索，小心防备。

任由肥虫子在秦振体内清毒，我站起身来，朝着四处望去。我们处于高黎贡山的低海拔地区，跟滇南的许多地方一样，这是一片茂密的热带雨林，各种各样的绿色植物将我们的视野占据，高大的乔木、茂密的藤蔓以及低矮的草丛，满眼皆是。

我们在林中，前方则是一条小溪，再往前走，则是一条茶马古道的支线，下一站

的必经之路。

我缓慢移动步伐,思索着如果是我在这里潜伏,哪里会是我藏身的地方呢?

它首先要干燥、隔离蚊虫,其次要视野广阔、明了四周,再则还要能够有足够简单的退路,让我见机不对,能够第一时间撤离。在进行了一番审视之后,我终于发现了斜坡二十米远的一个荆棘草丛,跟我这三点要求似乎有些契合。而在那里,王小加瘦弱的身影已经在缓慢靠近了。

显然她也感觉到了那团草丛中,有一些不对劲的东西在。

不。王小加虽然身手不错,但是她未融入气场之前,反应力并不是很快。她一个人会有危险,我快步抢上前去,想要赶在那个有可能存在的人暴起之前拦住她。然而也就是在此时,一道黑影从林中窜出来,手中的匕首朝着王小加的腿上抹去,动作利落之极。

好在王小加本来就已经有防备,立刻往后疾步退去,避开这一下。

那人也只是虚招,在逼退王小加之后,迅速往后方的树林中退去,行云流水,干净利落。

我已然冲到了近前,看到那个穿着吉利服的身影,正想前追,却被王小加一把拉住:"小心……"我一愣,这才想起那人最擅长布置陷阱机关,此时现身,除了被我们发现的原因外,更多的,也许是想引诱我们跌入陷阱吧?不过留这么一个人跟我们耗上,既延误时间又耗费精力,我定然是不能放走的。

于是我聚精凝神,仔细地回想起那人刚才撤退的路线,然后追向前去。

不过凡事总有差池,我追了十几米,便感到左耳风声一响,来不及反应,急忙蹲身,一截腰身般粗大的树干就被藤蔓荡着秋千,斜斜地砸下来,从我的头顶几厘米处,唰地一下刮过去。吓得我一身的小米汗,全部都冒了出来。

后面跟进的王小加果断挥出一刀,将系在木桩子上面的一截藤蔓给斩断,失去平衡的树干跌落下来,砸起了一堆青草碎屑。

我站起身来,看到那个身影即将没入幽绿的丛林。

不过早在变故发生的那一刹那,所有队员立刻就行动起来。在外围搜索的滕晓幽灵一般地出现在了那个潜伏者的逃路上,在接近时,一把抓住了她,使出了学自军中的格斗擒拿手。这个来自广南民族大学的高才生虽然面相老实,而且脖子上面还长了一颗大痦子,却是一个全面发展的家伙,他虽然没有一招制敌,却将其死死缠住,给我们争取了宝贵的时间。

就这短短的十几秒,我们已经将这个家伙给围堵在了狭窄的山道里,而滕晓也承受住了对手近乎疯狂的进攻。

当看到这个被我们围住的人时,我们都不由得一阵诧异。

出乎预料,潜伏者居然是一个二十六七岁的女人,身形略为肥胖,脑袋上盘着一条油亮粗黑的大辫子。她在集训营中是一个几乎没有什么存在感的人,我都不知道她的全名,只听人叫过她"福妞",好像来自鲁东。没人想到,这么一个普普通通的女学员,居然是弄得我们焦头烂额的丛林战高手。

我的心情变得很复杂,似乎是期待,又似乎是担忧,而我周围队员的脸色,也变得奇怪起来。

因为福妞所在的队伍,其中的一员,就是黄鹏飞。

图书在版编目（CIP）数据

金蚕往事. 6 / 南无袈裟理科佛著. — 上海：上海社会科学院出版社，2020
 ISBN 978-7-5520-3011-2

Ⅰ. ①金… Ⅱ. ①南… Ⅲ. ①长篇小说—中国—当代 Ⅳ. ① I247.5

中国版本图书馆CIP数据核字（2020）第001233号

金蚕往事. 6

著　　者：	南无袈裟理科佛
责任编辑：	王　勤
封面设计：	人马设计
出版发行：	上海社会科学院出版社
	上海市顺昌路622号　　　邮编 200025
	电话总机 021-63315947　销售热线 021-53063735
	http://www.sassp.cn　　E-mail:sassp@sassp.cn
印　　刷：	上海盛通时代印刷有限公司
开　　本：	890 毫米 ×1240 毫米　1/32
印　　张：	10.25
字　　数：	381 千字
版　　次：	2020 年 10 月第 1 版　2020 年 10 月第 1 次印刷

ISBN 978-7-5520-3011-2/I·375　　　　　　　定价：49.80 元

版权所有　翻印必究